MONS

KALLENTOFT

ÉTÉ

Traduit du suédois
par Max Stadler et Lucile Clauss

LE SERPENT À PLUMES

ROMAN NOIR

Collection « Le Serpent à Plumes »,
dirigée par Nathalie Fiszman.

Titre original : ***Sommardöden.***

Published by arrangement with Nordin Agency, Sweden.
First published by Natur & Kultur, Sweden.

ISBN 978-2-268-06957-9

À ma mère.
Et à Karolina, Karla, et Nick.

PROLOGUE

Östergotland, dimanche 25 juin
[Dans la dernière salle]

JE NE VAIS pas te tuer, mon ange d'été, je vais seulement t'aider à renaître.

Tu dois retrouver la pureté de l'innocence. La saleté des vieilles histoires doit être évacuée, le temps doit se trahir et il ne doit rester que le bien.

J'ai essayé de ne pas tuer, mais, sans cela, la renaissance était impossible, la substance est restée collée à la matière, et en toi comme en moi, l'ignominie continuait de vibrer comme une larve chaude et noire.

La méchanceté dans sa chrysalide. Le temps déchiré.

J'ai essayé de diverses manières, fait d'innombrables tentatives, mais je n'y suis pas parvenu.

J'ai lavé, frotté, récuré.

Mes anges d'été. Ils ont dû regarder des tentacules blancs, des pattes d'araignée qui grattent, des pattes de lapin.

Je les ai surveillés, les ai attrapés et emmenés.

Enfin, je touche au but.

Il est assis sur le canapé. Son ventre n'est plus qu'une plaie béante, et des serpents noirs se tortillent par terre. Peux-tu le voir ? Il ne peut plus rien faire de mal ni prétendre que tu le voulais. Les planches de chêne ne vont plus craquer, plus jamais l'odeur de schnaps ne va polluer l'air.

Cet été, le monde brûle.

Les arbres se transforment en sculptures noires et rabougries. Ils sont un monument à notre propre échec et à notre impuissance à nous aimer.

Le feu et moi avons beaucoup en commun. Nous détruisons pour qu'une nouvelle vie puisse naître.

Reste tranquille, petite.

Cela fait à peine quelques heures que j'ai roulé devant cette forêt embrasée. Je t'ai entendu taper contre le coffre de la voiture, tu voulais sortir.

Elle pensait tout savoir sur moi. Comme c'est prétentieux.

En réalité, c'est comme ça : personne ne peut vivre dans la peur et la méfiance. Si quelqu'un a volé la confiance à l'autre, il sera condamné à mourir.

Cette confiance est voisine de l'amour, c'est pourquoi elle est aussi voisine de la mort et des pattes d'araignée blanches. Je sais maintenant que je ne pourrai plus jamais souhaiter autre chose que de me faire du mal. Mais lorsque tu as la chance de pouvoir renaître, le sort est suspendu. Bientôt tout sera fini. Tout sera clair et pur, blanc et lumineux.

Mon ange d'été ne sentira rien, comme nous.

Mais tu ne dois pas avoir peur, c'est seulement l'amour qui doit renaître. L'innocence.

Et puis nous roulerons ensemble à bicyclette sur la digue, le long du canal, vers un été éternel.

PREMIÈRE PARTIE

L'AMOUR RESSUSCITÉ

1

Jeudi 15 juillet

QU'EST-CE qui gronde, tempête, cherche à sortir ?

C'est la pluie qui s'annonce, un orage. Enfin un peu d'eau sur cette Terre.

Mais Malin Fors n'est pas dupe. La chaleur de cet été ne connaît pas de pitié, elle veut éradiquer toute vie dans ce monde, et la pluie se fera encore attendre longtemps.

Malin entend le climatiseur du pub tonitruer, plus fort que les voix des autres clients. L'appareil halète et proteste d'avoir à travailler 24 heures sur 24, gémissant que l'été ne lui apporte que des heures supplémentaires qui n'en finissent plus. Toute la machine semble sur le point de lâcher, elle geint et gémit : « Assez, ça suffit, ça suffit. Il va falloir supporter la chaleur ou la combattre avec une bière. Même une machine comme moi n'en peut plus. »

Est-ce l'heure de rentrer ? Elle est assise seule au comptoir. Mercredi s'est mué en jeudi, la pendule indique une heure et demie passée. Pull & Bear est ouvert tout l'été. Près de dix clients sont encore assis autour des tables, fuyant la chaleur écrasante et trouvant refuge dans ce paradis frais.

Des bouteilles sont alignées sur les étagères, quelques miroirs sont accrochés ici et là.

Tequila. Conservée en fût. Simple ou double ?

Le verre rempli de bière qui vient d'être tirée du tonneau est embué, et l'air sent la transpiration et l'alcool ancien et déversé.

Malin voit le reflet de son visage dans les miroirs du bar, dans tous les angles. Des milliers de reflets du même visage. Sa peau est légèrement rougie par le soleil, ses cheveux blonds sont coupés court à cause de la chaleur estivale.

Malin est descendue au bar après le film à la télé, un film français sur une famille déchirée, où une femme tue sa soeur à la fin. Du réalisme psychologique avait dit l'animatrice, et c'en était peut-être vraiment, même si la réalité livre rarement des explications aussi claires et compréhensibles que celles données par le film.

L'appartement lui avait paru trop vide, et elle ne s'était pas sentie assez fatiguée pour aller se coucher, mais par contre assez réveillée pour voir la solitude couler le long des murs, presque comme la sueur qui perlait sur son dos sous le chemisier. Le papier peint usé du salon, l'horloge Ikea de la cuisine, qui un jour en mai avait soudainement perdu sa trotteuse, les couteaux contondants qu'il faudrait affûter, les nombreux livres de Tove sur l'étagère, dont les nouveaux sont alignés sur une troisième rangée. Des titres déjà difficiles pour un adulte, mais encore plus, penserait-on pour une ado de quatorze ans : *L'homme sans qualités, Les Buddenbrook, Le prince des marées.*

Lire est un hobby infiniment plus intéressant que toutes sortes de choses qu'une fille de quatorze ans peut inventer.

Malin boit une gorgée de bière et n'est toujours pas fatiguée. Est-ce vraiment la solitude ? Ou autre chose ?

Au commissariat, c'est le calme plat, il n'y a pas de travail qui pourrait la fatiguer assez ou dans lequel elle pourrait se plonger entièrement. Toute la journée, elle avait souhaité que quelque chose arrive. Mais non, rien.

Aucun cadavre découvert, aucune disparition ni de viol – rien de notable, à part la canicule et les incendies qui dévastaient la forêt aux alentours de la ville et qui ne se laissaient pas impressionner par l'eau des camions de pompiers. Chaque jour qui passait, le feu avalait un hectare de plus de ce magnifique terrain boisé.

Elle pense aux pompiers qui travaillent avec acharnement – tous des volontaires. Quelques voitures de police sont également sur place afin d'assurer la circulation, mais elle et son collègue Zeke Martinsson se sentent un peu désœuvrés. Quand le vent tourne et souffle vers la ville, il apporte l'odeur du feu qui va si bien avec la chaleur étouffante qui enveloppe Linköping jour et nuit. Cet air brûlant qui s'est posé sur la partie sud du pays. C'est l'été le plus chaud que la ville ait jamais connu.

Malin boit encore une gorgée de sa bière. Le goût amer et la fraîcheur de la boisson atténuent la chaleur qui règne toujours dans son corps.

Toute la ville est en nage. Pendant la journée, elle rayonne en sépia, vert clair et gris. Linköping est désert, seuls ceux qui sont obligés de travailler, qui n'ont pas assez d'argent pour partir ni d'autre solution de repli, sont restés en ville. La plupart des étudiants sont rentrés chez leurs parents. Les rues ressemblent à celles d'une ville fantôme. Seul un endroit est pris d'assaut : le glacier Bosse, un trou dans un mur de la Hospitalsgata où on vend des glaces maison. La queue devant Bosse est interminable, et c'est une énigme de savoir d'où sortent tous ces gens qu'on ne voit sinon nulle part dans les rues.

Il fait tellement chaud qu'on n'a pas envie de bouger.

Trente-huit degrés, trente-neuf, quarante, avant-hier ils ont mesuré un nouveau record pour la ville, quarante-trois degrés deux à la station de Malmslätt.

Chaleur record !

L'été du siècle.

Ces gros titres du *Östgöta Correspondenten*, qu'on appelle généralement le *Corren*, dégagent une gaîté et une énergie qui ne correspondent pas au tempo de la ville hantée par la chaleur.

Les muscles protestent, la sueur coule, les hommes cherchent l'ombre, le froid. La ville et ses habitants sombrent. Une odeur poussiéreuse et enfumée empeste l'air, elle ne provient pas de la forêt mais de l'herbe qui se consume lentement, sans flammes.

Pas une seule goutte de pluie n'est tombée depuis Midsommar[1]. Les agriculteurs parlent de catastrophe naturelle, et ce matin, le *Corren* contenait un article de son reporter star Daniel Högfeldt, dans lequel il interrogeait un professeur de l'hôpital universitaire qui disait que les personnes faisant un travail physique à l'extérieur ont besoin de quinze à vingt litres d'eau par jour.

Les personnes faisant un travail physique à l'extérieur ? Dans cette ville, il n'y a que des cadres. Des ingénieurs, des informaticiens et des médecins. En tout cas, on pourrait avoir cette impression. Mais ceux-là ont quitté la ville dès le début de la vague de chaleur.

---

1. La fête de la Saint-Jean. (N.d.T.)

La première gorgée de sa troisième bière détend enfin Malin, même si elle aurait plutôt besoin d'une décharge d'énergie.

Les clients partent les uns après les autres, et elle sent la solitude prendre peu à peu le dessus.

Il y a huit jours, Tove se tenait dans le couloir, son sac à la main, plein de vêtements et de livres, dont quelques-uns qu'elle venait d'acheter. Derrière elle, dans la cage d'escalier, Jan l'attendait. En bas, son ami Pecka avait garé sa Volvo, prêt à les emmener à Skavsta tous les deux.

Elle avait menti quelques jours auparavant, quand Jan lui avait demandé si elle pouvait les conduire à l'aéroport. Elle avait refusé, disant qu'elle devait travailler. Elle voulait garder la distance, montrer ainsi à Jan son mécontentement, parce qu'il avait insisté pour emmener Tove avec lui à Bali, à l'autre bout de cette putain de planète. Bali. Jan avait gagné ce voyage dans un tirage au sort. Le premier prix pour « le Grand Pompier ». Un rêve pour Tove et Jan. Un voyage entre père et fille. C'est le premier voyage qu'ils font ensemble, et, pour Tove, le premier à l'extérieur de l'Europe.

Malin avait craint que Tove ne l'annule de peur de laisser son petit ami Markus tout seul. Mais Tove s'était tout simplement réjouie.

« Markus se débrouillera, avait-elle dit.

– Et moi, comment est-ce que je me débrouillerai sans toi ?

– Toi, maman ? Ce sera parfait pour toi. Tu pourras travailler autant que tu veux, sans avoir à te tracasser parce que tu n'as pas assez de temps pour moi. »

Malin avait voulu la contredire. Mais toutes les objections qui lui venaient à l'esprit lui paraissaient ridicules et, pire, mensongères. Combien de fois Tove avait-elle été obligée de se faire à manger seule, d'aller se coucher toute seule, juste parce que Malin était absorbée par une affaire ?

Quelques embrassades, puis la main de Jan se referma autour de la sangle du sac de voyage de Tove.

« Soyez prudents.

– Toi aussi, maman.

– Je le suis toujours, tu le sais bien.

– Bon, alors salut. »

Trois voix qui prononçaient le même mot. Une brève hésitation. Et puis ça avait recommencé : Jan avait dit des idioties, et quand la porte s'était refermée sur eux, elle était fâchée. Les sentiments d'après son divorce douze ans auparavant étaient remontés à la surface, le mutisme, la rage, l'impression que les mots n'étaient pas suffisants et que tout ce qu'on disait sonnait faux.

Ils ne pouvaient vivre ensemble, mais ils ne pouvaient être complètement séparés. Cet amour impossible et condamné.

Malin avait refusé de s'avouer qu'elle se sentait négligée à cause de ce voyage. Comme une petite fille abandonnée par ceux qu'elle aime le plus.

« On se verra à l'aéroport, à votre retour. D'ici là, on s'appellera », avait-elle dit à la porte grise fermée. Puis, elle s'était retrouvée seule dans l'entrée de son appartement. À peine étaient-ils partis qu'ils lui manquaient déjà terriblement. L'idée de les savoir si loin était insupportable, et l'avait conduite tout droit dans le pub.

Je me suis bourré la gueule – tout comme maintenant, se dit Malin. J'ai bu une tequila, comme maintenant. J'ai passé un appel avec mon portable, comme maintenant.

La voix claire de Daniel Högfeldt résonne à l'autre bout.

« T'es chez Pull ?
– Tu viens ou pas ?
– OK, Fors. J'arrive. »

Les deux corps se serrent l'un contre l'autre, la poitrine glabre de Daniel Högfeldt sous ses mains, l'humidité sous ses doigts. Je te marque, pense Malin, je te marque de mes empreintes. Pourquoi fermes-tu les yeux, regarde-moi, tu m'emplis, et je suis sur le point d'exploser, ouvre donc tes yeux verts, qui sont aussi froids que l'Atlantique.

Leur conversation il y a seulement dix minutes dans le bar :

« Tu as soif ?
– Non, et toi ?
– Non plus.
– Qu'est-ce qu'on attend ? »

Ils se déshabillèrent dans l'entrée. Le clocher s'élevait telle une silhouette noire et figée devant la fenêtre de la cuisine.

La cloche sonna deux coups lorsque Malin l'aida à se débarrasser de son tee-shirt blanc, usé. Le coton était râpeux et propre, la peau de sa poitrine, chaude.

« Doucement, Malin, doucement », furent ses mots, mais tout son corps était pressé, tremblait, et, dévorée par le désir, elle chuchota : « C'est urgent, Daniel, jamais ça n'a été aussi urgent. » Est-ce que tu crois que je t'appelle en plein milieu de la nuit pour le faire doucement, pour ça, je n'aurais pas besoin de toi, je pourrais le faire toute seule ou avec un autre, pense-t-elle. Tu es l'incarnation du corps parfait, et n'essaie pas de me tendre un piège, je ne tomberai pas dedans ! Il la poussa vers la cuisine, l'horloge Ikea à moitié cassée émettant son tic-tac habituel et, derrière eux, l'église s'élevait dans la nuit.

« Voilà », dit-il. Elle écarta les jambes sans rien dire et le fit entrer en elle. Il était dur, violent et chaud. Elle s'allongea sur la table en agitant les bras, et la tasse de café à moitié remplie qui trônait là depuis le petit déjeuner, s'écrasa par terre et se cassa en mille morceaux sur le lino.

Elle le repoussa et alla dans la chambre à coucher, en silence. Il la suivit.

Elle se mit devant la fenêtre.

« Allonge-toi. »

Il s'exécuta. Daniel, nu, dans son lit ; son sexe pointant vers son nombril. Au mur, à côté de la fenêtre se trouvait le râtelier d'armes dans lequel elle gardait son arme de service. Daniel ferma les yeux, écarta les bras, et elle attendit pour laisser le désir qui la torturait se muer en pure douleur, avant de s'avancer vers lui et de l'introduire de nouveau en elle.

Malin rêve encore des serpents. Une fille du même âge que Tove avance sous les arbres noirs et verts d'un parc obscur, au milieu de la nuit. Elle devine que Tove plane au-dessus de l'herbe jaune, et, au loin, un arroseur déverse des gouttes caustiques sur une haie de lilas fraîchement coupée.

Elle a peur, se fige, quelque chose sort d'une cachette dans l'obscurité, s'approche dans le dos de Tove, la jette par terre, et les racines des arbres enveloppent son corps, se faufilent en elle, profondément, comme des serpents vivants et chauds.

Elle hurle, mais aucun son ne sort de sa bouche. Les serpents la poursuivent jusqu'à une large lisière, autrefois féconde, mais qui ressemble à présent à de la peau brûlée par le soleil. Le sol est déchiqueté, et de la vapeur de soufre puante glougloute dans les fissures profondes, chuchotant d'une voix éreintée: Nous te détruirons, ma fille. Viens. Nous te détruirons.

Elle hurle, mais aucun son ne sort de sa bouche.

Malin tâte le drap à côté d'elle, il est vide.

Jan n'est pas là. Rentre, vite, pense-t-elle.

Daniel aussi est parti, la laissant seule avec ses rêves dans cette chambre déprimante.

2

TOVE ET JAN mangent des œufs brouillés sur un grand balcon avec vue sur Kuta Beach. Là-bas, même le souvenir des bombes lancées par les terroristes s'est évanoui.

Tove et Jan sont bronzés, reposés, leur sourire est rayonnant. Jan vient de piquer une tête dans la piscine chauffée de l'hôtel. Lorsqu'il est sorti de l'eau, une jolie Balinaise l'attendait, une serviette propre à la main. Tove est d'excellente humeur, elle sourit encore plus que son père et demande :

« Papa, qu'est-ce qu'on fait aujourd'hui ? Ça te dirait d'aller visiter un temple bouddhiste et ensuite manger du riz ? Comme sur les photos dans le prospectus ? »

Malin ajuste ses Ray-Ban, et l'image de Jan et Tove s'évanouit. Elle s'agrippe au guidon de son vélo en passant devant le bistro asiatique dans la rue St. Larsgata. Elle ne doit pas laisser libre cours à ses pensées, ça pourrait créer toutes sortes d'associations, des caricatures de ceux et celles qu'elle aime.

Il n'est que sept heures et quart. Jan et Tove sont sans doute à la plage maintenant.

Malin pédale furieusement, sent la légère odeur de brûlé. La ville jaunie à travers les verres de ses lunettes de soleil.

Son corps se réveille peu à peu, mais il se débat. Il semble que cette journée va être encore plus chaude que les précédentes. Dans son appartement, elle n'a même pas voulu regarder le thermomètre. L'asphalte sous les roues est huileux. C'est comme si le sol pouvait se fissurer à tout moment pour libérer des centaines de vers brûlants.

Un été pour faire du vélo.

Les trajets dans cette ville sont très courts. À cette époque de l'année, tout le monde roule à vélo à Linköping. Malin préfère la voiture, mais le blabla dans les journaux et à la télé sur l'environnement l'a malgré tout fait réfléchir. Les générations à venir ont aussi le droit de vivre sur cette planète.

Elle s'arrête au feu rouge devant le McDonald, à l'angle de la rue Drottninggata, se passe une main sur sa jupe beige.

Des habits d'été féminins. Ça fait l'affaire, dans cette chaleur, une jupe est toujours mieux qu'un pantalon.

Son pistolet et son holster sont cachés sous une veste en coton léger. Elle pense à la dernière fois qu'elle est allée au champ de tir avec Zeke. Pleins de ferveur, ils avaient tiré sur les silhouettes en carton noir.

Le fast-food est logé dans une maison des années cinquante, à la façade en pierre grise et avec une rangée de balcons blancs. De l'autre côté de la rue se trouve une maison de 1900 où la psychanalyste, Viveka Crafoord, a installé son cabinet.

La psy l'a clairement percée à jour. Lors d'un entretien professionnel, elle lui avait dit :

« Et vous, pourquoi êtes-vous si triste ? » Pour ensuite ajouter : « Appelez-moi si vous avez envie d'en parler. »

Parler. Il n'y a pas assez de silence dans ce monde. Beaucoup trop de mots.

Malin ne l'a jamais rappelée pour aborder des questions personnelles, mais elle lui avait téléphoné quelques fois, quand elle avait besoin d'un « input psychologique » pour une enquête. Elles avaient parfois bu un café ensemble.

Un homme à la peau mate en combinaison verte traverse la place du marché. Il est équipé d'une grande griffe pour ne pas avoir à se pencher pour ramasser les bouts de papier et les mégots. Les bouteilles et cannettes de bière ont déjà disparu, l'un des SDF s'en est sûrement chargé.

Le feu passe au vert, et Malin continue sa route.

La bière et la tequila d'hier n'ont pas laissé de traces. Daniel Högfeldt non plus. Il s'est volatilisé, alors qu'elle dormait encore. Elle suppose qu'il est déjà à la rédaction, maudissant le creux de l'été en attendant un scoop.

Malin passe devant l'école d'éducateurs spécialisés, cachée derrière les tilleuls, puis bifurque en direction des bains municipaux, le Tinnis. Il ouvre à sept heures, il n'y a que deux voitures garées sur le parking.

Elle descend du vélo, le cadenasse à côté de l'entrée et prend le sac posé sur le porte-bagages.

La caisse à côté du tourniquet n'est pas occupée.

Un bout de papier est collé à la vitre sale : *La piscine ouvre à sept heures. Accès libre jusqu'à huit heures.*

Malin passe le tourniquet. Elle promène son regard sur le bassin de vingt-cinq mètres, le lac et la pelouse. De l'eau partout. Elle a hâte de se plonger dans l'eau.

Les vestiaires sentent le moisi et le détergent.

Elle tire son maillot rouge par-dessus ses cuisses en remarquant à quel point elles sont fermes, et elle se dit que l'entraînement bride les années. Il n'y a certainement que peu de femmes de trente-quatre ans en meilleure forme qu'elle. Malin se relève, passe le maillot sur sa poitrine ; au contact avec la matière synthétique ses mamelons se figent.

Elle secoue ses bras. Sort ses lunettes de natation du sac. Il fait trop chaud pour s'entraîner dans la salle de fitness du commissariat. Il vaut mieux nager.

Elle prend son porte-monnaie, son pistolet et son portable, puis quitte les vestiaires. Elle passe devant les douches. Elle n'a pas envie de se doucher, même si elle sait que le règlement le prescrit, mais veut tout de suite sauter à l'eau et nager.

Elle ne sera en vacances qu'à partir du 15 août.

La plupart de ses collègues prennent leur congé en juillet, enfin, à l'exception de Zeke, le chef de service et le commissaire Sven Sjöman.

Johan Jakobsson est dans le pied-à-terre familial au bord d'un lac, avec sa femme et ses enfants. Il n'avait pas paru très enthousiaste, quand il avait parlé à Malin de ses projets pour l'été.

« Mes beaux-parents ont fait construire deux bungalows, un pour nous et l'autre pour Petra, la sœur de Jessica. Avec cuisine et sanitaires séparés, tout le tralala. Juste pour qu'on n'ait plus d'excuse pour ne pas les voir.

– Johan. Tu as trente-cinq ans. Tu peux faire ce que tu veux.

– Mais Jessica adore cet endroit. Elle veut que les enfants s'en souviennent plus tard.

– Ils sont si emmerdants, tes beaux-parents ?

– Emmerdants ? C'est un doux euphémisme. Ma belle-mère est la victime incarnée, d'une passivité agressive que tu n'imagines même pas. »

Börje Svärd.

Sa femme Anna, qui souffre de sclérose en plaques, a été transférée dans un centre de soins de l'hôpital universitaire. Trois semaines qu'elle doit passer loin de la maison qu'elle a aménagée avec goût, trois semaines dans une chambre d'hôpital, dépendante d'inconnus. Mais être dépendante, elle en a l'habitude. Cela fait plusieurs années qu'elle est entièrement paralysée.

Börje, lui, est parti faire le safari dont il rêvait depuis des années.

« Malin, avait-il dit un vendredi soir à la fin du mois de juin, quand elle l'avait emmené en voiture. J'ai une putain de mauvaise conscience de laisser les chiens.

– Börje. Ils survivront. Le chenil a une bonne réputation.

– Quand même. Il ne faut pas abandonner les animaux comme ça. Ils font presque partie de la famille. »

Au fil des semaines qui précédaient son départ, Börje rapetissait à vue d'œil, les regrets lui brisaient le cœur.

« Anna se débrouillera aussi, Börje, avait dit Malin, alors qu'ils se tenaient devant le portail dans la rue Ågata. Ils prendront soin d'elle à l'hôpital.

– Mais ils ne comprennent même pas ce qu'elle dit. »

Elle faillit prononcer les mots « Ne te fais pas de souci », mais n'osa pas. Au lieu de ça, elle posa sa main sur le bras de Börje pour l'apaiser, et le matin suivant, lors d'une réunion de routine, Sven dit :

« Vas-y, Börje. Ce voyage te fera du bien. »

Börje, qui normalement aurait fait une crise de colère en entendant une telle remarque, se renversa dans sa chaise et écarta les bras :

« Est-ce que ça se voit tellement que je préférerais ne pas partir ?

– Non, avait répondu Sven. Tu dois partir. Casse-toi en Tanzanie et abats une antilope. C'est un ordre. »

Malin vient d'atteindre le bord du bassin. Elle perçoit l'odeur de chlore, longe la piscine jusqu'au bord où les blocs de départ s'élèvent tels des morceaux de sucre gris par-dessus les lignes noires flottantes qui marquent les couloirs. Elle est toujours seule, apparemment personne d'autre ne peut se résoudre à nager aussi tôt.

Karim Akbar, le chef de la police.

Ses projets de vacances ne sont pas aussi controversés que sa manière de mener son travail. Lui, sa femme et leur fils de huit ans ont loué un châlet dans la région de Västervik. Pour trois semaines. Mais ce ne sont pas de vraies vacances, en fait. Karim projette d'écrire un livre sur l'immigration. Sa femme et son fils vont faire des excursions et nager.

Malin sait déjà de quoi le livre va parler. Il racontera l'histoire d'un garçon kurde qui vit dans un appartement beaucoup trop petit à Sundsvall. D'un père qui se suicide puisqu'il ne supporte pas l'idée d'être marginalisé. D'un fils qui cherche à s'en sortir en étudiant le droit et qui devient le chef de police le plus jeune du pays, le seul issu de l'immigration. La presse en parlera, et il participera à des débats à la télé.

Malin se dirige vers le bloc de départ du milieu. Elle se penche, dépose doucement la serviette et le portable sur les dalles de béton, cache le pistolet sous le tissu éponge et met ses lunettes, avant de s'apprêter à plonger.

Elle consacre une dernière pensée à ses collègues. Degerstrom sera de retour en septembre de sa formation à Stockholm. Andersson est toujours en arrêt maladie.

Puis, Malin se met sur la pointe des pieds, contracte les muscles et saute.

Elle n'entend pas la sonnerie de son téléphone portable, n'entend pas qu'il lui hurle que quelque chose est arrivé, que Linköping vient de se réveiller de son lourd sommeil d'été.

Avancer un bras, l'autre en arrière, et inspirer au bout du cinquième mouvement. Elle prévoit de faire quarante allers-retours dans le bassin.

Quand elle arrive pour la première fois à l'autre bout, elle fait demi-tour, savourant la sensation que son corps lui obéit.

Elle s'approche à nouveau du bord, le premier aller-retour est presque achevé, elle se concentre pour faire demi-tour, puis entend tout à coup une voix nerveuse et masculine.

« Excusez-moi, excusez-moi, hé… »

Nager, nager, ne pas s'arrêter. Elle ne veut parler à personne, ne veut répondre à aucune question, juste sentir son corps, laisser toutes les pensées de côté, s'éloigner de tout.

« Votre téléphone… »

C'est peut-être Tove, ou Jan.

Au lieu de faire demi-tour, elle ralentit, ses mains saisissent la barre en métal sous le bloc de départ.

Une voix inconnue se fait entendre au loin.

« Excusez-moi, mais votre portable a sonné quand je suis passé.

– Merci, dit Malin en aspirant une grande bouffée d'air.

– De rien », dit la voix, et la silhouette noire disparaît, elle semble fondre dans la lumière. Malin sort du bassin. Les pieds dans l'eau, elle tend une main vers le portable posé sur la serviette.

Le numéro de Zeke s'affiche sur l'écran.

Un nouveau message.

Elle n'a pas envie de l'écouter. Zeke décroche à la troisième sonnerie.

« Malin, c'est toi ?

– Qui d'autre ?

– Le grand parc au centre-ville, dit Zeke. Viens au plus vite. Tu n'es pas loin, n'est-ce pas ?

– Qu'est-ce qu'il s'est passé ?

– Je ne sais pas trop encore. On a reçu un appel au commissariat. Ramène-toi au plus vite sur le terrain de jeux dans la rue Djurgårdsgata. »

La terre s'ouvre sous nos pieds, pense Malin.

3

MALIN se précipite aux vestiaires, la serviette nouée autour du cou, ses traces de pas mouillées sur le béton s'évaporent et disparaissent derrière elle.

Elle enlève son maillot, ne pense même pas à se laver pour éliminer le chlore et s'abstient de se peigner. Elle met sa jupe, son chemisier blanc, le holster, la veste par-dessus, puis se glisse dans ses sandales blanches.

Elle passe par le tourniquet. Sur le vélo.

Qu'est-ce qui l'attend dans ce parc ?

Il s'est passé quelque chose, ça c'est sûr. Avant de raccrocher, Zeke lui a parlé d'un appel reçu au commissariat que la standardiste lui avait transmis. Une voix androgyne à l'autre bout avait dit d'une manière très agitée et peu compréhensible : « J'ai vu une femme nue au jardin botanique, elle est assise dans le pavillon sur le terrain de jeux. Il a dû se passer un truc horrible. »

Une femme nue. Dans le plus grand parc de la ville.

La personne qui a appelé n'avait pas dit quel âge la femme avait, rien par rapport à son état, si elle était morte ou vivante, en fait, il n'avait rien dit. Une voiture de police a déjà été envoyée sur place.

Peut-être seulement une fausse alerte ?

Non. C'était sérieux. En entendant la voix de Zeke, Malin l'a tout de suite su. Le Mal, ce fleuve indéfinissable, noir et souterrain qui remonte toujours à la surface là où l'humanité n'est pas loin, s'est à nouveau manifesté.

Qui était l'inconnu qui avait passé le coup de fil ? Pas clair. Une voix haletante.

Pas de numéro affiché sur l'écran du téléphone de Zeke, ni sur celui de la standardiste.

Malin s'arrête à la clôture du parc près de l'Hôtel Ekoxen. La grande pelouse est entourée de hauts chênes. Au printemps, le parc est le théâtre de fêtes alcoolisées, et Malin croit sentir l'odeur de schnaps, de vomi et de préservatifs usagés. Le pavillon se trouve au fond, tout à droite, c'est ce qui reste de l'ancien restaurant qui a brûlé il y a longtemps.

La peinture blanche de la voiture de police brille comme un mirage plus loin dans le parc. Malin accélère.

Tout à coup, elle ressent la violence. Elle l'a vue trop souvent de près, elle reconnaît immédiatement son odeur. Typique.

La voiture de police est garée à côté du petit pavillon, au pied d'une colline. Les phares d'une ambulance clignotent quelques mètres plus loin. Malin met le vélo sur la béquille et observe la scène. Derrière une clôture en bois vert se trouvent une balançoire de pneus, une cage à poules et trois bascules en forme de vache. Un bac à sable.

Deux policiers en uniforme, Johansson et Rydström, s'affairent sur l'aire de jeux. Ils ne l'ont pas encore remarquée, puisqu'elle est derrière la voiture de police. Pourtant, ils auraient dû l'entendre. Ou se rendre compte que les deux ambulanciers l'ont saluée. L'un est un homme d'âge moyen et assez costaud, il s'appelle

Jimmy Niklasson, l'autre est une fille blonde, d'environ vingt ans.

Elle doit être nouvelle.

Malin sait à quel point il est difficile de trouver des femmes capables de faire ce travail. Beaucoup d'entre elles échouent aux épreuves physiques.

Niklasson jette un regard inquiet vers Malin.

La silhouette assise entre eux sur le banc est enveloppée dans une couverture ; ils la tiennent, sa tête est cachée, baissée, et il n'est pas évident de savoir s'il y a vraiment quelqu'un assis entre les deux ambulanciers.

Malin se dirige lentement vers le banc.

Niklasson hoche la tête, la blonde fait de même.

Johansson et Rydström viennent de la découvrir et crient en choeur :

« On croit que… »

« … elle a sûrement… »

« … été violée. »

Quand ce dernier mot coupe l'air et vole à travers le terrain de jeux, l'être sous la couverture lève les yeux, et Malin aperçoit le visage d'une petite fille dont les traits sont déformés par la peur.

Des yeux bruns fixent Malin et semblent demander : Qu'est-ce qui s'est passé ? Qu'est-ce qu'on va faire de moi ?

Oh mon Dieu, pense Malin. Elle n'est pas plus âgée que Tove.

« Fermez-la ! » crie-t-elle à l'adresse des uniformes.

Où est Zeke ?

La fille a de nouveau baissé la tête. Jimmy Niklasson enlève le bras qu'il avait posé autour des épaules de la petite et se relève. La nouvelle reste assise. Niklasson se dirige vers Malin, elle aurait préféré que ça soit Zeke qui vienne en premier sur le lieu du crime. Il aurait fait régner le calme qu'elle va devoir à présent imposer aux autres.

Zeke est imbattable quand il s'agit d'imposer le silence. Même s'il s'y connaît aussi très bien en matière de tempête.

Johansson et Rydström se tiennent devant elle, un mur de masculinité tout à coup très proche.

Rydström dit de sa voix grasse :

« On l'a trouvée là-bas, près du pavillon, elle gisait sur le parquet. »

Johansson :

« On l'a aidée à se relever. Mais elle n'a rien dit, on n'a pas pu établir de contact avec elle. Finalement, on a appelé l'ambulance.

– Bien, dit Malin. Bien. Est-ce que vous avez touché quelque chose là-bas ?

– Non, répond Rydström. Seulement elle. On l'a fait s'asseoir sur le banc, elle n'a pas bougé depuis. On avait une couverture dans le coffre qu'on lui a mise autour des épaules.

– Avez-vous trouvé ses vêtements ?

– Non.

– Elle saigne dans le bas du ventre », explique Niklasson. Sa voix est curieusement frêle pour un homme aussi baraqué. « Autant que j'ai pu voir, elle a été frappée sur les bras et les tibias. Mais sinon, elle est incroyablement propre, comme si on l'avait frottée.

– Elle sent le produit de nettoyage, ajoute Rydström. Son corps est tout chaud. Les blessures aux bras et aux jambes semblent avoir été lavées et récurées.

– Emmenez-la dans l'ambulance, conseille Malin. C'est plus calme.

– Elle ne veut pas, réplique Niklasson. On a essayé, mais elle ne fait que secouer la tête.

– Est-ce qu'elle a l'air de savoir où elle est ?

– Elle n'a pas dit un mot. »

Malin se tourne vers Rydström et Johansson.

« Y avait-il quelqu'un d'autre ici quand vous êtes arrivés ?

– Non. À qui est-ce que tu penses ? demande Johansson.

– Ben, celui qui nous a appelés, par exemple.

– Il n'y avait personne. »

Malin hésite.

« Vous deux, dit-elle ensuite. Vous sécurisez le lieu du crime. Commencez par la fontaine et faites un cercle jusqu'ici. »

Malin s'assied sur le banc en douceur. Elle ne veut pas paraître envahissante et essaie une approche sympathique.

« Est-ce que tu m'entends ? » demande Malin. Elle regarde la peau blanche qui brille. Les blessures aux bras ressemblent à de petits îlots. La fille a l'air d'avoir passé une nuit d'hiver dehors. C'est l'innocence pure qui marque dans sa peau, comme si elle avait dansé avec le diable sur le seuil de la mort et survécu comme par miracle.

La fille se tait, n'émet pas un seul son.

Un léger effluve de chlore remonte au nez de Malin, il lui rappelle l'odeur de la piscine.

La jeune ambulancière se tient de l'autre côté de la fille, silencieuse. Le fait que Malin ne se soit pas présentée ne semble pas la déranger.

« Est-ce que tu peux me raconter ce qui s'est passé ? »

Du silence, mais un bref mouvement vers le côté.

« N'aie pas peur. »

Pas de réaction, pas de réponse, rien.

« Restez auprès d'elle, dit Malin en se relevant. Ne la laissez pas seule. »

En bas, près de la fontaine, les deux policiers fixent le ruban de sécurité autour d'un arbre ; Niklasson s'affaire dans l'ambulance.

« Pouvons-nous l'emmener à la clinique ? » demande la jeune ambulancière. Sa voix est douce et empathique, apaisante. « Au fait, je m'appelle Ellinor. Ellinor Getlund. »

Malin lui tend la main.

« Malin Fors, commissaire. Attendons encore un moment, même si elle devrait aller à l'hôpital. Si on lui laisse un peu de temps, elle se mettra peut-être à parler. Je vais aller jeter un œil par là-bas. »

Le pavillon se trouve à l'ombre d'un chêne. Mais elle est quand même en nage.

Son portable indique 8 h 17.

Et il fait déjà aussi chaud que dans une fournaise.

Une chaleur curieusement humide s'abat sur Malin, quand elle entre avec précaution dans le pavillon. Comme s'il possédait un microclimat. Il y fait sans doute cinq degrés de plus qu'à l'extérieur, malgré l'absence de murs. C'est plutôt un assemblage de piliers qu'une pièce.

Il fait tellement chaud, c'en est presque irréel.

Comme si des molécules particulièrement féroces s'étaient rassemblées ici, comme si un diable invisible dansait dans l'air.

Elle fait attention à ne pas abîmer les traces de pas. Tout au fond, elle aperçoit une mare de sang, quelques taches rouges autour, qui, ensemble, forment presque un corps.

Que faisais-tu ici si tard la nuit ? Tu n'es même pas plus âgée que ma fille. Tu n'aurais pas dû atterrir ici.

Pas de vêtements, pas de tissu, du moins autant que Malin puisse le voir.

La sonnerie d'un téléphone portable retentit, la voix calme d'Ellinor Getlund résonne derrière Malin. La voix s'approche. Est-ce qu'elle a laissé la fille seule ?

Malin s'accroupit et prend une profonde inspiration. Elle passe prudemment la main sur les planches, sans les toucher, pour ne rien abîmer avant que l'équipe du relevé d'empreintes et la technicienne, Karin Johannison, n'arrivent.

Elle découvre du sang sur la rambarde à côté de l'endroit où la fille a été retrouvée.

Quelqu'un t'a-t-il poussée par-dessus la rambarde ? Ou est-ce que tu es passée par-dessus toute seule ?

Des voix d'enfants s'élèvent dans le parc.

Qu'est-ce qu'ils font ici, si tôt le matin ?

Malin se relève, s'approche de la rambarde. De l'autre côté, elle aperçoit de nombreuses traces de pas, un peu plus loin, dans les buissons, plusieurs branches cassées. Un pin à l'écorce sèche. Est-ce qu'il a attendu là-bas ? L'a-t-il traînée dans les buissons ?

Les enfants rient. « Police, les mains en l'air ! »

Il y en a beaucoup. Et tout à coup, ils se mettent à hurler, des voix de femmes irritées font écho dans le parc, interrompues par celle de Niklasson :

« Bordel, mais qu'est-ce que c'est que ça ! »

Malin se retourne.

Dix petits gamins, dans leurs vestes jaunes. Ils pleurent. Les éducatrices ont l'air perplexes quand une fille nue, battue et irréellement propre se dirige vers eux.

« Je vous avais dit de rester à côté d'elle ! » jure Malin.

Ellinor Getlund court pour rattraper la fille, le portable dans une main, la couverture orange, qu'elle vient de saisir dans le gravier devant le banc, dans l'autre.

La fille nue à la peau vitreuse franchit la clôture près des balançoires, sans se soucier de ses blessures aux bras et aux jambes et du sang qui colle à l'intérieur de ses cuisses.

Elle s'assied sur l'un des pneus et commence à se balancer d'avant en arrière, un balancement comme une tentative entêtée de suspendre le temps.

Son corps blanc étincelle, et le sang sur ses jambes paraît presque phosphorescent.

Près de la fontaine, Rydström et Johansson tripotent leur ruban comme si rien n'était arrivé.

Où est Zeke ? pense Malin. J'ai besoin de lui. Maintenant.

4

ZEKE entre dans le pavillon avec précaution, et se place à côté de Malin.

Il est venu juste après qu'ils ont soulevé la fille de la balançoire, l'ont enveloppée dans la couverture et l'ont laissée prendre place sur un banc à l'arrière de l'ambulance. Elle était montée sans hésiter.

Les gamins étaient tous partis. Ils s'étaient vite calmés. Ils semblaient s'amuser à observer cette fille bizarre et nue qui se balançait, ils auraient bien aimé qu'elle continue. Certains même paraissaient déçus lorsque Malin et Ellinor Getlund ont aidé la fille à descendre.

Malin expliqua à l'une des éducatrices que le terrain de jeux était dorénavant considéré comme une scène de crime, mais qu'ils pourraient sans doute revenir le lendemain pour jouer. L'éducatrice ne voulait pas savoir ce qui s'était passé. Elle semblait surtout soucieuse d'emmener les enfants ailleurs.

Zeke arriva en courant. Sa tête rasée dodelinait, et les gouttes de sueur sur son front de quarante-cinq ans se cristallisaient à mesure qu'il approchait. Chemise bleu clair, jean bleu clair, jaquette beige. Chaussures noires, beaucoup trop lourdes par cette chaleur, mais ça faisait officiel.

Malin était hors d'elle. Elle était en train de crier sur Ellinor Getlund à côté de la voiture.

« Sur le lieu du crime, vous êtes censée exécuter les ordres des policiers responsables, et je vous avais dit de rester à côté d'elle ! »

Ellinor Getlund, pas du tout intimidée :

« Quand est-ce qu'on peut l'emmener ? Elle doit aller à l'hôpital.

– Quand je vous le dirai.

– Mais…

– Pas de mais. »

Et en s'adressant à Zeke :

« T'étais où pendant tout ce temps ?

– J'étais en panne d'essence. Heureusement, à seulement deux cents mètres de la station-service. Cela fait des années que ça ne m'est plus arrivé. C'est à cause de cette putain de chaleur.

– À cause de la chaleur ?

– Elle paralyse le cerveau.

– C'est vrai. Espérons juste qu'on ne ratera pas trop d'éléments dans cette enquête. »

Malin l'informa sur ce qu'elle venait d'observer dans le pavillon, ensuite ils s'y rendirent ensemble. Maintenant, Zeke se tient à côté d'elle dans cet espace ouvert, son visage mince exprimant le doute.

« Qu'est-ce qu'on sait déjà ? Est-ce qu'on est sûr qu'elle a été violée ?

– Non, mais toutes les circonstances l'indiquent, n'est-ce pas ?

– Hm.

– Peut-être que ça s'est passé dans les buissons. »

Zeke hoche la tête.

« Ou alors il l'a agressée à un autre endroit pour ensuite l'emmener ici. Merde, qu'est-ce qu'il fait chaud ici.

– J'aimerais que tu lui parles, dit Malin. Tu pourras peut-être l'amener à dire quelque chose. J'ai l'impression qu'on ne pourra la faire parler qu'ici et nulle part ailleurs. »

La porte arrière de l'ambulance est ouverte.

La fille est assise à l'intérieur, la jeune ambulancière tout près d'elle. La fille s'est tirée la couverture orange par-dessus la tête, les yeux rivés au sol. L'intérieur du véhicule sent l'hôpital et le produit de nettoyage, les tuyaux d'oxygène courent le long des murs, et de minces fils à embout jaune pendent du plafond. Un appareil cardio-pulmonaire est fixé à la paroi intérieure.

As-tu déjà sauvé des vies ? se demande Malin. Cette fille-là, tu ne pourras pas la sauver.

Quelqu'un peut-il la sauver ?

Zeke monte d'abord, Malin le suit de près. D'un geste de la main, elle fait comprendre à Ellinor Getlund qu'elle peut s'en aller. Ils prennent place de chaque côté de la fille.

Zeke dit : « Si tu levais la tête pour me regarder, ce serait bien. Mais ce n'est pas important. »

La fille ne bouge pas.

« Qu'est-ce qui s'est passé la nuit dernière ? Est-ce que tu peux me le raconter ? »

Long silence.

« Est-ce que quelqu'un t'a agressée la nuit dernière ? »

Zeke passe une main sur sa tête chauve et brillante.

« Si tu ne veux rien dire, ce n'est pas grave. Mais tu nous aiderais beaucoup, si tu nous disais comment tu t'appelles.

– Je m'appelle Josefin Davidsson », dit la fille.

Puis elle se tait à nouveau.

L'ambulance roule en direction de la fontaine.

Josefin Davidsson ne dit rien de plus. Seulement son nom.

Que s'est-il passé ?

Qu'est-ce qu'elle faisait dans le parc ?

Ses vêtements. Où sont-ils ?

Quelqu'un l'a-t-il lavée ?

Qui sont ses parents ?

Où habite-t-elle ?

Qui a appelé ? Celui qui a découvert la fille ? Ou…

Elle s'étonne du silence de l'adolescente. Les quelques mots qu'elle a prononcés circulent dans leurs crânes en sueur :

« Je m'appelle Josefin Davidsson. »

« Et maintenant ? demande Zeke, quand l'ambulance a disparu de leur champ de vision.

– Maintenant, on attend Karin.

– Karin Johannison ? »

Malin perçoit le dédain dans la voix de Zeke. Elle se demande pourquoi Zeke la méprise à ce point. Parce qu'elle est belle ? Parce qu'elle est intelligente ? Ou parce qu'elle est riche, et que riche signifie supérieur ?

« Bali. Nous logerons au Bulgari-Camp à Uluwatu, raconte Karin Johannison, lorsqu'elle gratte les traces de sang sur la rambarde. Je prends mes congés en août, nous partons un mois, c'est la période la plus belle.

– Jan et Tove y sont en ce moment.

– C'est super. Tu sais où ils sont exactement ?

– Dans un hôtel à Kuta Beach.

– C'est l'une des plages les plus magnifiques. Mais très touristique. »

Malin remarque à quel point Karin est bronzée, bien qu'elle ait travaillé tout au long de l'été dans le laboratoire. Elle paraît indécemment fraîche et gaie, comme d'habitude, ses yeux bleus emplis d'un scintillement positif, la peau brillante et soignée. Ses habits, une matière rose coûteuse, qui se moule parfaitement autour de son corps, ajoutent encore à cette impression de classe.

Karin vient d'examiner les buissons et la pelouse autour du pavillon. Elle place les déchets qu'elle a trouvés dans de petits sachets qu'elle marque au stylo rouge.

« Je chercherai aussi des empreintes. Mais ici, il peut y en avoir des milliers ou aucune. C'est difficile sur le bois.

– Je croyais que vous trouviez des empreintes partout », grince Zeke.

Karin ne réagit même pas.

« Peut-être que ça s'est passé comme tu as dit, Malin. Qu'il a abusé d'elle dans les buissons et qu'il l'a ensuite traînée jusqu'ici pour la jeter par-dessus la rambarde. Il faut attendre les conclusions des médecins concernant ses blessures.

– Nous ne savons même pas si elle a été violée. Ni si c'est vraiment un homme qui a fait ça. »

La voix de Zeke est hostile.

« Rentrons au commissariat », dit Malin en se demandant pourquoi Daniel Högfeldt n'est pas déjà dans les parages, lui ou un autre reporter du *Corren* aurait dû être là depuis longtemps. Peut-être que leurs indics étaient en vacances. Ou que la nouvelle n'était pas assez dramatique pour être diffusée sur les ondes.

Daniel se pointera bientôt. Elle en est certaine. Voici une affaire chaude, plus chaude que les incendies.

Une jeune fille violée dans le parc.

Les badauds se rassemblent derrière le cordon de sécurité. Des gens en habits d'été qui se posent la même question que les policiers : que s'est-il passé ?

Zeke laisse la voiture, l'un des autres policiers la ramènera au commissariat. Malin va chercher son vélo et jette un dernier regard en direction du pavillon, avant que Zeke et elle ne quittent le parc.

Ce n'est que le début, semble dire le soleil, l'été deviendra encore plus chaud, plus insupportable. Vous verrez, après la lumière, c'est l'obscurité.

« Allez. Viens, Malin. »

Zeke paraît à la fois énervé et serein.

Enfin, ils ont une véritable affaire qui les occupera. Et c'est l'été. Donc pas de hockey sur glace.

Malin sait que Martin, le fils de Zeke et la star du Linköping HC – la fierté de toute la ville –, n'a pas d'entraînement pendant trois semaines. Zeke déteste le hockey, pour l'amour de son fils, il va voir chaque match à domicile de la saison. Seulement à cette période de l'année, il n'y a même plus de glace au Cloetta Center.

À peine six cents mètres jusqu'au commissariat, pense Malin. Une fille se fait agresser et violer quasiment sous les yeux des autorités. Le sentiment de sécurité est une illusion.

Quatre adolescentes les dépassent sur leurs vélos, leurs sacs de bain accrochés sur le porte-bagages.

Elles vont se rafraîchir. Peut-être dans la piscine de Glyttinge ? Ou au Tinnis ?

Du bruit et la foule. Des vacances et une ombre qui nous guette, tapie dans le noir, derrière un arbre.

5

ON VEUT *aller se baigner, on veut aller nager, avez-vous dit. Est-ce que tu as mes brassards, maman, est-ce que tu as vu la bouée, elle est où ? Je ne veux pas couler, maman.*

Je vous entends. Vous êtes là-haut, mais je ne sais pas, si vous m'entendez quand je vous appelle. Je peux sentir les gouttes. Elles restent. Qu'est-ce qu'elles sentent ? Elles ont une autre odeur que l'eau. Est-ce l'odeur du fer ? De la crotte ?

J'entends vos pas au-dessus de moi.

Je crois que je me trouve quelque part dans un sous-sol, mais peut-être que je prends un bain, toute cette humidité, cette obscurité qui m'entoure, c'est peut-être de l'eau. Ça doit être de l'eau, j'aime l'eau.

Et maintenant vous jouez. Où est ma balle, maman ? Dois-je l'attraper ? Mais mes bras ne bougent pas. J'essaie de les agiter, j'essaie, mais ils sont figés.

Pourquoi me piétinez-vous ?

Je ne veux pas que vous marchiez sur moi.

Où suis-je ?

Où es-tu, papa ?

Je peux nager, je peux me laisser emporter, mais je n'arrive nulle part. Je peux nager, mais je ne peux pas respirer. Mon espace est fermé.

Le jardin d'enfants de l'autre côté du parc, en face de la salle de réunion du commissariat, est fermé pendant l'été. Pas de gosses sur les balançoires ni sur les toboggans rouges, pas de petites mains potelées qui creusent dans le bac à sable.

À la place, on aperçoit deux peintres aux fenêtres. Ils se tiennent chacun sur une échelle, torse nu, et peignent un mur en rose, avec des mouvements saccadés et beaucoup plus rapides que ce qu'on imagine.

Des couleurs vives pour des enfants vifs.

Malin jette un regard circulaire dans la salle de réunion. Les murs sont peints en jaune clair, un tableau blanc est posé à côté de la porte. L'horloge au mur indique 10 h 25. La réunion matinale commence en retard à cause de l'incident dans le parc.

Combien fait-il maintenant ? Trente-cinq degrés dehors, trente à l'intérieur ?

Sven Sjöman, assis en face de Malin, a l'air de souffrir. Les taches de sueur sous les aisselles de sa chemise à carreaux bruns s'étendent presque jusqu'au ventre.

Dans une chaleur pareille, les crises cardiaques ne sont pas rares. Mais il est assez prudent, ne bouge pas plus que le nécessaire. Il a cinquante-cinq ans, dont trente-trois passés au service de la police, et il a appris à Malin tout ce qu'elle connaît de ce métier. Enfin, presque tout.

Mais tu m'as surtout incitée à croire en moi, à sentir que j'étais faite pour mener des enquêtes, pense Malin.

« Tu es le policier le plus doué avec lequel j'ai travaillé », lui avait-il dit un jour.

Est-il conscient de l'impact de telles paroles ? Sans doute, sinon il ne les aurait pas prononcées.

Zeke est assis à côté d'elle, des gouttes de sueur perlent sous son nez et sur son front. Malin a l'impression de sortir d'une séance d'entraînement.

« Nous voilà au complet, commence Sven. C'est à nous de trouver un moyen de mettre de l'ordre dans ce qui s'est passé la nuit dernière. Et puis, il y a une autre affaire qui vient de nous être signalée. Une fille du nom de Theresa Eckeved, âgée de quatorze ans, a été portée disparue par ses parents. Les deux affaires sont désormais sous ma responsabilité.

– Tiens, tiens, dit Zeke. Les jeunes filles ont le vent en poupe. »

Il ne se passe rien, et puis tout nous tombe dessus d'un coup, pense Malin.

« Disparue, répète Malin. Une fille de quatorze ans ? Elle a sûrement fugué.

– Possible, répond Sven. Les parents de Theresa Eckeved m'ont raconté ce qui s'est passé. Mais commençons d'abord par Josefin Davidsson.

– Une chose après l'autre », sourit Zeke. Malin voit que son regard épuisé par l'été a retrouvé de l'énergie.

Ce mélange d'excitation et d'enthousiasme au travail, c'est l'un de ces sentiments coupables qu'on éprouve souvent en tant que policier.

Un viol – et tu fonces.

Un meurtre – et tu brûles d'envie.

« Les médecins de l'hôpital universitaire sont en train d'examiner Josefin Davidsson. Ils vont constater si elle a été violée. Les psychologues de service ont été alertés, ils vont s'occuper d'elle et essayer de la faire parler.

– J'ai vérifié tout à l'heure, dit Malin. Il y a cent vingt personnes du nom de Davidsson à Linköping. Il va falloir mobiliser tout le personnel libre et passer des coups de fil.

– Nous ne connaissons toujours pas l'identité de celui qui a appelé, ajoute Zeke.

– C'est vrai. Ce sera difficile, répond Sven. L'appel provient d'un portable à carte. Peut-être quelqu'un qui passait par là et qui n'avait pas envie d'avoir affaire à la police. Ou quelqu'un qui est mêlé à l'agression. Pour l'instant, aucun membre de la famille de Josefin Davidsson ne s'est manifesté. Rien. Il faudra interroger les gens qui habitent près du parc. Quand les médecins et les psys auront terminé leur boulot, nous pourrons essayer de l'interroger une nouvelle fois.

– Elle est peut-être plus âgée qu'elle n'en a l'air, dit Malin. Et elle est restée seule à la maison, pendant que ses parents étaient partis en vacances.

– Ce qui nous amène à Theresa Eckeved, explique Sven. Ses parents sont allés à Paris, et Theresa était censée rester chez son petit ami dans leur villa à Sturefors. »

Malin a des frissons quand elle entend les mots « villa » et « Sturefors ».

Sturefors. La banlieue de Linköping où elle a grandi.

Des milliers d'images traversent sa tête : comment ses parents se tournaient autour au lieu de marcher côte à côte. Comment elle se promenait dans la maison et le jardin, tout en ayant l'impression de ne pas savoir où elle était, qu'il devait y avoir une autre réalité que celle dans laquelle elle vivait, et que chaque coin, chaque buisson, chaque mot, chaque allusion cachait une énigme. Le désir de devenir adulte et l'espoir vain que la vie allait changer.

Sa chambre d'enfant avec les posters de Duran Duran.

Nick Rhodes. « *See them walking hand in hand across the bridge at midnight* » et « *Girls on film* ».

« Quand ils sont rentrés hier soir, Theresa n'était pas là. Ils ont appelé les parents de son petit ami, et il s'est avéré qu'il était tout le temps avec sa famille dans leur maison de vacances, sans Theresa. »

Markus.

Tove.

Au début, Tove n'a peut-être même pas menti en ce qui concernait sa relation, elle n'a juste pas admis la vérité. S'est donné tout le mal du monde pour trouver une place à un amour, dont elle craignait que Malin le désapprouve. Parce qu'elle ne m'a pas fait confiance, pense Malin. Elle croyait que je la couvrirais de reproches. C'était vrai. Je me suis dit que je voulais seulement protéger Tove, mais ce n'est pas vrai : j'ai juste essayé de l'empêcher de commettre la même erreur que moi. Mon Dieu, j'avais vingt ans quand je suis tombée enceinte de Tove. Je n'aurais pas supporté de la voir sombrer dans le même chaos que moi à l'époque.

Une mère ratée, c'est ainsi qu'on appelle ça. Point barre.

« Ils ne lui ont pas téléphoné, pendant qu'ils étaient à Paris ? »

Zeke paraît de nouveau fatigué, sa voix est rauque.

Ils regrettent sûrement d'avoir fait ce voyage, pense Malin.

« Apparemment non, dit Sven. La fille n'était pas joignable, ni sur son portable, ni sur le fixe, mais ça ne les inquiétait pas tant que ça.

– Ah bon ?

– La fille traverse apparemment une phase un peu rebelle. En plus, elle a déjà perdu son portable à plusieurs reprises.

– Combien de temps sont-ils restés à Paris ? demande Zeke.

– Six jours.

– Cela veut dire qu'elle peut avoir disparu il y a une semaine déjà.

– Et les parents n'ont aucune idée d'où elle pourrait être ?

– Non, en tout cas pas quand je leur ai posé la question. »

Sven Sjöman ajuste sa chemise avant de poursuivre.

« La fille dans le parc est la priorité numéro un, mais passez quand même à Sturefors. Parlez avec les parents, calmez-les. Si on fait confiance aux statistiques, elle reviendra tôt ou tard. »

Puis Sven mentionne une adresse qui ne se trouve pas loin de la maison où Malin a grandi. Le même quartier.

Elle n'y est plus retournée depuis que ses parents ont vendu la maison pour un appartement. Maintenant, ils habitent à Ténériffe. Ils rentrent souvent l'été, mais il y a quelques semaines, son père lui a annoncé au téléphone : « Cet été, on reste ici. Ta mère a commencé à jouer au golf, et elle veut prendre des cours. C'est moins cher en été qu'en hiver. »

Malin réfléchit :

« Et les médias, on leur dit quoi ? Ils vont se jeter sur ces deux affaires comme des hyènes affamées.

– Sûrement, dit Sven. C'est pour ça qu'on ne doit pas ébruiter l'affaire pour l'instant. Nous ne savons toujours pas s'il s'agit d'un viol et, concernant la fille, ils mettront peut-être du temps avant d'en entendre parler. Il se peut qu'il nous reste une journée tranquille pour bosser. Profitons-en. Par contre, il est tout à fait possible qu'on ait besoin du soutien des habitants, peut-être même dans les deux affaires. Attendons d'abord de voir comment les choses évoluent. Transférez-moi toutes les demandes. Je m'occupe des journalistes pendant l'absence de Karim.

– Il rentrera dès que ça commencera à chauffer, dit Zeke.

– C'est clair », fit Malin. Au même moment, son téléphone se met à sonner.

Malin regarde le numéro qui s'affiche sur l'écran et décroche. Elle écoute.

« Il faut t'adresser à Sven Sjöman, dit-elle ensuite. C'est lui qui s'occupe des relations avec la presse pendant l'été. »

Elle passe l'appareil à Sven, hausse les sourcils et sourit ironiquement.

« C'est Daniel… Daniel Högfeldt du *Corren*, dit-elle. Il veut qu'on confirme ses infos concernant la fille violée dans le parc et la fille de Sturefors qui a disparu, et il aimerait savoir si nous pensons qu'il existe un lien entre les deux affaires. »

6

UN LIEN ? Une fille a disparu, une autre a été agressée, peut-être violée. Cette idée n'est pas tirée par les cheveux ni absurde. Le temps et l'enquête montreront le lien, s'il y en a un.

Mais là, ils commencent à zéro. L'air de l'autre côté du pare-brise semble figé, il brille comme s'il manquait d'oxygène. Les champs de blé s'inclinent devant la chaleur, on dirait un poing géant qui presse les plantes par terre en tonnant : ne crois pas pouvoir vivre, pas cet été, ce sera l'année de la terre brûlée.

Les mains de Zeke reposent tranquillement sur le volant de la Volvo. Comme celles de son fils autour d'une crosse de hockey.

À la fin de la saison dernière, les Toronto Maple Leafs ont fait une offre à Martin qu'il a déclinée. Sa petite amie est enceinte et veut accoucher à Linköping. Et les sponsors Cloetta et Saab ont ouvert leurs bourses pour le garder.

« Maintenant, le gamin est riche, a été le commentaire de Zeke. Et il sera encore plus riche une fois qu'il sera aux États-Unis. »

On aurait pu avoir l'impression que Zeke souhaitait que Martin parte, comme s'il en avait assez du hockey, de la gloire et de l'argent.

« C'est un sport de merde. »

Malin lui avait demandé ce qu'il ressentait à l'idée de devenir grand-père.

« T'es sans doute nerveux et fier », avait-elle dit, mais Zeke avait répondu par un grognement. Elle n'avait pas insisté. Quand le bébé serait là, il serait heureux, elle en était convaincue. La petite frapperait de ses menues mains sur son crâne rasé en babillant, et Zeke l'adorerait.

Sturefors.

En silence, ils s'approchent du quartier. Malin ferme les yeux.

Des pieds de fille qui volent à travers les brins. Toute seule dans le jardin. Le parfum de papa. De maman. Malin les entend se disputer, se plaindre. Elle aurait voulu qu'il la défende, qu'il la défie, montrer qu'il vaut quelque chose.

Mais le voilà à côté de maman, qui tord la bouche pendant qu'elle lui hurle dessus. Sa protestation hésitante meurt au fur et à mesure qu'elle continue sa litanie.

Malin sent de nouveau le vent dans ses cheveux, quand elle roule en vélo jusqu'à l'école.

C'est une compétition, se dit Malin, tout est une compétition.

Et elle se souvient seulement maintenant, dans cette voiture climatisée, qu'une nuit, quand ils croyaient qu'elle s'était endormie, ils ont dit : « Il ne faut pas qu'elle sache. Ça doit rester entre nous. »

La voix acerbe de maman. Celle de quelqu'un qui était content de ce qu'il vient de faire.

Qu'est-ce qu'elle est censée ne pas savoir ?

Malin se rappelle les matchs de foot des garçons sur la pelouse derrière le bâtiment de l'école, les maillots rouges de l'équipe du quartier.

Des corps. La chaleur. Lumière de projecteur. Bankeberg SK, Ljungsbro ID, LFF, Saab. Les garçons et, à leur côté, les filles, tous sous une couverture dans la cave. Si seulement personne ne venait.

Malin voit des lilas et des clôtures en bois vert. Les familles essaient d'être des familles. Les enfants sont enfants. Ils se baignent, sachant qu'ils prendront la relève un jour.

Sturefors.

« Tu peux tourner à gauche ici, dit Malin.

– Tu connais le quartier ?

– Oui. »

Zeke lève les yeux, ne se soucie pas du panneau « attention aux enfants » accroché à un mur blanc étincelant.

Le compteur indique trente-cinq km/heure, cinq de plus que permis.

« Comment ça se fait ? »

Même mon collègue le plus proche n'est pas au courant, pense Malin. Pas la peine qu'il le soit. Je n'ai nullement envie de lui raconter que j'ai grandi dans une maison située quelques rues plus loin, que j'ai habité ici de ma naissance jusqu'au moment où j'ai quitté le foyer parental, dans le Sturefors heureux. Je n'ai nullement envie de lui raconter ce que Stefan Ekdahl et moi avons fait dans le lit de mes parents, quatre mois après mon treizième anniversaire, pense Malin. Et, sais-tu Zeke, je n'ai aucune idée de pourquoi c'est ainsi, aucune.

Elle pense à Jan.

Cela fait maintenant plus de dix ans qu'ils sont divorcés, mais ils n'ont toujours pas réussi à se séparer complètement. Ses propres parents sont mariés depuis l'âge de pierre sans jamais avoir été très proches l'un de l'autre.

« Je le sais, c'est tout, dit-elle.

– Il y a un truc que tu n'as pas dit, Fors, hein ?

– Bah, répond Malin, pendant que Zeke gare la voiture devant une maison en brique blanche, entourée d'un muret de la même couleur.

– La maison de Theresa Eckeved. Veuillez descendre, ma chère. »

Une piscine scintille au fond du jardin. Tout autour, plusieurs buissons soigneusement taillés, des plates-bandes fraîchement désherbées.

Une table en teck dressée. Du café et du gâteau. Un ventilateur tourne au plafond de la véranda, juste à côté de la cheminée, offrant une fraîcheur agréable. Un seau à glace est posé à côté de la cafetière.

« Si vous buvez le café *con hielo*, explique Agneta Eckeved, quand ils prennent place autour de la table.

– Merci, je le préfère chaud », répond Zeke.

Puis, Sigvard Eckeved s'adresse à eux. Il est inquiet et nerveux.

« Je ne comprends pas pourquoi elle nous a menti. »

Ses mots trahissent sa perplexité, il se rend compte qu'il n'a plus grand-chose à dire sur la vie de sa fille.

Il répète ce qu'ils savent déjà : qu'ils étaient à Paris, que le copain était censé rester avec elle, mais au lieu de ça, il était avec ses parents dans leur maison de vacances. En plus, ils n'ont pas trouvé le porte-monnaie ni le portable de Theresa, etc.

Malin et Zeke le laissent parler, seulement interrompu par quelques remarques explicatives de son épouse ; sa voix à elle est encore plus inquiète.

Sait-elle quelque chose qu'elle devrait nous dire ? se demande Malin.

Quand Sigvard Eckeved a terminé son rapport, Zeke demande :

« Auriez-vous des photos de Theresa ? Pour nous, mais aussi pour les autres commissariats, si jamais il faut élargir les recherches. »

Agneta Eckeved se lève et quitte la table sans un mot.

« Elle a dû fuguer, non ? demande Sigvard Eckeved, quand sa femme a disparu dans la maison. C'est comme ça que ça s'est passé, n'est-ce pas ?

– Nous allons essayer de le déterminer, réplique Malin. Elle reviendra sûrement. D'un point de vue statistique, les chances sont près de cent pour cent. »

En même temps, elle pense : Et si elle ne réapparaît pas, à quoi te servent mes mots pleins d'espoir ? Ce que je dis maintenant ne t'intéressera plus.

Agneta Eckeved revient avec plusieurs enveloppes remplies de photos.

Elle les pose sur la table, devant Zeke et Malin.

« Regardez et prenez celles dont vous avez besoin. »

Tout le monde dit que je suis une fille sage.

Mais comment puis-je être sûre qu'ils ne le disent pas seulement pour être gentils. En plus je m'en fous d'être sage. Qui veut bien être sage, merde. Je suis une adulte, à présent.

Tu m'as parlé d'une manière qui m'a fait rougir, mais il faisait froid dans l'eau, personne ne se doutait de rien.

Saleté. Est-ce que c'est sale ici ? D'où me viennent ces photos ? Pourquoi est-ce que je peux les voir, je ne le comprends pas. La plupart d'entre elles datent de cette année, des photos que maman prend tout le temps. Arrête de mitrailler, maman. Viens plutôt me chercher. J'ai peur, papa.

La plage, l'été dernier, à Majorque.

L'hiver à St. Anton, le soleil dans le ciel bleu, la neige parfaite.

Noël et Pâques.

Pourquoi est-ce que je peux voir ces photos et vous entendre, alors que je ne suis pas là ?

Et l'eau ? Pourquoi est-elle si boueuse, raide, comme de la glaise gelée, alors qu'elle devrait doucement entourer mon corps ?

Donne-moi ma bouée de natation, maman !

Elle est mignonne, non ?

Et puis une voix de fille, plus âgée.

Très mignonne, n'est-ce pas, Reke ? Reke, c'est qui ?

Je suis tellement fatiguée, papa. Il fait froid et sombre ici. Je suis seule.

Je ne devrais pas être ici. Je le sais. Je ne veux pas être ici. Je veux être avec vous, je peux vous voir, mais c'est comme si vous n'existiez pas, comme si je n'existais pas.

Est-ce que j'existe vraiment ?

Cette question me donne la frousse. Quand je pense à toi, papa, mon cœur se réchauffe. Mais en même temps j'ai peur. Pourquoi ne viens-tu pas ?

Malin choisit une photo sur laquelle on voit bien le visage de Theresa : elle a les lèvres pulpeuses, des joues rondes et des yeux vifs, sombres, presque noirs, des cheveux bruns mi-longs.

Ça ne sert à rien de demander comment elle était habillée, mais peut-être serait-il intéressant de savoir ce qu'elle porte d'habitude ?

« Un jean. Et des chemisiers. Jamais de robe ou de jupe. Elle trouve que ça fait trop femme.

– Elle a pourtant l'air d'une vraie jeune fille sur les photos.

– Ne vous fiez pas aux apparences. C'est un vrai garçon manqué, dit Sigvard Eckeved.

– Avez-vous la moindre idée d'où elle pourrait se trouver ? Chez des copains ou des copines en particulier ? »

Les parents secouent la tête.

« Elle n'a pas beaucoup d'amis, explique Agneta Eckeved. Enfin je veux dire, elle connaît beaucoup de gens mais peu d'entre eux sont de vrais amis.

– Nous aurions besoin du numéro de son copain, déclare Malin. De toutes les personnes qu'elle connaît, du moins que vous connaissez vous aussi. Et de toutes celles qui s'occupaient d'elle. Professeurs, entraîneurs, ou autre.

– Elle n'était pas vraiment attirée par le sport, dit Sigvard Eckeved. Mais il y a une fille qui est venue se baigner chez nous plusieurs fois, une nouvelle copine, qui habitait en ville. Tu te rappelles comment elle s'appelait, Agneta ?

– Nathalie. Mais je ne connais pas son nom de famille.

– Son numéro ?

– Non, je ne le connais pas non plus. Mais elle s'appelle Nathalie, ça j'en suis sûre.

– N'hésitez pas à me contacter si vous vous souvenez de quoi que ce soit, dit Malin.

– Est-ce que Theresa a un ordinateur ?

– Oui. Il est dans sa chambre. Mais elle ne s'en sert pas souvent.

– Pouvons-nous l'emmener ? Pour vérifier ses mails.

– Oui, bien sûr.

– Merci, dit Zeke. La piscine a l'air bien tentante, ajoute-t-il ensuite.

– Vous pouvez vous baigner si vous en avez envie, propose Sickvard Eckeved.

– Merci, mais le devoir nous appelle.

– Elle est très tentante en effet, confirme Malin. Et surtout rafraîchissante.

Cessez vos bavardages. Cherchez-moi plutôt. J'ai disparu. Je le sais maintenant. C'est ce qui a dû se passer. Sinon tu viendrais me chercher, papa, pas vrai ? Vous n'allez pas croire que je suis ici de mon plein gré !

Vous avez cru que c'était mon copain. Comment avez-vous pu être aussi naïfs ?

Je veux vous raconter la vérité.

Je crie, mais vous ne m'entendez pas. Et la sonnerie des portables là-haut. Arrêtez de me piétiner. Arrêtez de me piétiner.

« Oui, Fors à l'appareil. »

Malin se tient dans l'escalier années soixante-dix des Eckeved et tire son mobile de son sac. Elle décroche après la troisième sonnerie. Zeke est à côté d'elle avec l'ordinateur portable de Theresa sous le bras.

« C'est Sjöman. Vous pouvez aller à l'hôpital, au service numéro dix. Le médecin l'a examinée. Elle va mieux, elle nous a même dit qui elle est.

– Josefin Davidsson ? »

La chaleur enveloppe son cerveau comme un bandeau incandescent.

« À ton avis, Malin ? Qui d'autre ?

– Qu'est-ce qu'on en sait ?

– Elle a quinze ans et vit à Lambohov avec ses parents. »

Après avoir raccroché, Malin regarde encore derrière elle, par la vitre verte à côté de la porte d'entrée, et aperçoit la silhouette de Sigvard Eckeved faisant les cent pas.

7

Sigvard Eckeved, au fil des ans

TU ES VENUE trop tard, Theresa. J'avais quarante-deux ans, ta mère quarante et un.

Nous avons fait tous les tests, les médecins disaient que tu ne serais peut-être pas normale, mais tu as vu le jour, une créature parfaite, un don du ciel.

Pour moi, tu n'es que parfum, sentiments, bruits et respiration dans notre grand lit, la nuit.

On dit qu'avoir un enfant c'est savoir le lâcher pour le laisser avancer dans la vie. L'offrir au monde et lui offrir le monde.

Je me moque de ce genre de théories. Tu m'appartiens. Je suis toi, Theresa, et tous les deux, nous sommes le monde. Avoir un enfant, cela veut dire comprendre que tous les être humains ne font qu'un.

Tu as deux ans et tu marches sur le parquet du salon, tu commences à parler, tu agites les bras et absorbes le monde, nous l'absorbons tous les deux. Même si j'élève parfois la voix, tu viens toujours vers moi, tu cherches le monde à travers moi.

Tu as quatre ans et demi. Tu t'éloignes de plus en plus avec le temps, mais à chaque fois que tu fais naître en moi une émotion, tu te rapproches de moi.

Tu as douze ans. Doucement, j'entre dans ta chambre la nuit, caresse ta joue, respire le parfum de tes cheveux.

Le bonheur nous appartient, me prends-je à penser alors. Toi, moi, maman, nos rêves et la vie que nous avons vécue ensemble. Le monde naît à travers toi.

Tu as quatorze ans. Tantôt résolue, têtue, en colère, tantôt la gentillesse personnifiée. Tu es la plus belle chose que le monde ait jamais connue.

Je te comprends, Theresa, crois-moi. Je ne suis pas naïf.

Je ne veux surtout pas aller trop vite.

Nous avons des sentiments, toi et moi.

Nous ressentons un amour infini.

8

L'AGENT d'entretien passe la serpillière sur le lino moucheté de jaune, les ombres se muent en taches de soleil, qui redeviennent des ombres selon les mouvements de son grand corps devant la fenêtre du couloir.

Lorsque le soleil les éclaire, certaines parties du sol semblent se gondoler. Une faible odeur de détergent et de sueur emplit l'air, la sueur exsudée par les corps convalescents.

Service numéro dix.

Un service de soins normaux au septième étage de l'immeuble abritant l'hôpital. Quelques chambres ont la porte ouverte, des traces pâles sur des murs à la peinture jaune défraîchie. À travers les fenêtres, Malin peut apercevoir la ville.

Les patients se reposent sur leurs lits. Certains portent des blouses vertes ou jaune clair, d'autres leurs propres vêtements. Ici, il ne fait pas aussi chaud qu'ailleurs, les ventilateurs bourdonnants sont suffisants, mais l'épuisement est omniprésent, comme si les malades étaient de plus en plus malades, comme si ceux qui devaient travailler ici cet été ne pouvaient pas venir à bout de leur mission.

Une infirmière apparaît dans l'encadrement de la porte.

Elle a les cheveux roux et ondulés, et la moitié de son visage rond est couvert de taches de rousseur.

Elle fixe Malin et Zeke de ses grands yeux verts.

« Vous êtes de la police, lance-t-elle. Merci d'être venus aussi vite. »

Malin et Zeke s'arrêtent devant elle. Est-ce que ça se voit autant ? pense Malin, mais elle dit :

– Et la fille, Josefin Davidsson, où peut-on la trouver ?

– Dans la chambre numéro onze. Ses parents sont avec elle. Mais le docteur Sjögripe aimerait vous parler d'abord. Vous pouvez entrer, elle arrive tout de suite. »

L'infirmière leur indique la salle.

« Le docteur sera là dans cinq minutes. »

L'horloge au mur indique 12 h 25.

Ils auraient dû déjeuner en chemin. Leurs estomacs crient famine.

Ils referment la porte derrière eux. Prennent place sur les chaises en bois devant le bureau dont la surface grise vernie est recouverte de brochures, de chemises et de classeurs. Une fenêtre à côté d'eux donne sur un réduit. Sur l'étagère derrière le bureau sont alignés encore d'autres classeurs anonymes.

Il fait plus chaud ici. Un grincement s'échappe de la conduite d'aération poussiéreuse située dans le plafond.

Cinq minutes, dix. Ils sont assis l'un à côté de l'autre, silencieux, économisant leurs mots pour pouvoir les garder frais pour plus tard. Il vaut mieux se taire à présent. Que pourraient-ils bien dire de toute façon ?

Que s'est-il passé, d'après toi ?

On verra.

A-t-elle été violée ou est-ce que le sang provient d'ailleurs ? Et l'odeur de chlore ? Cette peau claire ? Ces plaies nettoyées ?

La porte s'ouvre et le docteur Sjögripe fait son entrée, en blouse blanche.

Elle doit avoir environ cinquante-cinq ans. Ses cheveux gris et courts encadrent son visage, faisant paraître ses joues, son nez et sa bouche plus anguleux qu'ils ne sont en réalité.

Une paire de lunettes de vue est suspendue autour de son cou. Un modèle bon marché : pour des yeux éveillés, assurés, intelligents. Seul quelqu'un qui a toujours tout eu depuis l'enfance peut avoir un tel regard.

Malin et Zeke bondissent de leurs chaises.

Sjögripe, le sang bleu de la province suédoise de l'Östergötland. Le château familial de Solunda, non loin de Kisa, possède l'un des plus importants domaines agricoles de toute la province, et les plus grandes usines de l'industrie agro-alimentaire.

« Louise Sjögripe. »

Elle les invite à se rasseoir puis prend place derrière le bureau.

« Josefin Davidsson va bien, étant donné les circonstances », annonce-t-elle. La façon dont elle prononce ces mots font paraître sa voix enrouée.

« J'imagine que vous avez procédé à des examens ? Que pouvez-vous nous dire ? »

La voix de Zeke trahit une certaine tension, mais la plupart des gens ne le remarqueraient pas sans le connaître, tellement ce ton est imperceptible.

Louise Sjögripe sourit.

« Oui, je l'ai examinée et j'ai consigné mes observations dans le dossier. Je vais vous dire ce que j'en pense.

– Nous en serions très reconnaissants, enfin, contents, dit Malin, essayant d'avoir pour le médecin le respect envers les personnes nobles, mais cette assurance dans ses yeux lui fait détourner le regard vers la fenêtre.

– Selon toute vraisemblance, elle a subi de mauvais traitements. Elle ne peut pas s'être fait elle-même ses blessures aux bras et aux jambes et ce ne sont pas non plus des blessures de défense, elles ne sont pas, comment dire, régulières. Je pense plutôt que quelqu'un lui a fait ça avec un objet tranchant puis l'a minutieusement lavée puis nettoyée.

– Quelle sorte d'objet tranchant ? s'enquiert Malin.

– Difficile à dire. Un couteau ? Peut-être, peut-être pas.

– Et les saignements vaginaux ?

– L'hymen a été perforé et déchiré, des vaisseaux ont éclaté à l'intérieur du vagin. D'où les saignements. Mais il n'y a pas eu plus de sang que lors d'une première pénétration, je pense donc qu'on a fait usage d'un objet plutôt mou et avec une certaine précaution. »

Louise Sjögripe prend son inspiration, pas parce que ce qu'elle vient de dire lui a coûté un effort particulier, mais plutôt pour donner plus de poids aux mots qui vont suivre :

« Il n'y avait aucune trace de sperme. Mais l'agresseur n'a en aucun cas pu avoir utilisé de préservatif, car je n'ai retrouvé aucune trace de lubrifiant. J'ai par contre trouvé de minuscules particules de plastique bleu, comme si Josefin avait été pénétrée avec un objet.

– Et… »

Zeke tente de poser une question mais le médecin l'arrête d'un signe de main.

« J'ai déjà envoyé un échantillon au laboratoire. Je connais les procédures. J'ai également prélevé un peu de sang sur ses cuisses. C'était le sien. Et si je peux vous rassurer : je n'ai rien dit aux parents quant aux blessures de la jeune fille. Vous enquêtez sur un crime, je ne veux pas m'en mêler. Je vous ai seulement exposé les détails médicaux. »

Malin et Zeke se regardent.

« Elle ne peut donc pas s'être fait cela toute seule ? demande enfin Malin.

– Non, c'est quasiment impossible. La douleur serait trop grande. Et la pénétration. Difficile à croire aussi.

– Et les échantillons de sang ? demande Malin. Ont-ils révélé quelque chose de particulier ? A-t-elle pu avoir été sous l'emprise de drogues ?

– Notre première analyse n'a rien donné. Je l'ai envoyée au laboratoire central pour un examen exhaustif, ce qui nous renseignera sur une éventuelle présence de substances dans le sang. Mais beaucoup de substances disparaissent vite de l'organisme.

– Et le fait qu'elle ait été lavée ? On aurait dit qu'elle sentait le produit nettoyant.

– Quelqu'un a dû la laver minutieusement, c'est vrai. Comme si on avait voulu la rendre complètement pure. On n'a pas trouvé le moindre poil ou quoi que ce soit à partir duquel on aurait pu avoir une empreinte ADN de l'agresseur.

– A-t-on détecté les traces d'un détergent particulier sur son corps ?

– C'est bien possible. J'ai prélevé des échantillons de peau sur son dos et ses cuisses. Je les ai également envoyés au labo.

– Comment va-t-elle en ce moment ? À votre avis ? Sur le lieu de l'agression, elle n'a absolument rien dit.

– Elle parle. Elle a l'air d'aller bien. Mais surtout, elle ne semble pas avoir le moindre souvenir de ce qui s'est passé.

– Elle ne s'en souvient pas ?

– Non. Ce n'est pas inhabituel d'avoir un blocage psychologique après un événement traumatique. Et ce n'est peut-être pas si mal. Le viol est un des grands maux de notre société. Les transgressions vont toujours plus loin. Le manque de respect devant des personnes inconnues, le plus souvent des femmes. Je veux dire, rien qu'à Linköping nous avons eu deux viols en réunion en trois ans. »

Tu parles comme si tu citais un éditorial, pense Malin, puis elle demande :

« Quand a-t-elle commencé à parler ?

– Quand je l'ai examinée. Elle a eu mal alors elle a dit “aïe”, ce qui a semblé lui faire retrouver la parole. Avant, elle était muette. Elle a dit son nom et a regardé l'heure sur l'horloge. Plus tard, elle a voulu savoir pourquoi elle était à l'hôpital et m'a dit que ses parents se faisaient sûrement du souci.

– Pourrait-on lui faire retrouver la mémoire ?

– Ce n'est pas mon travail, madame la commissaire. Je suis médecin, pas psychologue. Une psychologue lui a parlé il y a quelques heures, mais Josefin ne se souvient de rien. Elle est en ce moment avec ses parents dans la chambre onze. Vous pouvez y aller. Je pense qu'elle est en état d'être interrogée. »

Le docteur Sjögripe ouvre un dossier, chausse les lunettes qu'elle portait autour du cou et commence à parcourir les documents.

La chambre onze est d'un blanc immaculé, baignée d'une lumière claire et chaleureuse. Les grains de poussière dansent dans l'air.

Le couple Davidsson est assis sur le rebord du lit, chacun d'un côté de Josefin qui porte une robe d'été à fleurs rouges et blanches. Ses blessures sont cachées sous les bandages et sa peau paraît presque aussi blanche que la bande de gaze.

Cela pourrait être moi, qui suis assise là, pense Malin.

Tous trois leur sourient quand ils pénètrent dans la chambre après avoir frappé. La voix joyeuse de Josefin s'exclame :

« Entrez !

– Je suis Malin Fors, de la police criminelle.

– Zacharias Martinsson, de même. »

Les parents se lèvent et les saluent.

Birgitta. Ulf. Josefin reste assise, leur sourit comme si rien ne s'était passé la nuit précédente.

J'étais comme toi, se dit Malin. Je suis sortie par une chaude soirée d'été, toute seule. Mais il ne m'est jamais rien arrivé.

Quinze ans. À peine un an de plus que Tove.

Cela pourrait être Tove, assise là sur ce lit. Jan et Malin à ses côtés, désespérés, se demandant quel monstre lui a fait ça et comment surmonter cette épreuve.

« Nous menons l'enquête sur ce qui est arrivé à Josefin, explique Malin. Nous aurions quelques questions à lui poser. »

Les parents opinent du chef, puis c'est Ulf Davidsson qui prend la parole :

« Oui, quand nous sommes allés nous coucher hier soir, Birgitta et moi, nous n'avons même pas remarqué que Josefin n'était pas rentrée à la maison, et ce matin nous avons supposé qu'elle était dans sa chambre en train de dormir. Nous n'avons pas voulu la réveiller et aucun de nous deux n'a même remarqué que son vélo n'était pas là.

– Je ne me souviens de rien, l'interrompt Josefin. La dernière chose que je me rappelle est d'avoir quitté la maison sur ma bicyclette. Je voulais aller au cinéma, voir *X-Men 3* à la séance de dix heures. »

Le père :

« Oui, nous habitons Lambohov. Nous prenons toujours le vélo pour aller en ville. »

Malin et Zeke se regardent. Puis les parents.

Ils savent exactement comment procéder ensemble.

« Pourrais-je vous parler un instant dehors pendant que ma collègue discute avec Josefin ? »

Les parents hésitent.

« C'est d'accord ? demande Malin. Nous aimerions vous parler à chacun seul à seul. J'espère que ça ne te dérange pas qu'on commence toutes les deux, Josefin.

– C'est bon, répond Birgitta Davidsson. Viens, Ulf », dit-elle en se dirigeant vers la porte après avoir jeté un long regard à sa fille.

Malin se laisse retomber sur le lit. Josefin se pousse un peu sur le côté. C'est la même fille que ce matin, sur la balançoire, mais en même temps elle semble si différente.

« Comment vas-tu ?

– Ça va. Mes blessures me font un peu mal. J'ai eu des médicaments du médecin pour ne pas trop les sentir.

– Et tu ne te rappelles vraiment rien ?

– Non, rien du tout. À part avoir quitté la maison à vélo. »

Il n'y avait pas de vélo dans le parc, se dit Malin. Où est-il passé ?

« Tu avais rendez-vous avec quelqu'un ?

– Non, ça je m'en souviens, c'était juste avant de partir.

– Es-tu arrivée jusqu'au cinéma ? »

Josefin secoue la tête.

« Je ne sais pas. C'est comme si tout ça s'était évaporé, jusqu'à ce que le docteur me réveille ici en m'examinant. C'est là que j'ai réalisé que j'étais à l'hôpital. »

Elle ne se souvient pas de moi, pense Malin. Ni de ce matin, dans le parc.

« Peux-tu essayer de te souvenir ? Pour moi ? »

La jeune fille ferme les yeux et fronce les sourcils.

Puis elle commence à rire, ouvre les yeux et dit :

« C'est comme une feuille blanche ! En théorie, je sais que quelqu'un m'a tabassée, mais c'est comme une feuille de papier vierge. Et finalement, ce n'est pas désagréable. »

Elle ne veut pas se souvenir. Ne peut pas. Son organisme a mis en place un mécanisme d'autodéfense qui refoule les images, les voix et les bruits au plus profond de son inconscient, inaccessibles pour la pensée.

« Tu ne te rappelles pas comment tu t'es fait ces blessures ? Ou bien que quelqu'un t'a lavée ?

– Non.

– Et ton vélo, où est-il passé ?

– Aucune idée.

– Quelle est la marque de ta bicyclette ?

– Crescent. Rouge, à trois vitesses.

– Étais-tu par hasard entrée en contact avec quelqu'un par le biais d'Internet ? Quelqu'un qui t'a paru bizarre ?

– Je ne fais pas ça. MySpace et tous ces trucs de chat. Je trouve ça pathétique. »

Des coups contre le mur. Malin s'attendait à les entendre.

Quelques instants plus tôt, Zeke avait dit :

« Votre fille a été agressée et on lui a vraisemblablement introduit un objet dans le vagin. Sûrement avec violence. »

Ce à quoi Ulf Davidsson réagit en donnant des coups de pied contre le mur, les poings serrés, marmonnant quelque chose que Zeke ne comprend pas. Birgitta Davidsson est debout à côté de son mari, silencieuse. Elle fixe la porte.

« Mais elle ne se souvient de rien, c'est donc comme s'il ne s'était rien passé, non ? Comme si ça n'existait pas ? »

Ulf Davidsson se ressaisit, et retourne auprès de sa femme. Il passe sa main autour de son épaule.

« Oui, dit-il. Ça n'existe pas. »

La famille est assise devant eux sur le lit. Les questions qu'on vient de leur poser sont encore suspendues dans l'air, au milieu des grains de poussière.

« Tous les autres sont partis en vacances, nous sommes les seuls à rester à la maison pendant l'été.

– Avez-vous des numéros de téléphone d'amis que nous pourrions interroger ?

– Non, elle n'a pas vraiment d'amis.

– Nous sommes restés ici car nous voulons économiser de l'argent pour partir en Thaïlande cet hiver.

– Je ne pense pas que cela intéresse...

– A-t-elle un petit ami ?

– Non.

– Quelqu'un d'autre qui pourrait avoir un rapport avec tout ça ?

– Pas à notre connaissance.

– Aucune idée.

– Pensez-vous à quelqu'un en particulier dans son entourage proche ? Dans sa famille ?

– Non, déclare Ulf Davidsson. Notre famille n'habite pas les environs. Et personne parmi eux ne ferait une chose pareille. »

Deux adolescentes. Theresa. Josefin. Aucune des deux n'est facile à cerner. Elles sont invisibles et anonymes, presque adultes, aussi vagues que la fumée des feux de forêt.

On frappe à la porte, celle-ci s'ouvre avant même que quelqu'un ait pu dire « Entrez ».

Une serpillière s'introduit dans la chambre, et derrière elle un homme de couleur gigantesque, dans une blouse bleue bien trop petite.

« J'dois nettoyer », dit-il avant même que la moindre objection ait pu s'élever.

Dans le couloir qui mène aux ascenseurs, une femme blonde d'âge moyen vient à leur rencontre. Elle porte une robe orange. Malin suppose que c'est une création de Gudrun Sjöden.

Malin appuie sur le bouton de l'ascenseur.

« Ce doit être la psychologue, dit Zeke. Tu crois qu'elle arrivera à obtenir quelque chose ?

– Aucune chance », soupire Malin en pensant que la seule issue pour pouvoir résoudre cette affaire est que Josefin Davidsson retrouve la mémoire, qu'un témoin se manifeste ou que Karin et ses collègues du labo obtiennent des résultats concluants.

L'hypnose, pense Malin tout à coup. On peut se souvenir de toutes sortes de choses sous hypnose, non ?

9

L'HORLOGE indique 1 h 30.

Un tas d'enfants endoctrinés entoure Malin.

L'air froid et sec est un choc pour son organisme, bien qu'un choc agréable. Les couleurs sont criardes, il y a du jaune, du bleu, du vert. Un clown, des chiffres qui sautent aux yeux et une odeur de viande grillée artificielle.

Il fait frais et Malin a faim.

Les vitres teintées rendent la lumière du jour supportable. Heureusement, Malin n'est pas obligée de porter ces maudites lunettes de soleil. Elles font tomber une sorte de léger voile sur la réalité, ce que Malin déteste. Mais dehors, elles sont indispensables. La lumière est si forte aujourd'hui qu'on a l'impression d'avoir une lampe braquée en pleine face, comme lors d'un interrogatoire.

Malin se trouve dans le McDonald de Braskens bro, du même côté de la Stångån que Johannelund. Normalement, c'est une fervente opposante à ce genre de nourriture mais après cette visite à l'hôpital, Zeke et elle font une exception en autorisant le méchant ennemi américain à apaiser leur faim.

Le restaurant est rempli de familles avec enfants. Quelques immigrés obèses rouspètent derrière le comptoir, s'esclaffent et jettent des regards à la dérobée dans leur direction.

« Est-ce qu'il y a un moyen de savoir qui a passé l'appel concernant Josefin ? demande Zeke de but en blanc.

– D'après la technique, impossible. L'appel provenait d'une carte prépayée. Il faudra se renseigner. Et espérer que la personne se manifeste à nouveau. »

Malin mord dans son McFish.

« Et son vélo ?

– Il a peut-être été volé. Ou bien elle a été attaquée à un autre endroit et puis emmenée au parc municipal. On devrait vraiment essayer de remettre la main sur ce vélo. »

Zeke acquiesce.

« Il faut d'abord contacter le copain de Theresa Eckeved, déclare Malin après avoir mâché une autre bouchée de son poisson pané.

– Toi ou moi ?

– Je peux le faire. Toi, mange plutôt.

– Merci. Mon dieu, que ces cochonneries peuvent être bonnes quand on a faim. Martin serait dingue s'il me voyait en train de manger cette merde.

– Mais il n'est pas là », répond Malin en tirant de sa poche le bout de papier contenant le numéro de téléphone du copain de Theresa Eckeved.

Il répond après la quatrième sonnerie.

« Peter.

– Vous êtes bien Peter Sköld ? »

La voix d'adolescent éraillée paraît méfiante et hésitante.

« Oui, qui d'autre ? À ma connaissance il n'y a que moi qui possède ce numéro. »

À ma connaissance ? Est-ce que les jeunes parlent comme ça ?

Mais Tove s'exprimerait sûrement de la même manière – intellectuelle, raffinée.

« Mon nom est Malin Fors. Je suis commissaire à la police criminelle de Linköping. J'ai quelques questions à te poser sur ton amie Theresa. As-tu un petit moment ? »

Silence à l'autre bout du fil, comme si Peter Sköld se creusait la tête pour savoir comment éviter cette conversation.

« Vous ne pouvez pas rappeler plus tard ?

– Absolument pas. »

Nouveau silence.

« Qu'est-ce qui se passe avec Theresa ? Ses parents aussi m'ont déjà téléphoné pour me demander si elle était là. »

Sa voix trahit un soupçon d'inquiétude.

« Ils sont venus signaler la disparition de Theresa. Personne ne sait où elle est, et ses parents ont dit qu'elle avait l'intention d'aller chez toi. Mais tu le sais sûrement déjà.

– J'ai passé quelques semaines à la campagne. On voulait se voir quand je rentrerais.

– Mais c'est bien ta petite amie, non ?

– Oui, bien sûr. »

Cette réponse arrive trop vite. Malin décide d'insister :

« Quand vous êtes-vous vus pour la dernière fois ?

– Avant que je parte à la campagne. On a bu un café au centre commercial d'Ekholmen.

– Theresa est vraiment jolie. Comment vous êtes-vous rencontrés ?

– Pardon ?

– Comment vous êtes-vous rencontrés ?

– Elle… je veux dire, nous… »

Peter Sköld se tait à nouveau.

« … on s'est rencontrés à une fête que nos écoles avaient organisée ensemble.

– Tu es à quelle école ?

– Ekholmen.

– En quelle classe ?

– J'entre en troisième. J'ai quinze ans.

– Et où a eu lieu cette fête ?

– À Ekholmen. Dans la salle de réunion. Où voulez-vous en venir ? C'est un interrogatoire ?

– Pas encore », dit Malin.

Tu mens, pense Malin.

« Et elle est vraiment ta petite copine, n'est-ce pas ?

– Je vous l'ai déjà dit.

– Et Nathalie ? Tu la connais aussi ?

– Vous parlez de Nathalie Falck ?

– Je parle de Nathalie, la copine de Theresa.

– Oui, Falck. Je la connais, elle est dans la même école que moi, mais dans une autre classe. On n'est pas vraiment amis mais je la connais.

– Est-ce qu'elle et Theresa sont bonnes amies ?

– On peut dire ça, oui.

– Est-ce que tu as son numéro ? »

Un bip résonne dans le combiné.

« C'est le 070 315 2023. Écoutez, je dois partir pêcher avec mon père, là. Ça va durer encore longtemps ? »

Malin répète le numéro et dit :

« Pourquoi crois-tu que ses parents ont dit que vous étiez ensemble ?

– Comment est-ce que je le saurais ? »

Soudain, une voix d'homme se fait entendre à l'autre bout du fil, impatiente.

« Alors comme ça elle a disparu ? Les parents avaient l'air de s'inquiéter. C'est impossible de garder un œil sur les mômes de nos jours. Mais il n'a jamais été question qu'ils passent leurs vacances tous les deux. On va toujours à la campagne. Et on reste entre nous, juste la famille. Si ces deux-là sont ensemble ? Oui, c'est ce qu'il dit lui aussi, enfin comme on le prétend à son âge, d'un autre côté ils sont souvent ensemble, enfin c'est ce que dit Peter, mais vous savez ce que c'est, on a ni le temps ni l'envie de se mêler de leur vie privée, c'est pourquoi je n'en suis pas sûr. Elle est venue une fois chez nous, je crois... »

Se mêler, pense Malin. Et si tu le faisais ? Mêle-toi donc. Sinon ils vont encore disparaître je ne sais où. Et qui sait s'ils vont revenir ?

« Je vous souhaite une bonne partie de pêche, dit Malin pour mettre fin à la conversation.

– Une partie de pêche ? Je ne vais jamais pêcher, j'achète mon poisson chez le poissonnier. »

Les enfants et leurs hamburgers font du bruit, quand Malin appelle le numéro qu'elle vient de noter.

« Pouvons-nous passer pour te parler ?

– Bien sûr, mais je dois travailler. »

Nathalie Falck. Un ton affecté mais bien éveillé dans sa voix. Elle est sûre d'elle. A décroché dès la deuxième sonnerie.

Quel secret se cache derrière cette voix ?

Les mots de Sven Sjöman lui reviennent à l'esprit :

L'enquête, Malin, a plusieurs voix. Tu dois apprendre à écouter ces voix, c'est comme ça que tu découvriras la vérité.

La voix de Peter Sköld. A-t-il menti ? se demande Malin.

« Nathalie, connais-tu Theresa Eckeved ? Ses parents ont signalé sa disparition.

– Oui, je la connais. Elle a disparu alors ? Elle est sûrement allée quelque part. Elle aime bien être seule. Et ça, c'est pas évident, hein ?

– Où es-tu ?

– Je travaille au vieux cimetière. »

Quand Zeke sort la clé du contact de la Volvo, Malin sent son McFish se dissoudre dans son estomac et l'acidité remonter.

Ils montent dans la voiture. Le mur du cimetière aurait besoin d'être recrépi. Sur le parking, la peinture se détache par endroits. En face s'élèvent des briques rouges datant des années quatre-vingt. Pas un chat à l'horizon. Au premier étage, une porte de balcon est ouverte, et si l'on prête l'oreille, on peut entendre de la musique provenant d'une chaîne hi-fi.

Derrière le mur s'élèvent des érables dont les feuilles sont pâles et sèches, mais toujours vertes. Derrière eux s'alignent les pierres tombales, Malin ne peut pas les voir mais sait qu'elles sont là.

Les tombes sont aussi vieilles que le nom du cimetière l'annonce.

La cabane à outils est à une centaine de mètres, derrière le bosquet du souvenir auquel Malin se rend parfois.

Malin et Zeke ont chaussé leurs lunettes de soleil et marchent dans les allées du cimetière en direction de ce bosquet. Ce doit être Nathalie Falck, là-bas. Elle est petite et musclée, une chemise en lin blanche se tend sur sa jeune et opulente poitrine d'adolescente lorsqu'elle s'appuie sur son râteau. Elle a des joues rondes, un anneau dans le nez et de courts cheveux noirs.

Ils se présentent, Zeke enlève ses lunettes, établit le contact, ou du moins, essaie.

« C'est un bon job d'été. Sûrement pas évident à décrocher, non ?

– Si, très simple, et brûlant. Personne n'aurait envie d'arracher tout l'été les mauvaises herbes dans un cimetière. Mais j'ai besoin d'argent. »

Nathalie piétine l'herbe avec ses Doc Martens, en prononçant le mot « argent ».

Puis ils l'interrogent au sujet de Theresa Eckeved.

« Tu ne sais donc pas où elle aurait pu aller ?

– Aucune idée.

– Quand l'as-tu vue pour la dernière fois ?

– Ça fait bien une semaine.

– Et qu'est-ce que vous avez fait ?

– On a mangé une glace sur la place Trädgårdstorget.

– Est-ce que tu as remarqué quelque chose de bizarre chez elle ? Était-elle différente par rapport à d'habitude ?

– Non, pas que je sache. »

Le ton grave de sa voix sonne faux. La sueur perle sur son front.

« Tu t'inquiètes pour elle ?

– Non, pourquoi, je devrais ?

– Elle a disparu.

– Elle est assez grande pour se débrouiller. »

Aucune inquiétude dans la voix, mais dans le regard…

« J'aimerais bien fumer une clope, dit Nathalie.

– La fumée ne nous dérange pas, déclare Zeke. Et personnellement, j'ai toujours trouvé cette limite d'âge un peu stupide. »

Nathalie pêche un paquet de cigarettes de son short treillis. D'un geste, elle leur propose d'en prendre une. Refus. Malin demande plutôt :

« Est-ce que vous êtes bonnes amies, toutes les deux ?

– Non, je ne dirais pas ça.

– Est-ce que vous vous êtes rencontrées à la même soirée que Peter et Theresa ?

– Quelle soirée ?

– L'une des fêtes communes organisées par l'école d'Ekholmen et de Sturefors.

– Il n'y a jamais de fête de ce genre. Qui vous a dit ça ? »

Malin et Zeke se regardent.

« Où vous êtes-vous rencontrées alors ?

– En ville, je ne sais plus quand. »

En ville. C'est aussi simple que ça. Des centaines de jeunes traînent en troupeau au centre-ville les vendredis et samedis soir. Shopping, flirt, boisson, bagarres.

Il est vingt-deux heures, tu sais où est ton gosse ? Non. Aucune idée.

« Donc, tu ne t'en souviens plus, dit Zeke. Est-ce que ça fait longtemps ?

– Un an ou deux. Mais je l'aime bien. On peut parler de tout avec elle.

– De quoi par exemple ?

– De presque tout.

– Vous fréquentez la même école, toi et Peter ?

– Oui.

– Et vous êtes bonnes copines, mais pas amies c'est bien cela ?

– Tout à fait. On se voit à la récré. On va parfois boire un café.

– Tu sais si Theresa a d'autres amis ? Quelqu'un chez qui elle aurait pu aller ? »

Nathalie Falck tire sur sa cigarette.

« Nan. Mais qui sait ? Tout le monde a ses petits secrets, non ? »

« Elle dit tout et rien à la fois », dit Zeke en tournant la clé sur le contact.

La voiture est chaude comme une fournaise.

« On dirait qu'ils ont tous quelque chose à cacher.

– Une dure à cuire, cette Nathalie Falck. Presque comme un gars.

– Elle n'est pas très féminine, je te l'accorde.

– Et Peter Sköld ment comme il respire.

– Il faut emmener l'ordinateur de Theresa au labo sur-le-champ, dit Zeke. Il peut contenir toutes sortes d'informations. Des mails, l'historique des sites qu'elle a visités.

– Et Josefin Davidsson ?

– Ils devraient avoir fini l'enquête de voisinage à l'heure qu'il est », dit Zeke en appuyant sur l'accélérateur.

10

SVEN Sjöman déclare : « L'interrogatoire des voisins du parc municipal n'a rien donné. Personne n'a rien vu ni entendu, parmi les rares à avoir été chez eux. Et malheureusement, aucun autre témoin ne s'est manifesté, même pas celui qui a passé l'appel, il ne nous reste donc plus qu'à attendre le rapport de Karin Johannison, poursuivre nos recherches et espérer que le vélo réapparaisse. »

L'horloge accrochée au mur juste derrière le bureau du commissaire indique 17 h 05, l'aiguille des secondes trotte au ralenti.

N'étant que trois, ils avaient déplacé leur réunion dans la salle de pause.

La journée a été longue, pense Malin en regardant Sven avaler son café à grands traits. Son téléphone portable est éteint et posé devant elle, ce qui envoie un message clair à la centrale : aucun autre appel des médias.

« Ils sont complètement déchaînés, fut la première chose que Malin et Zeke dirent en revenant au commissariat. Depuis que Högfeldt a publié le premier article, le téléphone n'arrête plus de sonner. J'ai parlé à l'*Aftonbladet*, l'*Expressen*, *DN* et le *Svenska Dagbladet*, et je ne sais pas qui d'autre a appelé encore. *Östnytt* était là et voulait une interview. La chaîne locale aussi.

– Hé oui, on est en période de vaches maigres. Une agression doublée d'un viol en même temps que la disparition d'une jeune fille, ça remplit les colonnes un bon moment. Encore un peu de feu de forêt et l'été est sauvé.

– Tu as mentionné le vélo ?

– Oui, j'ai dit au *Corren* qu'on cherchait un Crescent rouge à trois vitesses. Ils veulent le publier.

– Quand Karin aura-t-elle les résultats ?

– Au plus tôt demain, c'est ce qu'elle m'a dit tout à l'heure. Aucune empreinte sur le bois du pavillon.

– Elle prend son temps dis donc, dit Zeke.

– Elle fait toujours de son mieux, le contredit Malin.

– Karin fait ce qu'elle peut. On le sait, dit Sven d'un ton résolu. Et vous, qu'est-ce que vous avez trouvé sur Theresa Eckeved ?

– Personne n'a l'air de savoir où elle peut être, dit Malin. Et en parlant à son soi-disant copain et à la seule amie qu'on a pu dénicher, on n'a rien appris d'intéressant non plus.

– Son soi-disant copain ? insiste Sven.

– Oui, en fait, on n'est pas vraiment sûr qu'il le soit, déclare Malin. Ces jeunes nous cachent quelque chose, et le gamin, il ment à coup sûr.

– Comment avez-vous l'intention de découvrir ce qu'ils nous cachent ? Pourquoi penses-tu qu'il ment ? »

Sven adopte soudain un ton très décidé, comme s'il voulait avoir une réponse immédiate, et pas seulement une explication de la stratégie d'enquête.

« On y travaille, répond Zeke. C'est pas facile par cette chaleur.

– La chaleur est la même pour tout le monde. » Puis Sven se radoucit :

« Enfin pour l'instant, on n'a rien de plus qu'une disparition.

– Mais théoriquement, elle pourrait déjà avoir disparu depuis une semaine. Il faut encore trouver plus de gens qui connaissent Theresa. Et il faut faire venir Peter Sköld, son copain, pour le soumettre à un interrogatoire, dit Malin. Il est à la campagne avec ses parents dans les environs de Valdemarsvik. On peut demander à son père de l'amener ici. On est aussi en train de faire lister tous les appels reçus et émis par le portable de Theresa. Depuis le jour où ses parents sont partis à Paris, elle n'a plus effectué de retrait à la banque, ses parents ont vérifié.

– Est-ce qu'elle a un ordinateur ?

– Il est à la technique.

– Bien. Les jeunes d'aujourd'hui passent la moitié de leur vie sur la toile. »

Pas Tove, pense Malin. Pas d'après ce que je sais du moins.

« Concernant l'agression et le viol de Josefin Davidsson, dit Sven, qu'est-ce que vous en pensez ? Cela doit rester le centre de notre enquête.

– On va vérifier si un criminel sexuel est récemment sorti de prison ou d'une institution psychiatrique, il s'agit peut-être d'un récidiviste, répond Zeke.

– Il faut voir aussi si l'on retrouve des points communs avec des affaires plus anciennes.

– On ne sait même pas encore si elle a vraiment été attaquée dans le parc, déclare Zeke. D'après nos premières constatations, elle aurait très bien pu avoir été agressée dans un tout autre endroit puis amenée là-bas.

– Ah c'est vrai, dit Sven en hochant la tête, j'ai oublié de vous dire que le labo a terminé l'analyse approfondie de l'échantillon de sang de Josefin Davidsson. Il était parfaitement normal. Aucune trace de drogue. Mais certaines substances disparaissent déjà après quelques heures. Et les prélèvements de peau n'ont rien révélé de particulier, mis à part des traces de Cif et de lessive. La lessive provient vraisemblablement de ses vêtements et le Cif a été utilisé pour la laver, l'agresseur s'en est sûrement servi pour effacer d'éventuels indices. Karin a analysé les petites particules bleues que le docteur Sjögripe a retrouvées sur Josefin Davidsson. Qu'en pensez-vous, est-ce qu'il peut s'agir d'un viol collectif ? »

Malin sait où Sven veut en venir. Il ne veut rien dire de concret, car il risquerait de passer pour raciste. Zeke finit par mettre des mots sur son allusion :

« On va vérifier les alibis d'Ali Shakbari et Behzad Karami. »

Shakbari et Karami.

Soupçonnés d'avoir eu des rapports sexuels une nuit entière avec une jeune fille totalement ivre. Or, ils n'ont pas été condamnés, mais relaxés au mois de juin.

« Elle était consentante.

– Merde, oui, elle était consentante. »

Sur la table de cuisine d'un appartement à Berga ?

« Putain, c'est elle qui voulait. C'est une vraie salope. »

Impossible de prouver le contraire. Et en avalant une autre gorgée de son café, Malin ne peut s'empêcher de penser à l'écart entre la vérité officielle et officieuse. Tout le corps policier et les médias savent bien que pratiquement tous les viols collectifs sont commis par deux ou trois jeunes gens issus de l'immigration, mais personne ne le dira jamais ni ne l'écrira noir sur blanc.

Des non-vérités – politiquement incorrectes.

Et le problème n'existe plus. Et ce qui n'existe pas, on ne peut pas en parler. Et nous voilà donc avec un problème qui n'existe pas et pour lequel on ne peut donc pas trouver de solution. Et des jeunes filles comme Lovisa Hjelmstedt, la victime de Shakbari et Karami, en font les frais.

Theresa est sûrement quelque part, saine et sauve. Sûrement en voyage. Rien de plus.

Quand Malin s'assied à son bureau après la réunion, son téléphone portable se met à sonner dans son sac.

« Salut maman !

– Tove ! »

Tove. Malin la voit devant elle, les yeux bleus vifs, les cheveux bruns ondulant au vent.

Comment allez-vous ? pense-t-elle.

Maintenant qu'elle entend sa voix, Malin sent à quel point sa fille lui manque.

Il doit déjà être minuit passé. Pourquoi est-elle encore debout à cette heure ? Elle devrait être en train de dormir.

Mais Malin se retient, veut montrer qu'elle a confiance en elle.

« Comment ça se passe pour vous là-bas ?

– On a fait un tour en bateau et on est allés à une petite crique.

– C'était bien ?

– Oui, le retour était un peu ennuyeux, mais j'avais emmené un livre alors ça va. Et là, on vient de manger.

– Vous mangez bien ?

– Bof.

– Beaucoup de grillades, hein ? »

Curieusement, la distance rend nos conversations beaucoup plus superficielles qu'elles ne le sont d'habitude, pense Malin. Pourtant, les paroles échangées le matin au petit déjeuner devraient être tout aussi triviales. Mais elles sont dites sur un autre ton, ont un certain contenu et un sens. C'est comme si le contact intuitif se perdait quelque part entre tous ces câbles, antennes et satellites.

« Qu'est-ce que tu lis en ce moment ?

– J'en lis plusieurs. Mais je n'aime pas *Madame Bovary*. C'est tellement démodé. »

Derrière elle, on entend de la musique.

« C'est un orchestre que j'entends ?

– Oui, ils jouent dans le restaurant. Il fait chaud à la maison ?

– Il fait une chaleur à crever, Tove.

– Ici aussi. Tu veux parler à papa ?

– Oui, s'il te plaît.

– Malin ? »

C'est la voix de Jan.

« Oui. Vous allez bien ?

– Oui mais il fait chaud. Et à la maison ?

– Chaud aussi, une chaleur incroyable. Jamais vu ça.

– Tu aurais dû venir. C'est tellement bien ici. »

J'aurais dû venir, pense Malin, et tout simplement abandonner ces pauvres filles ? Comme Jan avait fui en Bosnie, au Rwanda, en Somalie, et je ne sais où encore pour ne plus penser à son amour impossible ? Malin a mille fois entendu sa voix dans les lignes téléphoniques chuintantes, l'estomac noué. Sarajevo. Kigali. Mogadiscio.

La voix de Jan dans la ligne parasitée ressemblait à un bonjour venu d'une vie inaboutie.

Et maintenant, rebelote.

« J'ai lu sur le site Internet du *Corren* qu'il y a des feux de forêt, ajoute Jan. On aurait besoin de moi à la maison. »

Malin sent la colère monter en elle. Arrête, on n'a jamais réussi. Tu as toujours succombé à ta maudite bougeotte. Seras-tu jamais assez adulte pour te poser quelque part et dire « ici, c'est chez moi » ? Être adulte, ce n'est pas forcément construire des latrines dans un camp de réfugiés ou transporter des sacs de farine à travers un champ de mines. Être adulte peut aussi vouloir dire se fixer quelque part.

Pourtant, la colère de Malin se calme aussi vite qu'elle est arrivée.

« Les autres y arriveront sans toi, Jan.

– Mais un collègue a été grièvement blessé.

– Vous me manquez, dit Malin. Fais des bisous à Tove pour moi. Il est l'heure pour elle d'aller se coucher. »

L'écran de l'ordinateur éclaire la pièce. Sans cette lumière papillotante, elle serait plongée dans le noir total.

Les volets tiennent la lueur du soir à distance, comme une bouche fermée.

La page d'accueil du *Corren*. Les feux de forêt paralysent la région. Un pompier blessé en trébuchant sur de la mousse incandescente. Brûlures au visage et aux mains, c'est sûrement ce qu'a lu Jan. Les photos publiées sont dramatiques, on y voit les pompiers lutter tels des Playmobil contre un mur de feu prêt à les engloutir et à les brûler.

Daniel Högfeldt ne l'a pas rappelée. Il l'écrit aussi.

Tout Linköping est encore sous le choc après le viol d'une jeune fille commis dans le parc municipal…

Est-ce que Linköping est sous le choc ? Plutôt inerte et alangui par la chaleur.

Pas de détails dans les textes. Pour l'instant, ils sont encore gardés secrets.

Daniel et les médias exposent leurs théories. Pour eux, tous ces événements ne sont qu'une seule et même affaire. La disparition de Theresa semble avoir un lien évident, même si Sven refuse encore qu'il soit établi pour éviter de semer la panique dans le Linköping estival.

Malin l'a vu aux infos. Son regard vacillant trahissait un manque d'assurance qu'elle ne lui avait jamais connu, comme s'il allait être dévoré par la caméra.

On ne peut pas dire avec certitude… on y travaille… pas de rapport entre…

Karim Akbar a appelé depuis son lieu de vacances en demandant s'il devait venir pour s'occuper des hyènes, comme il l'avait dit à Sven.

« Va pêcher avec ton fils, Karim. Et écris ton livre », avait répondu Sven.

Un article sur la canicule reporte de nombreux décès dus à la chaleur, notamment de personnes âgées. Des aides-soignants en ont vu plusieurs succomber à un infarctus, n'ayant pas supporté la chaleur et l'air sec des climatiseurs. Une infirmière en chef prend la parole: *Il fait terriblement chaud dans les appartements de nos patients. Ils ont des difficultés à s'hydrater assez afin de réguler la température de leur corps. Et nous avons du mal à assurer nos tournées habituelles en cette période de congés.*

Malin éteint l'ordinateur et se rend au salon, se poste devant la fenêtre ouverte et prête l'oreille pour entendre les murmures émanant du pub au rez-de-chaussée.

Doit-elle descendre ? Non, pas aujourd'hui. Même si tout son corps réclame de la tequila.

Au lieu de ça, elle gagne sa chambre, s'allonge sur son lit et ferme les yeux. La dure lumière du jour agresse toujours la cornée comme des points clairs brûlants, mais des images commencent à prendre forme dans l'obscurité.

Malin voit Nathalie Falck au cimetière, elle remue les lèvres, or ce n'est pas la voix de Nathalie qu'elle entend, mais celle de Peter Sköld.

Les deux jeunes réunis dans un même mensonge.

À leur âge, ils devraient pourtant savoir que leur silence rend le travail de la police quasiment impossible. Celui qui se tait s'en sort presque toujours. Le langage est le pire ennemi du coupable.

Malin rouvre les yeux.

Elle entend les voix qui remontent du bar, plus vives que celles qu'elle a entendues pendant la journée, mais ne parvient pas à en comprendre des mots.

Ses paupières se ferment, elle sent le corps de Daniel sur le sien, son poids, peut-être devrait-elle…

Non, dans son état d'épuisement, mieux vaut dormir.

Josefin Davidsson est allongée sous une mince couverture blanche dans sa chambre d'hôpital et veut que son esprit se souvienne de ce que son corps sait encore. Elle veut savoir ce qui s'est passé. Ses parents sont assis sur leurs chaises près de la fenêtre, fixent les quelques lumières scintillantes de Linköping et se demandent eux aussi : « Que s'est-il passé dans ce parc ? » En même temps, ils n'ont qu'une envie, rentrer chez eux.

Je veux me rappeler, se dit Josefin, mais rien ne me revient.

Veut-elle vraiment se souvenir ? Ce qui s'est passé n'en est pas moins réel pour la simple raison que je n'en ai aucun souvenir, non ?

Bientôt, je pourrai rentrer à la maison. Je m'allongerai sur la terrasse et essaierai de me rappeler en me chuchotant à moi-même : rappeler, rappeler, rappeler.

Je sais maintenant pourquoi je suis là. Qui je suis. Je suis Theresa.

Il doit faire nuit là-haut. Je n'entends plus les voix des baigneurs.

Et je dors ici. Comment suis-je arrivée là ? Pourquoi est-ce que je suis ici ?

À quoi ressembleront mes rêves ?

La voix de Tove emplit la chambre, en rêve.

« Fais attention à toi, maman. Je rentre bientôt à la maison. »

Dans un coin de son sommeil, la voix dit les mots qu'elle veut entendre :

« Je rentre bientôt à la maison. »

Et voilà Tove devant son lit, qui lui tend les bras, et quand Malin s'apprête à répondre à son geste, elle s'est déjà presque évaporée, son corps frêle est transparent comme un hologramme à peine reconnaissable, presque trop vague pour y raccrocher son souvenir.

Rentre à la maison, mon trésor. Ne me quitte pas. Promets-le-moi.

11

Jeudi 15 juin
et vendredi 16 juin

CE DOIT ÊTRE un blaireau solitaire qui se balade là-derrière dans ce coin de forêt isolé. Les pins et les bouleaux vacillants se tiennent sur leurs gardes, un léger vent nocturne arrive de la mer Baltique et caresse les rochers et les falaises des criques.

Pourquoi creuse-t-il ? Y a-t-il quelque chose d'enseveli sous la terre ? Ou bien cherche-t-il seulement son terrier ?

Karim Akbar est assis sur les marches du perron de la maison de vacances qu'il a louée pour trois semaines. Les criques de Sainte Anna, avec son propre bateau ancré à Tättö et le calme suédois le plus pur. Plus chaud que jamais.

Tout cela lui revient à sept mille couronnes par semaine. Suédois jusqu'à la moelle. Les braises rougeoient encore dans le barbecue. Il y a un ponton d'embarcation privé, et depuis le toit, on a une vue imprenable sur l'étroit fjord qui mène jusqu'au large. À l'intérieur, sa femme et son fils de huit ans sont en train de dormir. Ici, c'est le paradis pour Karim, il devrait dormir aux côtés de sa femme, mais veut-elle vraiment l'avoir près d'elle ? Il en doute parfois. Il a l'impression que lui et leur vie commune ne lui suffisent pas. Comme si elle voulait autre chose. Elle ne le dit pas, mais l'exprime par cette distance et cette froideur quand il s'approche d'elle.

Mais tout ça n'est pas l'objet de sa préoccupation. Il veut remettre bon ordre à ce qui se passe en ville.

Ces deux jeunes filles disparues. Et Sven Sjöman à la télévision. Le front en sueur et les cheveux ébouriffés.

Daniel Högfeldt avait demandé :

« Croyez-vous que Theresa Eckeved soit encore en vie ? »

Les pensées de Sven s'étaient lues sur son visage, en contradiction avec ce qu'il avait exprimé : « Nous partons du principe qu'elle n'est pas morte. »

Bon sang, Sven, c'est *nous partons du principe qu'elle est toujours vivante* qu'il fallait dire !

Les infos, les caméras.

Ce serait une bonne occasion de marquer les esprits, pense Karim. Mais c'est si beau et reposant ici. Ou bien me suis-je lassé de l'agitation des médias ? Quand cela s'est-il passé ?

Il n'a même pas encore commencé à écrire son livre.

N'est pas parvenu à rester « politiquement correct », et dans ces cas-là mieux vaut s'abstenir de prendre la plume.

Il entend à nouveau le blaireau dans la forêt.

C'est à cause des jeunes filles. Il y a quelque chose de sinistre derrière tout ça. Et je veux être là quand cela sera révélé au grand jour.

La viande grillée gémit dans son estomac, les parties carbonisées de l'agneau tentent de remonter.

Jan s'est levé tôt et court aux toilettes.

Le restaurant d'hier soir était le pire du séjour.

Du riz collant, de la mauvaise viande, mais Tove a paru apprécier les beignets de seiche. Elle dort encore, allongée dans l'un des deux lits individuels placés sur le sol carrelé. La rampe du balcon sous les avant-bras de Jan est toujours chauffée par le soleil, et la mer n'est qu'à une centaine de mètres, derrière une route flanquée de restaurants, temples et magasins de souvenirs. Les Balinais aux écharpes de couleurs vives n'ont pas l'air gênés par cette surexploitation, l'air est lourd des fumées de leurs processions religieuses auxquelles il ne comprend rien.

Mais c'est la civilisation d'ici, et le matin balinais est chaud. Le vin qu'il a bu au cours du repas l'a rendu anxieux, il ne parvient pas à retrouver le sommeil.

Le restaurant de l'hôtel est fermé, la piscine aussi.

De la musique s'élève d'un bar encore ouvert mais pas assez fort pour l'empêcher d'entendre la respiration de Tove. Elle respire comme Malin quand elle dort, lentement et régulièrement, seulement interrompue de temps en temps par quelque chose qui ressemble à un rire étouffé, pas angoissé ni torturé mais soulagé, comme si quelque chose en elle avait trouvé son ton naturel.

La chaleur de la nuit est différente de celle en Afrique. Rien à voir avec la nuit tropicale durant la saison des pluies. Quand la pluie ruisselle et qu'on sent la pourriture se répandre sur sa peau. Mais le bruit des gouttes ne peut cacher le mal qui te poursuit.

Il y a toujours quelque chose pour se mettre entre les hommes, que ce soit la religion, comme en Bosnie. L'origine ethnique, comme au Rwanda. Et toujours, la politique, l'argent, les intêrets personnels et les violations du droit.

C'est là qu'interviennent les gens comme moi, les nettoyeurs après la catastrophe.

Malin au téléphone, la friture sur la ligne. La même scène inlassablement répétée, ce qu'ils se disent, des mots creux et vagues.

Qu'est-ce que j'ai fait ?

Malin.

Bon sang, qu'est-ce qu'on a fait ? Il est temps d'arrêter ce petit jeu, pour enfin commencer à jouer dans la cour des grands.

Jan regagne la chambre. Il s'allonge sur le lit à côté de sa fille et tend l'oreille pour percevoir sa respiration.

Malin rêve d'un vent froid qui s'infiltre dans la terre lourde. D'un être minuscule qui gémit et tente d'entrer dans ses mains.

Elle rêve de champs à perte de vue et d'un ciel chargé de cumulus.

Elle rêve qu'elle est en train de nager dans la mer avec Jan et Tove et qu'une quatrième personne nage avec eux, sans visage, mais pas effrayante, plutôt l'incarnation de ce qu'il y a de bon en l'être humain, même si elle n'apparaît que dans un chaud rêve d'été.

Sonja observe son mari, Sven Sjöman. Son ventre a l'air de déborder du matelas, les rides se creusent de plus en plus sur son visage, et elle écoute ses ronflements, toujours plus forts à chaque kilo et année supplémentaires. C'est un miracle qu'elle accepte ces ronflements, ils font peu à peu partie d'elle, et de leur vie commune.

Elle se réveille toujours vers trois heures, reste couchée à côté de lui en regardant à travers les rideaux tirés les contours du jardin, différents à chaque saison. La nuit d'été est relative.

Elle distingue bien les arbres, les pommiers, les poiriers et les pruniers, il ne faut pas avoir beaucoup d'imagination pour deviner que ce sont des arbres.

Elle fait toujours semblant de dormir quand il se lève discrètement pour se rendre sur la pointe des pieds dans l'atelier, à la cave. Il préfère croire qu'elle dort car il ne la laisserait jamais seule s'il savait qu'elle était réveillée.

Au mois de juin, il a acheté un nouveau tour de potier. Ça va encore donner beaucoup de coupes. Depuis quelque temps, il les vend dans le magasin d'artisanat d'art près du château.

Ils comptent aller en Allemagne au mois d'août. Sven a accepté à contrecœur. Partir aussi loin le rend de plus en plus sceptique, elle, au contraire, ne souhaite qu'une chose : partir.

« On devrait aller en Australie, rendre visite à Joakim.

– Dix-neuf heures d'avion ? Il viendra nous voir à Noël, ça ne suffit pas ? »

Ils iront en Allemagne en voiture. Par les petites routes.

Descendre dans un hôtel où personne ne paraît jamais avoir séjourné à part eux.

Cela fait plus de trente ans qu'ils sont mariés.

Elle voit son angoisse dans son sommeil. Les jeunes filles et toutes ces choses horribles dont on parle dans les journaux ; il ne lui parle jamais de tout ça.

Zeke s'est réveillé et est allé allumer la machine à café dans la cuisine.

Le parfum de la caféine, du réveil, d'une nouvelle journée qui se répand dans la pièce.

L'horloge au mur de la cuisine indique 5 h 23.

Il dort presque toujours la nuit entière et se réveille reposé. Il fait chaud dans la maison. Au moins vingt-huit degrés. Sa femme voulait installer la climatisation dans la chambre, mais cette canicule ne va certainement pas durer, et ce seraient dix mille couronnes jetées par la fenêtre. Mais qu'est-ce que c'est, au juste, dix mille ?

Martin gagne déjà des millions en faisant un peu de hockey. Il n'a rien contre le fait qu'il gagne son argent de cette façon, du moment que c'est honnête.

Les chirurgiens en neurologie ne gagnent rien comparés aux joueurs de hockey. Et les infirmières ? La bonne blague.

Et puis ces filles. Theresa et Josefin. Que se cache-t-il derrière tout ça ? Ces putain de tournantes à Berga. Des morveux qui ont une image de la femme totalement dégradée. Tout ça a le don de le faire enrager.

Et Peter Sköld et Nathalie Falck – que valent ces deux-là ?

Zeke se verse une tasse de café. Il lape la boisson chaude, et sent son corps s'éveiller à la simple perception de l'odeur par ses narines. Il pose la tasse sur la table de la cuisine, se rend dans le vestibule et ouvre la porte d'entrée.

Le jardin s'étale devant lui, tranquille. Des fleurs, des buissons, des arbres. Comme des gens noirs et raides.

Son père est resté près de dix ans à l'hôpital Danderyd avant d'avoir enfin le droit de mourir. Raide, enfermé à l'intérieur de lui-même à cause de la maladie de Parkinson, qu'aucun médicament n'est parvenu à combattre. Comme un arbre desséché dans le jardin.

Zeke enfile rapidement son slip et va dehors. Les voisins ne sont pas chez eux, ou dorment encore. Il ouvre la boîte aux lettres, passe la main à l'intérieur et en sort le *Corren*.

Il regarde aussi dans le rouleau destiné à la publicité mais il est vide, mis à part quelques pince-oreilles fatigués qui traîne dans les coins.

Il soulève le journal et l'incline afin de pouvoir distinguer le texte et les images de la Une dans la lumière de l'aurore.

Ce sont des photos de Theresa Eckeved, de la même pellicule que celles qu'ils ont eux-mêmes reçues hier.

Disparue depuis une semaine… les parents lancent un appel…

Zeke replie le journal. Du café. Il m'en faut plusieurs tasses. Je dois avoir les idées claires.

Il a quelque chose d'important à faire aujourd'hui.

12

PETER SKÖLD a des mèches blondes dans les cheveux. Il est mince, d'une maigreur presque pathologique. Son père, Sten, un homme aux yeux verts décidés et au visage anguleux, a l'air pensif en voyant son fils croiser les jambes sur la chaise qu'il occupe dans la cafétéria du commissariat.

Aucun d'eux ne paraît fatigué bien qu'ils aient dû quitter assez tôt leur maison de vacances pour venir ici.

Malin le voit nettement : Peter Sköld est bien conscient de la signification de son silence.

Pourquoi se tait-il ? Pour préserver son jardin secret ?

« Quelqu'un veut du café ? »

Le père et le fils refusent poliment et Malin, qui a déjà eu son starter de la matinée avec trois tasses au petit déjeuner, refuse également d'un signe de la main.

« Merci d'avoir pu venir aussi tôt. »

Sur l'horloge murale, il est 8 h 20.

« On ne met qu'une heure pour venir ici, dit Sten, et puis, vu les circonstances, c'est le moins qu'on puisse faire. »

Malin dirige son regard vers Peter Sköld.

Que vois-je dans son visage ? se demande-t-elle. De la peur ? De la méfiance ? Silence.

« Est-ce que vous êtes vraiment amis, Theresa et toi ? » demande Malin.

La réponse est immédiate. Peter Sköld passe sa main maigre dans ses cheveux.

Zeke s'installe lui aussi à la table, avec une tasse de café fumant.

« Mais tu ne la vois pas souvent, fait observer Sten Sköld à son fils.

– Qu'est-ce que tu en sais ? On est ensemble.

– Tu as remarqué si elle était différente la dernière fois que vous vous êtes vus ? demande Malin.

– Non, qu'est-ce que j'aurais dû remarquer ?

– Cette fête dont tu nous as parlé, celle où vous vous êtes rencontrés. Elle n'a jamais existé », dit Malin.

Le regard de Peter Sköld se met à vaciller, puis il lève les yeux au ciel.

« Bon, ok. On s'est rencontrés en ville. Je ne voulais pas que mon père apprenne que je me balade parfois en ville.

– Mais tu as le droit d'aller en ville, Peter.

– Ah oui ? J'ai le droit ? Première nouvelle. Je répète : On *est* ensemble. Mais on s'est pas rencontrés comme je l'ai dit. Par contre, j'étais bien à la campagne.

– C'est vrai, confirme Sten Sköld avec une résolution nouvelle dans la voix.

– Tu ne rencontres jamais d'autres amis quand tu vas chez Theresa ? »

Malin mitraille littéralement ses paroles à la figure de Peter Sköld.

« Qui est-ce que je devrais rencontrer ?

– Il n'y a que toi qui puisses nous le confier.

– Je n'ai rien à confier.

– Tu es sûr ? insiste Zeke. Absolument sûr ?

– Où voulez-vous en venir au juste ? » intervient Sten Sköld.

Peter Sköld sourit.

« Je n'ai rien à dire de plus.

– Et tu ne sais pas si Theresa était avec quelqu'un quand elle prétendait être avec toi ? demande Zeke.

– On est ensemble, je vous l'ai dit.

– Tu n'as pourtant pas l'air très inquiet de sa disparition…

– Si, je le suis. Mais je le montre à ma façon.

– À ta façon ? »

Peter Sköld se laisse retomber sur sa chaise et écarte sa mèche de son front.

Petit con, pense Malin. Quatorze ans ? Quinze ? Et déjà si… quoi au juste ?

Malin le regarde droit dans les yeux. Il y a de la honte dans son regard. Et de la peur.

Je devrais te prendre dans mes bras, pense-t-elle, mais tu as tout gâché à présent.

« Maintenant dis-nous tout ce que tu sais, dit Malin.

– Ou sinon…

– Oh là, on se calme, dit Sten Sköld. Est-ce que mon fils est soupçonné de quelque chose ?

– Et Nathalie Falck ? » demande Malin.

Peter Sköld sourit à nouveau avant de déclarer :

« C'est une copine d'école. Rien de plus. On aime la même musique tous les trois.

– Quel genre de musique ?

– Toutes les nouveautés, répond Peter Sköld. Je n'ai vraiment rien d'autre à dire. On peut y aller maintenant ?

– Theresa a disparu. Et une fille qui s'appelle Josefin a été violée, dit Malin. Qu'est-ce que tu nous caches ? Allez, ça suffit maintenant. Tu connais Josefin ?

– Je ne connais pas de Josefin.

– Mon fils a dit tout ce qu'il savait, dit Sten Sköld. On y va maintenant, Peter.

– Il n'a pas encore tout dit », le contredit Zeke.

Après que le père et le fils ont franchi la porte du commissariat, Malin et Zeke retournent à leur bureau.

« Il n'a pas tout dit, répète Zeke.

– Tu ne le ferais peut-être pas non plus à sa place.

– Tu crois que c'est le père qui l'en a empêché ?

– Non, il connaît son fils. Mais je ne crois pas qu'il aurait voulu que son fils en dise plus.

– Qu'est-ce qu'il sait, Malin ?

– Quelque chose, Zeke, quelque chose. »

Le monde des ados. Le monde de Tove. Elle ne lui avait pas non plus parlé de Markus. Malin avait tellement espéré que leurs vies se ressemblent, qu'elles aient de plus en plus de points communs au fil des années.

Est-ce arrivé ?

Non.

Si.

Non. Ne te mens pas à toi-même, Malin.

Elle ne sait pas si Tove a des secrets pour elle. Bien sûr, elle est parfois en colère après sa mère. Parfois, pense Malin, j'arrive presque à voir à quel point elle nous méprise, moi et ma vie. Ou bien est-ce que je me méprise moi-même ? C'est sûrement ça. Sûrement.

Sven Sjöman est affalé sur sa chaise en bout de table dans la salle de conférence. Ses joues sont cramoisies à cause de la chaleur et, peut-être aussi, du manque de sommeil.

Il est neuf heures. La réunion de la matinée commence à l'heure ce vendredi. Willy Andersson de la technique est assis à côté de lui, devant l'imposant ordinateur ronronnant de Theresa Eckeved. Le câble de connexion tombe lâchement par terre, mais paraît tout de même vouloir leur dire quelque chose.

Zeke et Malin sont venus se poster derrière Willy Andersson et fixent l'écran.

« Alors ? demande Zeke.

– Elle n'utilisait pas souvent son ordinateur, commence Willy Andersson. Je n'ai trouvé aucune photo, seulement quelques exposés de bio, et je peux vous assurer qu'ils n'ont rien d'intéressant. »

Est-ce qu'Andersson est à même d'évaluer ce qui peut nous intéresser ou non ? se demande Malin. Des exposés de bio – il en a l'air capable.

« Et sinon ? demande Malin d'un ton plein d'attente.

– Elle a régulièrement effacé la mémoire-cache, ce qui fait que je ne peux pas remonter loin dans l'historique des sites visités. Certaines informations peuvent encore se trouver sur le disque dur, on peut peut-être aussi en obtenir auprès du serveur de son fournisseur d'accès mais ça risque de prendre un certain temps.

– Combien de temps ?

– Des semaines. Des informations effacées de la mémoire-cache ne laissent que des traces fragmentaires sur le disque dur. Il faudrait du temps pour les reconstituer. Et en cette saison, il est difficile de motiver les fournisseurs d'accès à parcourir leurs listes de serveurs.

– Mais ? »

Malin a bien perçu au ton de sa voix que Willy Andersson a trouvé plus que cela.

« D'après les quelques bribes d'infos retrouvées dans la mémoire-cache et le navigateur, j'ai pu voir qu'elle possédait un compte Facebook. »

Willy Andersson clique sur la page.

Le visage de Theresa Eckeved apparaît. Innocent, mais avec quelque chose de dur dans le regard.

Aucune information personnelle. À peine quelques amis : Peter Sköld, Nathalie Falck. Seulement un commentaire d'une certaine Lovelygirl. Un pseudonyme.

« *Salut ma chérie ! Que tu es belle !*

– *Va te faire foutre.* »

« Est-ce qu'il est possible de trouver l'identité de cette Lovelygirl ?

– Elle a bien un compte mais n'a pas de page personnelle, répond Willy Andersson. Je peux prendre contact avec Facebook et voir s'ils me communiquent des données qui nous permettraient de la retrouver.

– Et sinon, quoi d'autre ? »

Sven pose cette question avec un air de défi mais aussi un brin de soulagement. Lovelygirl, c'est presque une piste.

« Elle a aussi une adresse mail sur Yahoo, poursuit Willy Andersson. Mais je n'arrive pas à l'ouvrir.

– Est-ce que Yahoo est plus rapide que Facebook ?

– J'en doute. Je prendrai contact avec les deux dès demain et on verra.

– Ok, vas-y, dit Sven. Et insiste sur le fait que c'est urgent.

– Rien sur MySpace ou YouTube ? »

Malin se souvient d'une vidéo sur Youtube il y a quelques années où on pouvait voir une adolescente en train de se faire violer et torturer. On avait découvert que c'étaient ses meilleurs amis qui lui avaient fait subir tous ces sévices.

Peter Sköld. Nathalie Falck. Êtes-vous des bourreaux ?

« Rien sur MySpace. Je n'ai pas encore vérifié YouTube, mais je peux le faire dès maintenant.

– Fais-le, oui, approuve Sven. Fais-le.

– Et Peter Sköld et Nathalie Falck, ils n'ont pas de page personnelle, eux ?

– Non, en tout cas, je n'en ai pas trouvé », dit Willy Andersson en se levant. Son pantalon en coton beige flotte autour de ses jambes maigres. Il a quarante ans, mais en paraît cinquante.

« Bon travail, dit Sven.

– Ce n'était pas très difficile », répond Willy Andersson en éteignant l'ordinateur. Il débranche l'appareil et le coince sous son bras.

« Je vous tiens au courant, dit-il avant de filer, pour ne laisser derrière lui que la chaleur et un bruit de porte qui se referme planant au milieu de la salle de conférence.

– Et vous, vous faites quoi maintenant ?

– On va vérifier l'alibi de Behzad Karami. »

Le silence s'installe dans la pièce. Un silence très particulier que Malin reconnaît et qui lui plaît, ce silence qui, au cours de l'enquête, se transforme en idée, en piste à suivre.

« Lesbienne, dit Sven. Est-ce que cette affaire pourrait avoir un lien avec l'homosexualité ? Cette Lovelygirl sur Facebook me paraît lesbienne.

– Et Nathalie Falck est assez masculine », dit Zeke.

Quels préjugés il a, pense Malin, tout en ne pouvant s'empêcher d'avouer qu'il n'a pas tort.

« Il pourrait donc y avoir une piste homosexuelle. Gardez ça dans un coin de votre tête, dit Sven.

– Peut-être que Nathalie Falck sait qui est cette Lovelygirl ? propose Malin.

– C'est l'heure de s'intéresser aux gangbangs », dit Zeke en se levant. Son regard est plein d'attente.

Le code.

Ils ont besoin de ce maudit code pour ouvrir le cadenas. Il est déjà neuf heures et demie passées. Ils sont à l'ombre d'un immeuble en ruine. Les briques autrefois jaunes de la façade sont ocre aujourd'hui. Le gazon et les plates-bandes de fleurs tout autour dont personne ne se sent assez responsable pour payer l'entretien sont jonchés de mégots, canettes vides, et débris de bouteilles de bière cassées.

Ils se sont garés en haut, près du centre commercial à l'abandon de Berga. Une antenne de la sécurité sociale, une supérette, une pizzeria entourée de locaux commerciaux vides et fermés avec des planches.

Berga n'est qu'à quelques kilomètres du centre-ville, un petit kilomètre de Ramshäll, mais c'est un autre monde.

Des chômeurs, des immigrés. Et comme toujours : des mères qui élèvent seules leurs enfants et tentent d'en faire des gens corrects, tout en s'usant dans des emplois sous-payés qui leur prennent dix heures de leur journée.

Les pères absents ne sont pas un mythe.

La plupart des habitants de Berga sont sûrement chez eux, malgré les vacances d'été.

Deux maisons plus bas, Malin a un jour retrouvé un ancien camarade de classe – complètement défoncé dans son studio du premier étage. C'était sa première année dans la police de Linköping, après qu'elle et Tove sont revenues ici à la fin de sa formation.

Une odeur pestilentielle s'était échappée de l'appartement. Les voisins avaient appelé. Elle y était allée avec un collègue et l'avait retrouvé à côté de son lit au milieu d'un amas d'immondices, il puait et son corps était sûrement déjà boursouflé mais lorsqu'ils l'avaient retrouvé, il était plus rabougri qu'autre chose.

Jimmy Svennsson avec trois N.

Autrefois, c'était le Don Juan de l'école. Plus tard, il était devenu junkie, et enfin un junkie mort.

Qu'est-ce que ça sent maintenant ?

L'été brûlé.

« Comment on va faire pour ouvrir cette porte, Malin ?

– On attend que quelqu'un vienne.

– Tu crois que…

– Je plaisante, Zeke. Petite blague du matin », dit Malin qui sort un trousseau de clés de la poche intérieure de sa veste, insère le passe-partout dans la serrure et le tourne.

« Ils sont si simples, ces cadenas. »

Zeke la regarde avec admiration.

« Je dois dire que tu ne connais aucun scrupule, Fors. »

L'escalier sent le moisi et les murs vert limon supplient qu'on leur donne un coup de peinture.

Pas d'ascenseur. Ils montent à pied, au troisième étage :

« On parie qu'il dort encore ? » demande Zeke en appuyant sur la sonnette de la porte de l'appartement de Behzad Karami.

Ils sonnent, encore et encore.

Malin appelle le numéro de portable de Behzad Karami, en vain.

La sonnette doit retentir dans tout l'appartement.

Elle était complètement saoule.

Puis une voix dans le portable, avec un léger accent, bien que Karami n'ait eu que huit ans quand il est arrivé ici.

« Tu sais quelle heure il est, enculé ?

– Ici Malin Fors. Police criminelle. Si vous nous ouvrez, on arrêtera de sonner. »

Le doigt de Zeke sur la sonnette.

« Quoi ?

– Ouvrez. On est devant la porte.

– Oh shit. »

Dans le combiné, Malin entend un coup bouger, des portes claquer, le doigt de Zeke toujours appuyé sur le bouton et le bruit de la sonnette est encore plus fort quand la porte s'ouvre.

« Bonjour Behzad. Alors, on a encore fait des conneries ? »

La voix de Zeke est pleine de mépris. Il retire enfin son doigt de la sonnette.

Le visage de Behzad Karami est gonflé. De sommeil mais peut-être aussi de l'alcool et qui sait de quoi encore. Le torse tatoué, les épaules larges. Un collier fait de dents et de griffes d'animaux autour du cou. Il a dix-neuf ans, et sa BM noire flambant neuve est garée derrière le centre commercial.

Après sa scolarité en SEGPA, il n'a jamais été condamné pour quoi que ce soit. Même pas pour des viols, et apparemment, ses « affaires » se portaient plutôt bien.

« On entre », dit Zeke en franchissant le seuil de l'appartement avant même que Behzad Karami ait eu le temps de protester. Behzad Karami hésite. Il se tient sur ses gardes depuis sa détention préventive.

Mais l'affaire Lovisa Hjemestedt avait tourné court.

Elle avait été prétendument consentante, et avait été vue en train de danser avec Behzad Karami et Ali Shakbari en discothèque puis la quitter volontairement en leur compagnie, bien qu'elle ait été si saoule qu'elle pouvait à peine se tenir sur ses jambes.

« Alors Behzad, on n'a pas fait le ménage depuis un bail ? lance Zeke. Mais quand on n'est pas du matin comme toi, c'est difficile de nettoyer, hein ? »

Behzad Karami se tient devant Malin au milieu du salon. Dans son dos, un dragon au dessin sophistiqué crache du feu.

« Je fais le ménage quand je veux. C'est pas tes oignons, sale fl…

– Dis-le, siffle Zeke. Make my day. Dis ce que tu penses.

– Du calme, Zeke. Asseyez-vous sur le lit, Behzad. »

La tapisserie mouchetée est parsemée de taches et de traces de brûlures, un drap rose sale et froissé est enroulé sur le lit, les stores sont tirés devant la vue imprenable sur les toits de Berga. Une énorme télévision à écran plat est fixée au mur, la chaîne hi-fi et les haut-parleurs occupent presque toute la surface du plancher, et le coin cuisine est étonnamment propre, comme s'il venait d'être utilisé puis méticuleusement nettoyé.

Behzad Karami se laisse retomber sur le lit, se frotte les yeux et dit :

« Merde, mec, vous n'auriez pas pu venir plus tard ? Qu'est-ce que vous me voulez ?

– Une fille a été violée hier. On l'a retrouvée dans le parc du centre-ville, explique Malin.

– Tu ne serais pas au courant de quelque chose par hasard ? » demande Zeke.

Behzad Karami baisse alors les yeux et fixe le sol en linoléum vert en secouant la tête. Il soupire :

« On n'a pas violé Lovisa, et je n'ai violé personne d'autre, bordel. Quand est-ce que vous allez enfin capter ça ? »

Sa voix paraît tout d'un coup effrayée. Derrière ses muscles et ses tatouages, il y a un jeune qui a honte des commérages qui circulent sur lui.

T'as vu, c'est lui qui a violé cette fille…

C'est un monstre. Ceux-là, on devrait les…

« Où étais-tu dans la nuit d'avant-hier ?

– J'étais chez mes parents. On a de la visite de notre famille d'Iran. Vous pouvez vérifier. Sept personnes pourront vous dire que j'y étais jusqu'à cinq heures, au moins sept.

– Et après ?

– Je suis rentré ici. »

Josefin, qui ne se souvient de rien. A-t-elle été agressée avant ou après être allée au cinéma ? À quel moment ?

« Tu es rentré directement chez toi ?

– Je viens de vous le dire.

– Et pourquoi on te croirait ? demande Zeke en toquant Behzad Karami sur la tête. Et Ali, tu sais ce qu'il a fait avant-hier ?

– Non, aucune idée. Vous voulez aussi le mouiller là-dedans ? »

Malin voit la colère monter en Zeke, à quel point il s'efforce de se retenir pour ne pas se jeter sur Behzad Karami et lui en coller une. Au lieu de cela, il dit :

« Alors tu n'es pas allé au parc après la fête ? Tu ne t'es pas caché dans un buisson pour guetter l'arrivée d'une belle nana ? »

Malin fait un pas en arrière dans le couloir. Elle s'approche de la kitchenette qui, contrairement au reste de l'appartement, est étincelante, les portes des placards sont blanches, bien que usées.

Elle passe un doigt sur le plan de travail et le flaire. C'est ça, du citron. Elle ouvre le placard et découvre une bouteille de Cif encore fermée.

Elle entend Zeke maugréer dans le salon.

Elle sait que ses accès de colère peuvent être si impressionnants qu'ils peuvent donner lieu à des aveux, même au moment où on les attend le moins.

« Tu es complètement taré, sale poulet. »

Le regard de Zeke s'assombrit lorsqu'il arrive dans le couloir et voit Malin debout devant la kitchenette.

« On a fini ici, non ?

– Pas tout à fait », réplique Malin en s'approchant à nouveau de Behzad Karami.

Il est assis sur le bord du lit, à bout de souffle.

« Ta cuisine, pourquoi est-elle aussi propre ?

– Ma mère l'a nettoyée avant-hier.

– Une chose encore, est-ce que tu sais où on peut trouver Ali ?

– Essayez dans le magasin de son père, il est fleuriste. Interflora, Tanneforsvägen. Il y bosse toujours en été. »

La clim miaule dans la voiture.

Malin est au volant.

Zeke prête sa voix forte et claire aux chœurs qui emplissent la voiture. La chorale de la paroisse de Sundsvall chante Abba.

The winner takes it all, the winner takes…

La voix de Zeke n'est plus enrouée du tout, quand il chante. Malin a appris à supporter cette musique. En partie parce qu'elle a appris à apprécier le chant choral, mais surtout parce qu'elle voit l'effet qu'ont la musique et l'esprit de groupe sur Zeke. En quelques minutes, il se transforme en un homme qui chante joyeusement, presque en harmonie avec lui-même.

Ils sont en route pour Tannefors. Ils passent devant les rampes vides du Skatepark de Johannelund, devant les hautes herbes brûlées des champs oubliés entre le fleuve et les immeubles. Puis ils traversent le pont de Brasken et tournent à gauche, là où les bâtiments multicolores des usines Saab ploient sous la chaleur.

L'industrie aéronautique – ou plutôt l'armement – et pourtant toute la fierté d'une ville.

C'est comme ça qu'est Linköping, pense Malin. Sûre d'elle et presque narcissique, désirant être belle et colorée – une petite métropole dans un monde gigantesque.

Une petite ville insoumise caressant des rêves de grandeur mais sans avoir de réelle estime de soi ni de bon goût. Aucune petite ville n'a moins l'atmosphère d'une « petite ville » que Linköping.

« À quoi tu penses ? demande Zeke.

– À la ville. On n'est pas si mal ici finalement.

– Linköping ? Qui a dit le contraire ? »

Les mots de Zeke sont encore suspendus dans l'air quand le téléphone de Malin se met à sonner.

« J'ai fait tous les tests, Malin. J'ai fini d'analyser les échantillons provenant de Josefin Davidsson. »

C'est Karin Johannison. Sa voix est glacée, assurée malgré la canicule.

« On arrive, dit Malin. On a juste une chose à vérifier avant. »

13

LA PLUPART des gouttes se sont évaporées avant même d'atterrir sur les feuilles des innombrables plantes alignées sous le store rouge branlant du fleuriste. Le vaporisateur chuinte, lorsqu'ils pénètrent dans la fraîcheur humide du magasin.

L'homme de haute taille derrière le comptoir se tient immédiatement sur ses gardes, l'air expectatif. Il les a reconnus, Malin en est sûre.

« Nous sommes à la recherche d'Ali Shakbari.

– Qu'est-ce qu'il a encore fait ? »

La voix de l'homme est pleine de résignation, mais aussi de colère.

« Probablement rien, le rassure Malin. Mais nous aimerions lui parler. »

L'homme désigne une porte dotée d'une vitre en plastique.

« Mon fils est dans la réserve. Vous pouvez y aller. »

Ali Shakbari se tient devant un plan de travail carrelé en train de désépiner des roses. Quand il les aperçoit, il prend peur, et ses yeux bruns deviennent anormalement humides. Tu penses à prendre la tangente, n'est-ce pas ? pense Malin.

« Ali, dit Zeke. Comment ça va ? »

Pas de réponse. Ali dépose lentement les ciseaux sur la table. Son corps maigre paraît encore plus dur sous son bleu de travail.

« Où étais-tu avant-hier soir ?

– Pourquoi ? » répond-il avec un air de défi.

Malin lui parle de Josefin Davidsson.

« Vous pensez que j'ai quelque chose à voir avec ça ?

– Pour l'instant, on ne pense rien du tout, dit Malin. Alors, où étiez-vous ?

– J'ai nettoyé la réserve avec mon père. On a terminé à trois heures du matin. Il fait tellement chaud qu'on travaille mieux la nuit.

– C'est vrai. »

Le père d'Ali Shakbari se tient dans l'embrasure de la porte de la réserve. Assurance et dignité se dégagent de lui.

« Je l'ai reconduit à la maison après. Il était chez lui à trois heures et demie. »

Malin balaye la réserve du regard. Le moindre centimètre carré de la pièce étincelle de propreté.

Peut-être trop propre ? se demande Malin en saisissant une des roses posées sur la table.

« Elles sont vraiment belles, dit-elle.

– De la bonne qualité », confirme le père d'Ali Shakbari.

Il y a deux sortes de personnes. Les chasseurs et les chassés. Jusqu'à présent, l'enquête en cours n'a pas encore réussi à faire le tri entre les deux.

Sommes-nous les proies traquées, poussées comme des grains de poussière au gré du vent brûlant ? réfléchit Malin. Pour le moment, nous n'avons pas encore acquis le statut de chasseurs. Pas encore.

Mais peut-être que cela changerait grâce à ce qu'elle voyait à travers le verre éclairé par les quatre lampes installées à côté du microscope. Dans ce bleu réside peut-être la vérité.

Les particules sont si petites qu'elles sont invisibles à l'œil nu. Elles ont l'air d'avoir été découpées aux ciseaux.

Le laboratoire situé dans la cave de l'institut d'analyses criminelles sent le produit chimique et le détergent. Le système de ventilation émet un léger murmure.

Le souffle lourd de Zeke à côté de Malin, et la voix de Karin dans la tête :

« Je sais maintenant ce que le médecin a retrouvé sur la fille. Ce sont des résidus de peinture, explique Karin. Une peinture destinée à peindre sur du plastique. »

L'image se brouille devant les yeux de Malin. Tangue.

Cette couleur bleue, des particules mortes bougent comme si elles avaient été enterrées vivantes sous le verre.

Malin relève la tête, se détache du microscope et regarde Karin.

« D'où peut venir cette peinture ? De quel genre d'appareil ? »

La voix de Zeke est impatiente et acérée à cause du stress permanent de ce mois de juillet. Ou peut-être de la simple présence de Karin dans la pièce.

« Difficile à dire. Ce pourrait être un millier de choses.

– Comme quoi par exemple ?

– Comme un tuyau d'arrosage, le manche d'un balai à franges de mauvaise qualité, des couverts à salade, un pied de lampe, une pelle pour jouer dans le sable. »

Malin et Zeke se taisent.

Josefin Davidsson a été pénétrée, mais n'en garde aucun souvenir.

Theresa a disparu. Les indices de relations homosexuelles sur sa page Facebook. Lovelygirl.

Est-ce que tout ça est lié ? Et puis il y a aussi cette Nathalie Falck. Un hommasse. Qu'est-ce que les garçons ont de plus par rapport aux filles ?

Malin prête l'oreille. Quelque chose prend forme dans sa tête. Que lui disent les jeunes filles impliquées dans cette affaire ? Theresa, Josefin, Nathalie ?

« Ou un godemiché, dit alors Malin. Un godemiché. »

Elle ne sait pas d'où sont venus ces mots mais ils sont là.

« Bien sûr, ou un godemiché par exemple, acquiesce Karin. Ce n'est absolument pas exclu.

– Qu'est-ce qu'on fait maintenant ? demande Malin à Karin. Est-ce qu'on peut faire autre chose que d'accumuler des suppositions ?

– Les fabricants de peinture sont répertoriés. On peut essayer de remonter le cycle de fabrication pour retrouver les objets peints de cette couleur et sélectionner ceux qui pourraient avoir été utilisés. Comme un godemiché par exemple.

– Qu'en penses-tu, Malin ?

– Je ne sais pas. Mais un gode, ça paraît évident. Elle n'avait aucune blessure à l'intérieur du vagin, mais a quand même été pénétrée. Comme si cet objet avait été spécialement conçu pour ça.

– On peut aussi blesser une femme avec un gode…

– Oui, si on s'y prend brutalement. Mais à ce compte-là, on peut faire des dégâts avec n'importe quoi.

– D'après mon expérience, le vagin porte toujours des séquelles d'une pénétration violente par un objet non conçu pour cela, déclare Karin. Il peut donc bien s'agir d'un godemiché. Il y a des modèles durs et d'autres plus mous.

– Tu es une experte ? demande Zeke.

– Non, répond Karin calmement. Mais je sais quand même ça. »

Et aussi que de la peinture bleue a été retrouvée dans son vagin. Malin se souvient alors de Maria Murvall, agressée il y a quelques années dans la forêt de Tjällmoskogen et aujourd'hui toujours muette et internée à l'hôpital psychiatrique. Les descriptions insoutenables de ses entrailles lacérées, la silhouette allongée sur le lit à Vadstena cet hiver. Mais elle ne dit rien.

Elle préfère écouter parler les choses, ce qu'elles ont à lui dire à ce moment-là, tout en entendant le climatiseur toussoter et expulser un long râle de son tuyau. Puis il se tait et laisse instantanément place à une chaleur étouffante dans la pièce.

« Bordel, dit Karin. La clim a rendu l'âme. Qui sait quand les agents d'entretien pourront s'en occuper.

– Quelqu'un doit bien travailler, dit Zeke.

– Un gode, reprend Malin. C'est ce qui paraît le plus évident, bien que, en théorie, le tueur ait pu avoir utilisé n'importe quoi. »

Elle ne dit rien de ses réflexions précédentes. Les lesbiennes utilisent sûrement aussi des godes, non ? Ou bien est-ce seulement une idée reçue ? Non, l'une de ses collègues à l'école de police lui avait fièrement montré sa collection et fourni une explication détaillée de leur mode d'emploi.

« Je pense qu'on va d'abord demander aux gars de la technique de rechercher les entreprises qui fabriquent des godemichés, dit Karin. Et aussi quelles couleurs elles proposent. Cela peut prendre du temps, mais on est toujours étonnés de voir tout ce que ces commerçants ont dans leur catalogue. »

Puis, Karin se penche, jette un œil dans le microscope et dit :

« C'est un bleu d'une beauté incroyable, vous ne trouvez pas ? Pur et clair comme de l'eau de source. »

Dehors, la chaleur emprisonne l'air, et le vent, ou plutôt ce qu'il en reste, est chaud et s'efforce de souffler à travers les cimes d'arbre déjà desséchées. Dans l'air, on sent la fumée des incendies de forêt. Le vent souffle directement depuis Tallmjö.

Le feu progresse. Ce matin, un couple de personnes âgées a dû être évacué de la maison qu'ils habitaient depuis près de soixante ans.

La lumière est aveuglante. Aucune paire de lunettes de soleil qui permette encore de voir, ne parvient à l'atténuer. Et elle aurait tellement besoin d'y voir clair, pour pouvoir démêler les fils de cette affaire.

Malin et Zeke retournent à l'entrée du laboratoire, dans la fraîcheur relative, et prennent place sur l'un des canapés en cuir rouge. Ils ne voient pas comment parcourir les quelques centaines de mètres qui les séparent du commissariat.

« Oh shit, dit Zeke. Je ne pensais pas qu'il pourrait faire encore plus chaud.

– C'est sûrement impossible en effet, répond Malin. Et puis ce soleil. Rien que d'y penser j'en ai déjà mal à la tête.

– Donc c'est un gode, d'après toi ?

– Je ne sais pas, Zeke. Mais c'est possible. »

Zeke passe une main sur son crâne rasé.

« Qui utilise des godes ? demande-t-il alors. Un castré chimique ? Quelqu'un qui a des problèmes de prostate ? Un impuissant ? Quelqu'un qui en a simplement envie ? Une lesbienne ?

– Une lesbienne, dit Malin en traînant sur les syllabes, pour que Zeke comprenne bien ce qu'elle veut.

– Tu penses comme ça toi alors ? dit-il avec un sourire. Lovelygirl sur la page Facebook de Theresa. Nathalie. Et Josefin ? Est-ce qu'elle pourrait aussi être lesbienne ?

– Non, mais l'auteur de l'agression, oui. C'est une hypothèse d'enquête. »

Zeke hoche la tête.

« Qui d'autre pourrait utiliser un godemiché ?

– Je ne vois pas.

– Un pauvre bougre, d'une manière ou d'une autre.

– Tu crois ? demande Malin.

– Qui sait ? Ou alors ce rebut de Berga a trouvé un nouveau moyen d'humilier les femmes », ajoute Zeke.

Malin regarde devant elle. Elle voit Ali Shakbari et Behzad Karami saouler Josefin Davidsson avec du mauvais vin puis la violer l'un après l'autre avec un godemiché peint en bleu sur un canapé. Riant d'être les pires représentants du sexe masculin bien qu'ils ne soient encore que des garçons.

C'est raciste, pense Malin en repoussant ces images.

Malin et Zeke restent assis en silence sur le canapé. Ils respirent l'air sec et frais, regardent dehors où règne la canicule et observent l'air vibrer sur le parking du commissariat.

À Bali, chez Tove et Jan, il fait moins chaud qu'ici.

À neuf heures dix, Malin est assise à la table de la cuisine en train de manger des flocons d'avoine au lait. Mais est tellement fatiguée qu'elle n'arrive même pas à couper une banane pour agrémenter sa bouillie.

Il fait une telle chaleur dans l'appartement – il n'y a pas la clim.

Lors d'une conversation téléphonique avec Sven Sjöman, elle avait évoqué l'idée du godemiché. Il avait dit qu'il s'agissait d'une piste à creuser. Il allait charger quelques collègues de chercher des modèles de godemichés bleus sur Internet, parallèlement aux recherches de Karin. « Parce que c'est comme ça qu'on se les procure aujourd'hui, non ? »

Malin pense à Daniel Högfeldt.

Pendant un moment, elle avait cru qu'il pourrait y avoir autre chose que le sexe entre eux, et peut-être même que c'est le cas : ils se tournent autour toute la journée, jusqu'à ce qu'ils finissent par se retrouver dans l'appartement de l'un d'eux. Mais pas ce soir, il est en ville, Malin le sait, pas dans cette canicule, pas dans cette solitude. Sa propre sueur lui suffit, et la fatigue rend douloureux le moindre de ses muscles. De plus, sa nostalgie de Tove et de Jan commence à faire place à un sentiment qui ressemble au deuil.

Son portable sonne. Il est dans le salon. Malin pose sa cuillère, se lève et se précipite pour décrocher. Elle hésite.

C'est le numéro de Karim Akbar.

« Allô.

– Malin, bon Dieu, mais qu'est-ce qui vous est passé par la tête ? Vous ne pouvez pas commencer à chercher des noises aux immigrés juste parce qu'une fille a été victime de viol ! »

Comment es-tu au courant de tout ça ?

« Nous…

– Ne cherche pas à te justifier. Regarde la page d'accueil du *Corren* et tu le verras noir sur blanc.

– Attends, Karim, calme-toi.

– Et maintenant toutes les stations de radio me harcèlent pour avoir des explications. »

Karim est dans son élément. Malin ne saurait dire s'il est vraiment en colère ou s'il fait seulement semblant parce qu'en réalité, il est content de pouvoir à nouveau avoir sa place sur la scène médiatique. Ses commentaires et ses interventions sont controversés, mais politiquement toujours du côté de l'intégration. Quel est son objectif ? Devenir ministre ? Il n'est même pas membre d'un parti.

L'ordinateur est dans la chambre à coucher. Clic, clic, clic – la page d'accueil du *Corren.*

Une photo d'Ali Shakbari et Behzad Karami devant leur masure à Berga. Gros titre :

La police harcèle les immigrés sans preuves.

Légende sous la photo : *On n'a rien à voir avec le viol du parc municipal, mais la police nous cherche des poux juste parce qu'on est issus de l'immigration.*

Le commentaire de Daniel :

Aucun membre de la police de Linköping n'a souhaité faire de commentaire.

Un beau mensonge pour une grosse histoire.

Et il était dans son lit ! Et il le sera sans doute à nouveau bientôt.

« Malin, tu es encore là ? »

Près de deux minutes de silence s'étaient écoulées dans le combiné, ce qui était plutôt inhabituel de la part de Karim.

« Oui, je suis encore là, Karim. C'était une possibilité, une parmi beaucoup d'autres, tu comprends ça, non ?

– Oui, je comprends.

– Et puis ils avaient été mis en cause dans l'affaire Lovisa Hjelmstedt.

– Je comprends bien Malin, mais tu comprends sûrement aussi pour quoi cela nous fait passer.

– Profite de ta célébrité », dit Malin.

Karim rit, mais son rire est creux et fatigué.

14

LE TÉLÉPHONE posé sur la table devant Malin est brûlant.

Pour qui se prend Karim Akbar pour se mêler ainsi de leur travail ? Ce n'est pas du ressort d'un chef de la police, de conduire une enquête dans ses moindres détails ! Mais Karim n'a jamais bien su se poser de limites, et les collègues ont adopté une sorte de stratégie commune : laissez-le faire ce qu'il veut, nous on sait ce qu'on a à faire. Car il ne manque pas de qualités, il a au fond toute la confiance de ses commissaires. Et il fait du bien à la police de Linköping, son engouement pour les médias a rendu la population attentive au travail de la police, intérêt qui a été récompensé par une augmentation de son budget.

Tout, songe Malin en se laissant retomber sur le canapé, tout finit par tourner autour de cette obsession des médias, du culte de la célébrité et cette exagération du moyen et de l'inintéressant jusqu'à en faire une religion. Notre âme ne trouve pas la paix, pense Malin, c'est pourquoi nous nous intéressons à des choses si futiles.

La couleur des cheveux. La longueur d'une robe. Qui couche avec qui. Les mariages de stars, les divorces, les liaisons…

Je devrais remercier Dieu que Tove ne s'intéresse pas à tout ça.

Karim est un bon ami du ministre de l'Intégration. Ils ont le même point de vue sur l'immigration : ils posent des exigences, ils sont rudes, mais gare aux non-immigrés qui commencent à dire des choses négatives – ils en prendront pour leur grade.

Le mal commence à se mettre en mouvement dans cet été caniculaire. Parfois, Malin l'imagine comme une sorte d'animal noir et informe qui se faufile entre la végétation et les maisons. Qui il est et ce qu'il veut, c'est encore un mystère.

Elle éteint son ordinateur, se lève et quitte l'appartement.

Elle n'a qu'une vague idée de ce qu'elle veut faire.

Le bar en bas de chez elle est ouvert, elle le sait car elle entend la clim qui claque jusque dans la rue.

Doit-elle appeler Daniel ? L'insulter ? Coucher avec lui ? Se servir de sa bite ou se rincer le cerveau à l'eau-de-vie ? Il n'y a rien de pire que de bosser avec la gueule de bois, et elle doit travailler le lendemain, bien que ce soit un samedi.

Doit-elle alors appeler Zeke pour l'inviter à boire une bière ?

Sa voix paraît voilée, comme s'il venait de se réveiller.

« Salut, c'est Malin. Je voulais juste savoir si tu n'avais pas envie de boire une bière avec moi, on pourrait parler de l'enquête. Je n'arrive pas à me vider la tête ! »

Malin pense : je dois passer pour folle. Ou désespérément seule ? Sûrement. Et c'est le cas d'ailleurs.

« Malin, il est neuf heures et demie, tu devrais être au lit et te reposer pour être en forme demain. J'allais me coucher, donc pas de bière pour moi ce soir. Il va falloir abattre du boulot demain, tu le sais.

– Tu as dit neuf heures et demie ?

– Oui, pile. »

Silence à l'appareil.

« Mais tu peux venir chez moi si tu veux. On pourra parler. Gunilla pourra nous faire du thé et des tartines aux cornichons. »

La femme de Zeke – la gentillesse en personne. Pharmacienne dans la pharmacie de la place du marché, peut-être trop sympa.

« Non merci, Zeke. Je ne veux pas vous déranger, on se verra demain aux aurores.

– Bonne nuit, Malin. »

Elle reste devant la porte de son immeuble, le téléphone à la main.

Doit-elle rentrer dans le bar ou remonter dans son appartement ? Appeler Tove et Jan ?

Elle sent un picotement sous sa peau, et ce n'est pas la chaleur. Puis elle voit l'image de Josefin Davidsson dans son lit d'hôpital. Son visage est déformé par les cauchemars et les souvenirs refoulés.

Quelques instants plus tard, Malin traverse la place Trädgardstorget. Maintenant, elle sait où elle veut aller. Le soir fait lentement place à la nuit et la seule terrasse de café sur la place est vide. Un serveur à la peau basanée ramène les derniers cendriers à l'intérieur, il n'y a plus rien à débarrasser.

Elle descend la rue Drottningsgatan, passe devant les beaux immeubles. Des voitures passent : une Volvo verte, une fourgonnette blanche.

La grille noire en fer forgé qui entoure le parc municipal est encore chaude du soleil de la journée.

Malin ouvre le portail et pénètre dans le parc, toute seule cette fois, personne n'ose sûrement plus s'y risquer en pleine nuit après tout ce qui s'est passé.

Le monstre est peut-être là, pense Malin en avançant dans le parc et en passant devant les plates-bandes de fleurs soignées et la fontaine, la serre en bas près de la grille en allant vers le pavillon, l'aire de jeu, le petit ruisseau qui coule presque sans bruit mais qui recèle de nombreuses voix et de souvenirs cachés.

Elle peut voir les balcons dans la rue Djurgårdsgatan.

L'appel à témoins n'a rien donné.

Aucune trace de la bicyclette rouge, bien que les collègues aient effectué tous les itinéraires possibles que Josefin était susceptible d'avoir empruntés.

Certes, peu de personnes sont chez elles en ce moment, mais il se peut tout de même qu'elle ait crié. Ses cris ont peut-être réveillé quelqu'un.

A-t-elle été ramenée ici ? Et si oui : où était-elle avant ? Où a-t-elle été emmenée ?

Malin fait le tour du pavillon, tire sur le ruban de sécurité qui a déjà été déchiré, ferme les yeux et voit une jeune fille, nue, blessée, à la peau frottée jusqu'à la blancheur absolue, courir sur le gazon, se faire attacher, bâillonner, quelqu'un lui introduire un objet en plastique bleu puis la mémoire se refermer. Elle dit STOP, défense d'entrer. L'herbe sous son corps, à peine humide de rosée par cette chaleur, son corps, leurs corps sur elle, des muscles qui l'écrasent de toutes leurs forces, un lit d'herbe qu'elle ne quittera jamais, dont elle ne se relèvera jamais.

Cela s'est-il passé ainsi ?
Maria Murvall.
Josefin Davidsson.
Theresa Eckeved disparue.
Tout est-il lié ?

Malin entend une voix.
Celle-ci lui demande quelque chose.
Je veux savoir où je suis. Car si je sais où je suis, je pourrai sortir de la nuit, du froid et de la solitude, et rentrer à la maison.
Tout est noir et froid maintenant.
Demande encore une fois où je suis, s'il te plaît. Fais que ta voix soit le phare qui me guide pour échapper à la peur.
Demande encore une fois, s'il te plaît.

« Theresa, où es-tu allée ? »
Malin prononce ces mots alors qu'elle se trouve encore dans le pavillon.
Peter Sköld, Nathalie Falck, Behzad Karami, Ali Shakbari, et d'autres visages aux contours flous, des gens qui ont téléphoné, d'autres et encore d'autres.
Il faut que je parle à Nathalie, pense-t-elle. Qui est cette Lovelygirl ? Elle le sait peut-être.
Malin s'accroupit. Passe sa main sur l'herbe.
Qui peut faire une chose pareille ? Pourquoi est-il aussi désespéré ? Que lui est-il arrivé pour qu'il fasse subir de telles choses à Josefin ? Pourquoi si propre ? Qu'est-ce qui doit être nettoyé ou éliminé de la surface ?
Le temps semble se resserrer. La terre et les souvenirs explosent pour protéger leurs messagers.
Que dois-je faire pour que tu retrouves la mémoire, Josefin ?

15

Samedi 17 juin

EN SERVICE le samedi. Cela coule de source depuis que l'été s'est transformé en enfer de Dante. Ils doivent travailler. Aucun collègue ne doit être rappelé de ses congés inutilement.

L'odeur de bois brûlé est encore plus intense à présent. Mais cela n'est pas gênant, c'est seulement différent, presque agréable.

Comme l'odeur d'un feu près duquel les enfants viendraient réchauffer leurs doigts gelés en hiver.

Il n'y a pas de vent et, en ce moment, la lumière est plus supportable, pense Malin en observant les drapeaux pendre mollement devant l'entrée du commissariat. L'énorme parking derrière elle est presque vide, seuls quelques véhicules attendent de partir traquer les criminels.

Malin se traîne sous le soleil de plomb. Elle est fatiguée aujourd'hui.

Il est huit heures moins cinq et la chaleur est déjà écrasante. Elle transpire sous sa veste blanche et son tee-shirt, elle a de nouveau mis une jupe ce matin bien qu'elle ne porte pratiquement jamais de jupe en service. Cela lui paraît trop féminin, trop faible, comme une provocation. Elle évolue dans un monde masculin, peu importe ce que les quelques féministes de la direction pourraient bien dire. Mais par cette chaleur, impossible de porter un pantalon.

Au petit déjeuner, elle a lu un article sur les feux sur le site du *Corren*. Une photo de l'incendie couvrait la Une, et l'article décrivait de manière détaillée le travail des pompiers qui essayent de contenir l'incendie.

Plusieurs hectares de forêt sont en feu. La sécheresse accroît encore la progression des flammes et elles commencent à lécher les champs, assoiffées de vie. Les unités de Linköping, Norrköping, Motalaet Finspång luttent dans la forêt poussiéreuse.

Ensuite, elle lit un article sur sa propre affaire.

Sous la photo d'un godemiché on peut lire : *La police soupçonne l'agresseur d'avoir utilisé un godemiché bleu.* Suivent plusieurs supputations concernant Karami, Shakbari et Lovelygirl.

Bon sang, qui peut bien avoir fait filtrer cette info sur le gode ?

Karin Johannison ? Sven Sjöman ? Sven a peut-être lâché quelque chose suite à la pression des journalistes. Voilà, maintenant c'est sorti.

La porte du commissariat s'ouvre devant elle. Ebba est assise à l'accueil, elle est en avance.

« Bonjour Malin. »

Malin lui répond d'un signe de tête. Zeke et Sjöman sont déjà assis à leur place bien qu'il reste encore une heure avant la réunion matinale.

Toujours ces réunions. Peu importe qu'on ait à faire des heures supplémentaires à cause d'elles ou non.

Bien que plongés dans l'étude de quelques documents, ils remarquent tous deux son arrivée. Ils relèvent la tête presque en même temps. Sven, dans son pantalon blanc en lin froissé, est visiblement content de la voir.

« Malin, il était temps que tu viennes ! » dit-il.

Zeke se réjouit d'être arrivé avant elle pour une fois.

« Salut Malin, et bienvenue ! »

En voyant la mine de Sven, Malin décide de ne rien dire sur son expédition nocturne dans le parc, bien qu'elle en ait eu l'intention. Elle sait que Sven apprécie qu'on retourne sur le lieu d'un crime pour s'imprégner de son atmosphère.

« Alors, tu l'as bue, ta bière, finalement ? »

Non, pense Malin, mais une bonne rasade de tequila une fois à la maison.

« Tu as l'air fatiguée », glousse Zeke en souriant gentiment, sur un ton presque paternel.

Il n'est pas encore neuf heures lorsqu'ils se rassemblent pour la réunion.

Cette fois encore, ils renoncent à la faire dans la salle de conférence, l'une des tables rondes de la salle de pause suffira amplement, car il y a peu de collègues susceptibles de les déranger.

Sven a l'air plus fatigué que d'habitude, et Malin se demande pourquoi. Ce doit être la chaleur. Elle voit la poussière de papier émeri qui parsème ses avant-bras poilus. Malin se dit : bien sûr, Sven, tu as dû te lever tôt ce matin et te servir de ton tour de potier, et peut-être que cela t'aide à tenir le coup au milieu de ces feux de forêt et de cette enquête difficile.

Comme s'il avait entendu ses pensées, Zeke dit :

« Quel incendie de fou, et c'est de pire en pire.

– Quatre-vingts pompiers, dit Sven.

– Le feu se propage en direction de Hultsjön », ajoute Malin, et le silence se fait dans la salle de pause. Tous trois lapent leur café dans leurs tasses en porcelaine tachées.

« Allez on commence, dit Sven. On a quelqu'un à contrôler. Un certain Fredrik Jonasson, trente-deux ans, domicilié à Mjölby. Il était en prison pour tentative de viol et agression, mais il est sorti il y a peu de temps. Il habite apparemment chez sa mère. Il avait attaqué une femme dans les escaliers.

– Ils peuvent vérifier ça à Mjölby, dit Zeke. Est-ce qu'on se limite aux délinquants sexuels libérés récemment, ou on s'intéresse aussi aux autres ?

– On commence déjà par celui-là, répond Sven. On n'a pas beaucoup de personnel. Je vais quand même faire une liste.

– Et sinon ? s'enquiert Malin. Qu'est-ce qu'on fait avec Behzad Karami et Ali Shakbari ? Il faut qu'on vérifie l'alibi de Behzad. On peut envoyer une équipe pour interroger ceux qui étaient à cette fête ? On a des gens pour ça ? Ou bien est-ce qu'il faut qu'on en rappelle certains de leurs vacances ?

– Pas d'emballement, dit Sven. On n'a rien de concret contre Karami et Shakbari. »

Karim lui a sûrement parlé, mais Sven n'abandonnerait sûrement pas une piste pour faire plaisir à Karim. Ou à la presse.

« On a assez de monde ? répète Malin. Est-ce qu'on peut faire appel à des collègues de Motala ? Ou de Mjölby ? »

Il ne faut pas toucher aux sacro-saintes vacances, sinon personne n'aurait jamais de temps libre.

« On pourrait dispenser certains collègues de patrouille, et les charger de vérifier les alibis, déclare Sven.

– Et qui ? demande Malin.

– Jonfeldt et Bulow. »

De bons gars, se dit Malin. Des jeunes célibataires, mais pas accros à la muscu comme dans le groupe d'intervention. Plutôt de futurs agents de la criminelle.

« Vous croyez vraiment qu'ils ont quelque chose à voir avec tout ça ? »

La voix de Zeke trahit son hésitation.

« Qui sait ? » répond Malin tout en pensant : j'ai entendu leurs voix, exactement comme Sven l'a décrit. Et il a dit aussi que seuls ceux qui écoutent peuvent apprendre, et ceux qui apprennent peuvent s'approcher de la vérité.

« Rien de nouveau en ce qui concerne Theresa, dit Malin. À moins que Peter Sköld et Nathalie Falck ne se soient manifestés ?

– Rien du tout, cela fait déjà plus d'une semaine qu'elle a disparu », dit Sven. Puis, il change de sujet :

« Et qu'est-ce qu'on a sur les lesbiennes ? »

Zeke est moins hésitant. Malin, par contre, n'est plus aussi sûre de son fait.

« Ce n'est pas parce qu'on suppose qu'on a utilisé un godémiché qu'on doit absolument pourchasser toutes les lesbiennes de la ville, non ? Simplement parce qu'une page Facebook nous a donné cette impression ?

– Là n'est pas notre intention, réplique Zeke. Mais peut-être que ça vaut la peine d'aller dans cette direction.

– Alors j'aimerais bien commencer par réinterroger Nathalie Falck, dit Malin. Seule. »

Zeke hoche la tête.

« Cela pourrait aider, dit-il. Elle n'a pas l'air d'apprécier les types comme moi. »

Sven émet un marmonnement approbateur, ajuste sa ceinture et dit :

« Rien de nouveau du côté de la technique. Andersson n'a rien trouvé d'autre, et ses requêtes auprès de Facebook et Yahoo suivent sûrement leur cours. »

Il prend une profonde inspiration et poursuit :

« J'ai fait des recherches sur le milieu lesbien dans la région. Il y a une boîte lesbienne à Norrköping, le Déjà vu. D'après mes informations, il n'y en a pas ici en ville.

– Le marché est sans doute trop restreint, dit Zeke. Ou alors elles déménagent toutes à Stockholm dès qu'elles le peuvent.

– Et l'Association nationale des homosexuels ? On ne pourrait pas leur demander des infos ?

– Ils n'ont pas de bureau dans la région, répond Sven. Tu peux aller interroger les gens du club, Malin. Vois ce que tu peux dénicher.

– Tu veux dire que je dois aller en boîte pour demander s'ils connaissent quelqu'un de violent qui utilise des godemichés ? »

Sven ne répond pas.

« Tu as peut-être raison, Malin. Adresse-toi plutôt à ton contact, finit-il par admettre en se raclant la gorge. Puis il ajoute : Qu'est-ce qu'on a d'autre comme théorie ? Un impuissant ? Un castré ? Ce sont des choses qui relèvent du secret professionnel et assez tirées par les cheveux. »

Il le dit sans émotion, pense Malin. Comme si c'était une bagatelle pour les personnes qui en souffraient.

« Je vais me renseigner auprès de mes contacts, dit Malin en voyant Sven froncer les sourcils.

– Mais tu ne vas pas user de méthodes illégales, d'accord Malin ? »

Elle ne répond pas. Comment aboutir à quoi que ce soit sans s'écarter des sentiers battus ? pense-t-elle. Et Theresa ? Où est-elle ?

Suis-je sous l'eau ? Ces choses vertes, brunes, bleues, humides, autour de moi, est-ce que ce sont des algues ou des nénuphars ? Est-ce que ce sont les dents d'un brochet que je sens sur mes jambes ?

Suis-je éveillée, suis-je en train de rêver ?

Suis-je aveugle ? Mes yeux sont-ils brûlés ? C'est impossible, car ils ne me font pas mal. Ils sont intacts et en même temps non.

Je veux fermer les yeux. Je veux m'échapper de ce lieu, de tous ces bruits, ces mots que je ne comprends pas. On dirait un discours satanique, prononcé à l'envers sur un disque de hard-rock rayé.

Je suis emballée dans du plastique humide. Je ne veux pas être aveugle. Pourquoi ? Dis-moi, pourquoi ne viens-tu pas me ramener à la maison, papa. Je veux me réveiller à présent. Je n'ai jamais fait de tel rêve avant. Je veux me réveiller, maman. Je ne veux pas être aveugle. Me réveiller, me réveiller, me réveiller. Mais comment ?

16

DES paperasseries de somnambule et des discussions vaines sur l'affaire, voilà le résultat de la réunion matinale. Malin n'arrive pas à joindre ses contacts.

Ils sont allés en ville. L'air semble privé d'oxygène sous les parasols du café Gyllenfiket, mais la luminosité est encore supportable à l'ombre.

Il y a deux autres clients à part Malin et Zeke, un couple de personnes âgées qui boit du café avec de la brioche. Il est bientôt quatre heures et demie et les particules odoriférantes de l'incendie ont trouvé leur chemin jusqu'en ville.

De la glace dans le café. *Con hielo.*

Ils boivent en silence, toujours l'un après l'autre, tandis qu'un pigeon fait des allers-retours devant l'Intersport du centre commercial de Gränden où les ballons de plage et les matelas pneumatiques de la vitrine paraissent se ratatiner de plus en plus à chaque seconde.

« Tu le sens aussi ? demande Zeke.

– Oui, répond Malin.

– Tu crois qu'ils vont maîtriser l'incendie ?

– Sûrement. »

Zeke hoche la tête.

« Quand on regarde autour de soi, on a l'impression d'être les derniers à être encore en ville. Nous et ceux qu'on poursuit.

– Dans cette chaleur, j'ai l'impression que mon cerveau pèse deux cents kilos, soupire Malin. Il ne veut même pas penser.

– Ton cerveau le voudra-t-il un jour ?

– Très drôle.

– Hier j'ai vu un reportage à la télé, raconte Zeke. Un documentaire animalier sur une horrible araignée qui s'accouple avec ses enfants.

– On dirait une manière de s'auto-exterminer.

– Mais quelque part c'est aussi une forme d'évolution, la contredit Zeke. Cela donne des araignées aux yeux très rapprochés. »

Une jeune fille tenant un saint-bernard en laisse passe devant eux. Le corps géant de l'animal titube.

« Zeke, j'aimerais essayer d'aller reparler à Nathalie Falck ce soir.

– D'accord. Mais fais attention. »

Malin inspire l'air estival et sent ses poumons se réchauffer.

Ils se séparent sur la place Trädgårdstorget et quand Zeke a disparu de son champ de vision, Malin sort son téléphone portable.

Dans le service numéro neuf, le chef de clinique Hans Stenvikel s'affale sur sa chaise dans sa salle de consultation étouffante. Il vient de sortir d'une opération de cinq heures.

Stenvikel a essayé de sauver la jambe d'un motocycliste entré en collision avec un camion puis transporté en hélicoptère à Linköping. L'avenir dira si le jeune homme de trente-trois ans pourra garder son membre étant donné les nombreuses fractures et blessures. Elle a été ouverte du genou jusqu'à la hanche, mais le chirurgien a fait de son mieux.

Il est en train de se demander si c'est de la sueur qu'il a sur le front ou des gouttes d'eau de la douche prise après l'opération, quand le téléphone sonne. Le numéro de Malin. Que lui veut-elle ?

C'est la mère de Tove, la copine de Markus. Une commissaire un peu coincée mais sympathique et dont le travail est unanimement reconnu. Elle est un peu distante, réservée, mais elle se détend toujours après quelques verres de vin. Comme si elle ne supportait pas les médecins, a souvent pensé Hans en sa compagnie.

« Oui, ici Hans. »

La voix à l'autre bout du fil n'est pas aussi enjouée que d'habitude, et il entend le bruit de la circulation en arrière-plan.

« C'est Malin, la maman de Tove.

– Bonjour Malin. Comment vas-tu par cette chaleur ? Vous n'êtes pas en train de fondre là-bas ?

– Je suis justement en train de dégouliner sur l'asphalte. »

Hans rit. En tout cas elle ne manque pas d'humour.

« Ça va bien chez Tove à Bali ?

– Je pense que oui, répond Malin.

– Markus est dans notre maison de vacances près de Torshälla, mais il reviendra dès que Tove sera rentrée.

– J'aurai éventuellement besoin de ton aide, Hans.

– Dis-moi.

– J'ai besoin de savoir s'il existe des hommes qui ont perdu leur pénis en ville.

– Qu'est-ce que tu dis ?

– Des hommes qui…
– J'ai bien compris, Malin.
– C'est en rapport avec le viol de la jeune fille.
– Celle qui a été retrouvée dans le parc ?
– Oui.
– Cela relève du secret médical.
– Je sais.
– Désolé, Malin, mais je ne peux pas t'aider. C'est illégal de fouiller dans les dossiers des patients.
– Je le sais aussi, Hans. »

Il avait vraiment l'air harassé, pense Malin. Ces longues opérations doivent être fatigantes. Malin introduit son portable dans la poche avant de sa jupe dont le tissu bleu clair a été parsemé de taches brun clair pendant la journée, et Malin se demande s'il existe des jeans qu'elle pourrait porter dans cette canicule.

Le pub en bas de chez elle l'attire toujours. C'est fou d'habiter dans le même immeuble.

Elle s'imagine assise au bar, seule.

Être plongée dans une douce et vague mélancolie. Boire une bière fraîche – la fraîcheur amère et l'alcool qui monte directement au cerveau et procure un vide merveilleux.

Non, pas maintenant.

La clé est dans la porte de l'appartement, et une odeur de renfermé et d'habits pêle-mêle dans un grand bric-à-brac lui fouette les narines.

Malin s'immobilise, s'observe dans le miroir du couloir. Est-ce que ce sont des rides de chaleur ? En tout cas ils sont nouveaux, les petits sillons sous ses yeux.

J'ai trente-quatre ans, pense Malin. Et je n'arrive toujours pas à me reconnaître dans le miroir, je ne sais toujours pas qui est la personne que je vois.

Jan, Tove et Daniel Högfeldt viennent à elle comme des ombres d'été. Et elle a soudain le sentiment douloureux que sa vie est finie, bien qu'elle la vive à cent à l'heure.

17

Samedi 17 juin
et dimanche 18 juin

UNE VOIX emplit la chambre. Elle parle des filles. Pourtant, peu importe ce qu'elle dit. C'est l'intonation de la voix, sa douceur qui sont déterminantes.

L'animatrice de la chaîne locale P4, son amie Helen Anemann, travaille donc désormais le soir. Avant, elle travaillait toujours la journée.

« À toute les jeunes filles de Linköping, je vous en prie, ne vous rendez pas seules en ville, peu importe ce que vous avez à y faire. On ne sait pas ce que cet été a lâché dans la nature. »

Puis Helen annonce une chanson. Malin est allongée sur son lit, les stores baissés. Elle prête encore l'oreille à la voix de son amie dans la semi-obscurité. C'est une voix sexy. Seule mais pas désolée, comme si elle attendait que quelqu'un vienne la chercher dans le studio pour l'emmener quelque part.

Le prince charmant ? Oui, peut-être.

La musique commence. Une chanson de hard-rock dont les paroles ne veulent rien dire. Malin sursaute, se lève et tape de tout son poing sur le bouton *arrêt* de la radio.

Sven Sjöman l'a appelée il y a une demi-heure.

« Tu vas voir Nathalie Falck ?

– Je l'ai appelée. On doit se rencontrer tout à l'heure. Elle n'avait pas l'air très emballée.

– C'est bien que tu travailles, Malin.

– Tu ne crois quand même pas que j'aurais quelque chose de mieux à faire ?

– Non, je ne crois pas en effet. »

Dans les yeux sombres de Nathalie Falck on lit du défi. Et en plus du défi, le mensonge.

Malin a dû déployer des trésors de persuasion pour que Nathalie consente à la rencontrer. Elle avait souligné d'une voix tranchante qu'elle n'avait rien à ajouter de plus à ce qu'elle avait déjà dit.

« On peut se donner rendez-vous à dix heures dans la cathédrale. J'y vais de temps en temps.

– C'est ouvert à cette heure-ci ?

– En été, ils ne ferment pas avant onze heures. Un nouveau règlement concernant l'accessibilité des lieux publics. Et puis il fait frais à l'intérieur. »

Et les voilà maintenant assises sur le banc peint en brun devant l'autel moderne, tandis qu'au-dessus de leurs têtes se croisent des ogives de pierre grise.

Nathalie porte une chemise noire et une jupe. Elle dégage un courage et une résolution que Malin aurait bien voulu avoir quand elle était adolescente.

« Ce que je veux savoir ? C'est à toi de me le dire. Je suis sûre que tu n'as pas tout dit. Jolie jupe, d'ailleurs.

– N'essayez pas de me passer de la pommade. Ce n'est pas une belle jupe. Juste une merde de chez H&M.

– Qui est Lovelygirl ? »

Malin tente de distinguer une réaction chez la jeune fille assise à côté d'elle.

Rien.

« Je ne connais pas de Lovelygirl.

– C'est un pseudonyme sur…

– Je l'ai vu sur la page Facebook de Theresa. J'ignore qui c'est. »

C'est venu un peu trop vite, pense Malin.

« Tu es sûre ? »

Pas de réponse.

Nathalie se recroqueville, ce qui a l'air de signifier qu'elle a atteint la limite à ne pas dépasser.

Malin se tait. Laisse un moment planer les bruits de l'église.

« Est-ce que c'est fatigant d'être différente ? » demande-t-elle alors, tout en voyant que Nathalie Falck commence à se détendre.

« Vous me trouvez différente ?

– Oui, mais différente d'une manière positive.

– Ce n'est pas fatigant, juste différent.

– Theresa a disparu, Nathalie. Tu dois me dire ce que tu sais. »

Et Nathalie tourne son visage rond vers celui de Malin, en la fixant droit dans les yeux.

« Mais je ne sais rien de plus. Je connais Theresa mais je ne sais quasiment rien sur elle. »

Ses pupilles se rétractent, le signe du mensonge.

Mais est-ce qu'elle ment vraiment ?

« Et Josefin Davidsson, tu la connais ?

– Vous parlez de celle du parc ? Ça suffit maintenant ! J'ai appris son existence en lisant le journal. »

Devant le portail, peut-être soixante-quinze mètres derrière elles, quelqu'un fait tourner un présentoir de cartes postales.

« Pourquoi m'as-tu donné rendez-vous ici ? demande Malin en pensant que Tove ne se rendrait jamais de son plein gré au cimetière ou ici, sa place est à la bibliothèque.

– J'aime le calme qui règne ici. Et les dimensions du lieu. J'ai l'impression d'y avoir assez de place.

– C'est assez grand, c'est sûr.

– Vous croyez qu'il est arrivé quoi à Theresa ? veut savoir Nathalie Falck.

– Je ne sais pas, répond Malin. Tu le sais, toi ? »

Puis Nathalie désigne une représentation du Christ devant l'autel.

« Vous croyez à la conception virginale ? »

La conception virginale ?

« Je veux dire, continue Nathalie, qu'est-ce que ça signifie toute cette histoire d'innocence si tout ce qui est pur et beau finit de toute façon par être souillé ? Peut-on vraiment croire que cette maudite innocence existe vraiment ? »

Il est peu après minuit quand Malin regagne son lit pour la deuxième fois. Il est tout aussi empreint de chaleur et de solitude que le reste de l'appartement. Elle a laissé la radio allumée. Helen Anemann parle de la canicule et des incendies de forêt, et rapporte qu'un pompier de Mjölby s'est retrouvé encerclé par les flammes lors d'une intervention, suite à quoi il a subi de graves brûlures.

« Il a été pris en charge par le services de soins intensifs, et je pense que nous devrions unir nos pensées à celles de sa famille. »

Puis vient la musique. *Into the fire.* L'ode de Bruce Springsteen aux pompiers qui ont risqué leur vie pour en sauver d'autres dans le World Trade Center en feu. Ce qui est formidable chez les hommes, c'est que nous puissions tous oublier un moment notre famille, nos amis et nos proches pour sacrifier notre vie pour un autre, notre prochain.

« *May your strength give us strength.* »

La possibilité de nous sacrifier fait de nous des hommes.

« *May your hope give us hope.* »

Et elle a souvent lu que les pompiers survivants avaient déclaré ne pas avoir hésité une seconde, n'avoir ressenti aucune peur ni sentiment d'obligation, seulement le désir de venir en aide aux personnes en détresse.

« *May your hope give us love.* »

Quand les hommes renaissent, ce sont ces pompiers qui reviennent.

À la fin de la chanson, Malin éteint le poste.

Elle ferme les yeux et attend le sommeil et les rêves. Mais au lieu de cela, mille pensées lui passent par la tête.

Nathalie Falck. Lovelygirl. Que lui cache Nathalie ? Elle ne peut rien faire d'autre que de laisser le temps faire son œuvre. Josefin et sa mémoire verrouillée.

Norrköping et Linköping – ces deux équipes de pompiers comptent des lesbiennes parmi leurs membres, Jan le lui a raconté, mais qui sont-elles ? Peut-être pourraient-elles l'aider ?

Cette enquête n'est qu'une succession de préjugés.

Les fils d'immigrés amateurs de viols collectifs.

Les pompiers lesbiennes, les fonctionnaires de police.

Après la réunion, il y avait eu une discussion houleuse autour d'une évidence : il y a beaucoup de lesbiennes dans leurs rangs, mais Petreaus est la seule à Linköping à l'assumer ouvertement.

« Il vaut mieux ne pas y toucher, dit Sven. Petreaus est en vacances. Laissez-la en dehors de tout ça.

– Tu as raison, acquiesce Zeke. Mieux vaut ne pas ouvrir la boîte de Pandore. »

À quand remonte la dernière fois que tu t'es fait couper les cheveux par un hétéro ?

Tels auraient pu être les mots de Zeke.

Nathalie Falck désirerait tellement avoir l'air sereine mais à l'intérieur elle est angoissée et apeurée, comme si elle avait passé l'intégralité de sa courte vie à fuir, ou à essayer d'assumer sa différence. Mais c'est ce que tout le monde fait, pense Malin. Tout le monde essaie de se débrouiller avec sa vie et la plupart parvient à maintenir la tête hors de l'eau, tant bien que mal.

La tequila est tout en haut dans l'armoire au-dessus du frigo.

Malin sent des picotements dans le corps. Il réclame du schnaps. Son estomac, son cœur et son âme chuchotent : réchauffe-nous, anesthésie-nous, ramollis-nous. Combats la chaleur avec la chaleur de l'alcool. Tu es comme ça, Malin.

Elle prend une profonde inspiration. Une odeur infime de bois brûlé monte à ses narines. Elle pense aux pompiers.

« *Up the stairs, into the fire.* »

18

DES MOTS non prononcés planent dans la salle comme des âmes mortes. Ce sont des intuitions.

Je n'ai jamais eu de frères et sœurs, pense Malin en se promenant dans l'appartement de ses parents.

Il est huit heures passées, un dimanche matin, et la ville est complètement déserte. Je suis le dernier être humain sur terre, pense Malin sur le chemin. Tous les autres ont péri dans les flammes. Elle a laissé son vélo, elle veut faire bouger son corps comme un pied de nez à la canicule.

Avant la réunion matinale prévue à neuf heures et demie, elle voulait arroser les fleurs. Ils font désormais des heures supplémentaires : ils n'ont plus une minute à perdre. Au commissariat avant l'heure, malgré le manque de sommeil. Malgré les dix centilitres de tequila qu'elle a descendus en deux grandes rasades brûlantes.

L'appartement compte quatre pièces et une cuisine, au troisième étage d'un immeuble construit peu après le début du vingtième siècle. Les pièces sont bourrées de meubles provenant de la maison de Sturefors, et de souvenirs, mêlés d'un sentiment de rêve inachevé, et de mensonges mais aussi d'un amour harmonieux, cet amour exceptionnel qu'est l'amour parental.

Merde, pense Malin.

Jan et elle n'avaient pas non plus en commun ce qu'on est censé avoir en commun. Aucun hobby. Aucun projet. Mais au début, il devait bien y avoir quelque chose.

Le quotidien et la réalité, la douleur et le deuil.

Jour après jour ils constataient que leur amour ne suffisait pas, qu'il existait toujours mais qu'il s'émiettait, même Tove n'a pas réussi à les souder.

Une catastrophe indescriptible. Et Jan s'en était allé en Bosnie, pour une œuvre humanitaire. Ne laissant que ce simple mot :

On se soutiendra toujours en cas de pépin.

Mais il était parti, et elle avait emmené Tove avec elle à Stockholm.

L'amour peut continuer à exister mais il est impossible à vivre. Le sentiment d'être liés par quelque chose de réel est toujours présent. Elle déteste ce sentiment. C'est le sentiment qui précède la tequila. Le pire de tous. Ou presque. Insupportable. J'ai besoin de croire en quelque chose, pense Malin.

Tu penses à arroser les fleurs ?

La rengaine de papa au téléphone.

Ces lieux ont un effet sur moi, bien que je n'y aie jamais vécu. Je m'y sens à la fois enfermée et libre.

Elle et Tove n'ont jamais rendu visite à ses parents à Ténériffe, et ils ne sont rentrés que trois fois chez eux.

« On ne rentrera pas à la maison cet été, Malin.

– D'accord.

– Mais tu n'oublies pas d'arroser, hein ? »

Elle a entendu son père lui poser cette question plus de mille fois et mille fois elle y a répondu : « Oui. » Mais la plupart des plantes ont déjà rendu l'âme.

Elle a déposé les survivantes dans un carton de déménagement devant un mur ombragé pour les protéger du soleil et de la chaleur épouvantable.

De grands pots remplis de terre sèche humidifiés par un grand arrosoir plein d'eau.

Malin peut ressentir l'amour de papa et maman dans cet appartement, pas leur amour pour elle, mais leur amour mutuel. Un amour comme une poignée de main, comme une bonne affaire, une manière d'ignorer le monde.

Pourquoi, pense Malin, est-ce que je ressens une telle nostalgie au milieu de ces choses ?

Elle n'a pas appelé Jan et Tove hier, et ils ne l'ont pas appelée non plus.

Elle s'assied sur un des bancs usés devant l'immeuble de ses parents et fait tourner son portable entre ses doigts.

Les pompiers. Les lesbiennes. Le monde étranger des adolescents. On dirait que chaque génération est à mille années-lumière de l'autre.

Jan.

L'air est imprégné de fumée, et la direction du vent indique que le feu est en train de se propager vers le Roxen. Hultsjön est-il en train de brûler ? Est-ce qu'un lac peu s'évaporer ?

« Salut, c'est Jan. »

Il a l'air épuisé. On entend des bruits de restaurant derrière lui.

« C'est toi, Malin ?

– Oui, c'est moi. Comment ça va ?

– Bien, on est en train de manger. Il y a un type qui fait griller du poisson ici. Tove adore ça. »

Du poisson. Elle n'a jamais aimé le poisson.

« Et toi, comment ça va ?

– On a du mal à avancer dans cette affaire de viol dont je t'ai parlé. C'est aussi l'une des raisons pour lesquelles je t'appelle. »

Silence à l'autre bout du fil.

« En quoi est-ce que je peux t'aider ? »

Malin le met au courant de la progression de l'enquête, du godemiché jusqu'au milieu lesbien.

« Et maintenant tu veux savoir si je connais quelqu'un parmi les pompiers qui te parle un peu de la communauté lesbienne dans l'Östergötland, c'est ça ?

– C'est à peu près ça, oui.

– Il n'y aurait pas un peu de préjugés chez vous ?

– C'est vrai qu'on marche sur des œufs. Mais qu'est-ce qu'on doit faire, attendre les bras croisés pendant qu'un criminel court en liberté ? En plus, une deuxième fille a disparu. Dieu sait ou elle est. »

Elle lui raconte rapidement la disparition de Theresa Eckeved et l'absence totale de piste.

Silence.

« Jan, ça aurait pu être Tove. »

Il ne dit d'abord rien, puis :

« Demande à parler à une certaine Solhage, à la caserne. Je vais la prévenir, elle est intelligente, et elle est de service tout le mois de juillet.

– Merci Jan. Je peux parler à Tove ?

– Elle vient de monter dans sa chambre, tu peux rappeler plus tard ? »

Après avoir raccroché, Malin tourne son visage vers le soleil. Un peu de couleur sur ses traits fatigués ne lui ferait pas de mal, mais après quelques secondes la chaleur devient insupportable et elle se lève du banc.

Personne ne peut remonter le temps, pense-t-elle, pas moi – ni toi qui es quelque part dehors, qui ou quoi que tu sois.

Malin se rend à pied au commissariat, et reste du côté ombragé de la rue. Ses jambes sont lourdes, ses sandales collent presque à l'asphalte.

Pendant qu'elle met un pied devant l'autre, elle pense :

L'exclusion mène à la haine qui elle-même mène à la violence. La discrimination sexuelle, celle qu'on n'a pas choisie.

La plupart du temps, les ados choisissent eux-mêmes d'être à part ou croient qu'ils l'ont décidé. Aucun adulte ne choisit de s'exclure, sauf quelques-uns. Avec le temps vient le constat qu'il est incroyablement important d'être intégré. Toi, moi, nous. Comment en faire partie ? Mon divorce a été la plus grosse erreur de ma vie, pense Malin. Qu'avons-nous fait, Jan ?

Cinq cents mètres plus loin, Daniel Högfeldt est assis à son bureau. Il a imprimé une vingtaine, même une trentaine d'articles de ces vingt dernières années traitant d'affaires de viol dans la ville et les environs.

Ils sont étalés devant lui sur son bureau et, disposés ainsi, forment une image effrayante. La ville paraît construite sur un volcan en activité de violence sexuelle contre les femmes, surtout à l'intérieur des familles, mais il y a des cas où ils sont encore plus écoeurants, des psychopathes, des morts de faim qui ont attaqué des femmes dans des parcs mais aussi des hommes, il y a eu un cas de viol d'un homme dans le parc de Järnväg. La plupart des affaires ont été résolues, mais certaines occupent encore la police : comme le cas de Maria Murvall, et celui de la femme violée et assassinée devant la discothèque Blue Heaven.

Dois-je faire un papier sur toutes ces affaires non élucidées ? se demande Daniel. Dois-je fouiller encore un peu et lancer une série choc sur l'historique des viols de la région comme lecture d'été ?

Il doit faire quelque chose de cette histoire. Mais quoi ? D'un point de vue purement statistique, Linköping n'est pas plus mal lotie qu'une autre ville, mais pas mieux non plus, et c'est un fait qui mettrait un sacré coup à la fierté de certains habitants.

Une chose est sûre. Il y a assez de violence et de sexe pour en faire un papier intéressant. La violence et le sexe font vendre dans cette chaleur étouffante.

Puis Daniel ferme les yeux un instant. Le mot chaleur le fait penser à Malin et il réfléchit à ce qu'elle peut bien être en train de faire. Mais aucune image précise ne se forme, il rouvre alors les yeux. Non, pense-t-il, je devrais plutôt laisser tomber ces vieilles affaires et faire des recherches pour dénicher d'autres actes diaboliques commis dans le bled. Mais avant je dois me concentrer sur ce qui se passe ici et maintenant.

Le chemisier blanc de Malin est gris de sueur et elle se demande si elle en a un autre dans son casier.

Le commissariat est situé en haut d'une colline, entouré de maisons en pierre, de la pierre de taille ocre tourmentée par le soleil, éreintée par la poussière qui s'élève de la terre amère et assoiffée. Derrière elle s'élève l'hôpital universitaire, l'un des rares lieux en cette ville qui fonctionne encore à plein régime.

Solhage.

C'était la star de l'équipe de football du LFC jusqu'à ce qu'ils commencent à acheter des joueuses de haut niveau venues de tout le pays. À partir de ce moment-là, elle n'a plus eu sa place dans l'équipe. L'expérience a dû être amère.

Il vaut mieux que je laisse un peu de temps à Jan pour la contacter, avant de l'appeler, pense Malin. Mais si l'on arrive à se faire une place dans le monde très macho des pompiers, on arrive aussi à surmonter le fait d'avoir été virée d'une équipe de foot.

C'est bientôt l'heure de la réunion matinale.

Je l'appellerai après.

19

« EN FAIT, c'était une bonne chose d'avoir arrêté le foot.

– Pas de regrets ?

– Pas le moins du monde, j'en avais marre de taper dans la baballe et tout est devenu si prétentieux. Je veux dire, les journalistes à la télé prétendent faire de l'analyse et puis cela ne les intéresse même pas de savoir comment le monde tourne. »

Malin rit.

Les mâts des voiliers dans l'écluse dépassent les murs de pierre, se balancent. En arrière-plan, Malin distingue la maisonnette jaune du gardien de l'écluse, tandis que juste en face d'elle, sous le parasol du café de Vreta Kloster, Viktoria Solhage lui sourit. Un sourire avenant qui adoucit encore plus son visage fin encadré de longs cheveux blonds.

La conférence matinale avait été bouclée rapidement.

Malin avait résumé sa conversation avec Nathalie Falck.

À part ça, il n'y avait rien de nouveau que ce soit du côté de Karin ou de la technique. Les collègues de Mjölby avaient vérifié l'alibi du délinquant sexuel Fredrik Jonasson. Sa mère avait assuré qu'il était avec elle au moment du crime.

Tout le monde était d'accord pour que Malin ait une conversation seule à seule avec Viktoria Solhage. De femme à femme.

Au téléphone, Viktoria n'avait pas été choquée par sa demande :

« Ok. Rendez-vous à dix heures et quart au café de Vreta Kloster. Normalement, je ne travaille pas le dimanche. J'habite à Ljungsbro et j'aime bien me balader à vélo le long du canal. Mais je n'ai pas trop de temps, il faut que j'aille prêter main-forte à mes collègues dans l'incendie. »

L'ancienne star du foot est à présent assise en face d'elle et parle de la fin de son ancienne carrière et du début d'une nouvelle. Viktoria Solhage avait été la première « pompière » de l'histoire de la ville. Ce ne fut pas sans soulever de débats. Malin se souvient de la remarque qu'avait faite Jan lors de son entrée dans la brigade : « D'accord, elle a réussi l'examen. Mais comment savoir si elle pourra me porter le jour où je m'évanouis à cause de la fumée ? »

Elle est assurément plus forte que quatre-vingt-dix pour cent des hommes, pense Malin en voyant les muscles galbés de Viktoria Solhage.

Une glace et du café à l'ombre d'un parasol, ce serait bien agréable si le thermomètre n'indiquait pas déjà trente-cinq degrés à l'ombre.

« Comme je vous l'ai dit, Jan m'a appelée. J'étais d'abord un peu en colère mais le plus important est que d'autres jeunes filles ne se fassent pas violer de la même manière, n'est-ce pas ? »

Viktoria Solhage se gratte le nez, puis son visage perd toute expression, dans l'expectative.

« Qu'est-ce que vous en pensez, commence Malin, vous croyez qu'il y a quelqu'un dans le milieu lesbien de la ville qui a accumulé beaucoup d'agressivité en elle ?

– Beaucoup d'agressivité ? Je crois qu'on en a tous en nous mais beaucoup… »

Viktoria secoue la tête.

« Pour vous, être lesbienne, ça signifie automatiquement être agressive, hein ? »

Malin se sent rougir. Elle aimerait pouvoir mettre des lunettes de soleil et regarder ailleurs.

« Non, mais vous savez comment c'est, la contredit Malin.

– Non, dites-moi comment c'est. »

Malin lui jette un regard suppliant avant de poursuivre :

« N'y a-t-il personne qui ait un passé particulièrement lourd à porter ? Un traumatisme d'enfance ? Qui a peut-être elle-même été victime de viol ?

– Non, et cela, la plupart des gens le gardent pour eux.

– Mais ?

– Certaines peuvent être vraiment brutales au lit, exactement comme chez les hétéros. Juste histoire que vous sachiez. Et puis certaines filles aiment bien se battre quand elles ont un peu trop bu dans certaines soirées, histoire de voir laquelle est un vrai mec.

– Mais personne ne dépose jamais plainte ?

– Non, il faudrait vraiment avoir dépassé les limites pour qu'on le fasse, la plupart du temps on règle ça entre nous. Mais de toute façon, personne n'aime déranger inutilement les fl… pardon, les policiers.

– Et pourquoi pas ?

– La police se contrefout de savoir qu'une lesbienne en a frappé une autre. Nous sommes extrêmement méfiantes envers la police.

– Vous ne pourriez pas me citer le nom d'une personne qui s'est comportée de manière bizarre, ou particulièrement violente ces derniers temps ? »

Viktoria Solhage regarde dans sa tasse de café. Prend une profonde inspiration. Tu as envie de lâcher quelque chose, pense Malin. Mais Viktoria Solhage hésite, se détourne vers le canal où l'écluse ferme lentement ses vannes.

« Pouvez-vous vous imaginer ce que c'est, de rester coincée dans ce trou tout l'été ?

– Vous vouliez me dire quelque chose, n'est-ce pas ?

– Ok. »

Viktoria se retourne à nouveau vers Malin.

« Il y a bien une fille, dit-elle. Elle a l'air de tremper dans des choses pas nettes, et on dit qu'elle est extrêmement violente. Il y a beaucoup de rumeurs sur ce qu'elle a vécu dans son enfance. À votre place, je me renseignerais sur elle.

– Et elle s'appelle ? »

Viktoria Solhage fixe à nouveau sa tasse. Puis elle sort un bout de papier et note un nom, une adresse et un numéro de téléphone.

Malin met le bout de papier dans la poche de son pantalon.

« Merci, dit-elle. Encore une chose, est-ce que le nom de Nathalie Falck vous est familier ? »

Viktoria Solhage fait un signe de tête négatif.

« Vous devez me promettre une chose, Malin. Faites en sorte que cette histoire ne fasse pas passer les lesbiennes pour des hommasses débiles.

– Je vous le promets, répond Malin.

– À Stockholm, on peut vivre comme on veut, mais ici, à la campagne, c'est différent. La plupart n'ont jamais rencontré d'homosexuel. Vous imaginez les conséquences si la ville apprend que vous recherchez une meurtrière lesbienne. »

« J'ai une piste à laquelle on devrait s'intéresser. »

La voix enrouée de Zeke dans le téléphone portable.

Malin vient de saluer Viktoria Solhage d'un signe en guise d'au revoir en la regardant descendre à vélo le boulevard du canal en direction de Ljungsbro. Elle se maudit à présent d'avoir été aussi distraite. L'endroit où elle s'est garée n'est plus à l'ombre, et le soleil est en train de faire griller la carrosserie bleu foncé de sa voiture.

Il doit faire à peu près cent degrés dans l'habitacle.

Et cette maudite luminosité s'infiltre à travers les verres de ses lunettes de soleil et semble n'avoir qu'un but, lui donner mal à la tête.

« Qu'est-ce que tu as dit ? »

Lorsqu'elle pose cette question, un nuage de poussière s'élève et la fait tousser.

« J'ai une piste intéressante.

– Laquelle ? »

Pas de réponse. Au lieu de ça :

« Tu as tiré quelque chose de Viktoria Solhage ?

– Un nom. Il va falloir vérifier quelqu'un. Et toi ?

– J'ai reçu un SMS.

– On en reçoit tous les jours.

– Arrête de plaisanter, Malin. »

Zeke lit le message.

« Intéressez-vous à Paul Anderlöv. Un malheureux. »

Silence.

Hans l'a donc quand même fait : il a violé le secret médical. Elle ne s'attendait pas à ce qu'il le fasse.

« Qui peut bien avoir envoyé ça ? » demande Malin

Zeke souffle bruyamment.

« On n'a pas besoin de le savoir, ni toi ni moi. Mais je ne suis pas idiot, Malin.

– Alors tu sais de quoi il s'agit ?

– Oui, je ne suis pas si bête. »

La Volvo est plus torride qu'un sauna.

Un malheureux.

Oh merde, pense Malin. Est-ce vraiment une bonne idée ? Ne devrait-on pas le laisser tranquille ?

Une jeune fille nue, blessée sur une balançoire, une autre disparue. La réalité est une masse brunâtre.

Malin retourne en ville. Devant les vitres de la voiture, la plaine s'étend comme une Fata Morgana.

Les champs tanguent sous la voûte céleste, le blé et l'orge brûlent sous les rayons du soleil, le colza pointe vers le sol, jaune pâle.

Zeke attend devant la maison de Ryd. Le moteur au point mort, la clim montée au maximum.

Le bâtiment jaune n'a que trois étages, mais il semble abriter toute la misère du pays avec ses antennes paraboliques, ses balcons fissurés, son esplanade jonchée de poubelles et le sentiment omniprésent de résignation.

Les chemins entre les maisons sont vides, mais les appartements sont remplis de junkies, de réfugiés, et des exclus de la société.

Mais ici aussi il y a deux mondes.

Dans certains bâtiments sont logés des étudiants : des gens qui ont des rêves, qui ont toute leur vie devant eux, et derrière quelques hauts chênes, on peut apercevoir Herrgården, un pôle de technologie de pointe.

Malin fait un signe de tête à Zeke à travers la vitre de la voiture. Il ouvre la porte et descend.

« C'est donc ici que vit le malheureux Paul Anderlöv ?

– C'est ici, dit Zeke.

– Et comment lui expliquer ce qui nous amène jusqu'à lui ?

– On ne va rien expliquer du tout », décide Malin.

20

C'EST COMME ça avec la douleur. Elle est toujours présente comme un éternel mauvais sort qui ne semble jamais vouloir finir.

La douleur physique a disparu depuis longtemps. Et la douleur psychique ? Des médicaments. Mais ils n'aident pas, et rien ne s'améliore avec le temps, la douleur est toujours nouvelle, chaque fois, elle devient plus indépendante, plus assurée.

La douleur, c'est moi, songe Paul Anderlöv au moment où l'on sonne à la porte.

Il se lève alors de son fauteuil et baisse le son de la télé et traîne les pieds jusqu'à la porte. Il s'étonne comme toujours que son corps semble avoir disparu pour faire place à la mollesse et l'insolence. Cela fait quatorze ans que cela est arrivé. Mais ça aurait aussi bien pu être hier.

À travers la porte, Malin montre son insigne à l'homme pas rasé, son visage est à la fois gonflé et ratatiné, ses cheveux courts et clairsemés.

« Nous sommes de la police. Nous aimerions vous poser quelques questions, dit Malin. Est-ce que vous êtes Paul Anderlöv ? »

L'homme opine.

« Est-ce qu'on peut en finir au plus vite ? C'est le bordel ici, et je n'aime pas faire entrer des gens. Est-ce qu'il y a eu du grabuge dans le quartier ?

– Il vaut mieux que nous en parlions à l'intérieur », dit Zeke d'une voix ne laissant aucune place à la contradiction.

Paul Anderlöv s'écarte pour les laisser entrer dans son salon équipé de meubles de fortune, où quotidiens et magazines automobiles s'entassent pêle-mêle. On sent une odeur tenace de tabac, mêlée à celle de la vodka et de la bière éventée. Dans les coins s'amoncèlent des moutons de poussière, aussi gros que des pelotes de laine.

Malin et Zeke s'assoient sur les chaises devant la table basse, tandis que Paul Anderlöv prend place sur le fauteuil.

« Alors, qu'est-ce que vous voulez ? »

Il essaie de paraître détendu, pense Malin, mais il est seulement résigné et fatigué, et ses yeux verts sont hésitants, las.

« Avez-vous entendu parler du viol commis dans le parc au centre-ville ? »

Lorsqu'il entend le mot viol, tout le sang, l'eau et l'air semblent s'échapper de son corps, comme s'il avait compris pourquoi ils se trouvaient là. Sa tête s'effondre sur sa poitrine, il se met à trembler et à sangloter. Malin jette un regard à Zeke qui ne fait que secouer la tête, et tous deux se rendent compte qu'ils ont franchi une limite. Celle qui définit jusqu'où s'ingérer dans la vie privée des gens quand on est en quête de la vérité.

Malin se lève.

Elle s'assied sur le bras du fauteuil à côté de Paul Anderlöv, mais il la repousse.

« Allez au diable, dit-il. C'est là que je suis depuis longtemps. »

Paul Anderlöv reprend ses esprits. Une fois ressaisi, il fait du café, range les gants de cuisine blancs et les invite à prendre place dans la cuisine.

« Je ne suis pas idiot, je sais bien ce que vous pensez », dit-il avec une voix pleine de résignation, mais aussi de soulagement.

« J'ai lu un article sur l'histoire du godemiché, je vois où vous voulez en venir, et je ne commenterai pas la bêtise de votre raisonnement. Je vous comprends. C'est peut-être un frustré sexuel ? Un fou ? C'est ça que vous vous demandez. Frustré je le suis, certes. Comment croyez-vous que c'est de vivre ainsi… »

Zeke détourne le regard et jette un œil par la fenêtre.

« Comment êtes-vous venus jusqu'à moi ? Non, je ne veux même pas le savoir, mais peut-être par Jan, votre ex-mari, Fors, je le connais. On était en Bosnie ensemble, en 94. On est allés plusieurs fois boire une bière pour parler de notre expérience, ou plutôt, c'est moi qui parlais. Lui, il est aussi muet qu'un autoradio en panne.

– Jan ne m'a rien dit.

– Ah, donc ce n'est pas Jan. Je ne le pensais pas non plus, à vrai dire. »

Paul Anderlöv commence à raconter.

« Ça s'est passé un jour gris et pluvieux sur un chemin de montagne près de Sarajevo. Je faisais partie de l'IFOR, ce jour-là c'était presque écrit que quelque chose allait mal tourner. C'était un jour comme ça, et il a mal tourné. On a roulé sur une mine près d'une ville du nom de Tsika. Je me souviens de la détonation et puis de m'être retrouvé à une vingtaine de mètres de quelque chose qui brûlait, et j'ai entendu crier, sans s'arrêter, et j'ai compris que c'était moi qui criais. Je n'avais qu'un trou noir, là en bas, pas de douleur, rien qu'un vide. Deux hommes sont morts. Un autre a perdu une jambe. Et puis vous venez me voir, putain de flics, qu'est-ce que vous en savez, vous n'êtes qu'une bande d'imbéciles sans cervelle. »

Ils ont laissé parler le silence. Maintenant ils posent les questions qu'ils doivent poser. Ces imbéciles.

« Où étiez-vous dans la nuit de mercredi à jeudi ?

– Connaissez-vous Josefin Davidsson ?

– Avez-vous un alibi ?

– Vous avez toujours du désir, mais vous n'en êtes plus capable, est-ce que cette frustration a fait exploser quelque chose ?

– Vous n'étiez donc pas au parc ?

– Vous aimez bien les adolescentes, n'est-ce pas ? »

Paul Anderlöv a les yeux rivés sur l'horloge Ikea. Exactement la même que celle qui est accrochée dans ma cuisine, pense Malin. Mais la trotteuse fonctionne.

Paul Anderlöv ne répond pas aux questions de Zeke. Il laisse le tic-tac répondre pour lui.

« Pourquoi ai-je l'impression d'être un monstre, Zeke ? »

La chaleur l'enveloppe, obligeant ses pores à évacuer la sueur.

« Parce que tu es un monstre. Une enquête de ce genre fait de nous tous des monstres, Malin.

– Le prix de la vérité.

– Arrête de philosopher. »

Les limites sont transgressées, repoussées. Cela ne va pas sans sacrifices, pense Malin.

« Déjeuner ? demande Zeke. J'ai envie d'une pizza. »

Le restaurant Conya de la St. Larsgatan fait les meilleures pizzas de la ville. Le propriétaire les invite toujours, quand il est là.

« La police, c'est gratuit. »

Comme dans un polar américain. Zeke adore ça. Corruption ? Peut-être un peu, mais c'est surtout que le propriétaire refuse systématiquement leur argent.

L'un des nombreux immigrés qui travaillent dur et qui souffrent de leur mauvaise réputation dans cette ville, songe Malin en mordant dans sa Capricciosa.

Le bout de papier de Viktoria Solhage est posé devant elle sur la table.

Le nom : Louise « Lollo » Svensson. Une adresse. Un numéro de téléphone.

« Louise, dit Zeke. Est-ce qu'une Louise ne pourrait pas avoir Lovelygirl comme pseudo ?

– Possible.

– Lovelygirl, répète Zeke. C'est tout ce que tout le monde souhaite, n'est-ce pas ? Une Lovelygirl.

– C'est vrai, approuve Malin.

– Bon dieu, que cette pizza est bonne », dit-il en montrant un pouce levé en direction de la cuisine ouverte.

L'homme qui se tient devant le four lui sourit, prend des ingrédients dans des boîtes en plastique, en mélange certains à la sauce tomate qu'il répartit sur la pâte qu'il vient d'étaler.

21

JE SUIS LÀ *depuis bien trop longtemps. Où es-tu papa ? Dis-moi la vérité, tu ne viendras pas. Pas encore. Ou peut-être dans un avenir lointain. Mais je ne veux pas rester ici, c'est dégoûtant. Et j'ai tellement peur, papa.*

Est-ce que moi, ton plus grand bonheur, comme tu me le dis parfois, je suis devenue ton plus grand souci ? Non, dis que ce n'est pas vrai.

Viens plutôt me délivrer des voix.

Vos voix. Vous vous réjouissez de quelque chose. Pourquoi ?

J'ignore pourquoi vous paraissez si heureux car chez moi tout est froid et humide, et le cauchemar ne veut pas finir.

À l'eau, à l'eau ! criez-vous. J'aime bien me baigner. Est-ce qu'on va se baigner ensemble ? Nous avons une piscine dans le jardin, à la maison.

Est-ce que je suis allongée dans la piscine les yeux fermés ?

Il y a de la terre et une fraîcheur humide, comme du plastique froid, les grains de sable sont proches mais ils ne m'atteignent pas. Est-ce une tombe ? Suis-je enterrée vivante ?

J'ai quatorze ans. Qu'ai-je à faire dans une tombe ?

Beaucoup de monde va se baigner le dimanche.

Il n'y a pas d'entrée à payer au lac Stora Rängen, il suffit de se garer et de traverser les prés.

Tous ces baigneurs sont si insouciants, les hommes, les femmes et les enfants qui profitent du rafraîchissement trompeur dans l'eau tiède et protègent leur peau avec des crèmes hors de prix et des lunettes de soleil tout aussi hors de prix.

Et maintenant, pense Slavenca Visnic, maintenant ils font la queue devant mon kiosque et attendent avec impatience le moment où je vais ouvrir. Un peu de patience, vous allez l'avoir votre glace. Les enfants se font une joie de cette glace, et on peut leur procurer cet immense bonheur pour la modique somme de dix-sept couronnes.

Vous pouvez attendre. Estimez-vous heureux que je sois là.

Qui êtes-vous en fait ? Vous n'avez pas d'autre endroit où aller ? Nous connaissons la même destinée. D'une certaine manière.

Slavenca insère la clé dans la serrure du kiosque à glaces et lance à l'attroupement devant la lucarne : « Du calme, du calme. J'ouvre tout de suite, vous allez l'avoir, votre glace. »

Derrière les gens presque nus, elle aperçoit l'eau du lac qui s'enorgueillit du soleil, la surface ressemblant à une peau transparente grâce à la réverbération. Un peu plus loin, le grand chêne. Toujours aussi mystérieux.

Il n'y a personne pour tenir son kiosque au lac de Glyttingebad.

Ces ados paresseux n'ont aucune envie de travailler pendant l'été. De futurs rois fainéants.

Parfois, elle a l'impression que la Suède n'est qu'une grande communauté de paresseux qui ne savent pas ce que c'est que d'avoir des soucis.

Elle ouvre la lucarne.

Un enfant affreux, une fillette de huit ans environ, est la première cliente.

« Un Top Hat, dit la petite fille.

– On n'en a plus », répond Slavenca avec un sourire.

Un chien aboie près du chêne, sur un bout de terre où l'herbe a mystérieusement disparu.

Le chien urine près de l'arbre, il est surexcité. Par ses jappements, il exprime qu'il y a là-dessous quelque chose qui ne demande qu'à être découvert.

Il aboie, encore et encore.

J'entends du bruit, un chien qui aboie.

Lentement, je suis tirée de mon rêve et je me mets à monter.

J'aimerais me réveiller, seulement me réveiller. Mais je n'y arrive pas.

Comment suis-je arrivée ici ? Quelqu'un doit me l'expliquer. Maman, papa, tout le monde doit se faire du souci, je ne dors pas aussi longtemps d'habitude, et qu'est-ce que c'est encore que ce bruit, le bruit de quelqu'un qui creuse et une voix de femme. « Allez, au pied, Jack, arrête maintenant. » Puis l'aboiement se transforme en grognement. « D'accord, reste ici alors. »

Slavenca fait une pause dans sa vente de glaces, elle ignore le client suivant, laisse en plan la femme, bouche bée devant le frigo des boissons.

Je ne me presse surtout pas, pense Slavenca. Si tu as encore plus chaud, tu achèteras plus de glaces et de boissons.

Elle a des tarifs élevés, les gens se plaignent souvent qu'elle demande vingt couronnes pour un Coca et dix-sept pour un sucre d'orge.

Mais vous n'êtes pas obligés d'acheter. Vous n'avez qu'à apporter vos boissons.

Si GB avait vent de ses tarifs exorbitants, elle n'aurait sûrement plus le droit de vendre leurs glaces. Peu importe, il y a d'autres fournisseurs. Et en fait, ma place est auprès des autres volontaires qui combattent les flammes, dans la forêt.

Et ce chien là-bas qui n'arrête pas d'aboyer, il ne devrait même pas être là.

Il est surexcité, comme s'il y avait une chienne enceinte sous cet arbre.

Ils sont dingues, ces animaux, tout aussi dingues que les hommes. L'affreuse petite fille de tout à l'heure regarde à présent dans le trou qu'il est en train de creuser.

Que croit-elle qu'elle va voir ?

L'obscurité et l'humidité diminuent, les aboiements du chien sont de plus en plus forts. Les voix se sont tues. Suis-je en train de me réveiller ? Soudain, je peux voir, mais mal, comme si j'avais de la terre et du sable dans les yeux.

Suis-je libre à présent ? Puis-je rentrer à la maison ?

Je vois un chien noir, son museau et ses dents, il aboie avec frénésie. Je veux me lever mais je n'ai pas de corps.

Le chien disparaît, mais il est remplacé par une petite fille, du même âge que moi, non, plus jeune, et son visage se transforme en une grimace horrible et sa bouche s'ouvre pour laisser échapper un cri, et je veux lui dire de ne pas crier, ce n'est que moi qui suis en train de me réveiller.

Slavenca se précipite hors du kiosque et court vers le chien et la fillette, tout le monde la suit, tous les baigneurs, le cri est contagieux, et maintenant même l'eau, les arbres et les blés paraissent crier.

« Écartez-vous ! » crie Slavenca avant de se pencher au-dessus du trou.

L'œil ouvert d'une jeune fille sous du plastique, bleue et étonnée.

La vie s'est depuis longtemps échappée de son regard.

Ma pauvre petite, pense-t-elle. Elle a vu tant de regards comme le sien, Slavenca, et tous ces souvenirs muets lui reviennent, des souvenirs inertes qui n'ont jamais eu le droit d'être vécus.

DEUXIÈME PARTIE

DANS LES YEUX DES ANGES D'ÉTÉ

[Sur le chemin menant vers la dernière salle]

PRÈS DE L'EAU

courante tu peux te reposer, attendre. Tuée, mais peut-être pas morte pour autant.

Je sais que la renaissance est possible, que l'innocence peut revenir. Cela n'a pas marché pour toi, mon ange terrestre, mais cela fonctionnera avec une autre, car comment pourraient sinon disparaître les pattes d'araignée, comment faire taire les pattes de lapin qui déchiquettent mon for intérieur.

Notre amour n'a pas pu être anéanti, peu importent les douleurs apportées par les étés caniculaires.

Cette ville possède de nombreux arbres, parcs et forêts. Je suis là, et toi aussi tu existes quelque part. Je ne t'ai juste pas encore trouvée.

J'aimerais sentir ta respiration sur ma joue, maintenant. Je veux t'avoir près de moi.

N'aie pas peur.

Personne ne te fera plus jamais de mal.

22

LE RUBAN de sécurité est bleu et blanc. L'eau du lac s'évapore dans la lumière de l'après-midi, les badauds se serrent à l'ombre des arbres, à l'extérieur du périmètre sécurisé. Ils jettent des regards curieux et avides vers les policiers.

Les hommes en uniforme fouillent le périmètre situé près de la plage, et Malin, Karin Johannison et Sven Sjöman sont en train de débarrasser le corps de la terre et du plastique dans lequel il est emballé. Le cadavre est anormalement blanc et lavé. Des blessures récurées s'élèvent tels des cratères sombres bleu et rouge dans un paysage humain mort, la peau grise et luisante attaquée par des vers.

« Doucement, doucement », souffle Karin, ils font attention, procèdent lentement afin de ne pas détruire les preuves qui se trouvent peut-être à cet endroit, là où on a retrouvé le corps.

Parmi les baigneurs il y avait bon nombre de journalistes de la radio locale, de TV4 Est, du *Norrköpings Tidningar*, du *Östnytt*, du *Corren*. Daniel Högfeldt n'en fait pas partie, mais Malin reconnaît la jeune remplaçante qui l'avait interviewée au printemps dernier pour une dissertation à l'école de journalisme.

Où est Daniel ? D'habitude, une affaire pareille ne lui échappe pas.

Mais il lui arrive aussi parfois de prendre son dimanche. Il le mérite bien.

Les clics sourds des appareils photo.

Les yeux qui veulent se rapprocher, qui veulent enregistrer les faits sur leur téléphone afin de vendre les images.

Malin prend une profonde inspiration.

La nature peut-elle s'enflammer en réaction aux actes humains ? Se jeter sur nous pour protester contre toutes les conneries que nous commettons. Malin voit dans sa tête les arbres dans les jardins, les chênes et les tilleuls, poussés par la rage, arracher leurs racines du sol pour abattre les hommes avec leurs branches.

La sueur coule du front de Zeke, et Sven halète, son bide sautillant au-dessus de sa ceinture lorsqu'il s'accroupit, le visage interdit.

« Sans doute Theresa Eckeved, dit-il. Apparemment, elle a été enveloppée dans des sacs poubelles ordinaires.

– Impossible de savoir d'où ils proviennent », répond Malin.

Sous le plastique, le visage de la fille est lavé, son corps dénudé, aussi blanc que le visage, et à présent presque entièrement dévoilé ; une grande plaie béante à l'arrière du crâne, des blessures de la taille d'une soucoupe aux bras, au torse, aux cuisses, toutes nettoyées et soigneusement astiquées, comme des plates-bandes de fleurs chéries, bleu foncé, cultivées avec amour.

« C'est elle, dit Malin en sentant l'odeur de putréfaction, et non de chlore. Je la reconnais d'après les photos. C'est elle, il n'y a aucun doute.

– Aucun doute, fait Zeke comme un écho, et Sven marmonne :

– Pas la peine que le monde se transforme en enfer seulement parce qu'il fait tellement chaud. »

Malin scrute le cadavre.

« Apparemment quelqu'un l'a scrupuleusement lavée, très scrupuleusement même, dit-elle. Comme si quelqu'un voulait la rendre elle et les blessures aussi belles que possible. Tout comme avec Josefin, mais il y en a encore plus. »

De la peau blanche, des blessures noires.

« Oui, ajoute Zeke. Comme un rituel.

– Elle ne sent pas le produit. Pendant combien de temps est-elle restée ici ?

– Étant donné que le plastique a rendu la peau spongieuse et que le corps est gonflé malgré le poids de la terre, je dirais pendant trois jours, peut-être quatre, il est impossible de le dire plus précisément.

– Pendant trois jours ? demande Zeke. Mais elle a disparu il y a presque six jours.

– Je ne peux pas encore vous dire si elle a été emmenée ici seulement après sa mort, répond Karin. Mais je vais essayer d'en savoir plus.

– Sinon, elle a pu être gardée prisonnière pendant quelques jours, dit Sven. Et ensuite transportée ici.

– Dans ce cas, quelqu'un aurait dû voir quelque chose, dit Zeke.

– Tu penses ? demande Malin. C'est un endroit très isolé, quand il ne fait pas assez chaud pour qu'on puisse se baigner.

– Les gens, Malin. Ils sont partout, tu le sais aussi bien que moi. »

Malin se revoit dans le parc la nuit dernière.

Est-ce que tu m'as vue là-bas ? pense-t-elle. Toi, qui as fait ça ?

Tu tentes d'arranger quelque chose, il n'y a pas de doute. Il devait faire sombre, lorsque tu as ramené le corps ici, lorsque tu l'as enterré. Pourquoi aussi près de l'eau, où il y a tant de monde ? Tu voulais qu'on la trouve ? Que cherches-tu à nous montrer ?

« Quelle est la cause de la mort ? demande Malin qui sent une brise étonnamment fraîche passer entre ses jambes, pour continuer de souffler sur la mer.

– Je ne le sais pas encore, répond Karin. La blessure à la tête a probablement causé sa mort, mais comme tu vois elle a aussi des traces d'étranglement.

– Est-ce qu'elle a été violée ?

– Il n'y a pas de signes apparents de pénétration. Mais il faut que je vérifie encore plus en détail. »

Karin est très compétente, et sur les morts elle porte un regard d'ingénieur.

« On aura du mal à relever des traces, dit Karin. Des centaines de baigneurs se sont promenés ici ces derniers jours. Toutes les traces de pas ont sans doute été détruites.

– Sûrement, dit Sven en hochant la tête. Mais malgré tout, l'endroit nous donnera des indications sur le meurtrier, quand on y réfléchira tranquillement. »

Le meurtrier, pense Malin. Sven est certain d'avoir affaire à un homme. Aussi certain que moi qui suis convaincue que ce bide le tuera un jour s'il ne fait rien.

« Tu crois qu'il y a un lien avec Josefin ? demande Malin.

– Ces affaires sont liées d'une manière ou d'une autre, répond Sven. Les deux filles ont été lavées de la même façon. Mais nous ne le savons pas encore avec certitude. Karin devra chercher des traces de peinture. »

J'entends et je vois tous ces étrangers, et je comprends qu'ils parlent de moi, mais je ne veux pas entendre leur baratin horrible. Des blessures sur mon corps. Violée. Meurtrier. Pénétration ? Non.

Prisonnière, prisonnière, morte. Morte. Un coup sur la tête.

Qui est censée être morte ? Pas moi, j'ai quatorze ans, hé, on ne parle pas comme ça de quelqu'un qui n'a que quatorze ans. J'ai encore tant d'années à vivre, au moins soixante-dix, et je veux les avoir, ces années. Je veux qu'on me les rende, ces années.

Je refuse d'accepter tout ça. Je ne ressens pas de douleur, si j'avais ces blessures dont tout le monde parle, je crierais, n'est-ce pas ?

Mais ma voix n'est pas audible, enfin, d'une certaine manière si, et les mots sont différents, comme si j'étais devenue adulte dans ce rêve pour me réveiller avec un nouveau langage. Langage ? Je n'utiliserais jamais ce mot.

Fichez-moi la paix ! Ne me touchez pas !

Laissez-moi continuer de dormir.

Je vois le visage d'une femme, fin, agréable et encadré de cheveux blonds.

Elle me regarde.

J'ai envie de me relever, mais c'est comme si je n'existais pas. Est-ce que je n'existe pas ? Mais si je n'existais pas, vous ne parleriez pas de moi, non ?

Malin est accroupie devant la fille.

Un œil est ouvert, l'autre fermé, comme si elle suppliait de pouvoir dormir. Le corps est enfoncé dans la terre. Des bleus à la gorge.

Un corps lavé, les blessures nettoyées.

Exactement comme chez Josefin Davidsson dans le parc municipal.

Sven a peut-être encore des doutes, mais bien sûr que c'est la même personne qui a commis les deux actes.

Un peu de terre sous les ongles de la fille, la seule saleté.

A-t-elle essayé de s'enfuir ?

Maintenant elle se trouve là, la fille sur les photos dans la maison à Sturefors.

Malin pense à ce père anxieux qui tente de garder son calme. À la mère inquiète, qui leur a donné les photos. Et maintenant ?

Je te promets une chose, Theresa : je n'abandonnerai pas avant qu'on ait arrêté le coupable.

Ou la coupable.

Ou les coupables.

Ou…

Malin pense ce mantra telle une prière, puis détourne le regard de l'œil ouvert de la fille pour contempler Sven, et elle voit qu'il réfléchit intensément, qu'il établit une liste intérieure de choses à faire et à ne pas oublier : demander du renfort, interroger tous les gens qui habitent à moins de deux kilomètres du lieu du crime, interroger tous les baigneurs, ceux d'aujourd'hui, ceux d'hier et d'avant-hier, approcher les médias pour prier tous ceux qui ont vu quelque chose de se manifester, le transport du cadavre, ensuite attendre le rapport de Karin, informer les parents… leur faire part de l'horrible vérité.

Malin sait qui devra s'en charger. Parfois quelqu'un les aide à annoncer de telles nouvelles, un prêtre ou un assistant social, mais la plupart du temps ils le font tout seuls. Et qui sait combien de temps il faudrait pour trouver un prêtre qui ne soit pas en vacances.

Tove à Bali, lui traverse la tête.

Elle ne doit pas y penser maintenant.

Puis Malin regarde à nouveau Theresa.

Sa bouche nettoyée est ouverte, comme si elle s'était étouffée dans un air sans oxygène, comme si quelqu'un avait voulu l'empêcher de prononcer des mots.

La foule de l'autre côté du ruban de sécurité se dissout peu à peu, après que les policiers ont noté les noms et posé des questions préliminaires. Leurs regards avides se promènent déjà vers le kiosque.

Parfois, se dit Malin, les enquêtes policières relèvent de l'impossible.

Dans un champ pas loin, une vache beugle, le vent se lève et fait trembler l'herbe. L'odeur des incendies ne parvient pas encore jusqu'ici, mais Malin sent malgré tout vibrer l'atmosphère, comme si des millions d'idées se mettaient en marche.

« Malin ! crie la jeune journaliste, lorsqu'elle se dirige vers le champ. Est-ce que tu as quelque chose pour moi ?

– Pas plus que ce que tu vois », répond Malin sans s'arrêter.

La jeune journaliste porte de grandes lunettes de soleil, elle a l'air bête.

« Est-ce qu'elle a été tuée ? »

Quelle question.

« Hm, elle ne semble pas s'être enterrée ici toute seule. »

Deux baigneurs, un homme et une femme, se tiennent devant la carte de glaces du kiosque.

Malin se dirige vers eux. Ils l'accueillent d'un regard froid, et l'homme dit :

« Nous avons déjà dit tout ce qu'on a vu. Nous sommes venus prendre un bain aujourd'hui, et un de ces clebs l'a trouvée. »

Un clebs ? Un mot comme sorti d'une bande dessinée.

« J'ai une question concernant le kiosque, dit Malin. D'habitude, est-ce qu'il est ouvert ? Venez-vous régulièrement ici pour vous baigner ? »

Elle déteste quand les questions sortent dans le mauvais ordre, mais souvent ça mène à une bonne réponse, ça a quelque chose de désarmant, cette incertitude, que les questions mal posées semblent dévoiler.

« Ben, on vient de temps en temps ici pour se baigner, il n'y a pas tellement de beaux endroits dans le coin, répond l'homme. Le kiosque est fermé la plupart du temps, apparemment elle en a plusieurs et ne trouve pas de personnel.

– Elle ?

– Oui, je crois qu'elle s'appelle Slavenca, elle vient de Bosnie, ou un de ces pays-là. Elle peut être très malpolie, quand elle est de mauvaise humeur, comme si elle ne voulait pas de clients. Tout à l'heure, elle était encore là, elle a dû partir quand vous êtes arrivés.

– Merci », dit Malin.

Karin Johannison travaille comme une forcenée à l'endroit où le cadavre a été retrouvé. Elle veut terminer avant la tombée de la nuit, mais il y a encore plusieurs heures de travail qui les attendent, elle et ses assistants. Malin sait qu'ils ont des projecteurs dans leur Volvo. Mais peut-être qu'ils ne seront pas obligés de tout monter ce soir. La nuit d'été s'approche en souriant, un sourire clair qui soulage le travail, leur recherche prudente de détails et de traces sur le corps et dans la végétation autour, qui pourraient les mener à la vérité.

Karin lève la tête et fait un signe de la main vers Malin. Ses yeux sont fatigués, ils ont perdu un peu de leur éclat plein de confiance, peut-être qu'ils se trouvent déjà à Bali. Bali. L'île de la beauté et de la violence. Un endroit où l'on croit à la renaissance.

23

VOILÀ la maison où elle a grandi. Les briques semblent fondre dans la chaleur, exposent des souvenirs, des idées et des mensonges. Mais quels mensonges ?

Zeke est au volant, grincheux.

Ils roulent à trente à l'heure, et les arbustes autour de la maison paternelle de Malin sont plus bas qu'autrefois.

Personne à la maison.

Qui peut bien y habiter maintenant ? À quoi ressemblent les souvenirs de ces gens-là ?

Je tourne autour de mes souvenirs, de quoi ai-je tellement peur ?

Je m'agrippe au passé et le fuis à la fois, je cherche des explications.

Elle erre, jette les chemises des disparus. Ils ne reviendront plus. Sa mère et son père sur Ténériffe.

Chaque jour qui passe, Malin sent de plus en plus que ses parents lui cachent quelque chose, et maintenant, au moment où ils passent devant la maison de son enfance à Sturefors pour annoncer aux parents de Theresa que leur fille est morte, elle le ressent plus que jamais. Leur histoire est un secret, et si elle ne le perce pas, elle ne deviendra jamais intègre.

Puis la maison disparaît de son champ de vision.

La photo de Theresa Eckeved se trouve dans sa poche.

C'est elle, Malin en est sûre et certaine.

Avant de monter en voiture, Zeke lui a dit :

« C'est toi qui leur montrera la photo, Malin, je ne pourrai pas le faire. »

Elle n'est pas plus âgée que Tove, et bien que Malin essaie d'écarter l'image de sa fille, bien qu'elle garde désespérément les yeux ouverts, le visage de Tove ne cesse de remplacer celui de la fille sur la photo.

Non, non, pense Malin. Mais ça ne sert à rien.

Je trouverai le monstre qui a fait ça. Je comprendrai pourquoi.

Le doigt sur le bouton de la sonnette, de la sueur sur le front. Zeke attend quelques mètres derrière elle, ses lunettes de soleil dans la main, son regard affichant déjà de la compassion.

Des bruits se font entendre derrière la porte d'entrée.

Quel genre de bruits ? Les pas lourds de quelqu'un qui sait que la pire catastrophe approche ? Le point où la vie se fige, se transforme, pour former à tout jamais une masse amère et épaisse qui fait de la joie un exercice intellectuel. Puis, la porte s'ouvre.

L'homme qui se tient face à elle a l'air de savoir. Sa femme, juste derrière lui, a la bouche entrouverte, ses yeux bleus anxieux ressemblent presque à des plaies causées par le manque de sommeil.

Malin devrait se concentrer sur ces deux personnes, mais le visage de Tove s'interpose entre eux. Si j'ai une mission dans ce monde, c'est bien de la protéger, pense Malin. Sans doute la seule qui m'ait été confiée. Je n'arrêterai pourtant jamais de prendre soin d'elle.

C'est tout simplement impossible.

Sigvard Eckeved ouvre lentement la porte, fait un pas de côté, ses épaules tombent, et sa femme disparaît en direction de la terrasse, dans une tentative désespérée de fuir la vérité, car c'est la vérité, leur vérité, qu'ils viennent apporter dans cette maison, ils le savent tous les deux.

« Entrez, dit le père de Theresa. Est-ce qu'il y a du nouveau dans l'enquête ? Avez-vous encore des questions ? Voulez-vous du café ? Agneta ! crie-t-il en se retournant vers l'intérieur. Peux-tu préparer du café, s'il te plaît ? Nous avons sûrement aussi de la glace, vous avez l'air d'avoir chaud, oui, on se demande quand cette chaleur s'arrêtera enfin. »

Malin le laisse parler.

Ils prennent place sur les fauteuils en face du canapé blanc. La piscine scintille dans leur dos. Agneta et Sigvard Eckeved comprennent pourquoi Malin et Zeke se sont assis là, et ils s'installent sur le canapé, non pas en s'adossant, mais en se penchant en avant, comme si cela pouvait les protéger du cauchemar.

« Nous avons trouvé une jeune fille sur une plage près de Stavsätter, dit Malin.

– Ça ne peut pas être Theresa, l'interrompt Agneta. Elle n'irait jamais se baigner là-bas, notre piscine... enfin, elle y est déjà allée en vélo...

– La fille a été assassinée, et je suis désolée d'être obligée de dire ça, mais je pense qu'il s'agit de votre fille. »

Les parents de Theresa s'écroulent dans le canapé comme si l'air s'était échappé de leur corps, et la femme gémit quand Malin sort la photo de la poche de son chemisier pour la poser sur la table. Un corbeau croasse nerveusement dans le jardin, et une feuille qui tombe d'un arbuste fait de petites vagues sur la surface de l'eau.

« Pouvez-vous nous dire si c'est Theresa ? »

Elle sent que Zeke se force à rester assis, qu'il préférerait quitter la maison en trombe, foncer à travers le jardin pour s'éloigner sur les routes en asphalte brûlantes et désertes. Mais il se maîtrise. Se confronte au présent.

Tous les sentiments sans nom planent dans la pièce tels des spectres noirs. Ils forment deux mots : deuil, douleur.

Agneta Eckeved détourne son visage ; si elle ne regarde pas la photo, elle n'existe pas, et rien n'est arrivé. Sigvard Eckeved, par contre, se penche et voit sa fille, ses yeux et la peau blafarde, transparente, par le manque d'oxygène. Elle ne dort pas, il ne caressera plus jamais la joue de sa fille endormie en lui chuchotant : « Je serai là quand tu te réveilleras, je suis là pour toi peu importe ce qui arrive, peu importe les douleurs que le monde m'infligera, je serai toujours là pour toi. » Au lieu de ça, une photo sur la table.

La mort. La fin.

« C'est Theresa », dit-il, et Agneta détourne son regard encore plus loin, et à côté d'elle Malin peut voir que les larmes coulent le long de ses joues.

« C'est elle », répète Sigvard Eckeved.

Malin hoche la tête.

« Maintenant nous le savons », dit Zeke.

Malin reprend la photo, la garde dans la main, ayant l'impression de ne pas pouvoir la ranger comme ça. La retirer du regard des parents.

Mais Agneta Eckeved dit :

« Faites disparaître cette photo, s'il vous plaît. »

Malin la met dans sa poche.

Sigvard Eckeved se lève en disant : « Je vais voir si le café est prêt. »

Puis il s'arrête et se met à trembler de tout son corps.

Encore l'ancienne maison de ses parents. Les briques. La voiture qui ronronne.

« Que va-t-il se passer maintenant ? » avait demandé Sigvard Eckeved, après s'être apaisé.

Malin comprenait ce qu'il voulait dire, mais au lieu de lui répondre elle avait énuméré les formalités, mentionnant que les légistes devaient d'abord examiner le corps avant qu'ils puissent le leur rendre pour l'enterrement, et qu'ils pouvaient aller la voir s'ils le désiraient, mais que ce n'était pas nécessaire pour l'identification.

Sigvard Eckeved l'avait écoutée jusqu'au bout.

« Vous n'avez pas compris ce que je voulais dire, avait-il répondu ensuite. Je voulais dire avec nous, que se passera-t-il avec nous maintenant ? »

Maman, papa.

Je les vois dans la maison, ils sont tristes. Mais je n'entends pas ce qu'ils disent, pourquoi est-ce qu'ils sont tellement tristes ? Que s'est-il passé ? Est-ce qu'ils sont tristes à cause de moi ? Ce n'est pas la peine, en quelque sorte je ne suis partie que pour quelque temps.

Par contre, je crois que je suis malade. Je dors.

Maman est couchée, et papa fait les cent pas sur la terrasse, il doit avoir très chaud sous le soleil.

Ils ont eu de la visite, j'ai revu la femme qui était venue me voir peu avant, elle m'avait regardée si bizarrement, pourquoi ? Elle a posé une photo sur la table dans notre salon, mais je n'avais pas envie de la voir.

Quelqu'un m'a prise en photo. J'ai entendu le bruit de l'appareil photo.

Je me trouve dans une ambulance. Suis-je malade ?

Je suis enfermée dans un sac plastique, mais mes sentiments sont plus libres que jamais. Je me trouve dans la partie arrière de la voiture, destinée aux malades. Je me vois là, allongée, comment est-ce possible ? Je plane, maman. Dans ce rêve, je suis capable d'être à plusieurs endroits en même temps, papa.

Je suis seule et j'ai peur. Quelqu'un doit m'aider, vous ou quelqu'un d'autre.

Mais ne soyez pas tristes. Je me languis de beaucoup de choses, et ce désir sera éternel, peu importe où vous irez et où j'irai.

« Et voilà. »

Zeke a le regard rivé sur la route. Elle le connaît parfaitement, elle sait qu'il veut faire quelque chose maintenant, agir, mettre la main à la pâte, pour ne pas « péter un plomb », comme il le dit souvent.

« Qu'est-ce qu'on fait ? demande Malin.

– On passe voir Louise Svensson. Où est-ce qu'elle habite déjà ? Tu n'avais pas un bout de papier avec son adresse dessus ? »

Malin sort la feuille que Viktoria Solhage lui a donnée de sa poche.

« Viktoria Solhage a dit qu'elle n'y allait pas de main morte parfois.

– Allons-y. Elle habite où ?

– Je crois que c'est une ferme à la périphérie de Rimforsa.

– Bien, on y va avant que Sjöman nous fasse venir pour une première réunion. »

Elle a envie de lui répondre : « Zeke, tu crois que c'est une bonne idée ? On n'a rien contre elle. Est-ce qu'il ne faudrait pas la laisser tranquille ? » Mais elle se tait.

« On va la bouffer toute crue, cette gouine », dit Zeke.

Il arbore un air dur, insondable, tout comme ses yeux gris-vert, quand il est en colère.

« Qu'est-ce que tu penses de Peter Sköld et de Nathalie Falck ? Tu crois qu'ils seront tristes quand ils apprendront ce qui s'est passé ? demande-t-il au bout d'un moment.

– Sûrement, dit Malin. Peut-être que Nathalie Falck commencera enfin à cracher le morceau.

– Qu'est-ce qu'elle pourrait savoir ?

– Je ne sais pas, peu importe.

– Ce ne sera pas facile de deviner », dit Zeke, et Malin repense à Peter Sköld et leur silence apparemment entendu.

Zeke vient de monter le son de la musique chorale.

La forêt, les pins les enveloppent, la route est sombre et serpentée. C'est seulement au bout de plusieurs kilomètres qu'une lisière s'ouvre sur un champ brûlé que l'herbe a séché dans la chaleur. Après le champ, la route s'enfonce à nouveau dans la forêt pour mener vers un corps de ferme, flanqué de deux étables délabrées qui auraient besoin d'un coup de peinture.

Le désir du monde entier de voir arriver la pluie semble se cristalliser ici.

Ils garent la voiture dans la cour gravelée devant le bâtiment principal.

Trois bergers allemands se précipitent vers la voiture, leurs jappements se font entendre quand la musique s'arrête brusquement ; les bêtes se jettent sur les portes, dévoilant leurs crocs, et Malin voit la salive couler de leurs gueules, pendant qu'elles défendent leur territoire. Qui êtes-vous, étrangers ? Barrez-vous, ou on vous égorge.

Puis une voix, rauque et féminine, couvre le vacarme.

« Du calme. Calmez-vous. »

Les chiens obéissent, se retirent, Malin aperçoit la femme. Elle fait environ un mètre quatre-vingts, vêtue d'un bleu sale. Elle porte une petite casquette qui couvre à peine ses cheveux courts. Ses yeux sont noirs. De colère.

Quel âge a-t-elle ? Quarante-cinq ? Cinquante ans, peut-être ?

La vie t'a malmenée, pense Malin lorsqu'elle ouvre la porte, et maintenant tu te venges.

La femme se tient devant elle dans la cour. Elle paraît plus grande dans la lumière aveuglante.

C'est Louise « Lollo » Svensson, fermière, vivant seule au fin fond de la forêt de Rimforsa sur la ferme Skogalund, avec pour seule compagnie des chiens, quelques porcs et des lapins.

Malin et Zeke lui montrent leurs plaques. Les chiens grognent sur le perron, prêts à attaquer.

« Qu'est-ce que vous voulez ?

– Votre nom apparaît dans le cadre d'une enquête, explique Malin, et nous aimerions vous poser quelques questions. »

Lollo Svensson fait quelques pas vers eux. Les chiens montrent leurs crocs.

« Quelle enquête ?

– Concernant la fille violée dans le parc municipal. Et une fille a été retrouvée morte ce matin sur la plage de Stavsätter.

– Est-ce qu'il y a une des sœurs qui a jasé ? Qui a dit des saletés sur moi ? Sans doute. La plupart des gouines ne sont pas mieux que n'importe quelle bite.

– Je ne peux malheureusement pas vous dire…

– Oui, oui, je sais, madame la policière, alors, c'est quoi vos questions ?

– Où étiez-vous dans la nuit de mercredi à jeudi ?

– J'étais à la maison.

– Seule ?

– Non, le bétail était là aussi. »

Lollo Svensson désigne les chiens.

« Mais ils ne peuvent pas dire ce qu'on a fait, n'est-ce pas ?

– Personne d'autre ne pourrait confirmer que vous étiez à la maison ? »

Lollo les regarde en ricanant.

« Connaissez-vous Theresa Eckeved ?

– Non.

– Connaissez-vous une certaine Nathalie Falck ?

– Non plus. Jamais entendu parler.

– Lovelygirl ? Est-ce que ce nom vous dit quelque chose ? »

Pas de réaction visible.

« Lovelygirl ? Je ne connais pas de Lovelygirl.

– On dit de vous que vous n'y allez pas de main morte, dit Zeke. Qu'est-ce que ça signifie ? Que vous êtes violente avec des jeunes filles ou quoi ? »

Zeke, merde, pense Malin, mais elle sait ce qu'il a en tête, et elle le laisse faire.

Lollo Svensson ne se laisse pas provoquer.

« Je n'ai rien à voir avec ça.

– Ça vous amuse de ligoter les gens, de les couper un peu ici et là, de les fouetter ? Est-ce que c'est ça qui vous plaît, Louise ?

– Vous devriez partir maintenant, si vous n'avez plus de questions.

– Puis vous avez emmené une fille ici et tout a foiré, avec le gode, c'est ça ? Ou elle a voulu s'enfuir ?

– Vous devriez… »

Lollo Svensson fait trois pas en arrière, comme si elle voulait dire : j'ai tout dit, flics de merde, vous n'avez qu'à vous débrouiller tout seuls.

« Il faut que je m'occupe des porcs maintenant, dit-elle à la place. Ils ne s'en sortent pas tout seuls, ils sont faibles, putain de faibles, de vrais lâches.

– Est-ce qu'on peut faire un tour dans la cour ? Dans la maison ? »

Malin attend la réponse.

« Vous êtes fous ? Vous croyez que je vais vous laisser entrer chez moi sans mandat ? C'est une blague ?

– Connaissez-vous une fille du nom de Josefin Davidsson ? Ou une certaine Theresa Eckeved ? »

La voix de Malin est sèche et tranchante. Son chemisier lui colle à la poitrine, à quel point Lollo Svensson a-t-elle chaud dans son bleu ? Tout à coup, sa silhouette ronde mais ferme semble s'écrouler devant les yeux des policiers.

« Je…

– Et ensuite vous avez eu un peu de sexe sympa et brutal avec les filles, dit Zeke. Après les avoir emmenées ici. Comment avez-vous fait ? En leur promettant une boisson ? Les avez-vous attirées avec les chiens ? En leur proposant un tour à cheval ? Vous avez des chevaux ? »

Pas de réponse.

« Est-ce que vous utilisez des godes avec vos filles ? »

Lorsque Malin entend Zeke prononcer le mot gode, elle a soudainement le sentiment qu'ils ont raté quelque chose le concernant. Mais quoi ?

Lollo Svensson se retourne, ramenant les chiens avec elle dans la maison, tandis que Malin et Zeke restent plantés à côté de la Volvo dans la cour, respirant l'odeur de forêt estivale et de silence, une solitude tellement évidente qu'elle semble paralyser l'été.

24

LA VOITURE avance en cahotant sur le sentier.

« Qu'en penses-tu ? »

La voix de Zeke est à présent plus calme.

Les arbres en bord de route hurlent leur besoin d'eau en centaines de nuances de couleurs.

« Je ne sais pas, répond Malin. Je ne cesserai jamais de m'étonner de ce que cache la forêt de cette ville. »

Elle se rappelle l'hiver où elle s'était frayé un chemin à travers les arbres lors de l'affaire Bengt Andersson et des frères Murvall. Pendant ces semaines-là, le froid lui avait coupé la respiration.

« Non, on n'arrête jamais d'être surpris.

– Est-ce que ça suffit pour demander une perquisition ?

– Certes, vu ce qui s'est passé, il n'en faut pas beaucoup. Rien que le fait qu'elle ait refusé de nous laisser entrer devrait suffire.

– J'ai hâte de voir ce qu'il y a dans cette maison », dit Malin. Ses pensées divaguent.

Elle voit des jeunes filles qui, mortes ou vivantes, flottent dans une eau éternellement bouillante et crient : Sors-nous de là, aide-nous, emmène-nous ailleurs.

Puis elle pense à Tove, qui est loin, à l'autre bout du monde, au paradis. Mais là-bas aussi il y a de la violence.

Elle chasse Tove de sa tête. Et Jan. Elle le voit courir le long de la plage, son cœur battant la chamade. Toujours en fuite.

« J'aimerais vraiment savoir ce qui se cache dans cette maison, répète-t-elle.

– Moi aussi », dit Zeke en hochant la tête. Au même instant, le portable de Malin se met à sonner.

Le nom de Karin Johannison apparaît sur l'écran.

Sur le sol du bureau de Karin Johannison, un humidificateur lutte contre un climatiseur portable. L'humidité mène un combat inégal contre le froid, mais les deux appareils font du bureau de Karin la pièce la plus agréable dans laquelle Malin ait pénétré depuis un long moment – bien qu'il n'y ait pas de fenêtre, et malgré les quantités énormes de livres, de classeurs, de pochettes et de magazines qui s'entassent sur le bureau, les étagères et le sol.

Malin et Zeke sont assis sur des chaises en bois que Karin garde pour ses visiteurs, elle-même trône sur son fauteuil au design contemporain, sûrement acheté de ses propres sous, tout comme l'humidificateur et le climatiseur.

« Joli siège, dit Malin.

– Merci, sourit Karin. C'est un Oscar Niemeyer, je l'ai acheté sur un site Internet brésilien.

– T'as aussi acheté ces machins-là ? demande Zeke. Ils ont l'air de provenir du Tiers-monde. »

Karin ignore l'insulte de Zeke, passe aux choses pratiques et se transforme en experte :

« Theresa Eckeved a été pénétrée, elle a subi des sévices sexuels. Je n'ai pas trouvé de sperme, mais les mêmes traces de peinture que chez Josefin Davidsson.

Le meurtrier est donc très probablement la même personne.

– Mais ça fait du bien d'aider les pauvres, n'est-ce pas ? »

Zeke n'a pas pu se retenir. Les mots sont sortis, et Malin voit dans ses yeux qu'il les regrette, qu'il se sent idiot. Karin l'ignore toujours et fait comme s'il n'avait rien dit. Elle continue :

« Elle a été lavée avec beaucoup de précaution. J'ai trouvé des traces de Cif sur sa peau. Tout comme chez Josefin Davidsson. Les blessures ont été récurées, avec de l'alcool et peut-être du Cif. En plus, le tueur a découpé les bords des blessures avec un outil très acéré, peut-être un scalpel, mais je ne peux pas le dire avec certitude.

– Comme les blessures de Josefin Davidsson ? demande Zeke.

– Les siennes ont seulement été nettoyées, répond Karin. Mais celles-ci ont en plus été traitées.

– Traitées ?

– Oui, traitées. La blessure au crâne n'était pas mortelle. Elle a été étranglée. La terre sous les ongles est identique aux échantillons provenant de la plage, ce qui porte à croire qu'elle a été assassinée là-bas.

– Alors elle n'a pas été transportée ?

– Probablement pas.

– Pourrait-elle avoir suivi le tueur ?

– Comment pourrais-je savoir ça, Malin ?

– Sa mère a raconté qu'elle s'y rendait parfois en vélo, dit Zeke. Peut-être que Theresa avait juste envie de se baigner ?

– Pendant combien de temps s'est-elle trouvée là ?

– Une semaine, je pense. Peut-être quelques jours de plus. Je ne peux pas le dire avec exactitude. »

Qu'est-ce qu'elle faisait là-bas ? se demande Malin. Il devait être tard, et elle était seule. Le Mal circule. Que Dieu nous protège. Que Dieu protège toutes les filles qui se promènent dans cette ville cet été.

« Sais-tu d'où proviennent les restes de peinture ? »

La voix de Zeke, maintenant claire et contrôlée. Il a écarté son mépris envers Karin, l'a enterré quelque part en lui.

« Aucune idée, mais c'est le même appareil, sans aucun doute. Je n'ai pas encore pu déterminer l'origine de la peinture. Elle ne se vend pas souvent en Suède. Tout ce qu'on sait, c'est que nous chassons une seule personne.

– Les gars de la technique ont commencé à recenser les marques de godemichés.

– Bien, dit Karin. Mais il y en a des tonnes. Enfin, je suppose.

– Rien d'autre ?

– Pas de traces de sperme, pas de cheveux, pas de peau, pas de tissu, rien, rien, rien, réplique Karin sans pouvoir cacher sa résignation et sa déception de ne pouvoir leur donner plus de concret, aucune piste à suivre.

– Merde, souffle Malin.

– Vous le trouverez, dit Karin.

– Si c'est un "il" », répond Malin.

Je suis morte.

Ça ne sert à rien de le nier.

Le plastique, malgré sa noirceur totale, m'entoure comme de la cellophane, mais elle n'est plus capable de me garder, elle ne l'a jamais pu en fait, pourtant elle m'inspire une sensation de sécurité. J'ai remarqué cette liberté soudainement, quand j'étais chez mes parents, quand j'ai vu leur désespoir.

Maman et papa. Je sais que vous traverserez une période difficile. Rien ne rend le temps plus dur que la douleur. Et votre douleur ne passera jamais.

Elle changera de couleur au fil des années, marquera vos corps et la manière dont le monde vous regarde.

Vous vous transformerez, maman et papa, ainsi que votre deuil, et peut-être que vous y trouverez un peu de consolation.

J'aimerais vous consoler. J'aimerais vous dire que je vais bien, enfin, du moins je le crois.

Il n'y a qu'une seule personne capable d'apaiser mon inquiétude, et elle le sait.

Je monte vers le ciel. La chaleur qui vous fait tous souffrir, n'existe plus pour moi. Ici, la chaleur n'est même plus une odeur. Je m'envole vers la Volvo, regarde dans le visage de Malin Fors. Elle ne s'en rend pas compte, mais avec chaque jour qui passe le regard de ses yeux bleus devient un peu plus fatigué. Et un peu plus assuré.

Seul le deuil est constant. Et cette peur qu'elle tente de vaincre en vain.

Ils se rendent au bureau du procureur, l'un de ceux qui est de service pendant l'été. Il ne se réjouit pas d'avoir à sacrifier son dimanche soir. Le même procureur a refusé de prendre la responsabilité de l'enquête préliminaire, disant que Sven Sjöman en porterait la responsabilité tout seul jusqu'à ce qu'elle progresse.

Malin a téléphoné à Sven, il lui a donné son accord : « Faites une perquisition, mais n'y allez pas seuls, qui sait ce qu'elle inventera quand vous serez là. »

Sven lui a dit aussi qu'il avait enfin reçu la liste avec les appels du portable de Theresa Eckeved. Elle a souvent appelé Nathalie Falck, parfois Peter Sköld, sinon personne à part ses parents.

« Elle devait être assez solitaire », a remarqué Sven.

Les gars du labo n'ont toujours pas livré de résultats, ni pour Yahoo ni pour Facebook, et ils essaient encore d'identifier le gode. Une recherche rapide sur Internet a indiqué plus de neuf cents fabricants.

Malin pense à Josefin Davidsson. À l'hypnose, cette idée qu'elle n'a pas encore évoquée. Mais elle veut prendre ça en main.

Le jeune homme qui vient d'être nommé procureur s'appelle Torben Eklund.

Malin regarde par la fenêtre du passager, mais elle voit seulement son visage, ses yeux, le regard qu'ils lancent. Elle se demande ce qui se passe dans ce regard. Tout à coup, elle a peur. Elle sent le froid envahir chaque veine et chaque vaisseau de son corps. Ce n'est pas mon visage dans la fenêtre, pense-t-elle, c'est celui de Theresa Eckeved, et Malin sait ce que la fille veut savoir, ce que veut savoir sa peau blanche sans vie, ce que veulent savoir ses yeux brillants sans couleur. Que s'est-il passé ? Qui ? Quoi ? Où ?

Je te fais confiance, Malin Fors, tu me feras retrouver la paix.

Puis le visage disparaît pour faire place à celui de Malin, bien familier.

Josefin Davidsson s'enfonce sous les draps blancs et fins. Elle ne veut pas voir les bandages, elle ne veut pas penser aux blessures, même si elle sait qu'elles existent.

Elle sent l'odeur stérile de la chambre d'hôpital, la douleur dont elle ignore la source. Mais elle est consciente que les souvenirs cachés quelque part tout au fond d'elle sont essentiels.

Elle aurait pu rentrer chez elle vendredi. Mais elle a voulu rester pour le weekend, et le médecin le lui a permis, comprenant que le calme de l'hôpital lui faisait du bien.

Elle vient de regarder la télé dans la salle de séjour. Sur la page web d'un journal, elle a lu qu'on a retrouvé une fille morte sur une plage près de Sturefors.

Il faut que je me souvienne, pense Josefin, et le ciel qu'elle voit à travers la fenêtre est blême, un bleu de fin d'après-midi, un bleu aussi vide que son cerveau. Mais ce dernier n'est pas entièrement vide. En cours de biologie elle a appris que le souvenir est comme de l'électricité, qu'un homme peut se rappeler tout ce qui lui est jamais arrivé, si les circonstances s'y prêtent.

A-t-elle vraiment envie de se souvenir ?

Elle n'a pas peur qu'il ou elle puisse revenir.

Je serais morte s'il ou elle l'avait voulu, pense-t-elle.

Le tissu des draps d'hôpital est doux, tellement doux, et elle ferme les yeux et s'endort, bien que la pièce soit inondée d'une lumière claire et vive.

« Pas de problème. Je vais ordonner une perquisition. »

La voix de Torben Eklund est aussi sobre que son bureau dans le tribunal situé au Stora Torget.

« Comment avance l'enquête ? s'enquiert-il.

– Très lentement, répond Malin.

– En été, nos ressources sont extrêmement limitées, poursuit Torben Eklund. C'est pourquoi je laisse la police diriger l'enquête préliminaire.

– Tant mieux », dit Zeke.

Juriste, pense Malin. Comment peut-on avoir envie de faire ce métier ?

Torben Eklund est aussi âgé qu'elle, mais il parle déjà comme un grand-père.

Une horloge noire est accrochée au mur, les aiguilles blanches indiquent 17 h 25.

Puis elle a soudain une idée. Aux yeux des filles, je suis peut-être déjà une vieille mémère moi aussi. Et après vient la mort. Ou quoi d'autre ?

25

LA VOITURE de police roule derrière eux. Le soleil se couche doucement à l'horizon, et la forêt semble regagner un peu de sa verdure perdue.

Ils roulent devant dans la Volvo, trois collègues les suivent dans une autre voiture : deux bleus, des gros bras sûrs d'eux, comme s'ils étaient capables de balayer tout ce qui passe sur leur chemin. Malin ne comprend pas comment ce genre de personnes peut réussir les tests, mais c'est sûrement une question de préparation. Elle a regardé sur Internet, ce qu'on attend d'un jeune candidat au poste de policier : voilà ce qu'on veut entendre. Et si les réponses conviennent et si on fait celui qui est bien éduqué, ça peut marcher. Le troisième collègue s'appelle Pettersson, un bon gars. Il travaille à mi-temps à cause de ses problèmes de dos, et parfois Malin remarque à quel point il souffre, les mains crispées quand il essaie de canaliser la douleur aux bouts de ses doigts, pour la rendre supportable.

Elle ne se rappelle pas les noms des bleus, elle ne fait même pas l'effort de les retenir, qui sait combien de temps ils resteront ? Sans doute qu'ils veulent aller à Stockholm, Göteborg ou Malmö, là où ça bouge.

La ferme apparaît devant eux.

Se doute-t-elle de notre arrivée ? Est-elle déjà partie ? S'est-elle enfuie ?

Zeke donne les ordres par radio interposée :

« Fors et moi, on frappe à la porte, vous descendez et attendez près de la voiture. D'accord ? »

Silence. Les chiens n'aboient pas. Où sont-ils ?

Puis un oui de Pettersson.

« Bien », dit Zeke, tandis qu'il avance la voiture dans la cour.

Ils descendent, patientent un moment. Puis ils se dirigent vers l'entrée de la maison. Malin tient l'avis de perquisition à la main.

Ils montent les marches.

Est-elle partie dans la forêt ?

Que vont-ils trouver dans ces pièces fermées ?

Malin jette un regard par-dessus son épaule.

Les voici, en train d'attendre, prêts, presque avides, Pettersson et les deux bleus dans leurs uniformes chauds bleu foncé. Même maintenant la chaleur est étouffante, mais le soleil a disparu derrière les étables.

« Une chambre de torture, chuchote Zeke. Imagine qu'elle ait une chambre de torture là-dedans. »

Le poing fermé de Malin tambourine sur la porte en bois blanc.

Personne n'ouvre.

Y a-t-il une arme pointée sur eux ? Possible. Ça se pourrait bien. Cette idée traverse la tête de Malin. Elle se souvient d'un article qui parlait de policiers américains abattus dans une ferme isolée, elle pense au collègue tué par un fou à Nyköping. Malin l'avait connu pendant sa formation à l'école de police, mais ils n'étaient pas amis.

Elle frappe de nouveau. Toujours le silence. Seulement le bruissement d'une forêt calme, de la vie qui se meut autour d'eux.

« Elle a dû partir, dit Zeke. Ou elle se cache à l'intérieur.

– On va forcer la porte.

– Vérifions d'abord si elle est fermée à clé. »

Malin tend lentement la main vers la poignée, la presse vers le bas et la porte s'ouvre comme si quelqu'un voulait qu'ils entrent.

Quelques tapis sont étalés dans le couloir. Une commode en pin usée trône dans un coin.

Soigné, pense Malin. Bien entretenu. Calme.

Elle entre. Zeke la suit, elle peut entendre sa respiration, et elle sait qu'il a signalé aux autres qu'ils devaient se poster autour de la maison, pendant que l'un d'entre eux surveille l'entrée, prêt à foncer à l'intérieur si quelque chose arrive, s'ils entendent un bruit suspect.

La cuisine est rénovée, date sans doute des années quarante, des carreaux fleuris et encore des tapis. Une jolie lumière tamisée filtre à travers les rideaux. La machine à café est allumée, le café fraîchement préparé, une odeur de pains chauds s'échappe du four.

« Merde, c'est quoi ça », dit Zeke.

Malin lui intime l'ordre de se taire. Ils poursuivent le tour de la maison vers le salon où la télévision est allumée. « Vacances à Saltokran », un épisode que Malin ne connaît pas, et dans cette pièce aussi on a l'impression que le temps s'est arrêté.

Un ordinateur est posé sur le bureau.

Ils montent un escalier grinçant vers l'étage supérieur. Les murs sont couverts de planches que Lollo Svensson a ornées de lithographies à trois couleurs. Elles représentent des champs immenses et des tracteurs. Les murs de la chambre à coucher, la seule pièce du haut, sont peints en blanc. La lumière tombe à travers une fenêtre arquée, même ici se trouvent des tapis sur le parquet. Tout brille de propreté, comme si elle essayait ainsi d'éloigner ou d'attirer quelque chose.

« Elle est ici, dit Zeke.

– Oui, répond Malin en hochant la tête. Je le sens. Elle n'est pas loin. »

Puis elle redescend l'escalier, ouvre la porte qui mène vers la cave, et l'odeur s'intensifie à chaque pas.

Un poêle à mazout vert et brillant trône dans une pièce tout aussi propre. Des produits de nettoyage sur une étagère. Pas de Cif.

Une porte en acier, qui a l'air de mener vers une chambre sécurisée, est fermée à moitié.

Malin désigne la porte. Zeke hoche la tête.

Elle l'ouvre, prête à voir Lollo Svensson pendre du plafond, entourée d'objets qui pourraient provenir d'une salle des tortures moyenâgeuse – un contraste avec les pièces du haut, un contraste avec l'endroit idyllique qu'est cette vieille ferme.

Puis elle la voit.

Lollo Svensson est assise sur une chaise, derrière une table de ping-pong, jonchée d'innombrables jouets, poupées et animaux en peluche. Elle porte une fine robe rose.

Une maison de poupées est posée sur une étagère. Des cartons de déménagement s'entassent le long des murs en béton blancs.

Lollo Svensson les accueille en souriant. Elle est comme transformée, ses traits durs sont doux à présent, son corps dégage une tranquillité pure, ce corps dont

Malin croyait il y a quelques instants encore qu'il pourrait cacher l'âme d'un tueur.

Peut-il faire ça ? Ce corps ? Cacher une âme de tueur ?

« Je savais que vous reviendriez, chuchote Lollo. C'est pourquoi je me suis retirée ici. Je vous attendais. »

Une âme de tueur, pense Malin. Nous l'avons tous en nous, cette âme.

26

LA FORÊT semble souffler dans le dos de Linda Karlå.

C'est seulement maintenant, le soir, qu'il fait assez frais pour courir, même si beaucoup diraient que l'air est encore trop chaud. Le parcours de santé de Ryd est désert. Ses nouvelles Nike battent la sciure, les réverbères ne sont pas allumés, elle ne sait même pas si la ville les allume pendant l'été, à cette période de l'année il fait très longtemps jour quand le ciel n'est pas couvert.

Peut-être que ce n'est pas une bonne idée de courir toute seule dans la forêt, vu ce qui s'est passé. Du moins jusqu'à ce que la police ait arrêté le coupable. Qui sait qui se cache dans les buissons ?

Mais elle n'a pas peur.

Est-ce vraiment un arbre ? Quelqu'un derrière un arbre. Quelque chose qui l'attend.

Malin est dans la cuisine de Lollo Svensson, attend, prête l'oreille. Elle essaie de comprendre.

Les autres policiers sont retournés à leur véhicule dans la cour. Ils ne savent pas trop quoi faire depuis qu'ils ont compris que le drame attendu se transformait en grand bâillement.

Malin et Zeke leur ont demandé de passer au peigne fin les étables et les petites remises. Ils n'y trouvent que des porcs grognant, des lapins en cage et un tas de fourbi que le fermier a dû laisser quand il a vendu la propriété à Lollo Svensson. Les chiens dorment dans un enclos, comme anesthésiés par la chaleur. Aucune trace de violence, que des objets, oubliés, sans valeur, qui ne serviront que de pièces de puzzle aux archéologues.

« Je veux qu'on me fiche la paix, dit Lollo Svensson. C'est pour ça que j'ai acheté cette ferme. Vous pigez, ça ? »

Elle est assise sur une chaise en bois près de la table de la cuisine. S'est à nouveau glissée dans son moi arrogant, direct, désagréable et brute. La personne douce qu'ils ont découverte dans la cave, entourée de jouets, a disparu, dès qu'ils sont remontés au rez-de-chaussée.

Elle est comme un mur, pense Malin. Lollo a enfilé un gilet gris par-dessus la robe rose. Que peut-elle bien avoir vécu ? Pourquoi est-elle devenue comme ça ?

Malin se voit en train de fouiller dans la cuisine, dans le noir. Aborder des questions intimes. Remuer le couteau dans la plaie. Et elle sait qu'elle est faite pour ça, qu'elle y prend même du plaisir.

Bah, Fors. Comment as-tu pu en arriver là ?

« Je n'ai rien à voir avec les viols de ces filles. Vous voulez suspecter tous les membres de cette putain d'équipe de foot féminine ? Elle regorge soi-disant de lesbiennes, n'est-ce pas ? Vous avez qu'à les interroger.

– Et les jouets dans la cave ? Comment expliquez-vous ça ? »

Zeke n'arrive pas à cacher sa curiosité. Il y a quelque chose qui coince dans leur enquête.

« Je ne les explique pas du tout. Ce sont des jouets de mon enfance. Je les sors de temps à autre. Il n'y a rien de bizarre dans tout ça. »

Linda Karlå s'arrête. Elle sent une présence. Qui se meut dans la forêt ? Quelqu'un la guette-t-il ? Est-ce une odeur de propreté ou de putréfaction qu'elle perçoit ? Les pensées traversent sa tête, descendent dans son cœur et son ventre, et se transforment en peur.

Non. Je n'ai pas peur.

Pas de mouvement près de cet arbre. Mais il y a quelque chose, sans aucun doute.

Puis elle se souvient de l'histoire des filles : l'une tuée et l'autre errant dans le parc, violée. Elle se dit que c'est vraiment idiot de venir courir ici toute seule, alors que le Mal montre son visage à Linköping en ce moment.

À quel point peut-on être bête, Linda ? Là, un mouvement.

Y a-t-il quelqu'un ? Qui se dirige vers moi ?

La sueur fait des taches sur son tee-shirt. Sa poitrine est dure sous son soutien-gorge.

Sa peur est si grande qu'elle en est paralysée.

Zeke se balance d'un pied à l'autre dans un coin de la cour.

Pas de gode. Aucun sextoy.

La soirée est d'une chaleur écrasante ; Lollo regarde par la fenêtre de la cuisine, ne semble pas pouvoir se débarrasser d'eux assez vite. Les étables paraissent de travers dans le crépuscule et semblent presque s'écrouler sous le poids du ciel triste.

Maintenant, les chiens se mettent à aboyer dans l'enclos.

La voiture de police s'éloigne le long de la route gravelée, bientôt, on n'entend plus qu'un vrombissement faire écho dans la forêt dense.

« Elle est folle, dit Zeke. Tu crois que c'est elle, Lovelygirl ?

– Attendons les résultats de l'analyse de son ordinateur.

– Mais qu'est-ce que t'en penses, toi : elle est folle ?

– Parce qu'elle a gardé ses jouets ? Je ne sais pas. Elle est différente, ça, c'est sûr, dit Malin. Qui sait quelles épreuves elle a traversées ? Les hommes font un tas de choses pour survivre.

– Est-ce qu'on le saura un jour ?

– Est-ce nécessaire ?

– La question est : est-ce qu'on veut le savoir ?

– Je ne crois pas que ce soit elle, dit Malin.

– Moi non plus, confirme Zeke. Mais elle n'a quand même pas d'alibi. »

Mon cœur, où est-il ?

Là, il contient toute ma peur. D'un instant à l'autre, il va exploser sous mes côtes.

Linda Karlå court, le sentier défile sous ses baskets, la forêt tourne autour d'elle.

Il y a quelqu'un ?

Quelque chose de gigantesque semble la suivre en serpentant entre les arbres, comme si les racines sortaient du sol pour la forcer à s'allonger, la dévorer, mais heureusement elle est capable de courir vite.

Encore plus vite.

C'est le bruit de griffes, non ?

Elle court. Enfin, elle arrive à une lisière. Elle a atteint le parking.

Sa voiture est garée là, seule. Pas de poursuivant. Elle se jette dans la chaleur brûlante de la Seat.

Est-ce que c'était seulement un chevreuil ? Non, c'était autre chose. J'en suis sûre, pense Linda Karlå en démarrant la voiture.

Mais quoi ? Le bruit de griffes qui s'éloigne dans la forêt. L'obscurité était à ses trousses.

27

LA PLACE du marché vibre sous la lumière artificielle des grands cafés et des maisons adjointes. Mörners Inn, Stora Hotellet, Burger King, ils ont tous posé des tables et des chaises sur le trottoir, en partie sous de hautes marquises, qui transforment les conversations des clients en un marmonnement impénétrable.

Il est dix heures. Les terrasses sont bondées, même pour un dimanche. Il fait toujours chaud, mais les gens ont envie de sortir, d'un verre frais et bien rempli. La rue Ågata est l'artère principale de la ville, ici un bar jouxte l'autre, et même en hiver, au printemps et en automne la vie y bat son plein. Le *Corren* a publié d'innombrables articles sur la violence dans les bars, mais c'est comme ça – les gens ont besoin de se laisser aller parfois, et pour la police, cette concentration sur une seule rue est très pratique. Nous savons où se trouvent les points chauds, pense Malin, pendant qu'elle promène son regard sur les cafés. Aucune connaissance dans les parages, et si oui, elle n'aurait sûrement pas envie de la rencontrer.

Zeke l'a déposée devant son appartement, et sous la douche froide elle a soudain senti un besoin irrépressible de voir Tove, Jan et Daniel Högfeldt. Elle a voulu appeler ce dernier pour lui dire de venir, afin qu'il lui fasse oublier ce qu'elle avait vu pendant la journée. Elle voulait qu'il l'en débarrasse.

Mais il n'a pas décroché. Au lieu de ça, elle s'est allongée sur le lit de Tove en faisant comme si elle regardait dormir sa fille, qui se trouve de l'autre côté de la planète.

Les draps avaient l'odeur de Tove. Et Malin s'est mise à pleurer.

La tristesse est venue d'une manière très simple : pourquoi sa relation avec Jan en était-elle arrivée là ? Elle pleurait, parce qu'elle se voyait elle-même et ce qu'elle ne pouvait nommer, cette chose que la psychologue Viveka Crafoord avait devinée rien qu'en la regardant. Mais ensuite Malin a fait ce qu'elle fait toujours. Elle s'est reprise, a séché ses larmes, s'est levée et a quitté l'appartement. Cette sorte de solitude est pire que n'importe quelle autre.

Tant de clients dans les cafés. Des verres qui tintent. Des serveuses qui virevoltent entre les tables. Malgré tout, il y a encore de la vie à Linköping, même si la chaleur et le Mal font tout pour vaincre la joie.

Doit-elle prendre place à côté des autres ?

Elle s'arrête, respire l'air du soir.

Le Mal est sans odeur, sans bruit et sans corps, mais en même temps il est la somme de toutes les odeurs, de tous les bruits et de toutes les expériences.

Une fille enterrée.

Un garçon frappé à mort à coups de pied après une fête.

Un étudiant âgé de trente-trois ans, pulvérisé en mille morceaux dans un bus.

Une bombe, enfouie quelque part dans le sable sur une plage paradisiaque.

Est-ce qu'elle doit vraiment boire une bière avec les autres sur la place du marché ?

Non.

Votre société n'est pas la mienne. Pas ce soir. Je suis Batman, pense Malin. La bonté blessée.

Elle longe la rue Hamngata en direction du Hamlet. Le pub est encore ouvert. Malin s'assied au bar, se sent confortablement entourée des murs couverts de planches sombres.

Ici, il n'y a qu'elle et quelques buveurs discrets dans un coin. En plus, la bière n'est pas chère.

« Bonsoir, madame la commissaire », disent-ils.

Malin leur fait un signe de tête, quand la bière arrive devant elle.

« Un double tequila, dit-elle au barman.

– Tout de suite, Malin, répond-il en souriant. C'est encore une de ces soirées ?

– Ça, tu peux le dire, dit Malin en hochant la tête. Ça, tu peux le dire. »

Daniel Högfeldt a éteint son téléphone portable. Ses articles sur le meurtre pour le lendemain sont écrits. Il s'est rendu dans une salle de réunion à la rédaction et s'est laissé tomber lourdement sur une chaise inconfortable.

Il veut être seul. Son corps semble réclamer le silence. Il pense à Malin. Où est-elle maintenant ?

Nous sommes deux âmes nerveuses qui circulent dans cette ville, et de temps à autre nous nous croisons pour jouer un jeu statique, pense-t-il. Autrefois, il s'est trompé en croyant que leur jeu était de l'amour. Plus maintenant. Il sait exactement, enfin, il croit savoir ce qu'il veut de Malin. Et ce qu'elle veut de lui. C'est un moyen de lâcher de l'énergie, c'est la raison pour laquelle ça marche si bien : ils cherchent la même chose, et ils savent tous les deux que, plus le jeu est dur, mieux ça marche.

Mais parfois, quand elle dort à côté de lui et qu'il l'observe, il a des doutes.

Est-ce la femme qu'il a attendue ? La sienne ?

Non, il ne faut pas accorder de place à ce genre de déceptions. Il ne sait pas grand-chose d'elle, mais dans son appartement elle a encore un tas de photos de Jan. Elle semble avoir fait la paix avec lui et vivre une bonne relation avec sa fille.

Où es-tu maintenant, Malin Fors ?

Daniel se lève.

Il fait les cent pas dans la pièce, sans répit, comme s'il voulait accélérer le temps.

Dans ses rêves, le feu brûle.

Ça arrive parfois, quand elle a bu. Des flammes froides dévorent ses os, tentent de l'entraîner dans une obscurité en chuchotant : Nous allons te détruire, Malin, te détruire, même si tu écoutes ce qu'on veut te dire.

Que voulez-vous ?

Rien, Malin, rien. Nous voulons seulement te détruire. Des serpents et des animaux aux griffes acérées peuplent ses rêves, et lorsqu'elle se réveille, elle se souvient clairement de ce flux d'images, impossible d'y mettre de l'ordre.

Un garçon apparaît dans ce rêve.

Malin ne le connaît pas, mais elle tente de l'écarter. C'est le plus noir de ses rêves, aussi sombre que celui de Jan, quand il rêve des enfants rwandais auxquels on a coupé les mains à la hache.

Et puis la voix des flammes :

Crois-tu pouvoir nous éteindre ?

Arrogance, vanité, avidité.

Et elle se réveille en hurlant : SILENCE, SILENCE ! Elle est toujours saoule, sent la bière et la tequila danser dans son ventre, se souvient d'avoir marché en chancelant à travers la place du marché vers l'église St. Lars, où elle a essayé de déchiffrer l'inscription sur le portail. Les mots tanguaient devant ses yeux, mais elle avait quand même réussi à lire : « Bénis soient ceux qui ont le cœur pur, car ils verront Dieu ».

Et ensuite ?

Le reste de la nuit, elle n'arrive pas à s'endormir ; pense à Tove, aimerait tellement la voir, fait des rêves éveillés en se rappelant le corps familier de Jan, l'amour original. Elle est mouillée, quand ses pensées se promènent vers Daniel Högfeldt.

Chaude. Seul l'alcool peut la rendre aussi chaude. Elle se satisfait, vient sans bruit.

Pourrai-je dormir maintenant ? se demande-t-elle.

Mais le sommeil ne vient pas. Au lieu de ça l'orgasme s'incruste dans son corps, rend son cerveau fou, elle tire la couverture par-dessus sa tête. Quand l'aube pointe derrière les rideaux, elle fait semblant d'être morte, se transforme en Theresa Eckeved, tente de ressentir la peur et le désespoir de l'adolescente. De revivre ce qui s'est passé.

Son corps vit. Elle veut plus d'alcool.

Puis elle pense à Maria Murvall. À sa silhouette dans la chambre d'hôpital à Vadstena. Au Mal qui l'a amenée là-bas.

Était-ce le même Mal ?

Dans cette affaire, les fils commencent à se mêler.

Était-ce un gode ? Bleu ?

Était-ce une lesbienne ? Lollo Svensson ? Un violeur au passé chargé ? Un homme handicapé ? L'équipe de foot ? Des préjugés, que des préjugés. Peter Sköld, Nathalie Falck, la personne qui a signalé le viol de Josefin ?

Silence. Idées, préjugés.

Mais quelles autres pistes avons-nous ? Et que faire de Behzad Karami et d'Ali Shakbari à Berga ? Cet alibi familial de merde. L'un des types ou plusieurs sont peut-être allés trop loin en prenant leur pied. Quel rôle joue la propriétaire du kiosque ?

Mille théories qu'il faut étudier.

Ce sera une grande épreuve, pour la ville, les journaux, la victime et sa famille.

Et pour elle-même. Mais y a-t-il une seule vérité ?

Après cette dernière question, sa conscience s'éteint. Elle dort une heure d'un sommeil sans rêve pour se réveiller puis entamer une nouvelle journée d'enquête sur les malheureuses filles de Linköping.

28

LE DERNIER reste d'alcool semble disparaître quand le corps de Malin trace son chemin à travers l'eau dans le bassin de la piscine de Tinnerbäck.

Plus fraîche, l'eau devrait être plus fraîche, mais cela coûte sans doute trop cher de maintenir la température plus basse dans une chaleur pareille. Quatre allers-retours devraient suffire, elle sent son corps protester contre l'effort.

Son corps se réveille.

On deviendrait dingue si on ne pouvait pas se baigner dans un été pareil. Quelques maîtres nageurs pêchent des feuilles mortes dans l'eau. Malin les observe.

Elle a survolé le *Corren* avant de partir de chez elle.

Le meurtre de Theresa Eckeved prend plus de six pages, plus une interview de Karim Akbar, des photos du lieu du crime et de la maison de ses parents, mais sans commentaire de leur part. Des photos de Theresa, de son corps entouré de plastique, de son passeport et des clichés privés. Ce vieux renard de Harry Lavén a sûrement aidé Daniel à se les procurer.

Gros titre en Une : *La mort estivale.*

Sous-titre : *Le Mal hante Linköping.*

Elle est convaincue que Daniel a trouvé les titres lui-même. Il a dû bosser comme un fou hier, n'a pas voulu prendre son appel sachant qu'elle n'aurait pas envie de parler de l'affaire.

Malin prend son linge et se dirige vers les vestiaires, remarque l'odeur de chlore pertinente, presque horriblement tranchante, plus pure que tout autre chose.

Daniel a raison, pense-t-elle. Elle est venue en ville. La mort estivale.

Les reporters de toutes les rédactions plus ou moins connues du pays semblent s'être rendus en ville. Ils se sont rassemblés à l'entrée du commissariat, des journalistes avec leur bloc-notes à la main, des magnétoscopes, des photographes aux yeux particulièrement exercés, les camionnettes de SVT et TV4 ; la mort estivale est un rêve pour les journalistes.

Malin se fraie un chemin à travers le troupeau de reporters en nage, rien qu'après le petit tour en vélo pour venir ici, ses vêtements sont déjà trempés de sueur. Elle évite Daniel Högfeldt qui lui jette des regards pleins de sous-entendus en agitant la main et criant : « T'as quelque chose pour moi, Malin ? Vous avez de nouvelles pistes ? »

Mais Malin l'ignore, comme elle ignore tous les autres. Elle revoit bon nombre de visages qu'elle reconnaît des anciennes enquêtes.

Dans l'entrée, elle tombe sur Karim Akbar, qui a mis un costume beige parfaitement repassé pour l'occasion. Sa chemise bleu clair va bien avec son teint encore plus foncé que d'habitude, après les journées sous le soleil à Västervik.

Malin n'est pas surprise de le voir ici, mais elle ne se réjouit pas non plus. Elle savait qu'il allait accourir dès que l'occasion de parler devant les grands médias se présenterait.

« Malin, dit-il. C'est bien que tu sois là. J'ai jugé judicieux de revenir pour diriger la conférence de presse et mener l'enquête.

– Bienvenue à la maison, répond Malin. Ne te fais pas de soucis pour l'enquête, on s'en sort bien. Sven est l'une des têtes les plus expérimentées dans l'équipe. Tu ne voulais pas écrire un livre pendant l'été ?

– Oublie le bouquin. La conférence de presse aura lieu à neuf heures. D'ici là, ils devront attendre dehors.

– Tu sais déjà ce que tu vas dire, Karim ?

– Maintenant, il est huit heures et quart. On se réunit tout de suite. Martinsson et Sjöman sont déjà là. Pourquoi est-ce que tu… »

Karim s'interrompt. Il regarde dans les yeux de Malin, directement dans sa fatigue, et laisse tomber ce qu'il s'apprêtait à dire.

« Comment va Tove à Bali ? »

Malin rit :

« Bien, en tout cas, quand je lui ai parlé pour la dernière fois. Merci d'avoir demandé. Mais j'ai hâte de la retrouver.

– J'imagine », dit Karim.

Il est huit heures et demie.

Le climatiseur dans la salle de réunion vrombit furieusement, tous les quatre sont assis sur leurs chaises, les stores des fenêtres qui donnent sur l'aire de jeux sont baissés, pour enfermer la lumière dehors.

C'est lundi matin, après un week-end très chargé pour trois d'entre eux. La fatigue s'insinue, malgré l'adrénaline qui coule toujours dans leurs veines lors d'une enquête importante.

Un chef, un commissaire divisionnaire et deux commissaires sont trop peu pour une enquête de cette taille, ils le savent tous ; ils savent aussi que des vacances vont être annulées, qu'il faudra demander du renfort aux commissariats dans les régions voisines, et puis il reste une troisième option : demander de l'aide à la centrale, la Rikskrim.

Sven Sjöman prend la parole en premier.

« Nous sommes en sous-effectif, c'est clair. Ma proposition : on s'adresse à la Rikskrim pour qu'ils nous envoient du renfort, comme ça aucun des collègues ne sera obligé d'interrompre ses congés.

– Pas de Rikskrim », dit Karim.

Malin savait qu'il dirait cela.

« J'ai demandé du renfort à Motala, Mjölby et Norrköping. On aura Sundsten de Motala et Ekenberg de Mjölby. Norrköping est déjà ric-rac, ils n'ont personne à nous envoyer. Mais Sundsten et Ekenberg se joindront à nous plus tard dans la journée, ou demain matin. Börje est en Afrique, et Johan avec sa famille, quelque part dans le Småland, je crois.

– Ekenberg, s'exclame Zeke. Vous voulez vraiment bosser avec ce connard ? »

Malin sait à quoi Zeke fait allusion ; Waldemar Ekenberg a la réputation d'être une brute qui, comme par miracle, ne se fait jamais choper lors des enquêtes internes. Mais il a malgré tout un tas d'admirateurs et supporters dans le corps policier : Waldemar Ekenberg réussit sûrement à bouger les choses quand il faut.

« Il faut prendre ce qu'on a à disposition, dit Sven. Je garderai personnellement un œil sur Ekenberg.

– Et Sundsten ? C'est qui ?

– Un nouveau. Il était à Kalmar pendant un an, avant de déménager à Motala. Assez rusé, à ce qu'on dit.

– Bon, dit Zeke. On a vraiment besoin de toute l'aide possible.

– Tu as raison, confirme Malin.

– Plus je me casse la tête sur les deux affaires, poursuit Zeke, plus elles me paraissent compliquées et floues. »

Sven prend une profonde respiration et tousse violemment, son visage déjà rouge devient écarlate, et Malin craint que la chaleur n'achève son cœur déjà chargé.

« Donc, dit Karim. Qu'est-ce qu'on a, qu'est-ce qu'on sait ? Pouvez-vous me faire une brève mise au point ?

– Malin ? »

Sven n'a pas encore récupéré de sa crise de toux.

« Nous avons affaire à deux crimes, commence Malin. Nous sommes convaincus que c'est la même personne qui a commis les actes. Jeudi matin, on a retrouvé Josefin Davidsson qui errait dans le parc municipal après avoir probablement été violée avec un godemiché bleu. Elle était blessée, peut-être par des coups de couteau. Son corps a été nettoyé au Cif, ses blessures soigneusement lavées. Elle est toujours à l'hôpital et ne se souvient de rien. Nous avons interrogé un délinquant sexuel qui vient d'être libéré, mais qui possède un alibi en béton. Les habitants du quartier n'ont rien vu ni entendu. Aucun témoin ne s'est manifesté. Étant donné qu'un gode a été utilisé, il pourrait s'agir d'une femme, éventuellement une lesbienne. Cette piste nous a menés vers Louise “Lollo” Svensson, qui a refusé de nous laisser entrer dans sa maison. Nous avons demandé un avis de perquisition, qui nous a été accordé hier.

Résultat : que dalle. Elle nous a accusés de nous en prendre à toute l'équipe de foot féminine. Nos techniciens analysent l'ordinateur pour voir s'ils trouvent des indices qui permettraient de dire si elle est la même personne que Lovelygirl sur la page Facebook de Theresa Eckeved. »

Malin se tait, hésite.

Elle ne mentionne pas l'appel qui les a menés, elle et Zeke, sur la piste du malheureux Paul Anderlöv. Ce dernier mérite d'être laissé tranquille. Au lieu de ça elle poursuit :

« Les détails sont expliqués dans les rapports, mais je protège bien évidemment l'identité de mes informateurs. Ah oui, nous avons également porté notre attention sur Ali Shakbari et Behzad Karami. Mais eux aussi ont un alibi, même si ce n'est qu'un alibi familial.

– Je suis déjà au courant, siffle Karim, à nouveau visiblement fâché, croyant apercevoir un autre préjugé lors du travail d'enquête.

– J'essaie seulement de t'informer, Karim, dit Malin calmement. Pour que tu puisses dire des trucs malins, pardon, je veux dire, pour que tu puisses dire la vérité aux journalistes.

– Continue, dit Zeke.

– Et puis on a retrouvé Theresa Eckeved sur la plage de Stavsätter, assassinée. Elle était enterrée et enveloppée d'un sac poubelle ordinaire, mais un chien l'a quand même sentie. Après un bref examen préliminaire, Karin Johannison a pu constater que Theresa Eckeved a également été violée, probablement avec un gode bleu, ce qui nous fait croire qu'il y a un lien entre les deux affaires. Theresa Eckeved a été étranglée, mais elle a aussi été assommée avec un objet contondant. Elle a sans doute été tuée à la plage. Et on l'a aussi lavée avec, selon l'analyse de Karin, du Cif, exactement comme Josefin Davidsson. Les blessures ont été minutieusement nettoyées et lissées avec un outil tranchant et fin, peut-être un scalpel.

– C'est donc un fou qui se promène en ville ? »

Malin est surprise par les mots de Karim, ils ne correspondent pas à son langage habituel.

« Apparemment, dit Zeke en hochant la tête.

– C'est un être humain, contredit Malin. N'employez pas le mot fou, s'il vous plaît, il s'agit d'un être dérangé, malade. »

Et elle pense aux blessures des filles, qui se ressemblent tout en étant très différentes, comme s'ils avaient affaire à quelqu'un qui ne fait que s'entraîner.

« Un scalpel, dit Karim en interrompant ses pensées. Qui peut posséder un scalpel ?

– *Peut-être* un scalpel, corrige Malin. Peut-être. Et on peut en acheter dans n'importe quelle pharmacie.

– Est-ce qu'il faut mettre Josefin Davidsson sous protection ? demande Karim.

– Si le meurtrier avait voulu se débarrasser d'elle, il l'aurait sûrement déjà fait, dit Sven. Elle n'avait pas l'air de pouvoir s'enfuir.

– Il va falloir en parler aux parents, dit Karim pour ajouter ensuite : Vous avez fait du bon boulot.

– Mais on n'a pas beaucoup avancé. »

Zeke tambourine sur la table avec ses doigts.

« Zeke, on ne l'a trouvée qu'hier, dit Sven.

– Theresa, oui, mais pour Josefin Davidsson on avait plus de temps. Et nous ne savons toujours pas qui nous a appelés. »

Le silence s'empare de la pièce. Tous sont conscients que les premières minutes, heures, journées sont les plus importantes dans une enquête, qu'une affaire devient, au fil du temps, glissante. Elle peut alors échapper à l'enquêteur le plus expérimenté. Si la vérité reste cachée, leur vie aussi change, d'une manière presque imperceptible.

« Les renforts arriveront bientôt, dit Sven. On pourra mettre les bouchées doubles. Je propose qu'on laisse Sundsten et Ekenberg vérifier les alibis de tous les violeurs fichés dans la région. J'ai établi une liste. Ensuite, ils devront interroger les voisins dans le quartier de la maison familiale de Theresa Eckeved. Malin, Zeke ? Qu'est-ce que vous avez au programme ?

– On a la propriétaire du kiosque dans le collimateur, hier on n'a pas eu le temps de lui parler, enfin, disons plutôt qu'elle a disparu avant qu'on puisse l'interroger.

– Bien. Interrogez-la. Et que disent les baigneurs ? » La voix de Karim est presque suppliante.

« Zéro, niente, nada, dit Zeke. Aucun témoin ne s'est manifesté. Aucun indice.

– Est-ce qu'elle se baignait souvent là-bas ? demande Sven.

– Les Eckeved ont leur propre piscine, mais la mère de Theresa nous a dit qu'elle se rendait parfois en vélo à la plage, répond Malin.

– Peut-être qu'elle avait envie de prendre un petit bain de minuit… »

Malin hoche la tête.

« Comment vendre tout ça à la presse ? » fait Karim.

Il nous demande conseil en ce qui concerne la presse. C'est la première fois, pense Malin.

« Tu leur dis qu'on ne peut rien dire afin de ne pas entraver l'enquête, propose Zeke.

– Il faudra leur donner quelque chose, contredit Sven.

– Dans ce cas, dis-leur qu'on pense que le meurtre a un lien avec le viol de la fille. »

Malin s'entend dire ça avec beaucoup d'assurance, bien qu'elle ne se sente pas du tout sûre d'elle.

« Oui, c'est bien, dit Karim.

– L'équipe féminine de foot, intervient Sven. Contactez-les. Louise Svensson l'a mentionnée, ça pourrait signifier quelque chose. Il faut suivre chaque piste. »

Malin fait une grimace.

« Elle n'était pas sérieuse, c'était de l'ironie. Et ma source n'a pas fait référence à l'équipe.

– Contacte le club, dit Sven. Même si ça ne donne rien.

– Il s'appelle comment, l'entraîneur ? demande Zeke.

– L'entraîneuse, corrige Sven. Elle s'appelle Pia Rasmefog. Une Danoise, apparemment. »

Karim réfléchit. Non pas à Pia Rasmefog, mais à autre chose.

« Tu es nerveux à l'idée d'affronter les hyènes ? demande Zeke en souriant.

– Tu sais, je suis dans mon élément, là, Martinsson », répond Karim avec une confiance presque inquiétante.

29

« EST-CE que ça a vraiment un sens d'appeler Pia Rasmefog ? Est-ce que cela n'est pas encore une suite de préjugés ? »

Malin est assise derrière son bureau.

« Tu veux dire que c'est un préjugé d'interroger l'équipe de foot féminine, parce que le meurtre et le viol ont peut-être été commis par une lesbienne ? »

Zeke est assis à sa place, quelques mètres plus loin, à côté de la fenêtre qui donne sur le parking. Les voitures brûlent sous le soleil.

« Ça ne me plaît pas non plus, Malin. Mais même si Lollo Svensson n'était pas sérieuse quand elle l'a dit, il faut qu'on regarde ça de plus près. Viktoria Solhage, elle aussi, a joué au foot, l'équipe apparaît dans l'enquête à plusieurs reprises.

– Lollo Svensson ne l'a mentionnée qu'en passant. Ça ne veut rien dire.

– Tout le monde sait que les lesbiennes aiment jouer au foot.

– Est-ce que tu te rends compte de ce que tu viens de dire, Zeke ? C'est complètement débile.

– Ce n'est pas vrai ?

– Appelle-la, Zeke. Son numéro est le 14 01 60. »

Zeke attend trois ou quatre sonneries avant que quelqu'un décroche.

Son visage est tendu, et Malin se demande s'il posera la question à Pia Rasmefog. Elle a lu une interview de la Danoise, cette femme est une dure à cuire et ne se laissera pas faire, ça c'est sûr.

« Bonjour », dit Zeke, d'une voix rauque. Il est nerveux, ne sait pas trop comment aborder Pia Rasmefog.

« Ici le commissaire Zacharias Martinsson de la police de Linköping à l'appareil. J'aurais quelques questions à vous poser. Est-ce que vous auriez quelques minutes à m'accorder ? »

Il choisit son vocabulaire avec plus de prudence que d'habitude.

« C'est gentil. Oui, c'est que l'équipe de foot féminine apparaît dans l'enquête concernant le meurtre de Theresa Eckeved… Dans quel contexte ? Je ne suis malheureusement pas en mesure de vous en dire plus… non, pas de joueuse en particulier, plutôt en général… oui, c'est possible… mais… bien sûr que c'est un préjugé, calmez-vous donc, s'il vous plaît… c'est quand même un crime grave que nous devons élucider… » Puis, tout à coup, Zeke arrive à prendre le dessus dans la conversation, Pia Rasmefog semble comprendre qu'ils sont obligés de poser des questions, quand le terme « l'équipe de foot féminine » revient sans cesse dans l'enquête.

« Pouvez-vous imaginer qu'une de vos joueuses commette des actes violents ? Plus que les autres. Non ? Avez-vous remarqué si l'une d'entre elles se comporte de manière bizarre depuis quelques jours ? Non plus ? Rien qui pourrait nous être utile ? »

Zeke éloigne le téléphone de son oreille, la conversation est visiblement terminée.

« Merde. Elle n'a même pas répondu à la dernière question. »

Karim Akbar se tourne dans toutes les directions sous les flashs des appareils photo, le cliquetis des boutons crie : « Tu es quelqu'un d'extraordinaire ! »

Sur les chaises devant lui, il voit des journalistes résignés ou énervés, légèrement vêtus à cause de la chaleur estivale.

Il ne leur a pas donné grand-chose. Daniel Högfeldt et cette jeune sorcière du *Aftonbladet* n'ont pas manqué de critiquer cette réticence.

« Vous ne pouvez pas répondre à cette question ? Daniel Högfeldt hurle presque. Afin de ne pas entraver l'enquête ? Vous ne croyez pas que la population a le droit de savoir quand un meurtrier court les rues ? La ville est en émoi, on le sent tous, de quel droit retenez-vous des informations ?

– Personne ne retient d'informations.

– Y a-t-il un lien entre les deux affaires ? demande la femme du *Aftonbladet*.

– Je ne peux pas vous répondre là-dessus.

– Mais vous le soupçonnez ?

– C'est l'une de nos hypothèses.

– Et quelle est votre théorie ?

– Malheureusement je ne peux pas vous le dire.

– Est-ce que Louise Svensson est soupçonnée d'avoir commis l'un de ces actes ?

– Non, pas à l'heure qu'il est.

– La perquisition chez elle était donc inutile ? »

Karim ferme les yeux. Ne les ouvre pas pendant quelques secondes, puis entend une autre voix :

« N'y a-t-il vraiment rien que vous puissiez nous dire ? »

Il rouvre les yeux au moment où un journaliste dans la foule demande :

« Selon nos sources, Mme Svensson est lesbienne. Est-ce que vous pensez qu'il peut y avoir un lien avec la communauté homosexuelle ?

– Pas de commentaire. »

C'est fatigant, et il est plus nerveux que jamais. Tout à coup, il a envie de quitter ce podium pour retourner sur la jetée devant la maison de Västervik. Je dois leur donner quelque chose pour qu'ils se taisent.

Puis il dit les mots, et à peine sont-ils sortis de sa bouche, qu'il sait qu'il a commis une grave erreur.

« L'enquête nous a amenés à regarder de plus près l'équipe de foot féminine du LFC.

– Pourquoi ?

– Croyez-vous que les actes ont un fond lesbien ?

– Je ne peux pas le…

– Ou est-ce que ce ne sont que les préjugés qui règnent au sein de la police qui vous font regarder cette équipe de plus près ?

– Soupçonnez-vous quelques joueuses en particulier ?

– Quelle lumière est-ce que cela jette selon vous sur le foot féminin ? »

Les questions fusent comme des balles.

Bordel de merde, pense Karim. Puis il referme brièvement les yeux en pensant à sa famille.

Le kiosque à la plage de Sturefors est fermé.

Le ruban de sécurité flotte toujours autour du chêne sous lequel ils ont déterré Theresa Eckeved la veille. Il y a peu de baigneurs, une famille avec deux petits enfants. Ils sont assis sur une couverture, apparemment pas touchés par ce qui vient de se passer.

Slavenca Visnic est le nom de la propriétaire de ce kiosque et de deux autres qui se situent sur les plages de Hjulsbro et de Glyttinge. La Préfecture leur a donné ces informations. Elle les gère tous les trois en tant que société commerciale. Mais maintenant le kiosque est fermé, et Malin comprend pourquoi.

« Je n'ouvrirais pas non plus », dit Zeke, quand ils font les cent pas devant le kiosque sous cette chaleur écrasante, toujours soucieux de rester à l'ombre des arbres. Ils sont en nage, la chemise de Zeke colle à son torse, tout comme le chemisier de Malin, trempée par l'humidité.

« Non, les gens ne viennent pas.

– Viens, allons à Hjulsbro. Peut-être qu'elle est là-bas. »

Un numéro de portable est marqué sur l'autorisation administrative affichée sur le kiosque, mais personne ne décroche.

« Attends-moi à la voiture », dit Malin. Zeke la regarde, hoche la tête puis remonte la petite colline qui mène vers le champ où la chaleur semble créer un silence, comme si la chaleur forçait tous les animaux à se réfugier.

Malin se dirige vers le chêne et se penche pour passer sous le ruban de sécurité.

Elle regarde le trou dans le sol. Pas de vers brûlants, mais quand même le sentiment que la terre peut s'ouvrir à tout moment pour cracher des quantités énormes de feu sifflant et destructeur.

Theresa n'est plus là, mais Malin peut tout de même voir son visage.

Un œil ouvert, l'autre fermé. Les traces de doigts sur sa gorge, le corps blanc et propre, les blessures sombres.

Comment est-elle arrivée ici ? Qui lui a fait ça ? Ne t'en fais pas, pense Malin. Je n'abandonnerai jamais.

Promets-moi, Malin, que tu n'abandonneras jamais la recherche.

J'aimerais bien toucher tes cheveux blonds et chauds, avec mes doigts, mais mes paumes n'existent plus, même si je peux encore les voir.

Les filles. Moi. Nathalie. Peter.

Tu sais parfaitement ce que nous avons en commun. Malgré cela, tu ne comprends pas ce que cela signifie. Papa non plus ne l'a jamais compris. Il refusait peut-être de me voir comme j'étais, comme je suis.

C'était presque la même chose avec ton père, Malin. Tu rejettes la faute sur ta mère, tu penses qu'elle s'est glissée entre vous en se plaignant sans cesse et en se moquant des soucis qu'il se faisait pour toi. Peut-être. Mais il se pourrait que ce soit différent. N'est-ce pas ?

Malin, tu es proche de moi.

Mais tu es loin de le savoir.

Tu peux raconter la vérité à papa et à maman.

Peut-être que la vérité peut les aider ? Pour moi, elle ne joue plus aucun rôle. À présent, je suis peut-être la vérité. La seule vérité, pure et claire, dont un être humain a besoin.

Le vent souffle dans les feuilles du chêne, les fait trembler. C'est une brise tiède – y a-t-il un lien, des fils qui sont noués entre eux, capables de nous mener vers la bonne direction ?

L'eau du lac semble sur le point de bouillir. Il s'étale devant elle, tranquille, empoisonné.

Que faisait-elle ici ? Ce n'est pas un mauvais endroit.

Malin s'agenouille devant le trou, la tombe éphémère.

Elle effleure la terre.

Ses doigts se noircissent.

Son chemisier lui colle au dos.

« Hé, vous là ! dit tout à coup une voix d'homme. Vous n'avez pas le droit d'entrer ici. »

L'homme de la plage. À cheval sur le règlement. Il te respecte, Theresa.

Malin se relève en sortant son portefeuille de la poche de sa jupe en jean. Elle lui présente sa carte.

« Malin Fors, police.

– Ah, espérons que vous mettrez la main sur ce démon », dit l'homme, pendant que son regard fixe la verdure blafarde à l'horizon.

30

LE KIOSQUE de la piscine de Hjulbro est également fermé. Malgré le fait qu'on pourrait se faire pas mal d'argent lors d'une journée pareille. Quelques centaines de baigneurs sont assis sur les pentes qui donnent sur la rivière.

« C'est beau, dit Zeke en s'asseyant à l'ombre d'un sapin.

– Je suis sûre que ça ne rafraîchît même pas, l'eau doit faire au moins trente degrés.

– Oui, elle a l'air très propre.

– La sueur donne terriblement envie de se laver », dit Malin en frottant une petite feuille entre ses doigts, douce et presque froide d'un côté, rauque et tiède de l'autre.

Le kiosque devant la piscine de Glyttinge est également fermé. Cette piscine privée bat le plein dans un été pareil. Malin et Zeke entendent les baigneurs, leurs cris et hurlements, le rire joyeux derrière la clôture.

Pas étonnant que la piscine soit bondée. C'est le quartier où habitent les pauvres et les immigrés, dans ce coin on passe les vacances d'été chez soi.

« Allons chez Slavenca Visnic. Peut-être qu'elle est malade.

– C'est quand même bizarre, dit Malin. Que les trois kiosques soient fermés. C'est maintenant qu'on peut empocher un maximum de fric. Et même si elle n'est pas personnellement derrière le comptoir, elle devrait avoir embauché quelqu'un.

– Moi aussi, j'y ai déjà pensé.

– Quelque chose cloche.

– C'est sans doute la chaleur qui nous fait croire ça. Tu n'as pas envie de prendre un petit bain pour te rafraîchir le cerveau ?

– T'as emmené ton maillot de bain ?

– Ma peau suffit.

– Je vois déjà le gros titre dans le *Corren*: *Policiers nus dans la piscine de Glyttinge.*

– Ça plairait à monsieur Högfeldt.

– Qu'est-ce que tu insinues ?

– Ce que j'insinue ?

– Oui.

– Rien de spécial. Pas de panique. »

Mais l'appartement de Slavenca Visnic au rez-de-chaussée numéro 3B, rue Gamlegården, est désert.

Pas de réponse, quand ils sonnent à la porte. Pas un bruit ne sort de l'appartement. Ils se rendent dans la petite cour intérieure et regardent à travers les stores baissés. La pièce est sombre. Ils devinent seulement les contours des meubles, un canapé, une table, quelques fauteuils et une étagère presque vide; le parquet sur le sol semble fait de chêne.

« Est-ce que cette femme existe réellement ?

– On pourrait croire que non, répond Zeke.

– Peut-être qu'elle fait un voyage à l'étranger ou une excursion.

– Maintenant ? Avec trois kiosques à sa charge ?

– Il faut absolument qu'on vérifie son histoire. Au bureau de l'immigration, ils peuvent sans doute nous donner des infos. Je m'en occupe », dit Malin.

Son téléphone se met à sonner. C'est Sven Sjöman.

« Une femme qui a fait un footing dans la forêt de Ryd hier soir nous a appelés. Elle a dit qu'elle se sentait observée, que quelqu'un la suivait en douce, la chassait. Si vous avez le temps, vous pourriez passer chez elle.

– Bien sûr. On a fini ici. »

Il leur donne un nom et une adresse dans la rue Konsistoriegata.

Linda Karlå leur offre du jus de pomme glacé dans la cuisine de son deux-pièces aménagé avec goût. L'appartement se trouve dans un bâtiment des années trente bien entretenu. Propriété d'une société immobilière réputée pour ses prix exorbitants.

Ils sont assis autour de la table de cuisine, boivent le jus et Linda Karlå s'excuse de parasiter leur temps. Zeke lui explique qu'ils sont intéressés par tout ce qui pourrait avoir un lien avec le viol et le meurtre.

« Je faisais un footing, raconte Linda Karlå. Je cours souvent. Pas très souvent dans cette forêt, et, enfin, je ne sais pas, tout à coup j'ai eu l'impression que quelqu'un m'observait, m'attendait plus loin dans la forêt. Je n'ai rien vu, mais il y avait quelque chose. Peut-être un homme. Ou une femme. Je suis sûre qu'on m'observait, et quand j'ai continué de courir, quelqu'un m'a suivie. C'était comme si quelqu'un glissait sur le sol. Mais je suis rapide, et j'ai réussi à atteindre le parking.

– Mais vous n'avez rien vu de concret ? » demande Malin. Elle se rend compte que sa voix trahit sa curiosité.

« Non. Mais il y avait quelque chose. Je me suis dit que ça vous intéresserait de le savoir. Le tueur habite peut-être Ryd ?

– Possible. Si c'est un homme. Et si c'était lui.

– En tout cas, j'ai eu une peur bleue.

– Évitez la forêt de Ryd dans les jours qui viennent, conseille Zeke. Courez plutôt sur les routes jusqu'à ce qu'on mette la main sur le coupable. »

Linda Karlå paraît rassurée. Elle semble presque surprise qu'ils prennent sa peur tellement au sérieux.

« En fait, il vaut mieux aller nager avec un temps pareil, dit-elle. Il y a tellement de belles piscines en ville. »

Devant la maison, quand ils se dirigent vers la voiture, Zeke demande : « Qu'en penses-tu ?

– Hm, qu'est-ce que je suis censée en penser ? » réplique Malin.

Il est deux heures passées, quand ils sont de retour au commissariat. Karim Akbar se tient devant son ordinateur, le visage déconfit.

« Qu'est-ce qu'il a ? demande Zeke en s'essuyant le front, puis il enlève sa chemise.

– Aucune idée, répond Malin. Est-ce que tu as remarqué qu'il fait plus frais ici, maintenant ? Les techniciens ont apparemment réussi à faire marcher la climatisation.

– Parfait, dit Zeke. Il ne fait pas plus de vingt degrés. »

Karim leur fait signe de le rejoindre. Deux onglets s'affichent sur l'écran gigantesque de son ordinateur : le site du *Aftonbladet* et celui du *Corren*.

Les deux affichent en Une sa remarque concernant l'équipe de foot.

Une meurtrière lesbienne? titre l'*Aftonbladet*; en dessous une photo de l'équipe. Le texte commence ainsi: D'après le chef de la police Karim Akbar, l'enquête se concentre à présent sur l'équipe de foot féminine de Linköping, jouant en Ligue 1…

Et le *Corren*:

… la raison pour laquelle la police enquête sur l'équipe n'est pas encore claire…

Pia Rasmefog a été interviewée par les deux journaux.

Elle se plaint du fait que son équipe souffre de telles accusations, sans le moindre indice concret, juste parce que certains aspects font penser au milieu lesbien; la police succomberait au vieux préjugé selon lequel le foot féminin est pratiqué en majorité par des lesbiennes. Mais ce qui est encore pire, trouve Pia Rasmefog, c'est le sous-entendu comme quoi les femmes lesbiennes seraient particulièrement violentes, une idée fausse et insultante, qui fleurit dans notre société.

Cela démontre à quel point la police est bornée, la cite le journal *Aftonbladet.*

« Oh merde, soupire Zeke. Comment t'as réussi ça, Karim ?

– On l'a juste appelée, dit Malin. Pour lui poser quelques questions. On n'enquête même pas sur elle. Qu'est-ce que tu as dit pendant la conférence ? »

Malin se tourne vers Karim, s'attend à le voir fâché, peut-être gêné à cause de sa faute évidente, mais au lieu de ça il affiche une mine grincheuse.

« J'ai dit que l'équipe féminine est apparue dans le cadre de l'enquête.

– Mais pourquoi ?

– Ils m'ont poussé dans mes retranchements, et j'avais envie de leur donner un os à ronger. Malheureusement, cette remarque m'a échappé. Mais qui sait ? Peut-être que tout ce boucan va faire remonter quelque chose à la surface. »

Sven Sjöman les rejoint. Il ne peut pas dissimuler son hilarité lorsque son regard tombe sur l'écran.

« On pourrait publier un démenti, dit-il.

– Pas de démenti, réplique Karim. On attend de voir comment les choses évoluent. »

Jusque-là, Malin avait toujours été impressionnée par l'habileté avec laquelle Karim se débrouillait avec les médias, par sa capacité à être sous les feux de la rampe. Et maintenant ça. Quel gâchis.

On nous prend pour les derniers des cons. Les mots peuvent détruire tant de choses.

La chaleur fait bouillir nos cerveaux, pense Malin, lorsqu'elle retourne à son bureau.

Elle observe Karim de loin. Son corps musclé dans le costume en laine, écroulé sur son fauteuil. Il dégage une fatigue nouvelle, comme elle n'en a jamais vu chez lui, comme s'il en avait assez de tout ce cirque médiatique et cet échange ridicule d'informations et d'avis, comme s'il cherchait désespérément de la clarté, du noir et blanc.

Bonne chance, Karim, pense Malin. Cela fait des millions d'années que le monde n'est plus noir et blanc. Maintenant elle se compose de millions de couleurs.

Puis son téléphone se met à sonner.

« Fors.

– Viktoria Solhage à l'appareil. Je l'ai lu sur Internet. Vous comprenez que je sois déçue, non ?

– Viktoria, je...

– Les préjugés règnent et se répandent, madame Fors. Je vous ai fait confiance.

– Viktoria… »

Clic.

Silence. Plus rien. Seulement le sentiment que tout part à vau-l'eau.

31

AUCUN climatiseur ne se perd jusqu'ici, dans cette cave, même les ventilateurs semblent inefficaces, et les petites fenêtres qui donnent sur la cour sont bien ouvertes, mais l'air qui entre est encore plus chaud que celui dans la pièce.

La salle de fitness dans la cave du commissariat est l'un des endroits préférés de Malin sur cette terre.

Elle doit venir ici – malgré la chaleur.

Dix minutes sur le tapis de course suffisent pour tremper entièrement le tee-shirt. Elle croit être sur le point de s'évanouir.

Ses pensées se dirigent vers Nathalie Falck. Elle aimerait bien parler encore une fois avec elle, mais que pourrait-elle lui dire de neuf ?

Elle est tellement épuisée, la chaleur lui donne la nausée, d'ailleurs il lui est déjà arrivé de vider le contenu de son estomac dans la poubelle à côté de la porte.

La plupart du temps elle est toute seule ici. Les autres s'entraînent en ville. Parfois Johan Jakobsson lui tient compagnie, lorsqu'il trouve le temps entre ses allers-retours à la crèche et autres devoirs parentaux. Elle voit à quel point la vie de famille le fatigue : il commence à avoir des rides sur son front auparavant si jeune.

Elle a trente-quatre ans. Moi aussi je pourrais bien avoir plus de rides sur mon front, pense Malin. Même si elle déteste celles qui sont déjà là.

Putain, il faut que j'évacue toute cette merde en suant, cette merde apportée par l'été.

Tove rentrera bientôt. Et Jan. Pourquoi est-ce qu'il lui manque bien que ça fasse plus de dix ans qu'ils ne vivent plus ensemble ?

Séparés l'un de l'autre, nous nous sommes rapprochés. L'amour peut-il fonctionner comme ça ?

Elle pense à son mensonge quand elle leur a dit qu'elle ne pouvait pas les emmener à l'aéroport. Ils devaient aller à Skavsta pour prendre un appareil de Ryanair jusqu'à Londres où ils continuaient le trajet avec l'avion d'une société britannique qui allait directement à Bali.

Les adieux dans l'entrée de son appartement et la maladresse de Jan lorsqu'il a ouvert la bouche pour dire :

« Tu aurais dû venir avec nous. »

À cette instant, elle aurait voulu se jeter sur lui, le frapper et piétiner, et en même temps elle voulait être assise à côté de lui dans l'avion, la tête contre son épaule, Tove endormie à côté d'eux.

Au lieu de ça elle a dit :

« Jan. Tu sais parfaitement que c'est impossible, bordel de merde », en sachant qu'elle avait prononcé ces mots des milliers de fois auparavant, en chuchotant, en hurlant. Ils étaient devenus une sorte de formule de conjuration commune, et ainsi une espèce de vérité.

Elle était directement allée se coucher. Non. Elle était directement allée chez Daniel Högfeldt, qui l'avait prise dans ses bras au milieu de son lit. Il l'avait libérée de sa tristesse en s'enfonçant en elle. C'était bon.

En allant au commissariat, Malin passe devant le bâtiment principal de l'hôpital.

Elle est restée longtemps dans la salle de fitness, ensuite elle a bavardé avec Ebba à la réception pendant une demi-heure, de la chaleur et des adolescentes ; Ebba a des jumelles, seize ans et épuisantes.

Ensuite Malin a passé plusieurs heures derrière son bureau à réfléchir, en transpirant, en faisant de la paperasse ; elle a lu le fichier du bureau d'immigration concernant Slavenca Visnic, qu'un jeune collègue lui avait envoyé par courrier électronique.

C'est allé vite, a-t-elle pensé, en trouvant l'e-mail dans sa messagerie. Et puis elle a lu à l'écran comment Slavenca Visnic était venue ici de Bosnie en 1994, le rapport expliquait que son mari et ses deux enfants, âgés de quatre et de six ans, avaient péri dans l'incendie de leur maison à Sarajevo, qui avait été bombardée de grenades, et qu'elle avait été faite prisonnière de troupes serbes, lorsqu'elle avait essayé de fuir l'enfer de la ville. Qu'elle avait été violée pendant deux semaines, qu'elle s'était évadée – elle n'avait pourtant pas voulu dire comment elle avait réussi son évasion – puis elle avait erré la nuit dans les forêts et le long des routes jusqu'à Dubrovnik, d'où elle était parvenue en Italie pour ensuite arriver un jour à Ystad.

Enceinte. Avortement au bout de dix-huit semaines de grossesse à l'hôpital de Norrköping.

Malin a tout de suite vu que quelque chose clochait avec les dates.

Au moins vingt-quatre semaines étaient passées entre le moment du viol et la date de l'avortement.

Un être vivant avait été tué pour permettre à quelqu'un d'autre de vivre.

La photo de Slavenca Visnic montrait une femme aux longs cheveux bruns, aux traits marqués, aux yeux fatigués, fâchés. Mais déterminés.

Est-ce que c'est elle ? s'est demandé Malin. Est-ce que c'est elle ? pense-t-elle en levant la tête en direction des fenêtres de l'hôpital, des points illuminés qui se détachent sur le fond d'un ciel qui s'assombrit pour faire place à la nuit.

Elle poursuit son chemin, se dirige à pas lourds vers le parc du centre-ville, les arbres et leur obscurité.

Malin emprunte le sentier qui mène au pavillon où ils avaient retrouvé Josefin Davidsson. Elle avance avec précaution, se déshabille en pensée et essaie de sentir ce qui s'est passé.

Tu as envie de jeunes filles. Tu les laves, tu les nettoies. Qu'est-ce qui t'attire chez elles ? Leur innocence ? Pourquoi tu laisses vivre l'une et tues l'autre ? Josefin s'est échappée ? Les blessures sont propres, chez Theresa tu les as même lissées. Tu veux tout laisser en ordre ?

Angoisse et solitude.

Malin ne veut pas être ici.

Les balançoires sont immobiles. Les bruits de la ville dans un rythme lent, soporifique. L'odeur des incendies est omniprésente, mais ce soir on ne la perçoit que faiblement, le vent souffle d'une autre direction.

Un craquement dans un arbre. Y a-t-il quelqu'un ? Est-ce qu'on l'observe ? Un prédateur ? Malin se retourne. Une ombre noire fonce à toute vitesse sur elle. Qu'est-ce qui se passe, merde ?

Cours ! Ça bouge…

Je hurle à l'oreille de Malin, mais elle ne m'entend pas.

Je disparais. Je ne veux pas voir, entendre, pas y croire.

Mais nous nous reverrons vite. Si tu ne m'écoutes pas, nous nous reverrons très vite.

C'est malgré elle que Sofia Fredén a accepté le boulot dans les cuisines de l'Hôtel Frimis, en fait elle n'avait pas envie de bosser cet été. Mais elle a juste à faire la plonge, c'est bien payé et pratique, elle fait l'aller-retour de Mjölby en train, et la gare est à quelques centaines de mètres de l'hôtel.

Maintenant elle est épuisée au bout d'une longue journée de travail dans la chaleur et l'humidité. Elle marche sans réfléchir, son cerveau en mode repos, à travers la partie la plus sombre du parc Järnväg, pour descendre la colline qui mène à la gare. Les lumières de la ville sont proches, rien ne peut lui arriver ici. Elle a enfoncé les écouteurs de son iPod dans ses oreilles, écoute de la musique qu'elle a téléchargée sur Internet.

Elle passe devant quelques buissons épais, un érable et un grand chêne. Chantonne. C'est pourquoi Sofia Fredén n'entend pas que quelque chose bouge derrière elle dans les buissons, n'entend pas la silhouette qui s'approche, elle sent juste soudainement la force d'un bras qui se pose autour de ses hanches, et quelques secondes plus tard elle est allongée entre quatre gros buissons de sorbiers sur le sol qui pue la pisse en train d'essayer de lutter pour sa vie.

Le chevreuil s'enfuit. Quand l'animal a senti la présence de Malin, il a fait demi-tour pour s'éloigner en direction de la scène devant l'Hôtel Ekox.

Le cœur de Malin bat la chamade après cette soudaine montée d'adrénaline. Elle entre dans le pavillon, s'assied sur un banc et tente d'évoquer les images qu'elle sent en elle. Les gens, les endroits. Mais tout ne forme qu'une masse grise et informe. Tout à coup, une sensation d'inquiétude, une clarté aveuglante s'empare de son corps.

C'est bon signe qu'un chevreuil ose se promener au centre de Linköping.

Mais il n'y a pas qu'un chevreuil qui se promène dehors, ils ne sont pas seuls dans cette nuit.

Maintenant nous sommes deux, Malin Fors.

Mais Sofia Fredén ne sait encore rien sur sa situation. Je vais essayer de l'aider comme je peux.

Je crains pourtant de ne pas arriver à m'occuper de moi-même à cause de ma propre peur.

Malin doit apaiser mon inquiétude. C'est ce que nous, les êtres humains, devrions faire les uns pour les autres.

Je le sais à présent.

32

Mardi 20 juillet

L'HORLOGE du Tekniska Verken indique 5 h 42.

Il fait déjà assez clair. Le vélo noir glisse un peu sur l'asphalte, le chemin le plus court de sa maison à Stängebro passe par le Cloetta Center, à travers le tunnel sous les rails et le parc Järnväg.

Il a la gueule de bois.

Mais je suis Superman, pense Patrik Karlsson, pendant qu'il pédale vers le tunnel.

Hier soir, ils ont fait un barbecue dans son jardin, ses parents sont partis à la campagne, et maintenant il est en route pour l'Hôtel Frimis, où il prépare le petit déjeuner aux clients. Faire cuire des œufs, dresser les tables, et quand il y a des touristes allemands à l'hôtel, pas de muffins. Sinon ils les empochent tous pour les emmener pour le goûter.

Dans le tunnel il fait plus chaud, mais la traversée ne dure que quelques secondes. Il passe devant l'agence de voyage, puis entre dans le parc Järnväg.

Est-ce que Sofia bosse ce matin ?

Les buissons et les arbres défilent autour de lui. Mais… quelque chose se trouve sous les buissons, dans la faible lumière il aperçoit quelque chose qui ne devrait pas être là.

Patrik Karlsson s'arrête. Pose le vélo dans l'herbe.

Il a mal au cœur à cause du vin bon marché qu'il a bu hier, mais ce qu'il voit renforce l'envie de vomir.

Son corps tremble, pendant qu'il fait quelques pas en avant. C'est un corps entre les buissons !

Fais demi-tour ! Ne va pas là !

Le corps est nu et blanc.

Les yeux écarquillés. Gris-bleu-blanc, tout sauf vivant. Sofia. Qui bosse à la cuisine.

Elle ne fera pas la plonge aujourd'hui, pense Patrik Karlsson avant de pousser un hurlement.

« C'est encore arrivé. »

La voix de Zeke est plus épuisée que Malin ne l'a jamais entendue. Épuisée d'une nouvelle manière, pas résignée, mais presque indifférente, et ça choque Malin d'autant plus.

Elle connaît cette indifférence pour l'avoir observée chez les collègues plus âgés, et elle avait espéré que Zeke et elle ne seraient jamais concernés, en tout cas pas Zeke, car cet engagement quasiment inné qu'on perçoit dans son regard vert ne peut pas s'éteindre ?

Malin, assise dans son lit sur un drap mouillé de sueur, nue, ne veut pas absorber ces mots. Elle espère qu'on a trouvé une fille qui errait dans un parc, peu importe, mais le son de la voix de Zeke lui dit que ce n'est pas le cas.

La sonnerie du téléphone l'a arrachée d'un sommeil sans rêves.

C'est encore arrivé.

Jeudi, ils ont trouvé Josefin ; dimanche dernier, Theresa. Maintenant, deux jours plus tard, encore une fois. Morte ?

« Comment ?

– Pire. »

Malin serre le poing qui ne tient pas le combiné.

« Merde, ça n'aurait pas dû arriver encore.

– Oui, chuchote Zeke. Il est grand temps qu'on attrape ce démon. »

Ce ne sont que deux cents mètres de l'appartement de Malin jusqu'au nouveau lieu du crime.

Elle longe lentement la rue St. Larsgata, restant du côté de l'ombre. Elle déambule, tue le temps, n'ayant pas envie de voir ce qui l'attend.

Pas d'odeur de feu, le vent souffle dans une autre direction aujourd'hui. Mais Malin le sent malgré tout. Une nouvelle mélodie siffle par-dessus la ville.

La chaleur. L'immobilité de l'été. La peur. La certitude que le Mal est aux aguets.

Restez chez vous, les filles. Ne sortez pas. Si c'est le cas, en groupe, seulement la journée, et soyez sur vos gardes.

La peur est un parasite, qui enlève peu à peu toute joie de vivre à la ville. Si nous n'arrivons pas rapidement à stopper tout ça, pense Malin.

Elle passe devant la rédaction du *Corren*. Daniel est sûrement déjà au parc.

Zeke lui a dit que la victime et le jeune homme qui a découvert le cadavre travaillaient en extra à l'Hôtel Frimis.

Malin préfère penser à n'importe quoi, pourvu qu'elle arrive à écarter la vision qui s'offrira à elle dans quelques instants, lorsqu'elle tournera le coin : deux voitures de police, plusieurs policiers en uniforme, des rubans de sécurité et bien évidemment des journalistes et des photographes.

Des buissons bas et denses bordent les sentiers. Jolis. Est-ce que ce sont des rhododendrons ? Non, des sorbiers, des tilleuls et un chêne.

Karin Johannison est accroupie entre les buissons. Malin voit le tissu rouge clair de la robe merveilleuse que Karin a déjà portée récemment.

Karin se penche sur le corps.

« Elle s'appelle Sofia Fredén. »

Malin perçoit la fatigue dans la voix de Karin. Ni indifférente ni résignée, plutôt emplie de pitié, d'empathie ; chose assez inhabituelle chez Karin.

« Encore une », dit Karin en se redressant. Elle lève le regard vers Malin, ce regard est plein d'empathie, mais de colère aussi.

« Encore une », répète-t-elle.

Malin hoche la tête, puis se concentre sur le cadavre. Les yeux sont fermés, la peau presque translucide, blanche, des traces de griffures ouvertes et profondes sur la poitrine, très régulières malgré tout le sang ; très différentes des blessures de Theresa et de Josefin. Le sang donne au corps un air étrangement paisible, le contraste entre la peau blanche et le rouge fait cet effet.

L'odeur de chlore est pénétrante.

« Elle semble presque brûler, dit Malin. Est-ce que tu peux me dire quelque chose par rapport aux blessures ? Elles diffèrent de celles des autres filles. Et il y a plus de sang.

– Les blessures ? demande Karin. Oui, elles sont différentes. Apparemment causées par des griffes ou quelque chose de ce genre. D'un petit oiseau, d'un cochon d'Inde, ou peut-être d'un lapin ou d'un chat. Et le sang ? Hm, le meurtrier n'a peut-être pas eu le temps de la laver, ou il a attendu qu'elle arrête de saigner. On est quand même en plein milieu de la ville. »

La voix de Karin ne dégage rien de sa supériorité habituelle, et ça la rend plus agréable, plus douce.

Des griffes de lapin.

Que cherches-tu ? Crois-tu que tous les problèmes se règlent, que tous tes souhaits se réalisent, si seulement tu trouves la bonne fille ? Est-ce que c'est ça ?

Elle pense aux cages à la ferme de Lollo Svensson.

« Le tueur teste quelque chose, dit Malin en se tournant vers Karin. Les blessures changent à chaque fois.

– C'est possible. Mais comment le savoir ? »

De loin, Malin entend la voix de Daniel Högfeldt :

« Malin, c'est le même tueur ? »

Karin répond à sa question, tout bas – tournée vers Malin.

« Des particules de peinture bleue dans le vagin, le corps lavé, étranglé. Je peux vous garantir qu'on a affaire au même tueur. »

Malin regarde Karin dans les yeux. Lui fait un petit clin d'œil en guise de réponse.

« On aurait pu être à sa place, Malin, si on était plus jeunes.

– Qui l'a trouvée ? Où est-il ?

– Il est dans la Volvo avec Martinsson, là-bas, sur le parking. »

Patrik est assis sur le siège arrière de la voiture, complètement dévasté.

Il semble croire qu'ils le soupçonnent.

« Nous ne pensons pas du tout que vous avez fait ça, Patrik. Pas une seule seconde. »

Le climatiseur de la voiture bourdonne, l'un des bruits les plus ordinaires et les plus merveilleux de cet été.

« Nous avons vérifié votre alibi, dit Zeke. Et nous savons que vous avez travaillé ensemble. Maintenant nous aimerions juste savoir si vous pouvez nous apprendre quelque chose sur Sofia Fredén qui pourrait être intéressant pour nous.

– Je n'ai parlé que deux ou trois fois avec elle. »

Ses joues tremblent.

« Elle faisait la vaisselle. Disait tout le temps qu'elle aurait préféré bosser en tant que serveuse au restaurant de Tinnis, c'est là qu'elle a bossé l'été dernier. »

Tinnis, pense Malin. Je donnerais une fortune si je pouvais aller prendre un bain là-bas maintenant.

« Je ne la connaissais pas vraiment. C'est clair que je la trouvais belle. Mais, comme je vous ai dit, je me rendais au boulot et je suis passé ici par hasard. »

Sofia, pense Malin, rentrait du boulot. Est-ce qu'elle est tombée sur le tueur par hasard ?

« Savez-vous où habitait Sofia ?

– À Mjölby. Elle voulait sûrement prendre le train.

– Mjölby ? »

Malin ferme les yeux.

33

C'EST UNE de ces journées où elle aimerait boire deux, trois ou quatre bières au déjeuner pour ensuite faire passer l'après-midi avec une bouteille de tequila. Mais ça n'arrive jamais : elle ne cède pas à ce genre d'envie, au lieu de ça : réunion matinale tardive au commissariat.

Karim Akbar arbore un air sérieux, le tableau blanc dans son dos luit faiblement dans la lumière qui filtre à travers les fentes des stores baissés.

Sven Sjöman est assis à gauche de Karim, des poches noires épaisses sous les yeux, sa chemise en laine jaune délavée se tend par-dessus son ventre bombé, et Malin sait à quel point il souffre de la chaleur. Dans cet été infernal, il se traîne avec plus de peine que les autres. Pendant le printemps, il était devenu de plus en plus fatigué, mais elle n'avait pas voulu lui demander pourquoi. Elle ne voulait pas mettre sur la table ce qui était évident, n'avait pas envie de se faire à l'idée de ce qui se passerait s'il se faisait mettre en arrêt maladie ou si son cœur lâchait tout à coup. Son mentor.

Zeke est assis en face de Sven.

De nouveau tendu comme un arc, le dos tout raide, prêt à se mesurer avec tout et n'importe qui. Son regard est avide, il n'a rien à cacher, l'homme sans voile.

Les collègues de Motala et Mjölby participent pour la première fois à une réunion générale.

Per Sundsten est une reproduction plus jeune, sans enfants, de Johan Jakobsson ; maigre, sportif, le visage ouvert. Son costume est mal repassé, ses cheveux un peu trop longs. Innocent, le regard attentif et un nez acéré qui pointe sur les lèvres minces. Il a l'air intelligent, trouve Malin.

Waldemar Ekenberg a une longue carrière dans la police. Un dégénéré avec un penchant bien connu pour la violence. Les cigarettes ont tracé des sillons énormes dans son visage, il est très maigre et paraît plus vieux que ses cinquante ans. Ses cheveux sont grisâtres, le regard de ses yeux vert-gris cependant étonnamment éveillé. Ils semblent dire : Nous capturerons ce diable.

Karim commence :

« Karin Johannison a confirmé qu'il s'agit des mêmes restes de peinture que chez les deux autres victimes. Nous aurons d'autres détails techniques dans le courant de la journée, au plus tard demain. Il est donc plus ou moins sûr qu'on a affaire à la même personne. Ou aux mêmes personnes.

– Hm, dit Waldemar Ekenberg, et sa voix est claire et hachée. Le coupable ne se trouve sans doute pas dans l'entourage proche des victimes. Apparemment il n'y a pas de connexion entre les filles.

– C'est vrai, dit Zeke en hochant la tête.

– Qu'en penses-tu, Malin ? » demande Sven.

De grandes attentes qu'elle dise quelque chose qui pourrait les faire avancer.

« Il doit y avoir un schéma. Je ne le vois juste pas encore. Les parents de Sofia Fredén ont-ils été informés ? »

Elle repense à la mère de Theresa Eckeved qui s'est écroulée en larmes sur le sol de l'entrée. Le père, gardant un reste de contenance ; sur tout son visage, on lisait : le malheur commence maintenant.

« Persson et Björk à Mjölby s'en sont chargés, dit Waldemar Ekenberg. De bons gars, ils font ça le mieux possible. C'est une tâche toujours délicate. Et ils vont interroger les parents de Sofia. »

Une tâche délicate. Malin les connaît bien, ces mots, ces tournures, comment on se triture pour créer une distance.

S'ensuit un bref rapport de Per Sundsten.

Les voisins dans le quartier de Sturefors n'ont rien vu ni entendu, et les délinquants sexuels vérifiés par Ekenberg et lui ont tous un alibi en béton. Cinq sur dix interrogés, pour l'instant. « On continue aujourd'hui, mais je doute fort que ça donne quelque chose.

– Et nous n'avons toujours pas mis la main sur la propriétaire du kiosque, dit Malin. Elle doit être en voyage. Ses kiosques sont fermés en plein milieu de l'été.

– La débâcle avec l'équipe de foot féminine est plus ou moins oubliée, dit Karim. C'est l'avantage quand les choses se précipitent, personne n'a le temps de s'intéresser aux bagatelles. Mais c'était maladroit de ma part. »

Cet aveu – rhétorique dans une équipe policière. J'ai merdé, les gars, excusez-moi, respectez-moi de nouveau, d'accord ?

Je te respecte, Karim. Tu es un meilleur chef de police que la plupart.

Sven prend la parole.

« Toujours rien de la part de Yahoo ni de Facebook. Apparemment, ils n'ont pas du tout envie de divulguer des informations. Yahoo dit qu'ils ont besoin d'un arrêté judiciaire des États-Unis. Facebook n'a même pas encore répondu. Et l'ordinateur de Louise Svensson était complètement clean. Mais elle aurait bien pu tout effacer, vu qu'elle se doutait qu'on allait venir. »

Sven inspire profondément.

« Nous continuons les recherches pour trouver le modèle de gode, mais nous n'avons rien de concret pour l'instant. »

Puis il se passe une main dans les cheveux.

« Comment faut-il procéder maintenant, qu'est-ce que vous en dites ? »

Sven dirige l'enquête, mais il semble que la responsabilité est passée de l'un à l'autre, telle une brique chaude avec laquelle personne ne veut se brûler.

Le climatiseur gémit, geint et s'éteint.

« Ah merde. Pour une fois qu'il marchait ! Dans quelques minutes, il fera une chaleur folle ici », se plaint Zeke.

Tout le monde attend que Sven prenne l'initiative, qu'il les mène vers une direction. Il reprend la parole.

« Sundsten et Ekenberg, vous interrogez les témoins autour de l'hôtel et les collègues de Sofia Fredén. Malin et Zeke, vous essayez de dénicher cette propriétaire des kiosques, et vérifiez si Josefin Davidsson se souvient enfin de quelque chose. Allez la voir pour une simple conversation. Ensuite, il ne nous reste qu'à espérer qu'un témoin se manifeste, quelqu'un qui a vu ou entendu quelque chose. Peut-être que les collègues de Mjölby trouveront des renseignements sur Sofia Fredén qui nous feront avancer. Sinon il faut attendre les résultats des analyses. Nous ne pouvons rien faire de plus pour l'instant. Encore des questions ? »

Silence.

« Bon, dit Karim. Au travail. »

Zeke se tient devant le bureau de Malin.

« Comme si le tueur cherchait à exprimer quelque chose.

– Ou le moins clairement possible, réplique Zeke.

– Et puis les blessures différentes des filles, dit Malin.

– Cette propreté ; les corps lavés.

– Comme si le meurtrier voulait leur rendre leur innocence.

– Josefin Davidsson est-elle toujours à l'hôpital ?

– Faudra vérifier. Sinon, elle est sans doute à la maison. »

Zeke reste debout devant le bureau de Malin pendant qu'elle téléphone. Il attend jusqu'à ce qu'elle raccroche et lui explique :

« Elle est rentrée chez elle. À sa propre demande.

– Crois-tu qu'elle s'est souvenue de quelque chose entre-temps ?

– Non, répond Malin. Mais essayons quand même. »

Elle pense à Maria Murvall qui se rappelle sûrement l'attaque dans la forêt, mais l'a refoulée, sa conscience n'est plus que le fond pour certaines fonctions de base. Une existence plus réduite que celle de la plupart des animaux.

Est-ce que c'est ça que le Mal peut faire à un être humain ?

Apparemment.

Le téléphone de Malin sonne, c'est Ebba du standard.

« C'est quelqu'un qui veut te parler, Malin, il veut rester anonyme, parle avec un fort accent. Il dit que c'est au sujet de l'affaire avec les filles.

– Passe-le-moi. »

La voix, l'accent, et les préjugés s'allument sur-le-champ. Même si Malin refuse de l'accepter : l'homme à l'autre bout du fil paraît tout simplement bête ; il parle dans un suédois à peine compréhensible.

« Je dis, Behzad Karami, il a pas alibi de merde, sa famille mentir tout le temps, il sort la nuit, et hier soir aussi, je le sais. Il faut demander encore, il mentir tout le monde. Il fait trucs bizarres la nuit, il disparaît comme ça. »

Comment peux-tu en être tellement sûr ? pense Malin, qui lui demande :

« Comment vous appelez-vous ? »

Pas de numéro sur l'écran, l'homme, enfin, plutôt l'adolescent appelle probablement d'une cabine téléphonique.

« Je m'appelle rien.

– Attendez... »

Clic.

Malin se retourne vers Zeke, qui lui jette un regard interrogateur.

« Behzad Karami vient de réapparaître dans l'enquête. Il va falloir vérifier son alibi une nouvelle fois.

– D'accord, mais par où commencer ? Behzad Karami, Slavenca Visnic ou Josefin Davidsson ? »

Malin hausse les épaules.

« Lequel d'entre eux a un climatiseur à la maison ?

– On commence par Josefin, décide Zeke. Cette Visnic n'est pas joignable en ce moment, à ce qu'il paraît. »

34

« KARIM n'habite-t-il pas aussi dans ce coin ? demande Zeke en essuyant de grosses gouttes de sueur sur ses lèvres.

– Oui, il a une maison quelque part ici avec sa famille », confirme Malin en pensant à la chance qu'avait Josefin Davidsson d'être toujours en vie.

Ils garent la voiture sur le parking d'une école.

« Je crois que le fils de Karim va dans cette école », dit Malin tandis qu'ils marchent lentement jusqu'au numéro 12, traversent le petit jardin et appuient sur la sonnette, qui reste pourtant muette. Malin saisit donc un anneau qui pend de la gueule d'un lion accroché à la porte d'entrée, et à ce moment même, la porte s'ouvre de quelques centimètres. Josefin les regarde à travers l'interstice.

« Bonjour. Ah, c'est vous. Qu'est-ce que vous voulez ?

– Juste te poser quelques questions, répond Malin. Voir si tu te souviens de quelque chose. Un petit peu plus, en tout cas.

– Entrez. »

Josefin ouvre la porte entièrement. Elle est vêtue d'une robe rose clair qui flotte autour de son corps, ses cheveux sont mouillés. Elle vient sans doute de prendre une douche, pense Malin. Les pansements aux bras et aux jambes sont pourtant secs et propres.

Josefin les précède dans la maison, passe devant la cuisine, et les mène vers un salon où deux canapés Chesterfield rouge foncé sont posés l'un en face de l'autre. Sur la terrasse, au fond, ils aperçoivent un hamac et des meubles en plastique. La pièce sent la fumée, la transpiration et le caramel frais.

Malin et Zeke prennent place l'un à côté de l'autre, Josefin s'assied en face. Dans sa maison, elle a l'air plus âgée…

« Je ne me rappelle rien du tout, déclare Josefin. Pourquoi le voudrais-je ? »

Elle entoure ses genoux de ses bras, le regard perdu au loin.

« Tes parents ne sont pas à la maison ? demande Malin.

– Ils travaillent. »

Josefin se retourne vers eux.

« Ils pourraient sûrement rester ici, si tu ne veux pas être seule.

– Mais ils gagneraient moins d'argent. Et ils préfèrent aller au boulot.

– Tu n'as pas peur d'être toute seule ?

– Non, je ne me souviens de rien, de quoi j'aurais peur ? Que ça arrive encore une fois ? Je pense pas. »

Quelqu'un t'a fait beaucoup de mal, pense Malin.

« Pourquoi es-tu allée seule au cinéma ? demande Malin. D'habitude, on y va avec des amis, non ?

– Je préfère y aller seule. J'aime pas quand les gens bavardent autour de moi pendant le film.

– Je comprends. Pourrais-tu essayer de te souvenir ? Qu'est-ce que tu as fait ce soir-là, que s'est-il passé ?

Peux-tu capter une image, un mot, une odeur, quelque chose, peu importe, tout ce qui te vient à l'esprit, s'il te plaît, essaie. »

Malin veut la convaincre à tout prix, avec un ton qui signale à Josefin : les souvenirs sont là, il faut que tu nous aides.

Et Josefin ferme les yeux, se concentre, mais elle les rouvre vite. Elle regarde Malin et Zeke, résignée.

« Désolée, dit-elle.

– Et quand tu rêves ? demande Malin. Que se passe-t-il dans tes rêves ?

– Je ne me souviens jamais de mes rêves », répond Josefin.

En sortant, Malin s'arrête devant le miroir dans le couloir. Elle voit Josefin poser une casserole remplie d'eau sur une vieille cuisinière. Sans savoir pourquoi, Malin entre dans la cuisine et pose une main sur l'épaule de la jeune fille.

« Que comptes-tu faire pendant le reste de l'été ? » demande-t-elle, et Josefin sursaute. Elle se retourne.

« Rien de spécial. J'avais prévu de travailler au kiosque de la piscine de Glyttinge, mais je suis partie au bout de trois jours. J'ai préféré ne pas bosser pendant les vacances. »

Malin se fige.

«Tu connais Slevenca Visnic ? »

Josefin éclate de rire.

« Je crois que personne ne la connaît. »

« Elle devait travailler pour Slavenca Visnic, mais elle est partie au bout de trois jours. »

Malin essaie de rester calme.

« Merde, dit Zeke. Putain de merde.

– Et elle m'a dit où Slavenca pourrait se trouver. Elle ne croit pas qu'elle est en voyage.

– Où ?

– Dans la forêt pour lutter contre les flammes. Elle est volontaire. Apparemment, elle n'a pas cessé de parler des incendies en disant souvent qu'ils cherchent du monde pour aider les pompiers.

– Josefin a peut-être raison. La famille de Slavenca a péri lors d'un incendie à Sarajevo. Une grenade a heurté la maison dans laquelle elle habitait. »

Jan était en Bosnie, dans une équipe de secours. Il y a vu beaucoup d'horreurs, sans jamais en parler vraiment.

Silence.

Perte de mémoire.

La route mène directement dans la fumée. Les voitures sont alignées à la lisière de la forêt en feu. Les incendies se situent au bord du lac Hultsjön, c'est pourquoi ils sont passés par Ljungsbro en empruntant la route de Tjällmo à travers les bois – la même route qu'ils ont prise l'hiver dernier, lors de l'affaire Bengt Andersson.

Malin compose le numéro de Sundsten pour lui demander de vérifier à nouveau l'alibi de Behzad Karami.

« D'accord. On a interrogé tous ceux qui habitent autour du parc Järnväg et de l'hôtel. Ça n'a rien donné. Les gens dorment à une heure pareille. »

Après avoir raccroché, elle téléphone à Sven Sjöman pour l'informer de la nouvelle piste.

« Bien, dit-il. Enfin. »

Ils approchent du feu, un brouillard de fumée s'avance vers eux, le ciel vire du bleu au gris, morne, et à chaque seconde qui passe, ils sentent la température monter. Malin aurait aimé faire demi-tour, s'enfuir, avant que la peau rougisse de sueur, bouillonne et noircisse. L'odeur devient de plus en plus pénétrante. Voici un monde brûlé, la puanteur de viande grillée vive est accompagnée du chant plaintif des arbres, dévorés eux aussi par les flammes avides.

Ils bifurquent sur le sentier gravelé, suivant le camion de pompiers qui roule devant eux. Un hélicoptère fait des rondes dans le ciel, mais il disparaît de leur vue avant d'arriver au-dessus des flammes. Des hommes aux visages noircis par les cendres, les yeux cachés derrière des lunettes de protection, traversent le chemin.

« Elle a quelle voiture ? » Les mains de Zeke reposent calmement sur le volant, il dirige le véhicule doucement vers le feu. Les arbres autour d'eux sont réduits à l'état de poussière, et des flocons de cendre carbonisés virevoltent dans l'air.

« Selon le bureau d'immatriculation, elle conduit un camion Fiat, blanc.

– Je n'en vois pas. »

Une ambulance est garée dans une petite allée, deux pompiers se reposent à côté.

Et c'est dans ce genre d'enfer que Jan veut retourner.

Plus loin, ils aperçoivent des flammes ouvertes dans les cimes des arbres.

« On n'a jamais eu des incendies pareils à Östergötland, dit Zeke. Est-ce que tu savais que le feu est capable de monter jusqu'à cinquante mètres d'une cime à l'autre ? C'est comme des explosions, super dangereux. »

Pour l'instant, personne n'a péri. Reste à espérer que le bilan ne change pas.

Ils croisent un camion de pompiers un peu plus petit, et Malin reconnaît deux collègues de Jan dans la cabine du chauffeur. Les deux la reconnaissent également, la saluent d'un hochement de tête.

« Des durs à cuire, dit Zeke.

– Absolument », confirme Malin.

Les voitures se font plus rares, les volontaires aussi, de nombreux pompiers fourmillent dans la forêt, avancent péniblement et reculent encore et encore face à la végétation en feu. Et tout à coup, ils le voient, le camion blanc.

« Merde, dit Zeke.

– Le numéro sur la plaque d'immatriculation correspond », dit Malin.

Ils se garent à côté de la Fiat, ouvrent les portes de la Volvo, la chaleur de l'enfer qui règne presque invisiblement dans la forêt s'abat tout à coup sur eux. L'air est rempli d'une odeur mordante, le bruit du feu est à présent un sifflement sombre, comme si Dieu lui-même voulait les prévenir du danger.

La chaleur est presque insupportable.

« Même pour un Finlandais ce serait trop, remarque Zeke comme s'il pouvait lire dans les pensées de Malin.

– Sûrement, il fait au moins quarante-cinq degrés ici. »

Des cris et des hurlements se font entendre, deux nuages de fumée qui glissent par-dessus le sol apparaissent, puis une femme, aussi grande que Malin, les vêtements carbonisés et le visage noirci, sort d'entre les arbres brûlés.

« Slavenca Visnic, je suppose, dit Zeke.

– À votre disposition. Peut-être », répond la femme.

35

Slavenca Visnic, Sarajevo
et périphérie, janvier 1994

IL EST RARE qu'elle entende des détonations la nuit, mais quand ça arrive, les enfants sont tirés de leur sommeil, et je dois serrer mon petit Miro de trois ans contre moi, Kranska se cramponne aux bras de son père, ses yeux apeurés rivés sur moi, comme si je pouvais la sauver.

Les détonations approchent, font trembler le sol.

Sous la couverture, je sens la peau chaude de mon fils à travers son pyjama, j'entends son cœur battre rapidement, ces battements qui trahissent mon impuissance. Il sait que même sa mère est incapable de le protéger contre la peur. Nous sommes tous assis dans le lit, impossible de dormir, mais nous respirons ensemble, et malgré la guerre qui fait rage devant notre porte, élevée au rang de religion, nous croyons que rien ne peut nous atteindre. Nous nous sentons en sécurité au sein de ce cocon tissé d'amour et de rêves.

Un jour, je suis allée au marché. Les snipers ne m'ont pas eue, mais une grenade a heurté notre immeuble, deux étages en dessous de notre appartement. Les flammes ont dû monter très vite, car quand je suis revenue, tout l'immeuble brûlait déjà. Les gens m'ont retenue avec force, mais je voulais entrer, courir vers eux, je savais qu'ils étaient en train de brûler à l'intérieur, et je voulais brûler avec eux.

On n'a même pas trouvé leurs cendres. Rien.

Le feu phosphorescent des grenades dégage une telle chaleur. J'ai dormi sur les décombres de ce qui avait été autrefois notre amour, nos rêves, j'ai passé une nuit là-bas, en essayant de me remémorer les odeurs, les visages, les voix, la sensation de toucher leur peau, mais tout ce que je percevais était l'odeur mordante du feu et de la suie, j'entendais seulement le bruit des fusils qui continuaient de chanter leur triste refrain.

Le matin suivant, une bruine froide m'a réveillée. Je suis allée dans la forêt. On pouvait me tirer dessus, ça n'avait pas d'importance. Les nuages planaient entre les collines, et au bout de quelques kilomètres, ils m'ont arrêtée.

Les hommes, tout ce qu'ils faisaient avec moi, ça n'existait pas, je n'étais qu'une apparition fantomatique, rien d'autre.

J'étais allongée par terre, et tout ce qui n'était pas lumière était obscurité.

J'aurais aimé qu'ils me tuent.

Mais comment auraient-ils pu y arriver ? J'étais déjà morte. Dans mes rêves, je voyais les visages et les voix de ceux que j'aimais.

Va, maman, va. Ton chemin n'est pas encore fini, me disaient-ils. Et je les aimais et les haïssais à la fois d'être, moi, encore en vie.

Je voulais être avec eux, je voulais tisser un nouveau cocon d'amour indestructible. Je voulais que leurs cœurs battent pour toujours.

36

« MAIS qui habite dans un coin aussi pourri ? » halète Waldemar Ekenberg en s'appuyant contre la porte d'entrée à Ekholmen.

Per le sait. Les expressions racistes de son collègue plus âgé, les lieux communs, tout ça le dérange, mais il ne dit rien. Ce n'est pas le bon moment. Le crime était tellement grave, il fallait mettre le reste de côté, parfois ils étaient obligés de transgresser les lois pour les faire respecter. C'était comme ça que ça marchait déjà lorsque Hammourabi avait décrété la loi du Talion, œil pour œil, dent pour dent.

Je ne suis pas naïf, pense Per, juste, pas aussi cynique que Waldemar.

Rien à dire contre le cynisme, en fait ; mais contre les préjugés, si. Il peut très bien s'en passer. Tout le monde a un côté sombre, peu importe son origine ou sa couleur de peau.

Les murs de la maison à Ekholmen, dans laquelle les parents de Behzad Karami habitent, sont couverts de tags mal dessinés. Behzad Karami était ici selon ses dires, la nuit où Josefin Davidsson a été agressée. Les parents habitent au deuxième étage sans ascenseur.

Sundsten et Ekenberg sonnent, attendent.

Un visage de femme apparaît derrière une chaîne de sécurité, dans l'entrebâillement de la porte.

Waldemar respire bruyamment dans le cou de Per, il dit « Police » en brandissant sa carte.

« Laissez-nous entrer. » Sa voix ne laisse aucune place à la contestation. La porte se ferme pour s'ouvrir aussitôt.

« Je suis sûr que vous cultivez des patates dans le salon, ricane Waldemar. Ou peut-être du cannabis ? Hein ? »

Un canapé en cuir noir géant trône dans le salon, des rideaux lourds en soie rouge encadrent les fenêtres, et des photos aux couleurs vives de Téhéran tapissent le papier peint brun bon marché.

« Comme dans un bordel », dit Waldemar à l'homme assis sur le canapé. Per pense que l'homme s'attend à recevoir une raclée. Il devine sans doute pourquoi ils sont venus, mais il a menti et essayé de les tromper. Per voit le mensonge dans son visage tendu. Son regard n'est pas nerveux, il est fuyant. L'homme a un visage sympathique, il dégage un certain calme – malgré un nez assez endommagé et des cicatrices aux joues. Il n'est pas grand, et l'appartement donne une impression soignée et agréable. Per croit qu'Ekenberg le remarque également et qu'il va axer sa violence exactement là-dessus.

« Assieds-toi aussi », dit Waldemar en s'adressant à la femme de Karami, et elle se laisse tomber sur le canapé. Son corps maigre, drapé dans une robe noire scintillante, disparaît presque entre les coussins.

« Alors », dit Waldemar en s'emparant sans prévenir d'un vase posé sur la télé. Il le lance contre le mur, si fort que les éclats de porcelaine volent dans toute la pièce, sur les visages des Karami et sur leurs vêtements.

La femme hurle quelque chose en arabe ou en persan ou une des ces langues-là, et l'homme s'exclame :

« Qu'est-ce que vous foutez, merde ? »

Waldemar saisit une photo de famille, la jette par terre et la piétine.

« Silence ! hurle-t-il. Quand on ment à la police, on n'a qu'à assumer les conséquences.

– Moi, mentir ? »

Per se tient dans l'embrasure de la porte, sans mot dire, il veut intervenir, faire comprendre à Waldemar qu'il est allé trop loin. Calme-toi, mon gars, ce n'est pas notre genre, mais il voit que Karami est sur le point de dire quelque chose, ces objets ont de la valeur pour lui.

« Votre fils ! hurle Waldemar. Il n'était pas ici la nuit où Josefin Davidsson s'est fait violer, comme vous l'avez prétendu ! Je donne ma main à couper qu'il n'y a pas eu une fête de famille ce soir-là. Alors, où est-ce qu'il était ? Qu'est-ce qu'il a fait ? Allez, crachez le morceau, vite ! »

– Croyez-vous que je trahirais mon fils ? Il était ici. Nous avons fait la fête ensemble. »

Waldemar soulève la table basse d'une force qui surprend Per, puis il se tient directement devant Arash Karami et le frappe sur le nez, avec une telle puissance que le sang gicle des narines.

« Vous pensez que je n'ai jamais vécu d'horreurs ? Hein ? Tout ça c'est rien du tout. » Karami paraît se moquer lorsqu'il se reprend un peu. Il regarde Waldemar, le mépris fuse de ses yeux.

Waldemar le roue de coups lorsque Per s'apprête à se jeter entre les deux hommes afin de le freiner, la femme sur le canapé se met à hurler, en suédois.

« Il n'était pas là. Nous avons fait la fête, mais il n'est pas venu. Nous ne savons pas ce qu'il fait, il ne vient plus du tout nous voir. Cherchez-le, et dites-lui qu'il doit rentrer plus souvent à la maison. »

Waldemar se calme. Au bout de quatre autres coups, il arrête.

« Vous ne savez donc pas ce qu'il fait ? »

Les Karami ne répondent pas, Arash Karami presse sa main gauche sur son nez afin d'arrêter les saignements.

« Vous savez quoi ? Je vous crois. Vous n'avez pas la moindre idée de ce que fout votre petit bougnoule, puisqu'il trafique sûrement un tas de trucs illégaux. Pas vrai ? Merde, vous n'êtes même pas foutus d'élever vos gosses correctement. »

Waldemar retourne à la porte – Per est alors obligé de reculer – et dit tranquillement :

« Vous savez bien que ça ne sert à rien de porter plainte. Nous sommes deux policiers, et nous témoignerons qu'Arash s'est débattu violemment lorsque nous avons voulu l'emmener au commissariat pour un interrogatoire. »

L'épouse pleure sur le canapé, Arash Karami ne daigne pas les regarder.

« Espèces de pizzaïolos, dit Waldemar. Mentir à la police, tsstss. »

Devant la maison, dans la chaleur paralysante d'un soleil qui semble avoir pété les plombs, Waldemar dit à Per : « Ça s'est super bien passé, hein, t'étais le gentil flic, moi le méchant, direct, sans qu'on ait à s'accorder. »

Trop bien, pense Per, en sentant monter en lui une envie de vomir.

Mais quand même. Ils ont eu ce qu'ils voulaient.

Per sent que ses joues commencent à brûler. C'est la même sensation qu'autrefois, quand sa mère s'était rendu compte qu'il lui avait volé de l'argent dans son portefeuille.

Cette brutalité. Au cours de ses quelques années en tant que policier, il a trop souvent vu qu'elle donnait des résultats.

37

COMMENT peut-on survivre à tout ce que Slavenca Visnic a traversé sans abandonner ? se demande Malin en voyant la Fiat de Slavenca Visnic disparaître dans la forêt brûlée, couverte de cendres.

Slavenca Visnic ne fut pas surprise de croiser Zeke et Malin dans la forêt. Elle les accueillit très ouvertement, comme si elle n'avait rien à cacher, comme si le fait que l'une des victimes ait été retrouvée près de son kiosque sur la plage de Stavsätter et que l'autre ait travaillé chez elle n'étaient nullement compromettants.

Après les avoir salués, Slavenca Visnic se lava tranquillement avec de l'eau qu'elle avait emmenée dans un bidon gris. Elle s'astiqua le visage avec un produit qui sentait très fort, pendant que Malin et Zeke attendaient. Slavenca Visnic leur montra clairement que c'était elle qui fixait l'ordre du jour, et ni Malin ni Zeke ne protestèrent. Malin toussait, la fumée lui piquait les yeux et le nez. Lorsque la saleté eut disparu de son visage, on pouvait voir que Slavenca Visnic avait dû être belle autrefois, mais il y a très longtemps, ses expériences et son travail l'avaient fait vieillir trop vite.

« Vous vouliez me parler », dit Slavenca Visnic, après avoir enfilé un tee-shirt propre. Autour d'eux, des pompiers et des volontaires s'affairaient avec des tuyaux difficilement maniables et des couvertures fumantes. L'hélicoptère tournait toujours au-dessus de leurs têtes, le vrombissement des pales les obligeait à crier.

« Vous savez ! cria Slavenca Visnic, c'est comme si le feu sortait directement du sol ! »

Malin remarqua qu'elle parlait presque sans accent et pensa : Tu as dû lutter beaucoup pour en arriver là.

Slavenca Visnic but son eau directement du bidon.

« Vous avez soif ?

– Non, merci, répondit Zeke avant de continuer : Vous savez pourquoi on est ici ?

– Je lis le journal, j'écoute la radio. Vous me prenez pour une conne ?

– Theresa Eckeved a été retrouvée sur la plage où vous tenez votre kiosque. Josefin Davidsson, qui a été violée au parc municipal, a travaillé chez vous au début du mois de juillet.

– Je pense bien que ça vous paraît intéressant, a répondu Slavenca Visnic en s'essuyant le front. Mais ça ne veut rien dire. Rien du tout.

– Avez-vous un alibi pour la nuit de mercredi à jeudi la semaine dernière et pour la nuit de samedi à dimanche ? »

Malin voulait voir si cette question, posée directement, provoquerait une réaction quelconque. Slavenca Visnic la commenta d'un rire sec.

« Non, je suis toujours seule le soir, enfin, je pars très tard d'ici, peut-être que quelqu'un pourra le confirmer, mais un alibi pour les nuits ? Non. Vous ne croyez quand même pas que j'ai quelque chose à voir là-dedans ? »

Elle rit de nouveau, comme si Zeke et Malin ignoraient tout du Mal que Slavenca Visnic avait déjà rencontré.

« Où étiez-vous la nuit dernière ?

– J'étais dans mon lit. J'ai fermé les kiosques, je préfère lutter contre les flammes. En plus, il est impossible de trouver du personnel. Aucun jeune n'a envie de bosser dans un kiosque tout l'été. Tous gâtés, ces gamins. Vous n'avez qu'à regarder Josefin Davidsson, elle a arrêté au bout de trois jours. Après je n'avais plus personne pour Glyttinge.

– Étiez-vous en colère quand elle a arrêté ? a demandé Zeke d'une voix blanche.

– Question idiote. Tout le monde serait fâché quand on lui pose un lapin, non ?

– Dans le cadre légal ? réplique Zeke.

– À la radio, ils ont parlé d'un nouveau meurtre, explique Slavenca Visnic, et je peux vous dire tout de suite que vous ne trouverez pas de lien entre moi et cette fille.

– Vous aimez le feu, n'est-ce pas ? C'est pourquoi vous êtes venue ici ? » a fait Malin.

Une tentative de provocation.

« Je déteste le feu. Je veux l'éteindre. »

C'est lorsqu'on les flatte que les gens se mettent à parler – encore un des mantras de Sven Sjöman.

« Je sais ce que vous avez traversé, a dit Malin. Et j'admire votre courage. Le fait que vous soyez arrivée à monter votre propre affaire.

– On n'a pas le choix.

– Vous n'avez rien vu de suspect à Stavsätter ?

– Non, rien. Seulement quand le chien l'a déterrée.

– Au début, vous étiez là aussi, non ? la questionna Zeke. Puis vous avez disparu. Où êtes-vous allée ? D'autres seraient restés, à votre place.

– Je ne supporte pas la foule surexcitée. Et j'ai déjà vu des morts. Il valait mieux ouvrir le kiosque à Hjulsbro.

Le cadavre de la fille n'a pas vraiment incité les gens à acheter des glaces. »

Slavenca paraissait plus amène à présent. « Vous devez comprendre. Quand je travaille, je veux vendre autant que possible.

– Vous n'avez vu personne qui se serait comporté de manière bizarre à la plage de Stavsätter ? »

Slavenca Visnic réfléchit.

« Non.

– N'y a-t-il rien que vous aimeriez nous dire par rapport à Josefin Davidsson ? Est-ce que vous vous êtes disputée avec elle ? Elle a fait des allusions.

– Oui, elle croit sûrement qu'on s'est disputées. Je suis convaincue qu'elle a piqué des glaces et des bonbons, qu'elle en a peut-être même donné à ses amis. Les jours où elle a travaillé, il n'y avait que très peu de gens à la piscine, mais la consommation a été énorme. Vous vous souvenez peut-être des problèmes de bactéries dans la piscine. Ils ont été obligés de fermer le grand bassin pendant quelques jours. »

Malin tenta de se rappeler si elle avait lu un article sur le sujet dans le journal, mais cet événement lui avait sûrement échappé.

« Vous l'avez donc virée ?

– Disons-le comme ça : j'étais contente qu'elle soit partie de son plein gré, même si elle était la seule que j'avais trouvée pour tenir le kiosque de Glyttinge.

– Avez-vous gardé un certain ressentiment contre elle parce qu'elle vous avait volé des sucreries ?

– Non, ça arrive.

– N'y a-t-il vraiment personne qui puisse vous donner un alibi ? »

Malin posa volontairement sa question une seconde fois. Slavenca Visnic lui jeta un long regard fatigué.

« Je n'ai pas de mari. Pas d'enfants. J'ai perdu ma famille il y a longtemps. Ensuite j'ai décidé de m'occuper de moi-même. Les gens ont toujours un tas de déceptions, madame la commissaire. »

Slavenca Visnic referma les portes de sa camionnette et se retourna vers eux.

« Si vous n'avez plus de questions, j'aimerais bien y aller maintenant – pour ne pas être coincée dans les bouchons.

– Bleu, a dit Malin. Est-ce que cette couleur signifie quelque chose de particulier pour vous ?

– Je préfère le blanc, répondit-elle. C'est la couleur la plus pure. »

Les meurtres d'été continuent !

C'est comme ça qu'ils ont surnommé les horreurs qu'on m'a faites.

Anges d'été *dit l'animatrice de radio à la voix soucieuse en parlant de moi, de nous. D'abord, je n'ai pas voulu le croire.*

Mais ensuite, Sofia est venue vers moi. Elle aussi a d'abord eu des doutes. De la peur et d'autres sentiments sans nom ont fait qu'elle n'acceptait pas sa nouvelle situation. Maintenant, nous planons ensemble au-dessus de la forêt en flammes.

Les cimes d'arbre brûlantes ressemblent à un volcan.

Les machines, les hommes et les animaux s'affairent désespérément.

Dans la Volvo, Malin roule en direction de Ljungsbro, en passant par la plaine desséchée où bientôt toutes les plantes seront réduites à l'état de fossiles mous.

Theresa a l'air de lui faire confiance.

Si elle se fie à elle, moi aussi.

Elle a dit que c'était plus facile pour elle maintenant qu'on est deux. Mais je n'arrive pas encore à m'y faire.

Nous sommes l'une à côté de l'autre, sans ailes, mais en quelque sorte, il est vrai que nous sommes des anges d'été. Des anges nerveux, non pas ces anges qu'on voit sur les cartes dans les missels, mais des filles, qui cherchent à reprendre ce qu'on leur a volé.

Nous sommes pures maintenant, non ? J'aime beaucoup ce mot. Il m'appartient à présent. Et je suis ravie de planer dans un monde qui restera sans souvenirs tant que je le veux, tant que j'arrive à ne pas penser à ces mains, ces mains blanches qui se sont fermées autour de ma gorge, aux griffes qui ont déchiré ma peau, à l'odeur de chlore, à la peur que j'ai éprouvée avant que tout disparaisse.

Je veux me rappeler qui j'étais et qui j'aurais pu devenir. Plus âgée. Mais je ne le serai jamais.

« Zeke. On peut se souvenir en état d'hypnose, non ? »

Ses mains s'agrippent au volant. Malin se penche vers la radio, baisse le volume. Les gens sur le parking se dirigent lentement vers les magasins climatisés.

« C'est ce qu'on dit. Mais je ne l'ai encore jamais vu de mes yeux. Franchement, je trouve ça un peu bizarre.

– Mais ce n'est pas une blague. Ça peut marcher.

– Je sais ce que tu as en tête, Malin.

– Nous avons accès à seulement cinq pour cent de notre cerveau, dit Malin.

– Tu as encore regardé Discovery ?

– Ferme-la, Zeke. »

Il lui jette un regard moqueur.

« Garde les mains sur le volant et fais attention à la circulation.

– À vos ordres, capitaine, dit Zeke. »

38

« ET TOI, espèce de petit rat noir, dit Waldemar Ekenberg en collant Behzad Karami contre le mur de son studio. T'as cru pouvoir t'en tirer avec un mensonge ? Mais l'un de tes soi-disant copains t'a cafardé. Qu'est-ce que t'as fait la nuit de mercredi à jeudi et la nuit de samedi à dimanche ? »

Behzad Karami garde un air arrogant. Il croit toujours s'en sortir.

Mais t'es dans la merde, mon garçon, pense Per Sundsten. Il te tabassera jusqu'à ce que tu craches le morceau.

« C'est ton truc, hein, les petites filles, t'as pris ton pied l'hiver dernier, quand vous avez fait cette partouze avec ces gamines de quatorze ans ? Pas vrai ?

– On ne les a pas... »

Waldemar pousse Behzad Karami, le plaque contre le mur :

« Pas la peine d'essayer de me berner. Vous avez violé cette fille. Ça t'a plu ? Et puis ça a pris une mauvaise tournure ? Et vous étiez obligés de la tuer... »

Le volume de sa voix monte à chaque mot, puis il frappe Behzad Karami dans le ventre. Ce dernier se plie comme un couteau suisse et glisse le long du mur pour s'écrouler par terre. Waldemar fait quelques pas en arrière, les pupilles dilatées par la montée d'adrénaline.

« Faut que j'aille pisser, dit-il. Surveille ce connard. »

Behzad Karami halète, inspire cinq fois en jetant un regard suppliant à Per.

Ne me regarde pas, pense Per. Je ne peux rien pour toi. Je ne veux pas l'en empêcher, il a peut-être raison.

« Vaut mieux lui dire tout de suite ce que tu as fait, dit Per de sa voix la plus douce. Même à moi, il me fout la trouille. Et il te laissera pas tranquille.

– Il est taré.

– Allez, dis-le. Ça ira mieux après.

– Est-ce que vous allez me croire ?

– Ça dépend.

– De quoi ? »

Behzad Karami respire toujours bruyamment, mais son visage a repris de la couleur.

« Si tu dis la vérité.

– Si je vous dis la vérité, vous allez pas me croire.

– Et si tu essayais ? »

Per baisse les yeux sur Behzad Karami, à terre mais pas encore brisé :

« Vas-y, dit Per alors que Waldemar est revenu dans la pièce.

– Alors, le branleur a repris son souffle ? Bien. Je vais faire en sorte que tu t'étouffes à nouveau.

– Fais ce que tu veux.

– Compte sur moi », dit Waldemar qui assène deux coups de pied dans l'épaule de Behzad Karami. Per voit sa clavicule se démettre sous son tee-shirt, et le cri qui suit exprime une profonde douleur.

« Alors, ça fait mal ? » chuchote Waldemar dans l'oreille d'un Behzad Karami gémissant. Il lui pose la main sur l'épaule, avec précaution, puis appuie légèrement dessus et le jeune homme se tord, crie toujours. Per voit bien qu'il est à deux doigts de s'évanouir.

Pourquoi persistes-tu à lutter ? Parce que c'est ta destinée ? Parce que c'est toi qui l'as fait ?

« Attendez, je vais vous le dire, je vais vous dire mon secret. »

Behzad Karami est assis sur le canapé, le bras gauche en arrière, posé sur le dossier.

Waldemar derrière lui.

« Arrête de chialer, couille molle. »

Waldemar tire le bras de Behzad Karami d'un coup sec, puis l'on entend un clic et un déchirement de chair quand l'articulation se remet en place. Le cri qui s'échappe de la bouche de Karami est tout aussi primitif que le précédent, mais aussi rempli de soulagement.

« Mauviette. »

Waldemar ricane.

Per ne désire plus qu'une chose : sortir de cet appartement, que la journée se termine, mais elle n'est pas encore finie, la journée, loin de là.

« Si je vous le montre, vous devez me croire. Je n'ai rien à voir avec ces trucs horribles. »

Behzad Karami est assis à l'arrière, menotté. Ils sont en route vers les jardins privés de Johannelund, au bord du fleuve. C'est là qu'il leur a dit de l'emmener, sans leur expliquer pourquoi.

La chaleur de l'eau gris-noir.

Les poissons du fleuve sont las et endormis. Peut-être qu'ils sentent la consistance de leur chair se modifier au fur et à mesure que la température augmente.

Ils n'ont aucun moyen de s'échapper. Que font les poissons quand l'eau devient trop chaude ? Ils remontent à la surface, sans vie, le ventre gonflé vers le haut, et les écailles argentées brillant dans le liquide trouble.

Les terrains de foot de Johannelund sont déserts, les buts attendent des temps plus frais.

« Ça n'a rien à voir avec l'affaire. »

Les mots résonnent dans la tête de Per tandis qu'ils remontent le chemin de gravier soigneusement ratissé s'étirant entre les allées du jardin. Ici, les arroseurs automatiques font des heures supplémentaires pour préserver la couleur verte des pelouses, des buissons de cassis et de groseilles. Les propriétaires se cachent à l'ombre des parasols ou sous les appentis de leurs cabanes branlantes.

Waldemar est calme. Behzad Karami a demandé à pouvoir marcher sans menottes, et il lui a accordé cette faveur.

« Si tu essaies de te barrer, je te tire dessus. »

Sa voix est glaciale, Behzad Karami hoche la tête.

« Je ne vois pas trop ce que tu veux nous montrer par ici. » Waldemar est de plus en plus sceptique à chaque pas. « J'espère pour toi que tu as quelque chose à nous offrir.

– Je vais vous montrer un truc, dit Behzad Karami en accélérant. C'est le dernier jardin, tout au fond à gauche. »

Chaud, pense Per, quand ils sortent de l'ombre des buissons. Incroyablement chaud. Waldemar transpire à côté de lui, mais semble pourtant peu gêné par la chaleur.

Un Superman de la vieille école.

Puis Behzad Karami pousse le portail qui mène vers le dernier jardin. L'herbe est plus sèche ici, la cabane plutôt un taudis, apparemment déserte.

Ils entrent sur le terrain, et Per remarque que les plantes sont cultivées avec grand soin, les buissons – qui ressemblent à des framboisiers – s'alignent dans des rangées parfaites, portant des petites baies foncées, pas encore mûres.

« Là. »

Behzad Karami désigne les buissons.

Per ouvre la bouche pour poser une question avant que Waldemar ne perde patience.

« C'est là que j'étais pendant ces nuits-là. »

Maintenant ça va péter, pense Per, maintenant Ekenberg va péter un câble, mais au lieu de ça, ce dernier pousse un soupir, pas de coups.

« Ce sont mes ronces. Je cultive des ronces. Quand j'étais gamin, à Téhéran, mon grand-père m'emmenait toujours au souk, et on y mangeait des mûres. Je veux avoir les miennes, ça me fait du bien. Comme à l'époque, quand j'étais petit, chez mon grand-père, quand il n'y avait que nous deux.

– Alors t'étais ici pour arroser ? »

Per est sceptique.

« Non, j'ai monté la garde.

– La garde ?

– Oui, les chevreuils aiment les baies quand elles ne sont pas encore mûres. J'ai mangé dans la cabane en montant la garde. Ils ont vite fait de sauter par-dessus la clôture, et puis ils bouffent toutes les baies.

– Tu étais seul ?

– Oui.

– Et il n'y a personne qui peut le confirmer ?

– Non.
– Pourquoi ?
– J'ai acheté ce jardin avec mon propre argent.
– Mais pourquoi est-ce que tu n'en as parlé à personne ?
– Que je cultive des muriers ? Mes copains croiraient que je suis devenu dingue, pédé ou un truc comme ça.
– Pédé ?
– Ben oui, tout le monde sait qu'il n'y a que les pédés pour faire des trucs pareils. »

Ils suivent Behzad Karami du regard, quand il disparaît au bout du sentier.

« Je le crois, dit Waldemar.
– Mais il n'a quand même pas de véritable alibi. »

Ensuite ils sont passés de jardin en jardin, demandant si quelqu'un avait vu Behzad Karami sur son terrain, et plusieurs d'entre eux ont confirmé avoir vu de la lumière dans sa cabane ces derniers temps, sans être capable de dire si quelqu'un était à l'intérieur.

Behzad Karami leur avait montré sa cabane avant qu'ils le laissent partir.

Pas de cuisine, juste un lit Ikea dans un coin, sans couverture ni draps ni oreiller, juste un plaid gris, soigneusement enroulé au pied du lit, le parquet jaune jonché de mégots, l'air à l'intérieur aussi écœurant que l'odeur d'un ventre d'élan fraîchement ouvert après la chasse.

« Des mûres, dit Per, lorsqu'ils retournent à la voiture. Est-ce que ça peut être aussi simple ?
– Tout le monde le sait, répond Waldemar. Les Arabes adorent les mûres. Tout simplement parce qu'ils ne boivent pas d'alcool et ne baisent pas assez. »

39

« MAMAN ? »

La voix de Tove est à des milliers de kilomètres, les sons comme un mirage dans l'oreille de Malin. Son désir de la revoir grandit chaque jour.

« Maman, t'es là ? »

Malin est assise dans le salon, la météo lancinante, qui promet de la chaleur, de la chaleur et encore de la chaleur.

Je ne veux pas qu'ils m'appellent, je ne veux pas, est-ce qu'ils n'arrivent pas à se mettre ça dans leurs têtes de mule, dans leurs cœurs heureux et merveilleux ? Bien sûr que j'aimerais qu'ils appellent plusieurs fois par jour.

« Je suis toujours là, Tove. Je suis là. »

De sa main libre, Malin baisse d'un cran le son de la télévision.

« Maman, tout va bien ? »

C'est à moi de poser cette question, pense Malin.

« Oui, tout va bien, ma chérie. Et vous, ça va ? »

Elle aimerait tellement dire : Demain, vous rentrez enfin à la maison. Je viendrai vous chercher à l'aéroport, mais elle laisse parler Tove.

« Aujourd'hui, on était dans une ferme pour éléphants, au milieu de la jungle, à Ubud.

– Tu es montée dessus ?
– On est montés tous les deux, papa et moi.
– Et là, vous êtes de retour à l'hôtel ?
– Oui, on vient de rentrer du resto. Il est déjà une heure. On s'est baignés aussi. Le vent ne soufflait pas très fort, alors ils n'avaient pas hissé le drapeau jaune. Ça veut dire que la baignade n'est pas dangereuse. »

La baignade. Dangereuse. Cela ne fait que deux semaines qu'ils sont à Bali, mais Tove parle déjà comme si elle avait passé la moitié de sa vie là-bas.

« Fais attention quand tu vas te baigner.
– Bien sûr. Qu'est-ce que tu crois ?
– Je me fais juste du souci, Tove. »

Profond soupir à l'autre bout du monde.

« Pas la peine, maman. De toute façon, on n'aura pas le temps de se baigner une dernière fois. On repart tôt demain matin.
– Je sais, dit Malin. Pourtant vous êtes toujours debout. » Elle aimerait tellement dire : Vous me manquez tellement, j'ai l'impression que mon cœur se fane. Mais au lieu de ça, elle dit :

« Soyez-là au moins deux heures avant le départ.
– Oui, bien sûr. On va se coucher maintenant.
– Alors, bonne nuit. »

Un clic. Silence. Chaleur.

Tristesse et nostalgie. Qu'est-ce que ça peut m'apporter ? Malin pensait attendre le lendemain, mais elle décide d'appeler Viveka Crafoord.

« J'aimerais bien avoir ton avis sur cette affaire, tu pourras peut-être me dire quel genre de personne est le tueur ou la tueuse, dit-elle après lui avoir détaillé les meurtres.

– Je suis désolée, Malin. Mais je n'en sais pas assez pour te dire quelque chose de précis. Je suppose qu'il s'agit d'un solitaire, qui a une relation plus ou moins problématique avec sa mère. Mais c'est presque toujours le cas. Il vit à Linköping, et il a sans doute grandi ici, car il se sent visiblement très à l'aise dans la région où il commet ses actes et abandonne ses victimes. En plus, il est obsédé par la propreté. Mais tu en es sûrement déjà arrivée aux mêmes conclusions. Pourquoi cette obsession par rapport à la propreté ? L'innocence ? Qui peut le dire ? Peut-être que cette personne se sent salie d'une certaine manière. Blessée, abusée sexuellement. Ou d'une autre façon. Peut-être qu'il cherche à rétablir une sorte d'innocence.

– Encore autre chose ? Tu parles d'un “il”, est-ce que ça ne pourrait pas être une femme ?

– Les deux sont possibles. Mais il s'agit d'un homme ou d'une femme probablement très masculine. Qui a éventuellement lui-même ou elle-même été exposé à de la violence. C'est toujours une option.

– Et les blessures ?

– Le fait qu'elles diffèrent les unes des autres peut signifier que le tueur expérimente. Comme s'il cherchait une sorte de formule pour tuer.

– Cette idée m'est déjà venue aussi.

– À votre place, je fouillerais le passé des personnes qui sont apparues dans le cadre de l'enquête. La clé de l'énigme se trouve dans le passé. Et seule la personne concernée sait pourquoi tout cela n'émerge que maintenant. Peut-être qu'elle ne le sait pas d'ailleurs. »

Le téléphone de Malin se met à sonner. Elle regarde l'écran, veut décrocher, puis hésite et refuse l'appel.

Viveka poursuit à l'autre bout.

« Il a sans doute un travail, mais peu d'amis.

– Merci, Viveka », dit Malin.

Elle pose ensuite la question de son appel.

« Si je veux interroger une témoin en état d'hypnose, est-ce que tu pourrais mener un tel interrogatoire pour moi ?

– Bien sûr. »

La voix de Viveka trahit son excitation.

« Si le témoin est d'accord, ce n'est pas un problème pour moi. »

40

« IL EN EST hors de question. »

Ulf, le père de Josefin Davidsson est assis sur le canapé lie de vin dans sa maison tout en passant nerveusement ses orteils sur le tapis d'Orient aux tons rosés.

« L'hypnose, poursuit-il, on a assez entendu d'histoires sur des gens qui sont restés murés dans cet état. Et Josefin a besoin de calme. »

Sa femme est hésitante, pense Malin, on dirait qu'elle tente d'évaluer la situation mais préfère suivre son mari pour éviter de le mettre en colère.

Les rôles sont maintenant plus clairs qu'à l'hôpital, quand Malin les a vus pour la première fois. Ils ont refusé la proposition qui leur a été faite de placer Josefin sous protection policière, car ce dont elle avait le plus besoin était de paix et de tranquillité. Birgitta Davidsson est une belle femme vêtue d'une robe à fleurs bleue. Elle est si belle qu'elle paraît se morfondre en la compagnie de son mari.

Zeke, assis dans un fauteuil à côté de Malin, déclare :

« La psychologue qui dirigera la séance, Viveka Crafoord, est très expérimentée dans ce domaine.

– Mais voulons-nous vraiment qu'elle se souvienne ? »

Ulf Davidsson n'est plus aussi véhément qu'au début.

Malin hésite, répond en pensée par la négative. Ce serait sûrement tout aussi bien pour ta fille qu'elle ne se souvienne pas, mais dit :

« C'est d'une importance capitale pour l'enquête. De jeunes filles ont été tuées, et nous n'avons aucun témoin. La moindre aide nous est précieuse.

– Et vous êtes sûrs qu'il s'agit de la même personne ?

– À cent pour cent, assure Zeke.

– Je le sens pas, dit Ulf Davidsson. Tout ça ne me paraît pas sûr.

– Tu as raison, chéri, dit Birgitta Davidsson. Qui sait comment elle se sentira après avoir retrouvé la mémoire ?

– Nous ne savons pas quand le meurtrier frappera à nouveau, dit Zeke. Mais, tôt ou tard, cela arrivera. C'est pour ça que cet interrogatoire, cette hypnose est d'une import... »

La voix de Zeke est interrompue par une petite voix claire venue de l'étage :

« Personne ne veut me demander ce que je veux, moi ? »

La colère se lit sur le visage d'Ulf Davidsson.

« Nous sommes tes parents. Nous décidons de ce qui est le mieux pour toi.

– Tu veux te faire hypnotiser alors ? »

Josefin Davidsson descend les marches et prend place sur le canapé. Les pansements blancs sur ses plaies forment un contraste éclatant avec sa robe d'été rouge.

« Je veux le faire.

– Hors de question.

– Mais papa, je...

– Tais-toi. »

La pièce est plongée dans le silence. La seule chose qu'on peut entendre, c'est le bruit des ailes vibrantes d'un bourdon qui essaie en vain de s'échapper par une fenêtre ouverte et ne cesse de se cogner contre la vitre.

« Nous recherchons...

– Je sais qui vous recherchez. Peut-être que c'est le diable en personne qui court là-dehors, mais vous devez le coffrer, bordel, sans importuner ma fille.

– Tu es hypocrite, papa, dit Josefin. Quand j'ai proposé que vous vous fassiez porter malade pour rester avec moi, vous l'avez fait tous les deux. Et vous êtes allés au golf.

– Josefin ! s'écrie sa mère. Ça suffit !

– Je vous en supplie, dit Malin.

– Et moi aussi, papa. De toute façon je le ferai quand même, peut importe ce que vous direz. »

Ulf Davisson paraît prendre quinze ans en l'espace d'une seconde.

« C'est la meilleure solution, papa.

– Tu ne sais pas dans quoi tu t'engages », réplique Davidsson. Son regard est clair mais triste. « Tu ne sais pas ce pour quoi tu es en train de supplier. Mais d'accord. Puisque tu veux cette hypnose, tu l'auras.

– Merci, vous avez pris la bonne décision. »

Des assurances :

« C'est totalement sans danger. Et puis surtout, il est important qu'elle se souvienne. »

Les renseignements pratiques :

« Nous vous contacterons dès que nous aurons eu une réponse de Mme Crafoord. J'espère ce soir. Au plus tard demain. Faites en sorte d'être joignables. »

Viveka est à l'autre bout du fil. Elle est chez elle à Svartmåla.

« Je viens de sortir de l'eau. »

Le corps de Daniel, songe Malin. L'eau du Stora Rängen.

« Elle est d'accord pour l'hypnose. Et ses parents l'y ont autorisée.

– Quand ?

– Quand tu veux.

– Où ?

– Pareil.

– Alors disons ce soir à sept heures à mon cabinet.

– Parfait, en espérant que rien n'arrive entre-temps. »

Malin et Nathalie Falck sont debout entre les tombes au fond du cimetière.

« C'est beau, dit Malin en désignant le chemin de gravier bien ratissé menant à la chapelle où ont lieu les cérémonies funèbres. Tu es très consciencieuse.

– Oh non, je ne dirais pas ça.

– Tu ne nous as pas tout dit, n'est-ce pas ?

– Comment ça ?

– C'est juste une intuition. Deux filles de ton âge sont mortes, assassinées, tu ne crois pas qu'il est temps de tout nous raconter ?

– Je n'ai rien à raconter.

– Si, et on le sait toutes les deux. »

Nathalie secoue la tête.

« Non.

– D'accord, dit Zeke. Où étais-tu dans la nuit de lundi à mardi ?

– J'étais chez moi avec mes parents. Vous pouvez le leur demander.

– Deux filles, dit Malin. Et Theresa, tu n'es pas triste de savoir qu'elle est morte ?

– Ok, dit-elle.

– Ok quoi ? insiste Zeke que Malin sent sur le point d'exploser.

– Zeke. Laisse-la parler. »

Nathalie Falck fait quelques pas en arrière et s'assied à l'ombre au pied d'un chêne.

« J'ai lu dans le journal que vous aviez fouillé la maison de Lollo Svensson. Mais tout n'était pas écrit dans l'article. J'étais chez elle, oui, exactement comme Theresa. Je suppose que c'est ça que vous voulez savoir. »

Malin et Zeke se regardent. Est-ce que Theresa était chez elle lorsqu'elle prétendait être avec Peter Sköld ? Était-ce cela leur secret ?

Louise « Lollo » Svensson.

Elle réapparaît au centre de l'enquête.

Est-elle également cette Lovelygirl ?

« Est-ce que Louise Svensson est la même personne que celle qui a écrit sur la page Facebook de Theresa ?

– Aucune idée. »

Lollo.

C'est comme si un brouillard chaud troublait les pistes de l'enquête. Il prend forme, disparaît et se reforme ailleurs. Une ombre.

« Merde, marmonne Zeke.

– Et tu ne t'es jamais dit que nous devrions le savoir ?

– Si.

– Et malgré tout, tu as... »

Malin avale le reste et jure intérieurement.

« Mais vous le savez maintenant, dit Nathalie avec un sourire. Je ne croyais pas que ça serait si important. C'est notre vie privée.

– Qu'est-ce que tu entends par "on était chez elle" ?

– Ben, on couchait avec elle dans sa ferme. Elle nous donnait de l'argent pour ça. Et pour Peter Sköld : il a un copain à Söderköping. Il était chez lui, quand il disait être avec Theresa. Pendant ce temps, Theresa était avec moi.

– Vous sortiez ensemble, Theresa et toi ?

– Nan, c'est pas mon type. »

Ah bon, pas « ton type », pense Malin.

« Enfin bon, on a couché quelques fois ensemble. Mais plutôt en amies. »

Le message de Zeke à Sven Sjöman :

« Envoie une patrouille chez Lollo Svensson à Rinsforsa pour l'emmener au commissariat pour un interrogatoire. Elle a eu des relations sexuelles avec Theresa Eckeved. »

Pause. L'habitacle de la voiture est chaud et moite quand ils quittent le parking du cimetière.

« Je sais, Sven. Mais on peut toujours la coffrer pour prostitution. »

Ne soyez pas trop dure avec elle. Voyez-la comme la personne qu'elle est en réalité.

Il n'y a rien de mauvais chez Lollo, n'est-ce pas ? Que peut-il bien y avoir de mauvais en elle ?

Je me souviens de ses mains sur moi et la façon dont elle me tendait l'argent, le goût de son sexe rond et mouillé dans ma bouche et comment elle chuchotait : « Theresa, Theresa, Theresa. »

Et elle se laissait aller sous ma langue et je n'avais rien contre, car je voulais tant apprendre sur le corps que je n'ai plus à présent.

Des anges. Comme moi, comme Sofia. Somme nous les innocentes éternelles ? Est-ce qu'elle est Lovelygirl ? Est-ce que Slavenca est Lovelygirl ? Malin doit le découvrir toute seule.

Elle devrait écouter Lollo, essayer de comprendre pourquoi elle fait ce qu'elle fait, pourquoi elle est ce qu'elle est.

Cet espoir nous fait vivre toutes les deux.

41

WALDEMAR est assis à son bureau au commissariat. Ses longues jambes reposent sur le meuble et il tapote les accoudoirs de sa chaise avec son stylo. Per est assis en face de lui et surfe au petit bonheur la chance sur les sites d'actualités pour s'informer de ce qui est écrit au sujet des meurtres.

Expressen : Une ville dans la peur.

Aftonbladet : Voilà comment est le meurtrier.

Dagens Nyheter : Un tueur en série suédois ?

Corren : Le tueur de Linköping : homme ou femme ?

Rien de neuf. Per met son ordinateur en veille, et des images de plages thaïlandaises apparaissent.

Mon dieu, qu'est-ce que je donnerais pour être là-bas en ce moment, pense-t-il, et c'est à moment qu'il voit Sven Sjöman s'approcher d'eux, d'un pas lourd et essoufflé. Finirai-je comme ça moi aussi, fatigué et lent ? se demande Per. Mais aussi fatigué que soit son corps, son regard est éveillé et Per comprend que Sven a quelque chose d'important à lui dire.

« Les gens de Telia ont appelé. L'origine de l'appel a pu être localisée dans la rue Mariasvägen à Mimanshäll. Un certain Suliman Hajif habite dans cette rue, dont le nom est apparu cet hiver dans le cadre de l'enquête sur Behzad Karami et Ali Shakbari, car il a été considéré comme suspect. Ils ont sans doute eu du mal à partir et Karami essaye maintenant de lui chercher des noises. »

Ils se lèvent immédiatement.

« On y va, dit Waldemar tandis que Sven voit ses yeux s'assombrir et se remplir d'une excitations dont il préfère taire l'origine. On y va calmement, faites attention. »

Per hoche la tête.

« Qui sait, dit-il. On pourrait être à deux doigts de la vérité. »

Dix minutes plus tard, ils s'arrêtent dans Mariavägen devant un petit immeuble blanc à deux étages. Deux grands pommiers s'élèvent dans le jardin.

« Tu crois qu'il est là ? demande Per alors qu'il s'avance sur le chemin en gravier enfoui sous une jungle de mauvaises herbes qui mène à l'entrée.

– Sûrement, répond Waldemar. Ces feignasses pioncent la journée et font leurs saletés la nuit

– Écoute, on y va mollo cette fois-ci, ok ? »

Waldemar ne répond pas. Au lieu de cela, il appuie sur toutes les sonnettes sauf celle de Hajif.

Pas de réponse.

« Tu connais le code ?

– Non, désolé. Mais on peut appeler. »

Aucune réponse de l'appartement numéro deux. De derrière Per voit les muscles de Waldemar se contracter sous sa veste avant qu'il ne prenne son élan et se jette de toutes ses forces contre la porte. Elle cède et Waldemar titube dans l'entrée sans tomber.

« Maintenant, il est prévenu de notre arrivée. »

Ils montent les marches quatre à quatre jusqu'au deuxième étage, mais aucune porte ne s'ouvre pour voir d'où vient le bruit. Seulement des couloirs vides et le silence, un sol en pierre gris moucheté de blanc et des murs bleu clair. La porte de l'appartement de Suliman Hajif est rose pâle.

Ils sonnent. Des voix dans l'appartement. Des voix qui s'approchent de la porte puis disparaissent.

« Il est en train de sortir, dit Waldemar. Il se taille. »

Il se jette à nouveau contre une porte, qui elle aussi cède sans grande résistance. Dans le couloir étroit et sombre se tient un jeune homme au torse musclé avec une queue de cheval. Ses yeux noirs les fixent d'un regard étonné tandis qu'il saute rapidement dans un slip blanc. Son pénis – dont le gland est percé d'un anneau – est nu et en érection.

« Écoute le bougnoule, on veut seulement te parler, pas la peine de t'exciter, dit Waldemar tandis que Suliman Hajif remonte son slip et se précipite vers une porte-fenêtre ouverte d'un balcon donnant sur l'arrière-cour.

« Attrape-le ! » crie Waldemar. Per se lance à la poursuite de Suliman et se jette sur lui au moment où il enjambe le balcon. L'homme tombe la tête la première par-dessus la rambarde qui cède et son corps est tiré vers le bas. En dessous de lui, quatre mètres plus bas, il y a le jardin.

« Tu ne vas pas tomber ! » crie Per en faisant des efforts désespérés pour le maintenir sur le balcon.

Il pourrait se briser la nuque en tombant, à quoi cela leur servirait ?

La main de Waldemar saisit un pied de Suliman Hajif. Ils le tirent et le ramènent en haut, allongé sur le ventre. Il n'oppose aucune résistance quand Waldemar lui met les menottes et le tire sur le parquet blanc.

« À quoi rime toute cette merde ? »

Per souffle, cherche de l'air et tape Suliman Hajif dans le dos.

« On veut seulement te parler.

– Pas seulement », dit Waldemar.

Il a ouvert grand les portes de l'armoire murale. Per se retourne et voit des piles de magazines, les murs sont tapissés de photos pornographiques écœurantes, des femmes attachées.

À côté, des jouets sexuels, bien rangés. Des masques, des fouets, des ceintures de chasteté.

Et trônant seul sur l'étagère inférieure, un godemiché bleu, dont la peinture est écaillée.

42

SALLE d'interrogatoire numéro un.

Le plafond gris foncé a l'air de s'écrouler sur les murs sombres. Sur une table noire se trouve un dictaphone. Zeke et Malin sont d'un côté de la table, Lollo Svensson de l'autre. Elle porte un tee-shirt blanc avec l'inscription « Bitch Power » dessus. Dans son visage, dans ses yeux se lit un air de défi. Elle n'a même pas demandé à avoir un avocat.

Malin tente de déceler par quel côté faire tomber cette forteresse tout en pensant que c'est vraisemblablement impossible.

« Vous aimez donc les adolescentes ? »

Lollo Svensson fixe Malin dans les yeux, son regard est à présent plein de haine. Mais pas contre moi, pense Malin. Si l'on pénètre dans le noyau de cette haine, on pourra peut-être trouver le meurtrier.

« Pourquoi des jeunes filles ? »

Zeke se gratte sa tête rasée et demande :

« Vous vouliez vous occuper d'elles ?

– Et puis quelque chose a mal tourné avec Theresa et Sofia, alors que Josefin a réussi à s'échapper. C'est ça ? »

Lollo Svensson demeure imperturbable. Les lèvres pincées, comme collées au ruban adhésif.

« Vous vouliez leur faire du bien ? Est-ce que vous avez un appartement spécialement pour ça ? Où un bâtiment dans votre ferme ? Nathalie Falck est venue à la ferme. Theresa aussi ? »

Lollo Svensson serre les poings.

Des gouttes de sueur apparaissent sur son front et sur ses lèvres.

Comment quelqu'un peut-il être furieux à ce point ?

Malin demande :

« Qu'est-ce qui vous met à ce point en colère, Louise ? Que vous est-il arrivé ?

– C'est pas vos oignons, madame la commissaire.

– Et la plainte de votre mère dans nos archives ? Ce n'est rien ? Vous voulez nous en parler ?

– Non, maman a tout inventé. »

Sa voix est sifflante, des ondes incertaines s'impriment dans le dictaphone, des rubans blancs et froids serrent le cœur de Malin.

« Et les lapins dans votre ferme, dit Zeke, est-ce que vous leur arrachez les pattes ?

– Qu'est-ce que c'est que cette question de taré ? J'ai des lapins parce que je les aime.

– Avez-vous donné rendez-vous à Theresa dans un mail ? Sur son adresse Yahoo ?

– Non.

– Avez-vous laissé un message sur la page Facebook de Theresa ?

– J'y connais rien à ces putains de trucs.

– Lovelygirl ? C'est vous ?

– J'ai déjà répondu à cette question.

– Ne vous énervez pas, dit Zeke. Combien de fois avez-vous eu des rapports sexuels avec Theresa Eckeved ?

– Est-ce que je suis suspectée du meurtre ?

– Prostitution de mineurs, ça, c'est déjà prouvé. Nathalie Falck a déclaré avoir eu des rapports avec vous alors qu'elle avait moins de quinze ans. Et nous savons que la même chose s'est produite avec Theresa Eckeved.

– Oui, et alors ?

– Alors quoi ?

– Les autres. Vous avez trouvé un lien entre moi et les autres ?

– Parlez, dit Malin. Parlez-nous.

– Comment avez-vous rencontré Sofia ?

– Je n'ai pas rencontré Sofia. Jamais.

– Et Theresa. Avez-vous utilisé un godemiché ? Un gode bleu ? »

Malin et Zeke sont au courant pour le gode bleu trouvé dans l'appartement de Suliman Hajif. Sundsten et Ekenberg l'interrogent dans la salle numéro deux. Ils ont vraiment l'intention de presser le citron de ce type. Qui sait, peut-être que l'affaire est déjà résolue ? Karin et la technique doivent être en train d'applaudir la découverte du godemiché. Ils n'ont plus besoin de chercher parmi des centaines de modèles. Peut-être que la vérité est en train d'éclater de l'autre côté de ce mur sombre et déprimant.

Les yeux de Suliman Hajif sont remplis d'effroi.

Tu as les boules maintenant, petite merde, pense Waldemar Ekenberg. Et c'est normal, car je ne te veux pas de bien.

« Tu as violé et tué Theresa Eckeved et Sofia Fredén. Josefin a réussi à s'échapper. On le sait. On a trouvé le gode. »

La voix de Per Sundsten, calme et rassurante.

« Ça fera du bien d'avouer. Ça soulage.

– Et tous ces trucs pornos, tu as besoin de te faire soigner, Suliman.

– Je n'ai rien à voir avec cette merde. Je veux appeler mon avocat.

– Il a tout le temps d'arriver, et de toute façon on a le droit de t'interroger une première fois sans lui. Alors qu'est-ce que tu as fait dans la nuit de mercredi à jeudi ?

– Je vous ai déjà dit que j'étais à la maison tous ces soirs-là. Il fait trop chaud pour sortir.

– Mais personne ne peut le confirmer, Suliman. »

Ses biceps tressaillent sous son tee-shirt trop petit.

« Et le porno ?

– J'aime le porno et alors ? J'aime bien mettre un gode aux nanas. Merde, j'y arrive au moins trois fois et elles en redemandent quand même encore.

– Où l'as-tu acheté ?

– C'est pas vos affaires.

– Tu as balancé Behzad Karami. Pourquoi ?

– C'était lui. Ça n'a pu être que lui, il est toujours dehors la nuit. Enfin, ça pourrait être lui.

– Pourquoi est-ce que vous êtes en bisbille ?

– Ça te regarde pas, connard. »

Waldemar se lève, fait comme s'il avait trébuché et entraîne dans sa chute la tête de Suliman Hajif dont le nez s'écrase sur la table noire.

« Merde, ça glisse ici. »

Suliman Hajif crie de douleur, il saigne du nez.

Soudain, dans la salle d'interrogatoire numéro un, Louise Lollo Svensson crache au visage de Malin, mais celle-ci reste calme et s'essuie simplement la joue.

Nous devons élaborer une stratégie d'interrogatoire.

Elle est une forte voix de l'enquête. C'est pourquoi Malin poursuit :

« Vous êtes donc sensible quand on aborde le sujet de votre père. Désolée, je ne le savais pas.

– Qu'est-ce qu'il a à voir là-dedans ? »

Elle paraît avoir maintenant maîtrisé son accès de colère après la dernière question de Malin.

« La plainte que j'ai mentionnée. Il a dû se passer quelque chose. Votre père, vous a-t-il fait subir des choses pas jolies ?

– L'a-t-il fait ? reprend Zeke en essayant d'adopter un ton compréhensif et compatissant.

– Je ne souhaite pas en parler. J'ai passé toute ma vie à essayer de dépasser tout ça. »

Lollo Svensson est calme à présent, comme si elle avait trouvé en elle une deuxième personnalité.

« Avec qui pourrions-nous en parler ?

– Allez voir ma mère. »

Malin pense aux mots de Viveka Crafoord.

La clé réside dans le passé :

« Et où pouvons-nous la trouver ? »

Un nom, une adresse.

« Est-ce que vous êtes obligée de faire ça ?

– Nous devons chercher partout.

– Je ne nie pas que j'ai couché avec ces filles. Mais j'étais gentille avec elles. Douce. Et je leur ai donné de l'argent. Plus qu'elles n'espéraient. »

« Tu ne crois quand même pas qu'on va avaler ça ? Combien de godes bleus est-ce qu'il y a dans la ville ? »

Waldemar se rassied avant d'avoir pressé la tête de Suliman Hajif contre la table.

En se dirigeant vers sa chaise, il se voit dans le miroir, son visage semble disparaître, vieillir chaque jour un peu plus. Ce n'est plus qu'un masque, ce qu'il y a derrière a perdu ses sentiments depuis longtemps.

Violence. Sexualité. C'est la même chose, non ?

Waldemar en est conscient : il s'est plié à la violence.

Et il sait qu'il ne sera jamais capable de changer quoi que ce soit. Il n'est pas le genre à supporter du blabla thérapeutique.

« Je n'ai rien à voir dans tout ça. »

Suliman Hajif renifle, presse la manche de sa chemise sous son nez pour arrêter le flot de sang. Il sanglote.

« Je suis innocent. »

Waldemar se penche sur le magnétophone.

« Interrogatoire de Suliman Hajif terminé, 16 h 17. »

Malin est aux toilettes. Seule. Elle reste encore assise pendant un petit moment.

Elle ferme les yeux et réfléchit.

Suliman Hajif restera en garde à vue jusqu'à ce que les techniciens aient comparé son sextoy avec leurs prélèvements. Et ensuite ? Vingt ans de taule, en psychiatrie ? Ou retour à la maison pour continuer à regarder des films pornos ?

Ils ont relâché Lollo Svensson. Ils n'avaient rien contre elle. Dans le couloir devant la salle d'interrogatoire, Sven lui avait dit : « Il y a des limites, on ne peut pas aller plus loin avec elle. Mais il faudra la surveiller.

– Je vais parler à sa mère », avait dit Malin.

Sven avait hésité.

« Est-ce qu'on doit inquiéter une vieille dame parce que le nom de sa fille apparaît dans le cadre d'une enquête ?

– Il faut qu'on sache ce qui s'est passé. Ça peut nous faire avancer. Viveka Crafoord a dit… »

Sven avait fait la moue, mais il avait hoché la tête.

« Bon. Zeke et Malin. Interrogez sa mère. Faites-le tout de suite. Il faut retourner la pierre tant qu'elle est encore chaude. Pour voir ce qui se cache en dessous.

– Et l'hypnose ? avait demandé Malin. Le rendez-vous est pour dix-neuf heures.

– On ne peut pas le décaler ?

– Après, il sera trop tard.

– Tu as raison.

– Et à minuit, je dois aller chercher Tove et Jan à l'aéroport. »

Elle aurait donné le salaire d'une année pour l'expression sur le visage de Sven, tellement il semblait se réjouir pour elle. Apparemment, il sentait que les siens lui manquaient terriblement.

Malin se redresse. Tire sa jupe vers le bas. Se regarde dans le miroir. Blême, malgré le soleil d'été.

Tove et Jan. Bientôt, très bientôt, vous serez de retour à la maison.

43

« TOUT a un prix. »

La voix de Svea Svensson est rauque après toutes ces années à fumer. Son visage est creusé, ses cheveux gris tombent en fines mèches sur ses yeux verts. Elle paraît à la fois bienveillante et sur ses gardes.

L'appartement est situé au dernier étage d'un haut immeuble qui s'élève sur la rue Tanneforsvägen.

Des meubles de styles différents s'entassent dans le salon, un fauteuil années cinquante et un canapé Empire, des tapis Wilton et des reproductions de tableaux de Krouthén, des sujets en porcelaine et une pendule qui vient de sonner six coups.

Par la petite fenêtre du salon, on peut apercevoir l'eau chaude du Roxen, la vapeur monter dans l'horizon et envelopper les taches de terre dans un brouillard fugace.

Les colonnes de fumée de la forêt se rassemblent pour former un nuage noir qui ne sait pas où se diriger lorsque le vent se calme.

C'est comme si le monde entier était figé, pense Malin, tandis que Svea répète :

« Tout a un prix. Si j'ai appris une chose dans la vie, c'est bien ça. »

Zeke et Malin s'enfoncent dans des fauteuils baroques.

Svea Svensson est assise sur le canapé derrière la table basse, sa bouche ne cesse de bouger, les mots forment une histoire dont on espère qu'elle n'a jamais eu à être racontée, mais qui est malgré tout très familière.

« Dites-nous comment s'est déroulée l'enfance de Louise, dit Zeke.

– C'est important ?

– Oui, c'est important, répond Malin.

– Je peux remonter encore plus tôt. Avant sa naissance. Est-ce que vous voulez entendre ça ? Quand j'étais petite, d'accord ?

– Commencez où vous voulez, répond Zeke, et voilà que les mots jaillissent de sa bouche comme s'ils n'avaient attendu que cette occasion.

– J'avais sept ans, quand mon père nous a quittées ma mère et moi. Nous habitions dans la ferme de mon grand-père. Mon père était commerçant, et un jour il n'est pas rentré à la maison ; ma mère a appris qu'il avait une nouvelle femme à Söderköping. Nous avions du mal à joindre les deux bouts, c'est pourquoi ma mère a été obligée d'accepter un travail en tant que cuisinière dans une ferme à trente kilomètres de chez nous, près de Kisa. Moi, je suis restée chez mes grands-parents. C'était la période la plus heureuse de ma vie. Puis ma mère a rencontré un homme. Il possédait un magasin de chaussures à Kisa, habitait dans un appartement au-dessus de son magasin, et ma mère et moi avons emménagé là-bas. Au bout de trois nuits il est venu dans ma chambre pour la première fois, je m'en souviens comme si c'était hier, comme ses mains froides repoussaient ma couverture, comment ça se passait encore et encore et comme une nuit ma mère est apparue dans l'embrasure de la porte, quand il était en train de le faire, comme elle nous a observés pendant un bref moment pour continuer son chemin vers les toilettes comme si de rien n'était.

Est-ce que je lui fais des reproches ? Non. Où aurions-nous pu aller ? Mon grand-père avait fait une crise cardiaque, la ferme était vendue. Donc il a continué, ce diable, et je suis partie quand j'avais dix-sept ans. J'ai atterri dans un restaurant à Motala, puis j'ai rencontré un homme.

Il était commerçant, comme mon père, mais pour des produits chimiques, et il m'a mise enceinte. La fille qui est née ensuite, c'était Louise. Quand elle avait huit ans, il nous a abandonnées. Il avait rencontré une autre femme à Nässjö.

Louise et moi avons vécu seules pendant quelques années. Puis, tout comme ma mère à l'époque, j'ai rencontré un homme, Sture Folkman. Il était agriculteur, et nous avons emménagé dans sa maison au bord du canal à Motala. Louise n'a rien dit. Je me suis souvent demandé pourquoi elle ne m'a jamais raconté ce qui se passait.

Nous avons habité pendant trois ans dans cette maison, quand j'ai découvert ce qu'il trafiquait la nuit, où ses mains froides s'incrustaient, à quoi il utilisait son corps. Où est-ce qu'on aurait pu aller ? Mais je n'ai pas fermé les yeux. Je l'ai frappé sur la tête avec une poêle, et nous avons attendu toute la nuit à un arrêt de bus, Louise et moi, c'était une nuit d'octobre très fraîche.

Le matin suivant, à l'aube, le bus est enfin arrivé. Il allait à Linköping. Depuis ce jour, je n'ai plus jamais mis un pied à Motala, je n'ai pas revu ce fou. Mon premier mari, le père de Louise, s'est noyé pendant une partie de pêche. Je me fais des reproches, croyez-moi.

J'ai abandonné mon enfant, ma fille, peu importe quelle douleur on a dû subir, il ne faut jamais tourner le dos à son enfant. Même si je ne me rendais compte de rien – c'est la même chose.

Nous avons loué une chambre d'hôtel près de la gare.

J'ai déposé plainte contre lui à la police mais ils n'ont rien pu faire. Les gentilles dames des services sociaux ont fait en sorte qu'on obtienne un appartement, moi, un travail dans un café, et que Louise puisse aller à l'école. Mais c'était déjà trop tard. Je n'ai plus jamais laissé personne franchir le seuil de ma maison.

– Est-ce que Sture Folkman vit encore ? demande Zeke.

– Oui, il vit encore.

– Vous savez où ?

– Je crois qu'il habite à Finspång avec sa femme. Ils ont fondé une famille.

– Et ? »

Malin devine qu'il y a une autre histoire.

« Pourvu que Dieu leur vienne en aide. »

Puis elle garde le silence, les lèvres pincées, comme si elles avaient lâché assez de souvenirs pour toute une vie.

Slavenca Visnic sourit en ouvrant la porte de son appartement à Skäggetorp. Quelques minutes plus tard, Malin est assise avec un verre de Fanta dans son salon et essaie de formuler des questions. La prudence de la dernière fois, sa distance face à elle, lui paraît comme évaporée, tout ce qui lui reste est le respect.

« Que voulez-vous savoir ? »

Slavenca Visnic n'est pas surprise de cette visite, simplement curieuse de savoir ce que Malin attend d'elle.

« En fait, je ne le sais pas très bien moi-même. Je voulais simplement vous demander de réfléchir encore un peu pour savoir s'il ne vous revenait rien d'important.

– Qu'est-ce que ça veut dire ? J'essaie seulement d'agir en bonne citoyenne, je fais tourner mes affaires, c'est tout. »

Malin se rend compte à quel point sa visite peut paraître bête.

« Bon, tant pis.

– C'est bon. Finissez votre tasse. Je dois encore passer à Glyttinge pour chercher la recette du jour. J'en profite toujours pour piquer une tête. Ils nettoient vers neuf heures et demie et quand on nage sur les bords du bassin à cette heure, c'est assez propre.

– Nager ? Maintenant ? Vous avez de la chance. Je dois aller chercher mon mari et ma fille à l'aéroport. »

Malin regrette ses paroles aussitôt qu'elles ont franchi ses lèvres. Slavenca a perdu toute sa famille mais ses yeux rayonnent de calme et de chaleur.

« J'aimerais vous montrer quelque chose. Venez. »

Quelques minutes plus tard, elles sont toutes les deux assises devant un ordinateur dans la chambre de Slavenca. L'écran papillonne.

Slavenca Visnic a ouvert dix documents qui ressemblent aux pages d'un livre pour enfants. Sur ces pages, elle a collé les quelques rares photos qu'elle possède encore de sa famille, assorties de légendes racontant des souvenirs d'enfance, de ses enfants, et de la courte vie qui leur a été donnée.

Slavenca Visnic est plus jeune sur les photos, le regard plein d'attente et de responsabilité. L'enfant sur ses genoux a un beau visage rond. Elle a de longs cheveux noirs. Et son mari : un front fuyant, un menton fort, une expression gentille.

« Ça fait du bien, dit Slavenca Visnic. D'écrire. D'essayer de se remémorer la vie quand elle était belle, avec tout cet amour simple.

– C'est beau, dit Malin.

– Croyez-vous qu'ils peuvent revenir un jour ?

– Non, je ne crois pas. Mais un jour vous les retrouverez, répond Malin. Et leur amour est présent ici. Je le sens. »

Slavenca Visnic éteint l'ordinateur et raccompagne Malin à la porte d'entrée.

« Roulez prudemment, ils veulent vous voir arriver saine et sauve. Votre mari et votre fille.

– Nous sommes divorcés, répond Malin. Depuis plus de dix ans déjà. »

TROISIÈME PARTIE

TU DOIS VENIR
AVANT QUE CELA FINISSE

[En allant vers la dernière salle]

JE N'AI PAS encore fini. Mais maintenant je sais ce que je dois faire.

Rien ne peut empêcher cet été de brûler, rien ne pourra empêcher notre amour de revenir.

Le monde, notre monde, doit être pur et libre.

Il doit disparaître pour que tu puisses oser réapparaître.

Tout doit être blanc. D'un blanc immaculé et innocent.

Personne ne peut m'en empêcher.

Des griffes ont gratté les étagères, des pattes d'araignées se sont promenées sur ton visage.

Mes anges d'été ont le droit de se reposer à présent. Ils vont bientôt recevoir la compagnie et l'amour de quelqu'un qui partage leur histoire. Le même amour que celui que je recevrai aussi.

Je vais chercher une autre fille. Elle doit devenir toi.

Tout doit être en ordre. Cela ne fera pas mal. Bientôt, la douleur sera finie.

44

TOVE est rentrée à la maison. Elle est dans sa chambre, en train de dormir sous un drap blanc fraîchement lavé. Malin pense que c'est comme si elle n'était jamais partie, comme si l'Indonésie, Bali n'avaient jamais existé.

Ils avaient effectué sans un mot le trajet en voiture depuis Nyköping, Tove dormant à l'arrière, et Malin et Jan réunis dans un mutisme éternel. Un silence serein, mais qui donnait une impression de solitude.

Ils lâchèrent quelques mots.

« Ça vous a plu ?

– Les incendies sont sous contrôle ?

– Certains endroits ressemblent vraiment à l'enfer. »

Jan monta avec Malin en portant la valise de Tove, Malin l'invita à boire un thé, ce qu'à sa grande surprise il accepta immédiatement, en disant qu'il pourrait appeler un taxi pour rentrer.

Tove s'endormit bien avant que l'eau ne se mette à bouillir et ils burent leur thé dans la cuisine. Les voix d'un homme et d'une femme en train de se disputer s'élevaient depuis la rue, et lorsqu'elles se turent, on n'entendit plus que le tic-tac de l'horloge Ikea.

Il est trois heures et demie.

« On n'a jamais été doués pour ça, dit Jan en posant sa tasse vide sur l'évier.

– Doués pour quoi ? »

Malin s'est mise à côté de lui, le plus près possible, mais pas trop, car elle ne veut pas le faire fuir.

« Pour nous disputer. »

Malin sent la colère monter en elle, mais elle la réprime tout de suite et retrouve son calme nostalgique.

« J'ai parfois l'impression qu'on n'a jamais commencé.

– C'est possible.

– Ce n'est sûrement pas si mal de se disputer de temps en temps.

– Tu crois ?

– Et toi, qu'est-ce que tu crois ?

– Je ne sais pas. »

Malin évoque l'affaire sur laquelle elle travaille, son sentiment d'impuissance.

« C'est comme le feu, dit Jan. Ils n'ont pas l'air non plus de savoir comment le contenir. »

Ils restent encore un moment debout dans la cuisine, silencieux, et puis Jan gagne le couloir.

« Je peux utiliser ton téléphone pour appeler un taxi ?

– Bien sûr. »

Jan saisit le combiné.

Malin le rejoint et lorsqu'il compose le numéro de l'agence de taxi, elle dit :

« Tu peux rester ici, si tu veux. »

Jan hésite.

« Je préfère mon lit à ton canapé, Malin.

– Tu sais que ce n'est pas ce que je voulais dire.

– Tu sais que ce n'est pas possible.

– Pourquoi ce ne serait pas possible ? demande-t-elle. Tu n'as qu'à aller dans la chambre et t'allonger, point final.

– Ce n'est pas une bonne idée. À quoi ça nous mènerait ? Tout est quand même clair au sujet de… »

Malin pose son index sur ses lèvres, son souffle chaud effleure son doigt.

Il est tout près d'elle.

« Chut, tais-toi. On ne peut pas faire comme si on était ensemble, juste pour ce soir ? »

Jan la regarde, elle prend sa main et l'entraîne vers la chambre à coucher. Il la suit sans hésiter.

Dur ou doux. Punition ou récompense. L'amour physique peut être l'un ou l'autre.

Le torse de Jan contre ses seins, une jambe enroulée autour de son corps. Cela fait longtemps mais elle se souvient exactement de la sensation d'avoir son sexe en elle, comme il prend possession d'elle et comme cette reconnaissance immédiate la rend tranquille et fiévreuse à la fois. Elle sait comment elle doit bouger pour être satisfaite, que personne d'autre ne peut la satisfaire.

Est-ce ta respiration ou la mienne ?

Malin ferme les yeux et lorsqu'elle les rouvre, elle voit que Jan les a fermés lui aussi, comme s'ils voulaient se convaincre que tout ça était réel.

Et ils sont à nouveau jeunes, bien trop jeunes et une fine membrane de caoutchouc craque, donnant naissance à Tove. Malin garde son regard rivé sur Jan, tout son bas-ventre se tord et se chauffe dans une sorte de douleur plus agréable que toutes celles qu'elle a déjà connues.

Avec les années, le corps rattrape la conscience.

Tu es couchée près de moi, ma douce Malin.

À la lueur de l'aube, il aperçoit ses lèvres trembler, elle fait un rêve agité.

Il vient de la recouvrir du drap.

Ils n'en parleront pas, ni demain, ni un autre jour. Ils feront comme si rien ne s'était passé.

Au revoir, Malin.

Après avoir pris les clés de voiture de Malin dans l'armoire du couloir, Jan quitte l'appartement et descend dans la rue.

Il ouvre le coffre et sort sa valise. Il revient dans l'appartement et remet la clé à sa place.

L'aube est déjà d'une chaleur excessive et les pierres grises de l'église vibrent dans la faible lumière bleutée du soleil levant.

L'effluve de fumée est à peine perceptible.

Il se rend à la caserne en tirant sa valise derrière lui.

Un fois arrivé là-bas, il saute dans son uniforme et monte dans le premier véhicule en direction de l'incendie, pour commencer son combat contre les flammes.

Daniel Högfeldt a vu Jan, c'est comme ça qu'il s'appelle, l'ex-mari de Malin, sortir par la porte de son immeuble. Son pas avait un rythme particulier.

Daniel est en route pour la rédaction, aux aurores. Il s'est réveillé au milieu de la nuit sans pouvoir se rendormir.

À présent, il est assis à son bureau en train de repenser à la démarche de Jan. Celui-ci dégageait une sorte de douceur, d'amour curieusement aussi.

Je ne pourrai jamais le battre, pense Daniel en ouvrant un nouveau document sur son ordinateur et en jetant dans la corbeille une pile d'articles rangés dans la chemise « Viol ».

Il n'a pas envie d'en tirer quoi que ce soit. Il n'a même pas envie d'être assis ici.

Je dois retrouver la passion, pense Daniel, la redécouvrir.

Et la passion ne vient pas en écrivant des articles sur l'histoire des viols de Linköping. Quelqu'un d'autre pourrait le faire. Malin peut-être ?

Elle a fait un rêve.

Un garçon était dans son lit et criait :

« Maman, maman, maman, aide-moi à respirer. »

Elle lui hurla : « Tu ne peux pas respirer ? »

Le garçon répondit : « Non, aide-moi, maman.

– Je ne suis pas ta maman.

– Bien sûr que tu es ma maman !

– Non.

– Aide-moi à respirer.

– Pourquoi ?

– Parce que je suis ton frère.

– Tu ne peux pas respirer ?

– Non, tu dois m'expliquer comment faire. »

« Quelle chaleur ici, c'était comme ça tout le temps ? »

Tove engloutit une assiette de bouillie de flocons d'avoine et de yaourt. Malin est debout devant l'évier et boit sa troisième tasse de café en se forçant à avaler une tranche de pain.

« Une chaleur à crever. Et ils ont dit à la télé que ce n'était pas près de s'arrêter.

– Super, je pourrai aller me baigner alors.

– Avec Markus ?

– Avec lui ou avec une copine.

– Tu dois me dire avec qui tu vas te baigner.

– J'ai le droit d'aller me baigner avec qui je veux.

– Lis le journal, tu verras pourquoi je préfère le savoir. »

Tove feuillette le *Corren*. Plusieurs pages sont consacrées aux meurtres.

Silence de la police, annonce un gros titre.

« C'est écoeurant », dit Tove sans demander à sa mère si elle est impliquée dans l'enquête. Elle sait bien que c'est le cas.

« Oui, c'est vraiment écœurant, répond Malin. Et nous avons placé quelqu'un en garde à vue. Mais tu dois faire attention. Ne te promène pas seule, s'il te plaît. Et dis-moi où tu vas.

– Tu veux dire, le soir ?

– Tout le temps, Tove. Je ne sais même pas si cet individu fait la différence entre le jour et la nuit.

– Tu ne crois pas que c'est un peu exagéré ?

– Je t'en prie, fais ce que je te dis. J'en sais vraiment un peu plus que toi là-dessus. »

Malin entend la colère dans sa voix, l'agressivité accumulée tout au long d'un été étouffant puis voit le regard surpris, apeuré et blessé de Tove.

« Excuse-moi Tove, je ne voulais pas…

– Je m'en fous de ce que tu voulais, maman. »

45

SUR LE CHEMIN séparant Tjällmo de Finspång, ils dépassent la frontière de l'incendie.

Il est déjà neuf heures et demie. Ils ont renoncé à la réunion matinale aujourd'hui. Ils exposeront leurs résultats à un autre moment.

Elle pense à Jan et sait parfaitement qu'il est déjà au milieu de l'épaisse fumée en train d'essayer de maîtriser les flammes pour empêcher la propagation de l'incendie.

« Il est déjà là, hein ? »

Zeke tourne le volant d'une main, son regard est résolument fixé sur la route lorsqu'ils croisent un camion de pompiers venant de la direction opposée.

« Il ne pouvait plus attendre.

– Vous vous ressemblez beaucoup sur ce plan-là, tu le sais ça ?

– Sur quel plan ?

– Sur beaucoup de plans. Mais avant tout sur votre relation au travail. Vous brûlez tous les deux d'envie d'aller au travail, on dirait que c'est votre manière de fuir la réalité.

– Faisons comme si je n'avais rien entendu, Zeke. Comment se déroule l'entraînement de Martin au fait ?

– Très bien. Il adore la préparation en endurance.
– Et aucune nouvelle proposition des States ?
– Apparemment, son agent est en négociation avec plusieurs clubs. Tout se décidera dès que le bébé sera là. »
Martin avait pour la première fois été sélectionné au sein de l'équipe nationale pour les championnats du monde qui avaient eu lieu au mois de mai. Zeke s'était rendu à Prague pour assister au match, sous la lourde insistance de sa femme. Malin sait qu'il déteste presque autant les voyages en avion que le hockey.
« Il va sûrement gagner beaucoup d'argent, dit Malin.
– Oui, pour faire du patin à glace et taper dans un putain de palet.
– Parce qu'il divertit les gens, Zeke », le contredit Malin en pensant à ses propres rêves pour Tove : elle la verrait bien médecin ou avocate, l'un de ces honorables métiers que tous les parents souhaitent pour leurs enfants. Ou bien écrivain, vu sa passion pour la lecture et ses rédactions qui coupent le souffle à ses professeurs.
« Le hockey est un sport de bourrins, dit-il. Et maintenant on arrête de parler de ça, ok ?
– Ne sois pas si dur avec lui.
– Il a qu'à faire ce qu'il veut, je ne pourrai jamais m'intéresser à ce sport. »
La route s'enfonce dans la forêt. Autour d'eux le monde n'est que désolation, les animaux ont depuis longtemps fui les flammes. Au bout de cinquante minutes de trajet, ils arrivent enfin à Finspång.
Le domaine de De Geers. La ville des canons. Une ville qui a pris sa retraite. Mais un lieu idéal pour y élever ses enfants. Et pour se cacher.
Le GPS les guide au bon endroit. La rue dans laquelle habite Sture Folkman se situe derrière une artère

commerciale au centre-ville. Le numéro 12 est un immeuble locatif de trois étages dont le rez-de-chaussée abrite l'union nationale des handicapés.

Ils se garent.

La porte de l'immeuble n'est pas verrouillée, Finspång est si petit que les digicodes sont inutiles. Durant la journée, les gens vont et viennent comme bon leur semble.

Ils découvrent son nom sur un petit écriteau gris-vert indiquant la liste des locataires.

« Il est là, ce porc, dit Zeke.

– Du calme, répond Malin. C'est un vieil homme.

– Bien sûr qu'il est vieux. Mais certains dégâts restent gravés à vie et sont irréparables.

– Allez-vous-en », leur lance une voix enrouée à travers la fente de la boîte aux lettres. Elle a quelque chose de repoussant, une méchanceté si perceptible. C'est la première fois que Malin fait cette expérience. Les murs roses de la cage d'escalier paraissent soudain rouge sang, et s'approchent d'eux d'un air menaçant.

« Je n'ai besoin de rien, allez-vous-en.

– Nous ne sommes pas là pour vous vendre quoi que ce soit. Nous sommes de la police de Linköping, et nous aimerions vous parler. Ouvrez s'il vous plaît.

– Allez-vous-en.

– Ouvrez. Tout de suite, sinon nous allons défoncer la porte. » L'homme à l'intérieur doit certainement sentir que ce ne sont pas des paroles en l'air. Une clé tourne dans la serrure et une porte s'entrouvre.

C'est un homme de haute taille, maigre et voûté. Son corps est raide, sûrement à cause de la maladie de Parkinson.

Lui n'a pas pu le faire, se dit Malin. Et ils ne l'ont d'ailleurs jamais cru.

Un long nez surplombant un menton fuyant, Sture Folkman les regarde droit dans les yeux de son regard gris et froid.

Il porte une gabardine noire, une chemise en tissu synthétique blanc et une veste de costume noire, malgré la chaleur.

« Bon sang, qu'est-ce que vous me voulez ? »

Malin regarde ses mains. De longs doigts blancs privés de sang pendent comme des tentacules, prêts à chercher leur chemin vers le haut, vers l'intérieur.

Des canapés en velours verts, de vieilles photos en noir et blanc accrochées au mur représentant des propriétés familiales vendues depuis longtemps. De lourds rideaux en velours rouges empêchent toute lumière de pénétrer. Sur l'étagère s'alignent des manuels de chimie et l'édition complète d'un dictionnaire allemand.

« Je n'ai rien à vous dire », est la première réponse de Sture Folkman après qu'ils ont expliqué la raison de leur visite, ce qui n'empêche pas Malin et Zeke d'entrer et de prendre place sur les fauteuils du salon.

Sture Folkman reste dans le couloir, dubitatif. Ils l'entendent se traîner jusqu'à la cuisine d'une propreté maniaque. Malin l'a constaté en passant. Des couteaux démodés aux manches en bakélite sont rangés dans un présentoir à côté de l'évier.

Puis, il les rejoint.

« Partez.

– Seulement quand vous aurez répondu à nos questions.

– Tirez-vous, retournez à Linköping. C'est sûrement de là que vous venez. Maudite ville. J'étais dans cet hôpital de con le mois dernier. Quel crétin d'urologue. »

Il se laissa retomber sur une chaise à côté de l'étagère.

« Je n'ai jamais eu affaire aux flics.

– Mais vous auriez dû.

– Pourquoi ?

– Vous avez abusé de Louise Svensson, et à plusieurs reprises. N'essayez pas de le nier, nous savons tout.

– Je…

– Et vous ne vous êtes sans doute pas privé de faire la même chose à votre nouvelle famille. Je me trompe ? Où sont-ils à présent ?

– Ma femme est morte il y a quatre ans. Une tumeur au cerveau.

– Et vos deux filles ?

– Que leur voulez-vous ?

– Répondez.

– Elles sont loin. En Australie.

– Est-ce qu'elles y vivent ? »

Sture Folkman ne répond pas.

« Que savez-vous sur les meurtres des jeunes filles à Linköping ?

– Que suis-je censé savoir là-dessus ?

– Pouvez-vous imaginer que Louise ait quelque chose à voir là-dedans ?

– Louise ? Je ne lui ai plus parlé depuis une vingtaine d'années au moins. »

Sture Folkman croise les mains, les renifle puis les laisse retomber sur son pantalon noir.

« Vous avez d'autres crimes sur la conscience ? »

Le ton de Zeke indique qu'il est sur le point d'exploser. Bientôt, il sera brutal.

« Alors ? Oui ou non ?

– Zeke. »

Sture Folkman tend ses mains vers eux, ses doigts blancs croisés comme un grillage de treillis.

« Qu'est-ce que vous voulez au juste ? Qu'est-ce que vous attendez de moi ? »

En retournant à la voiture, Malin observe Zeke qui essaie de se débarrasser de sa colère et de son mépris. Il lui lance la clé.

« Conduis, toi. »

Malin est au volant de la voiture lorsqu'ils quittent Finspång. Zeke prend enfin la parole.

« En tout cas, ce vieux schnoque a tapé dans le mille. Qu'est-ce qu'on lui voulait en fait ?

– Ça s'appelle suivre une piste, Zeke. C'est ce qu'on fait normalement. On regarde en arrière pour avancer.

– Quand même. Tout ça paraît si aberrant qu'il y a de quoi désespérer. »

Malin ne répond pas. Au lieu de ça, elle fixe son regard sur la route et se demande ce qu'il peut bien y avoir dans l'âme de quelqu'un qui a subi les visites nocturnes de ces doigts blancs, au cours des années où se construit toute sa confiance en autrui.

On devient méfiant, peureux et l'on est convaincu que tous nous veulent du mal.

Incapable de se lier. Une vie telle une odyssée. Tout ce qui pourrait relever de la connaissance de soi est répandu au vent.

46

LE PLAN d'eau de Sturefors resplendit dans la lumière de l'après-midi qui s'éteint.

La veste de Waldemar Ekenberg lui colle à la peau, tandis qu'il se tient en sueur sous le chêne derrière le ruban de sécurité.

L'arme dans son holster lui chauffe la poitrine, même le métal caché sous le tissu ne parvient pas à garder sa fraîcheur.

Suliman Hajif est debout à côté du trou qui a servi de tombe à Theresa Eckeved. Il porte un jean et un tee-shirt blanc. Pour l'excursion qu'ils entreprennent à présent, il a pu abandonner sa tenue de prisonnier. Il a les mains dans le dos, menottées, pour l'empêcher d'avoir de mauvaises idées.

Les baigneurs sont de retour.

En arrivant, ils ont observé un moment le manège des policiers, mais sont retournés très vite à leurs serviettes. Ils étaient sûrement d'avis que la raison de cette visite était bien trop effroyable pour gâcher une si belle journée d'été :

C'est là qu'ils ont trouvé la fille. C'est la police. C'est là que ça s'est passé. Quel âge elle avait ? Quatorze ans. Le meurtre de l'été. Là-haut, près du chêne, c'est là que ça s'est passé.

Seuls deux garçons portant le même maillot de bain se tiennent devant le ruban pour assister au spectacle. Le kiosque est fermé, sinon les gamins auraient déjà un esquimau à la main.

« Dégagez de là. » Per Sundsten tente d'avoir une voix autoritaire.

Sven Sjöman avait été plutôt sceptique face à leur idée d'amener le suspect sur les lieux du crime en espérant qu'il craque et passe aux aveux.

« Mais son avocat sera là.

– On s'en fout de l'avocat. On n'a pas le temps pour ça, avait dit Waldemar. Les filles, Sjöman, pense aux filles.

– Ok. Mais restez en retrait. »

Le visage de Zeke était crispé, assis à son bureau, en proie au doute, conscient de la bavure.

« Cassez-vous. » Le regard de Waldemar se vrille dans celui des garçons jusqu'à ce qu'ils battent en retraite et repartent la queue entre les jambes en direction de la plage.

« Alors, c'est là que tu l'as enterrée, n'est-ce pas ? C'est aussi là que tu l'as assommée ? »

Suliman Hajif secoue la tête et chuchote :

« Mon avocat devrait être là aussi.

– On a essayé de le joindre, dit Waldemar. Mais il n'a pas rappelé. Il s'en fout complètement de ta gueule.

– Tu ferais mieux de vider ton sac, dit Per. Ça te fera du bien. Et puis les gars de la technique ne vont pas tarder. On aura de toute façon la preuve que c'est toi qui les as violées avec un gode. »

Suliman Hajif secoue à nouveau la tête.

Waldemar avance d'un pas, le saisit par la nuque, fermement mais d'une manière qui, de loin, paraît fraternelle.

« Alors, tu continues à faire le muet ? »

Un gémissement, mais pas de paroles.

« Allons sur l'autre lieu du crime », dit Waldemar en entraînant Suliman Hajif avec lui.

C'est en passant devant la sortie de Tornby que Malin reçoit l'appel. Malgré son ton formel, la voix de Karin Johannison est excitée.

« C'était la même peinture. La peinture retrouvée sur le sextoy de Suliman Hajif correspond aux échantillons prélevés sur les filles.

– Alors c'est le même godemiché ?

– Difficile à dire. C'est le même modèle en tout cas. Même si les restes retrouvés sont ceux qui manquent sur l'engin de Suliman Hajif, il n'y a aucun moyen de le prouver. »

L'estomac de Malin se noue.

La correspondance entre les particules, c'est une chance. Mais la probabilité de voir apparaître deux godemichés du même fabricant au cours de la même enquête ?

« Y avait-il d'autres traces sur les objets ?

– Non.

– Désolée Malin. Pas de nouveaux indices. »

Le même sextoy.

Ils sont en route pour le cabinet de Viveka Crafoord, pour la séance d'hypnose.

Cela est-il encore nécessaire ?

« Merci, Karin. Tu informes Sven Sjöman ?

– Bien sûr. Tout de suite. »

« Donc, c'est le même gode ? D'accord, on sait seulement que c'est le même fabricant. Mais c'est quand même clair, non ? »

Waldemar est surexcité au volant de sa Saab bleue ; Sundsten et Suliman Hajif sur la banquette arrière. Ils viennent de passer devant le petit paradis de Sturefors. Sur la piste cyclable à côté d'eux, un couple de retraités se balade en cahotant sur un tandem flambant neuf.

« Il est avec nous, on rentre. Non, rien. Pas un mot. »

Ils raccrochent.

Sans détacher ses mains du volant, Waldemar tourne la tête et lance :

« Voilà sale bougnoule, c'est fini pour toi. »

Puis il s'enfonce dans la forêt. Per sait ce qui va se passer, il ne le veut pas, mais laisse faire.

La réaction de Zeke à l'appel de Karin :

« Alors on laisse tomber cette histoire d'hypnose ? On dirait que tout est clair comme de l'eau de roche maintenant. Tout ce qu'il nous faut maintenant, ce sont des aveux.

– Ce n'est pas clair comme de l'eau de roche, dit Malin sans détourner le regard de la route. On va faire cette hypnose comme prévu. Josefin est sûrement déjà au cabinet de Viveka. Dans le meilleur des cas, on aura un témoin. Et peu importe ce qu'elle dit, ça peut nous apporter de précieuses informations. Tu n'es pas d'accord ? »

Zeke hoche la tête.

« Je veux que tout ça se finisse enfin, dit Zeke. Que les gens lisent demain matin dans le *Corren* qu'on a serré le monstre et qu'ils peuvent de nouveau laisser leurs filles jouer tranquillement, sans avoir peur. »

Tove. Est-ce que j'ai peur ?

Non. Si.

« Ça viendra, Zeke, dit Malin. L'affaire est pratiquement résolue. Il faut juste qu'on referme le sac. »

Waldemar Ekenberg serre le poing et l'envoie directement sous les côtes de Suliman Hajif, là où la douleur est la plus vive, où le coup ne laisse pas de traces.

Suliman Hajif s'écroule.

Per Sundsten joue le gentil flic en l'aidant à se relever. Mais ce n'est que pour lui permettre d'en recevoir un autre.

Le jeune homme reste muet.

Aucun mot, seulement un gémissement et puis le voilà allongé par terre se protégeant le visage de ses mains dans la forêt silencieuse.

La mousse forme un tapis jaune et sec sur la terre, les arbres ont perdu leur chlorophylle, mais tout au fond d'eux la vie est toujours là et réclame de la pluie.

« Tu as violé et assassiné Theresa Eckeved et Sofia Fredén. Pas vrai ? Et tu as aussi violé Josefin Davidsson, hein ? Espèce de sale porc. Je vais te tuer de mes propres mains si tu ne finis pas par cracher le morceau. »

Il doit sentir qu'Ekenberg ne plaisante pas.

Suliman Hajif essaie de se relever mais ses jambes refusent de le porter, il titube et Per peut lire la terreur dans ses yeux.

Waldemar sort le pistolet de son holster. Il se penche sur Suliman Hajif et lui presse le canon dans le dos.

« C'est très simple. On va prétendre que tu as essayé de t'enfuir et qu'on a été obligés de tirer pour te retenir. Un double meurtrier assorti d'un violeur. Personne n'en doutera. Les gens seront même reconnaissants. »

Per hésite.

« Lève-toi ! hurle Waldemar tandis que Suliman Hajif rampe à terre, essaie de se lever et crie :

– Mais je ne peux pas avouer une chose que je n'ai pas faite ! »

Le pistolet est maintenant sur sa tempe.

« N'essaie pas de te tailler. »

C'est là que Per intervient, tape sur la main de Waldemar pour se saisir de son arme.

« Putain, qu'est-ce que tu fais ?

– Ça suffit maintenant. Tu piges ? Ça suffit. »

Un coup de vent traverse les feuilles des arbres et mille feuilles jaunes se détachent comme une pluie dorée sur la clairière de la forêt.

« J'ai acheté le gode à Stene du magasin Blue Rose ! crie Suliman Hajif. Il m'a dit qu'il en a vendu des douzaines. Comment vous pouvez savoir que c'était le mien ?

– Merde », souffle Waldemar et Per pense : Tu l'as dit, Waldemar.

« Bon sang, pourquoi personne n'est allé dans l'unique sex-shop de la ville pour se renseigner sur les godes qu'il vend ? Putain d'Internet. Faut croire que les gens continuent d'acheter leur bordel dans les magasins, hein ? »

Per prend Waldemar par le bras.

« Allez, calme-toi. C'est un été de fou. On a de la pression de tous les côtés. Parfois on ne voit pas ce qu'on a sous le nez. »

Un quart d'heure plus tard, Waldemar se tient devant le comptoir du Blue Rose dans la Djurgårdsgatan, le sex-shop établi dans la ville depuis des années. Un large sourire apparaît sur le visage flasque et parsemé de poils de barbe de Stene.

« Un gode bleu ? »

Stene s'approche d'une étagère à l'arrière du magasin. Il revient avec un carton multicolore. L'objet bleu à l'intérieur est à moitié caché par une inscription qui crie « Hard and horny ! ».

« Ce truc se vend comme des petits pains. J'en ai au moins vendu quarante ces dix-huit derniers mois.

– Vous tenez un listing de vos clients ?

– Non, quelle idée. Jamais de la vie. La discrétion est une question d'honneur pour moi. Et puis j'ai une très mauvaise mémoire des visages.

– Des cartes de crédit ?

– Cette maudite banque me prend sept pour cent. Ici on paie cash. »

Malin se gare sur le parking de l'église Filadelfio en ignorant volontairement le parcmètre. Zeke et elle traversent la rue Drottningsgatan, font taire leurs estomacs et l'envie de faire une incursion au McDo avant d'y aller.

Ils sonnent à la porte du numéro douze de la rue Drottningsgatan et Viveka Crafoord les fait entrer. Dans la salle d'attente, Josefin Davidsson est assise à côté de sa mère sur le canapé.

Viveka est assise dans son fauteuil en cuir derrière son bureau, le visage reconnaissable dans la lumière qui tombe par la fenêtre donnant sur la Drottningsgatan. Une lumière étrange et mystérieuse, pense Malin.

« Commençons, dit nerveusement Josefin. Je veux savoir ce qui s'est passé. »

Tu n'es pas la seule, songe Malin.

47

LE SOUVENIR *de la violence est quelque part en toi, Josefin. Les synapses seront reliées entre elles et tu pourras te souvenir. Mais est-ce vraiment ce que tu souhaites ?*

Nous nous souvenons. Nous pouvons voir ce qui nous est arrivé et comment nous avons disparu.

Sofia et moi, nous sommes ensemble. Peut-être même que nous sommes dans un bel endroit entre la conscience et l'inconscience ? Mais surtout pas en ce lieu que les hommes nomment la vie.

Nous pouvons deviner qui nous étions vraiment, notre espace peut prendre la couleur que nous voulons, et nous pouvons être qui nous voulons.

Nous sommes avec toi maintenant, Josefin, dans le cabinet de la psy.

Nous avons besoin de tes souvenirs.

Peu importe la vérité qui en sortira, nous en avons besoin pour trouver la paix, pour ne plus avoir peur du noir.

N'aie pas peur, ce ne sont que des souvenirs.

Bien sûr, c'est ta vie que nous utilisons en quelque sorte.

Mais souviens-toi, Josefin, nous les anges d'été n'avons rien à part nous-mêmes.

Le pendule s'agite devant mes yeux.

Les rideaux, les livres à la couverture en cuir sur l'étagère, des gravures représentant des paysages – cette pièce est décorée dans le plus pur style anglais.

Elle fait tourner le pendule. Ce n'est pas dans les films qu'on fait comme ça ?

Ça sent le renfermé ici, elle n'aurait pas pu aérer ? Ou mettre un peu de parfum d'ambiance ?

Cet étrange canapé est confortable, pense Josefin en essayant de se concentrer sur le pendule, mais ses pensées ne cessent de dériver, son regard passe rapidement d'une personne à l'autre.

La policière est debout derrière la psy.

Qu'est-ce qu'elle espère ?

Elle me fixe. Arrête de me mater comme ça ! Peut-être qu'elle a lu dans mes pensées, parce qu'elle tourne tout à coup la tête.

Le chauve est assis sur la chaise noire devant la fenêtre. Calme, mais intimidant. Et puis, il y a encore maman qui se fait un sang d'encre. Je n'ai pas peur. Je ne suis plus un bébé, elle devrait le piger.

Et cette psy.

Son regard est irrité. Elle remarque que je pense à autre chose.

« Regarde le pendule et écoute ma voix. »

Pourquoi, tu as dit quelque chose ?

« Je vais essayer. »

La psy dit :

« Respire profondément » et je respire profondément. « Suis les mouvements du pendule » et je suis les mouvements du pendule, « sens comme tu es en train de partir » et je me sens partir.

Mes paupières sont lourdes et se ferment. Tout est noir, mais en même temps clair. Où suis-je ?

Enfin, pense Malin, en observant Josefin Davidsson sombrer en elle-même et réagir aux consignes de Viveka Crafoord.

Elle a couché ses questions sur le papier après que Viveka lui a expliqué qu'elle seule parlerait lors de la séance, sans quoi cela pourrait être difficile. De plus, il ne s'agirait pas d'une conversation éveillée mais d'une suite d'images et de mots.

Viveka pose le pendule sur son bureau.

Le bruit de la circulation dans la rue Drottningsgata emplit la pièce.

On nous entend tous les cinq, songe Malin qui sent qu'ils sont en train de former un tout. Le visage de Zeke est sans expression, Malin connaît son scepticisme face à cette séance, même s'il n'oserait pas l'admettre.

Viveka prend la feuille où sont notées les questions.

« Tu m'entends Josefin ? J'aimerais te poser quelques questions. Tu veux bien y répondre ? »

Une pièce blanche, sans résonance et une voix étrangère, ma propre voix.

« Demandez-moi.

– Je vais donc commencer à te poser des questions.

– Je suis fatiguée, j'aimerais dormir.

– Trädårgsföreningen, le parc municipal, dit la voix étrangère tandis qu'une lumière claire et pure s'introduit par un trou dans le mur, la fenêtre s'assombrit avant de disparaître.

– C'est là que je me suis réveillée.

– Que s'est-il passé avant que tu ne te réveilles ?

– J'ai dormi. Et avant de dormir, j'étais au cinéma. »

La lumière disparaît à présent, la pièce devient grise et une silhouette noire s'avance vers moi. Ce pourrait être un loup ou un chien, un lapin ou un humain, mais quel être humain se déplace à quatre pattes ?

« Sors le chien.

– Est-ce que c'était un chien qui t'a endormie ?

– Il est parti maintenant.

– Qui t'a endormie ?

– Maman. »

La pièce est à nouveau blanche et je suis seule, des étagères sont accrochées au plafond comme d'énormes lampes. Je me vois dormir là-bas, quelque mains me tapent dans le dos, ça sent la piscine.

« Des mains.

– Ce sont elles qui t'ont endormie ?

– Oui.

– Les mains d'un homme ou d'une femme ?

– Je ne sais pas.

– Te rappelles-tu comment la soirée a commencé ? »

Les murs de la pièce disparaissent, je me vois roulant à vélo sur l'asphalte en train de traverser une petite forêt, le Rydskogen, pour aller en ville. Je ne sais pas pourquoi je prends ce chemin. Pourquoi ?

« J'étais dans la forêt.

– Dans quelle forêt ?

– Dans la mauvaise forêt. Pourquoi ? »

Toujours cette voix de femme irritante, plus vieille que celle de la plupart des gens.

« Pourquoi était-ce la mauvaise forêt ?

– Parce que quelqu'un me guettait.

– Qu'y avait-il dans la forêt ?

– Quelque chose.

– Dans quelle forêt ? »

Une force me tire vers le bas. Maintenant il n'y a plus que moi, et je m'endors puis me réveille au bruit d'un moteur de voiture.

« Après, j'étais dans une voiture.

– Où allais-tu ?

– Vers de grandes étagères suspendues au plafond.

– Tu étais dans un entrepôt ? »

Mon corps est allongé sur un plateau de chargement, je suis attachée, ça brûle, ça pue. Que fait-il avec moi ? Ses dents son étincelantes, il me coupe et ça fait mal dans tout le corps, arrête de m'écraser, arrête de m'écraser.

« Arrête de m'écraser, ARRÊTE, TU M'ÉCRASES, ARRÊTE, ARRÊTE !!! »

La voix étrangère :

« Ne t'inquiète pas, tu es en sécurité ici, tu peux te réveiller maintenant. »

Je suis de retour dans la salle blanche, la silhouette noire s'éloigne et je cours le plus vite possible à l'extérieur, je me perds et me réveille dans un pavillon, c'est le matin et quelqu'un de bon me réveille, bien que je ne sois pas en train de dormir. Est-ce que c'est quelqu'un de bon ?

« Je me suis échappée, j'étais réveillée mais je n'ai rien vu.

– Qui t'a retrouvée dans le parc ?

– Peut-être quelqu'un. Est-ce qu'il était humain ?

– Tu peux te réveiller maintenant. Réveille-toi. »

Noir.

J'ouvre les yeux.

La policière, le flic et la psy. Ils ont tous une chose en commun : ils ont l'air troublé.

Josefin et sa mère ont quitté le cabinet. Zeke a pris ses aises sur le canapé et on dirait qu'il est prêt à entamer une thérapie.

Viveka est assise derrière son bureau, Malin est toujours à la fenêtre. Elle regarde les voitures dehors et semblent presque se dissoudre dans la lumière mate.

« Hé bien, on en sait plus maintenant, dit Zeke. Enfin, un peu plus.

– Si j'ai bien compris, commence Malin, elle a été attaquée dans la forêt puis emmenée dans un entrepôt où elle a été violée jusqu'à ce qu'elle réussisse à prendre la fuite, et cette fuite l'a conduite dans le parc.

– Elle a sûrement été endormie dans la forêt, intervient Viveka.

– Mais elle n'a rien dit sur son agresseur, ajoute Zeke.

– Pas un mot, confirme Malin.

– Je suis désolée, déclare Viveka, mais les interrogatoires sous hypnose apportent très rarement des réponses concrètes. La conscience ne veut pas se souvenir des choses horribles.

– Tu as fait de ton mieux, dit Malin.

– Est-ce qu'on doit réessayer encore une fois ? Dans quelques jours ? »

L'expression de Zeke a changé, il paraît désormais y croire.

« Je crains que cela soit inutile, répond Viveka. La mémoire est couplée à un système d'autoprotection. Et celui-ci s'est fermé hermétiquement. »

Malin se sent fatiguée, épuisée. Elle aimerait rentrer auprès de Tove et que ces enquêtes donnent enfin un résultat.

Lequel lui est presque égal maintenant.

48

L'HORLOGE murale de la salle de conférence indique 18 h 15, et la trotteuse des secondes tourne frénétiquement mais sûrement à trois cent soixante degrés.

Toute l'équipe chargée de l'enquête est réunie autour de la table. Tous sont fatigués, le visage brillant de sueur, les vêtements froissés et tachés de poussière.

La réunion vient de commencer.

Malin fait son rapport sur Svea Svensson et Sture Folkman, et enfin l'hypnose de Josefin Davidsson. Les techniciens n'ont rien trouvé dans l'appartement de Suliman Hajif à part des films pornos sur son ordinateur, mais absolument rien qu'on puisse relier aux deux meurtres.

Le magasin Blue Rose a écoulé vingt-quatre godemichés bleus et un assistant enquêteur a retrouvé plusieurs sites Internet où l'on vendait le même modèle. Ils étaient donc dans l'impasse concernant Suliman Hajif, en l'absence de nouvelles preuves ou d'aveux.

« Comment se fait-il qu'on ne se soit pas intéressés à Blue Rose avant ?

– On est simplement parti de l'idée que ce genre de choses s'achetait sur Internet, répond Malin. Et dans cette chaleur, aucun de nos cerveaux ramollis n'a pensé à cette boutique minable.

– Il y a des erreurs dans toutes les enquêtes, dit Sjöman pour dédramatiser. Mais on aurait pu éviter pas mal de boulot à la technique. Il n'y a aucun moyen de retrouver les clients de Blue Rose. On peut bien sûr les inciter à prendre contact avec nous, mais cela ne nous avancera à rien. Personne ne se revendique utilisateur de godemiché. Je pense que tout le monde est d'accord sur ce point, non ? Hajif, est-ce qu'on a des chances d'obtenir quelque chose de ce côté-là ?

– Il n'a pas d'alibi, mais c'est tout. »

Malin perçoit la lassitude dans la voix de Waldemar Ekenberg. Il pense à sa maison à Mjölby et à son petit pirate qu'il a envie de taquiner.

Une assistante, Aronsson, avait selon les directives de Malin fait une recherche approfondie sur les antécédents de Sture Folkman. En fouillant dans les archives, elle avait découvert qu'une des deux filles qu'il avait eues de son mariage avec Gudrun Strömholm, Elisabeth, s'était suicidée à l'âge de dix-sept ans. On n'avait jamais douté de la cause de la mort et l'autopsie n'avait laissé aucune équivoque. Elisabeth Folkman s'était pendue. Raison : inconnue.

Elle avait également étudié les dossiers de la police de Nässjö concernant la mort du père de Louise Svensson. Son corps avait été repêché dans la rivière de Ryssbysjö, avec une blessure à la tête. Gunnar Svensson était sûrement tombé de son bateau en se cognant au bastingage puis était tombé inconscient par-dessus bord. On avait retrouvé des traces de sang sur le bastingage.

Sven annonce aussi que Yahoo s'est finalement manifesté au sujet du mot de passe de la messagerie de

Theresa et la seule correspondance qu'on y avait trouvée était des mails de Lovelygirl qui, selon toute vraisemblance, provenaient de Louise Svensson. Sa ferme était citée. D'après les mails, aucune rencontre n'était prévue au moment où le meurtre a été commis. Toujours pas de réponse de Facebook.

Louise voulait cacher son petit secret. Elle croyait peut-être qu'elle pourrait passer à travers les mailles du filet. Et quand on a fini par le découvrir, elle a encore essayé de se défendre.

Un être solitaire dans la forêt. Cela pourrait très bien être un pervers.

Sven ajoute qu'un expert à Stockholm est en train d'établir le profil psychologique du criminel, mais que tout cela serait long vu que tout le service a pris ses congés en même temps et que le psychologue qui le remplace vient de tomber malade.

« Quelles mauviettes, ces psys », dit Waldemar.

Malin se souvient de ce que Viveka a dit sur le profil du meurtrier, mais préfère le garder pour elle. Ce ne sont que de pures spéculations basées sur trop peu de faits.

« Vous devez quand même continuer à suivre toutes les pistes, dit Sven. Et essayez de trouver de nouvelles hypothèses. Faites marcher vos cellules grises. Ekenberg, Sundsten, vous irez interroger tous les délinquants sexuels que vous pourrez débusquer. »

Karim Akbar est assis à côté de Sven, l'air inquiet. Il sait qu'il va encore devoir faire face aux médias et que de nouvelles questions vont fuser, auxquelles il ne pourra pas apporter de réponse convaincante. Et la conférence est à sept heures.

En quittant la salle, Karim prie Malin de se rasseoir.

« Si tu savais à quel point j'ai envie de retourner à Västervik et de me baigner. »

Est-ce qu'il veut me parler de ses vacances ? pense Malin.

« Il y a quelque chose dont tu veux me parler ?

– Oui, j'aimerais que tu participes à la conférence de presse.

– À la conférence de presse ? Tu sais que je déteste ça.

– C'est un ordre, Malin. Puisque je ne peux pas leur donner de nouvelles infos, je vais au moins leur montrer le plus beau visage de la police de Linköping. »

Malin est sur le point d'exploser. En même temps, elle ne peut s'empêcher d'être flattée.

« Allez, sérieusement, je ne veux pas y retourner encore une fois pour ne rien avoir à leur dire. Ce serait bien que tu viennes avec moi. Et c'est plutôt une bonne chose. Ça les calmerait.

– Donc tu ne pensais pas ce que tu as dit au sujet de ma beauté ? »

Karim sourit.

« Regarde-toi dans la glace.

– On ne pourrait pas parler du gode ?

– De quoi ? Que c'est le même fabricant ?

– Oui.

– Non. Ce serait leur donner Suliman Hajif en pâture. Et il ne l'a pas mérité. Tu as vu toi-même les journaux d'hier. Ils sont déjà assez graves. »

Les pages pleines de photos de Suliman Hajif, des cernes noirs sous les yeux. Des légendes du style : *Le meurtrier de l'été a-t-il été arrêté ? Peur à Linköping.*

Le plus beau visage ? Cet été m'aura amenée aussi loin – à jouer les mannequins devant les photographes.

Vingt minutes plus tard, Malin et Karim pénètrent dans le hall où les attend un groupe de journalistes. La chaîne publique nationale SVT est la seule chaîne représentée, mais il y a par contre plusieurs stations de radio et une dizaine de journalistes de presse écrite ainsi que deux photographes, sûrement ceux du *Corren* et de *TT*. Il y a quelques jours, ils étaient encore deux fois plus nombreux. Plus l'enquête dure, moins la presse s'y intéresse.

« Nous suivons plusieurs pistes », dit Karim.

Les flashes crépitent et il poursuit :

« Nous sommes sur le point de découvrir la vérité mais je ne peux malheureusement pas vous en dire plus pour le moment.

– Et vous, madame Fors, pouvez-vous nous dire quelque chose ? »

Encore un clic, un flash. Malin cligne des yeux.

Daniel. Elle ne l'avait pas vu avant, il a dû arriver plus tard.

« Non.

– Rien ? »

Malin observe la troupe de reporters aux yeux affamés, curieux et las à la fois, comme les siens, et avant qu'elle puisse y penser, les mots s'échappent de sa bouche.

« Hé bien, nous avons contacté un psychologue qui va établir le profil psychologique du criminel. Il s'agit probablement de quelqu'un qui a lui-même subi des sévices sexuels durant son enfance, peu de confiance en soi et beaucoup de problèmes avec son image. Une personne qui fait partie de la société mais qui en est exclue en même temps. Je ne peux pas en dire plus.

– Et le nom du psychologue ?

– Nous ne pouvons malheureusement pas le rendre public. »

Karim prend le relais, semble s'être fait à l'idée que Malin ait divulgué des informations que personne d'autre ne possède et avoir admis qu'elles n'allaient pas faire trop de dégâts.

« Ce profil n'est pas encore officiel et n'est que provisoire, un profil plus détaillé est en train d'être établi à la centrale de la police criminelle à Stockholm.

– Et Suliman Hajif ? Est-il toujours incarcéré ? Y a-t-il de nouvelles preuves contre lui ?

– Il est toujours en garde à vue.

– Mais vous pensez pouvoir bientôt le rayer de la liste des suspects ?

– Sans commentaire, répond Karim. C'est tout, merci. »

Plusieurs reporters émettent le souhait d'avoir une interview individuelle avec Malin, mais celle-ci se dérobe avec des commentaires du genre :

« Ma fille m'attend à la maison. J'aimerais rentrer, désolée. »

Tove et Malin mangent les derniers restes de leur pizza, elle n'est plus très chaude mais par cette chaleur elle est presque meilleure froide.

Tove est encore fatiguée du voyage en avion. Elle a dormi toute la journée, n'est pas encore allée se baigner et n'a même pas encore vu Markus. Mais elle lui a déjà parlé.

« Quand est-ce que tu verras Markus ? demande Malin en fourrant le dernier morceau de pizza dans sa bouche.

– Demain, dit Tove d'une voix dans laquelle Malin perçoit la fin d'une histoire d'amour.

– Il t'a manqué ?

– Je ne sais pas, maman. On ne peut pas parler d'autre chose ? Tu es obligée de me saouler tout le temps avec Markus ? »

Depuis le salon, on entend que les infos du soir commencent.

« Il se pourrait que je passe à la télé », dit Malin.

Le visage de Tove s'éclaire.

« Il faut que je voie ça ! »

Le sujet passe en troisième position et en l'absence de faits nouveaux, on s'étend en long et en large sur le profil psychologique du meurtrier. Malin en gros plan lorsqu'elle répond aux questions. Elle trouve qu'elle a l'air vieille et fatiguée. « Tu es super, maman, dit Tove avec un sourire malicieux.

– Merci Tove, ça me fait chaud au cœur.

– Pourquoi, tu as froid ?

– Arrête. »

Puis un autre plan, de nouveau sur Malin à qui l'on demande une interview mais qui refuse d'un air stressé.

« Ma fille m'attend à la maison. J'aimerais rentrer, désolée. »

Tove lui jette un regard interrogateur.

« Pourquoi est-ce que tu as dit ça ?

– Je ne sais pas. C'est bête ?

– Non, ça fait bizarre, c'est tout. »

Puis vient la météo. La canicule se poursuit. Pas de rafraîchissement en vue.

La commissaire Malin Fors apparaît à l'écran dans ma pièce secrète. Les étagères se tordent et je ne remarque pas l'odeur, seulement la chaleur, une chaleur que je dois traverser tout droit.

Je l'ai vue nager au Tinnis.

Elle venait se rafraîchir.

Croit-elle peut-être me connaître ? Croit-elle pouvoir simplement appeler des psys pour découvrir qui je suis ?

Et raconter tout ça à la télé, pour que tous puissent le voir ?

Si tout était aussi simple dans cette vie de merde, j'aurais déjà accompli ma seule et unique tâche.

Il faut que l'on se retrouve. Aucun d'entre nous ne doit plus jamais être seul ou avoir peur.

Je nous préserverai tous comme le feu qui détruit tout pour permettre une vie nouvelle.

Tu bouges en moi.

Ce doit être un signe, ce qui s'est passé récemment.

Est-ce que je dois leur griffer le cou ? C'est ça que tu veux ?

Je vais essayer avec les pattes. Elles doivent te faire revivre. Ta peau doit devenir une robe blanche. Impossible de le découvrir. Et le jouet. Je l'ai acheté il y a plus d'un an en ville et l'ai payé en liquide. Il m'a dit vendre souvent ce modèle. Je savais que j'allais m'en servir un jour.

Je vais te la laisser. Elle doit devenir toi, tu dois devenir elle.

Elle me montre le bon chemin, Malin Fors. La douleur donne naissance à la douleur, qui elle-même donne naissance à l'amour. Pourquoi ? Elle doit être le monde pour elle. Non ? J'espère juste qu'elle a le bon âge. Mon ange d'été. L'amour pur de mon ange d'été.

L'équilibre. Peut-être que c'est cela qui manque ? Ce qui me manque. Ce qui nous manque.

49

Vendredi 23 juillet

TOVE *roule à vélo, elle fait bien attention de ne pas rester bloquée dans la circulation. Mieux vaut avancer lentement que pas du tout.*

Elle a rendez-vous avec quelqu'un, n'est-ce pas ?

Si, je pense que si.

Nous ?

Non.

Je ne le veux pas non plus. Cela me rendrait dingue.

Elle traverse le Tinnerbäcken et monte péniblement la colline vers Ramshäll, là où habitent les riches.

Elle n'est pas riche.

Non.

Je ne la vois plus.

Elle est sous les arbres.

Mais tu peux le sentir aussi, hein Sofia ?

Oui, je le sens.

Elle doit faire attention.

Très attention.

Markus.

C'est bizarre. Au début, elle ne pouvait rien faire sans lui, puis tout est devenu normal, pas ennuyeux mais normal. Il n'est pas devenu un ami mais ce n'était quand même plus comme avant.

Tove savait qu'il n'allait pas lui manquer à Bali, elle le savait, et elle avait compris ce que cela signifiait.

Ici, à la maison, il fait plus chaud que là-bas. Et la lumière est dix fois plus aveuglante. Mais Tove aime bien quand le monde est un peu plus orange.

Son cœur bat dans sa poitrine lorsqu'elle appuie sur les pédales pour gravir la colline, passant devant les villas et les grands chalets où vivent les notables de la ville.

Les parents de Markus en font partie. Médecins tous les deux. Au début, cela lui plaisait : leur grande maison, que tout soit si différent de chez elle, comme dans les livres qu'elle lisait, la jeune fille simple et l'homme de bonne famille.

Mais la maison aussi a fini par devenir normale. Bali par contre n'était pas normal.

Elle se rend chez Markus.

Il doit se douter de quelque chose, pense-t-elle. Il a dû remarquer au ton de sa voix au téléphone qu'elle était distante. Elle a réfléchi à tout ça dans son lit avant de s'endormir. Qu'elle ne s'imagine pas rester avec Markus comme avant, ils pourraient toujours se voir, mais plus comme ça.

Seulement, comment le lui annoncer ?

On dirait qu'il a plus de sentiments pour elle qu'elle en a pour lui.

Un fourgon blanc la dépasse lentement. Sûrement un jardinier qui cherche une adresse.

Elle se tient enfin devant la maison blanche. Les grands pommiers ont l'air désolés. La porte d'entrée s'ouvre avant même qu'elle ait posé son vélo.

Markus, maigre et pâle, lui sourit.

Tove lui rend son sourire et espère que son sourire paraît naturel. Heureusement qu'il ne peut pas voir mes yeux.

Puis elle pense : est-ce que c'est toujours comme ça ? Que tout paraît triste quand on ne s'aime plus ? N'y a-t-il pas d'autre solution ?

Karin Johannison est assise dans son bureau, mais ne tient pas en place. Elle se relève, pose ses pieds sur la table, les ongles vernis en rose vont parfaitement avec les lanières rose pâle de ses sandales Prada. Elle les a achetées à Milan au printemps, quand ils y étaient allés pour un week-end.

Karin ne sait pas vraiment pourquoi, mais l'une des raisons de sa nervosité est sûrement qu'elle et Kalle ont passé une nuit de sexe torride. La fenêtre était grande ouverte et la chaleur de la nuit humide les avait rendus fougueux.

Elle le sent encore en elle, veut l'avoir en elle. Est-ce pour cela qu'elle ne tient pas en place ?

Ils ne se parlent plus beaucoup, et de pas grand-chose.

Et jamais du fait qu'ils ne peuvent pas avoir d'enfants, malgré les innombrables médecins qu'ils ont consultés. Au lieu de ça, ils baisent. Ils le font depuis qu'ils se connaissent et maintenant, leurs relations sexuelles les confortent dans le bonheur, dans leur attention. Karin sait qu'ils ne pourront pas se voiler la face éternellement. Seul un enfant pourra les rendre heureux.

On ne doit pas avoir peur de l'amour sans mots. Les mots ne mènent pas très loin de toute façon.

Mais il y a autre chose qui la tourmente.

Ai-je omis quelque chose d'important ? Est-ce cela qui ne me laisse pas en paix ?

Karin s'assied, allume son ordinateur et parcourt à nouveau le rapport concernant Josefin Davidsson. Imperméable.

Elle relit aussi le rapport sur Theresa Eckeved.

Elle a sûrement été tuée près du plan d'eau.

Pourquoi ? Aucune trace sur son corps n'indique qu'elle a été transportée après son décès.

Les prélèvements effectués sous ses ongles correspondent à la structure et à la composition de la terre du lieu de baignade.

Mais ai-je vérifié tous les ongles ? Tous les restes de terre ?

Non.

Elle aurait dû. Il peut y avoir différentes sortes de terre sous les ongles.

J'étais sûrement trop pressée de fournir un rapport à Malin et je suis partie du principe que la terre était la même sous tous ses ongles.

Il faut que je vérifie ça. S'il n'y a vraiment que de la terre sous ses ongles.

Elle se souvient du corps nettoyé. Frotté à la brosse dure, et pourtant, ils avaient retrouvé des échantillons de terre, même à peine perceptibles. Comment le meurtrier avait-il pu ne pas les voir ?

Elle est debout devant ce qui était moi autrefois, elle gratte la terre sous mon majeur et sous l'index de ma main gauche.

Qu'a-t-elle l'intention de faire ?

Je ne m'habituerai jamais à la fraîcheur de cette pièce. Les petites persiennes sous le plafond, les plateaux métalliques, les caissons en alu dans lesquels nous reposons, le lit de métal ressemblant à une civière sur lequel je suis allongée et l'odeur d'alcool à brûler, l'enfermement.

Que veut-elle faire avec mes doigts ?

Doit-elle vraiment être aussi consciencieuse ? L'efficacité. C'est quand même moi qui suis allongée sur ce lit en inox, mon corps complètement froid, récuré, le sang figé dans mes veines.

Je veux que cette Karin arrête de me traiter comme une chose.

Je veux qu'elle me caresse le front, me montre que je suis quelqu'un. Mais elle travaille silencieusement et méthodiquement.

S'il te plaît. Caresse-moi le front. Remets mes cheveux en place. Montre-moi que je suis encore un être humain.

La climatisation du laboratoire a rendu l'âme. C'est fatal.

Justement, pour analyser la terre, la fraîcheur est nécessaire. La sueur perle sur le front de Karin, elle n'a pas revêtu sa blouse blanche et son chemisier sans manches violet étincelle dans la lumière des néons.

Il y a une minute, elle avait ce corps devant elle. Elle ne sait pas pourquoi, mais avant de refermer le tiroir, elle a ressenti le besoin de caresser le front de la jeune fille. Plusieurs fois. Calmement et avec précaution. Presque avec tendresse. Elle n'avait jamais fait ça auparavant.

Les résultats de la première analyse de terre sont posés sur son bureau, et le nouvel échantillon est dans le microscope.

Ses yeux s'adaptent à l'objectif. Elle voit immédiatement que ce n'est pas la même qualité de terre que la dernière fois. Celle-ci vient d'ailleurs que celle qu'elle a prélevée sur l'autre main. Le premier échantillon était de la terre sablonneuse, les cristaux beaucoup plus pointus.

Elle fait d'autres tests. C'est du terreau typique que l'on achète dans les jardineries. Cette terre provient donc d'un jardin ou d'un parc.

Elle peut alors avoir été transportée, songe Karin. Et si elle s'est débattue pour tenter de s'échapper, ce n'était pas sur cette plage.

Malin trouvera sûrement cela intéressant, même si cette information paraît insignifiante. Karin ouvre les rideaux. Elle aperçoit la façade jaune et blanche de l'hôpital.

Plus qu'une semaine avant les vacances.

Si je ne pars pas d'ici, je vais finir par tomber malade.

Karin parcourt le laboratoire du regard. Des tubes à essai, des pistons, l'armoire à pharmacie, les lunettes de protection, tout cela fait monter un désir indescriptible. Elle se voit sur la surface en métal, sa jupe en coton remontée et Kalle en train de la pénétrer profondément.

Le plus profondément possible.

Markus est assis sur le canapé, à quelques centimètres de Tove.

Il fait plus frais en bas, la piscine intérieure est vide pendant l'été.

« Pendant l'été on se baigne dehors ! » avait expliqué Biggan, la mère de Markus, quand Tove lui avait posé la question au mois de juin.

Il veut qu'elle s'approche de lui. Il n'a pas besoin de le dire, elle le sent bien assez. Mais Tove, elle, ne veut pas, elle veut juste lui dire qu'elle doit partir, mais ne sait pas comment commencer. Il va être triste.

« Assieds-toi près de moi. »

Son tee-shirt Iron Maiden lui donne un air de gamin. Tout comme cette passion pour le hard-rock. Comme s'il ne voulait pas devenir adulte bien que leurs corps ne demandent que cela.

Mais ils n'ont pas fait l'amour.

Markus le voulait et elle aussi, mais pas encore. Au début, ils s'étaient allongés sous une couverture à carreaux et elle avait pris son sexe dans sa main mais pas plus. Lui avait posé une main sur sa culotte, mais pas plus.

Cette chaleur étrangère lui avait fait peur. Elle ne sait pas pourquoi.

50

L'APPEL fut court.

Karin Johannison lui avait annoncé que le corps de Theresa Eckeved avait peut-être été transporté et que sous ses ongles se trouvait du terreau. Malin avait aussitôt répondu que si elle avait été transportée, ce devait être du jardin de ses parents dont les plates-bandes de fleurs étaient couvertes de terreau. Mais on pouvait le vérifier.

Zeke et Malin rejoignent Karin sur le parking du laboratoire de police. Mieux vaut venir ensemble, même si Karin roule avec son propre véhicule dont le coffre est rempli de matériel.

Ils s'arrêtent devant la maison de Theresa Eckeved.

Les secrets, paraissent chuchoter les voix. Viens, on te révèlera les secrets.

« Tu viens ? » crie Zeke à Karin, le front plissé. Son ton est plus agressif qu'impatient. Peut-être est-il en colère parce que Karin a peut-être omis un détail qui pourrait se révéler important. Mais combien de fois cela leur est-il arrivé à eux ? Comme le sex-shop par exemple ?

Personne n'est infaillible. Cela arrive d'oublier des détails.

« J'arrive. Tu peux prendre un sac s'il te plaît ? »

Zeke s'approche de Karin, prend l'un de ses deux gros sacs et ils remontent ensemble le chemin pavé côte à côte. Les buissons n'ont pas été arrosés. Oubliés.

Ils sonnent et Sigmar Eckeved vient ouvrir au bout de trente secondes.

Il leur jette un regard surpris et méfiant, mais aussi plein d'attente.

L'ont-ils coffré ?

Malin voit l'espoir dans ses yeux gris-bleu, une étincelle de vie. Elle lui annonce qu'ils ont des raisons de croire que leur fille a été assassinée à un autre endroit que le plan d'eau et que c'est pour cette raison qu'elle aimerait bien procéder à une fouille de la maison, histoire d'exclure l'hypothèse qu'elle ait été attaquée ici.

« Vous ne croyez quand même pas que je… que nous…

– Pas une seule seconde, le rassure Zeke et Sigvard Eckeved écarte son corps lourd, comme si des tonnes de tristesse avaient pris possession de lui pour toujours.

– Si ça peut faire avancer l'enquête, vous pouvez même mettre le feu à toute la maison si vous voulez.

– Cela ne sera pas utile, répond Zeke avec un sourire, et puis ça brûle assez dans le coin en ce moment.

– Oui, c'est vrai, approuve Sigvard Eckeved. Faites ce que vous jugez utile. Ma femme est en ville chez le psy. »

Malin longe les parterres de fleurs qui séparent la véranda de la piscine, à la recherche d'indices, de buissons cassés, de traces de lutte mais elle ne trouve rien à part des roses rouges depuis longtemps desséchées par le soleil.

Elle doit sans cesse passer une main sur ses yeux pour éponger la sueur. Elle voit Zeke de l'autre côté de la pelouse. Il y a un grand potager là-bas.

Karin est dans la maison. Malin pense qu'elle allait bien avec ce chic et cette piscine, dans son chemisier de marque sans manches, quand Zeke crie :

« Là ! »

Malin entend au ton de sa voix qu'il est sûr de son coup. Il a trouvé quelque chose.

« Elle doit avoir essayé de courir chez les voisins. »

Le sol est recouvert de plans de pommes de terre desséchées, de carottes et de rhubarbe que personne n'a voulu récolter. Les traces de lutte sont évidentes, presque figées par la chaleur et le manque d'eau. Ils peuvent voir aux traces de pas comment quelqu'un a dû tomber dans les plantes puis être tiré vers le haut, s'est débattu puis a plongé les mains dans la terre en essayant de se cramponner à la vie.

« Allons chercher Karin », dit Zeke.

Sigvard Eckeved est recroquevillé sur l'une des chaises de la terrasse. La mort de sa fille est encore plus palpable. Elle existe dans leur propre maison et Malin pense que l'idée l'a sûrement effleuré de quitter cet endroit.

Malin s'accroupit à côté de lui.

« Excusez-moi, dit-elle.

– C'est bon », répond Sigvard Eckeved. Malin comprend que tout cela ne signifie plus rien pour lui, que la situation ne peut pas être pire, et que c'est peut-être même une sorte de consolation pour lui de savoir que sa fille était à la maison quand elle a été agressée.

« Mais je ne sais pas comment je vais annoncer ça à ma femme, dit-il. Elle ne le supportera pas. »

Quand Karin a fini, elle se tourne vers Malin qui attend à l'ombre d'un poirier.

« Elle a dû venir de la piscine, dit Karin. C'est là que le tueur l'a attrapée et qu'elle a essayé de se débattre.

Mais je n'ai rien trouvé ici, pas de trace de sang ni d'autre chose.

– Regarde autour de la piscine.

– J'allais m'y mettre. »

Peu après, Karin fait le tour de la piscine. L'eau paraît bouillir dans la chaleur, et son bleu éclatant est à la fois séduisant et effrayant. Karin vaporise du Luminol sur le bois et les bords en pierre, espérant que le liquide fera scintiller des traces de sang dans la pénombre, en assombrissant une partie après l'autre à l'aide d'un drap de bain.

« Je le savais, dit Karin en arrivant à la partie de la grille en bois qui mène au garage. Je le savais », répète-t-elle.

Malin la rejoint et Zeke apparaît devant la maison.

« Regardez », dit Karin en leur faisant signe d'approcher. Ils découvrent une vingtaine de petites taches entourées d'éclaboussures.

« L'agresseur a tenté d'effacer les traces. Mais je peux vous garantir que c'est ici que Theresa s'est blessée à la tête.

– Est-ce que tu pourrais en déduire le groupe sanguin ? demande Zeke plein d'espoir.

– Désolée. Je ne peux rien faire, répond Karin. Ce n'est qu'un élément de la vérité. »

Malin s'accroupit à nouveau à côté de Sigvard Eckeved.

« Qui aurait pu avoir une raison de venir ici ?

– Qui ?

– Oui.

– Je ne sais pas.

– Vous n'avez vraiment aucune idée ?

– Non personne, désolé.

– Personne ?

– Non, c'aurait pu être n'importe qui.

– Pas de jardinier, par exemple ?

– Non, je fais tout moi-même.

– Et la piscine ?

– Nous avons quelqu'un qui vient tous les ans début mai pour la remplir. Mais le reste de l'année, c'est moi qui m'en occupe. Et l'été dernier, des ouvriers sont venus réparer la terrasse. »

Le portable de Malin se met à sonner dans la poche de sa veste.

« Ici Fors.

– Malin ? C'est Aronsson. J'ai fini de lire le dossier sur Sture Folkman. Tu veux que je te fasse le topo par téléphone ?

– Écoute, ce n'est pas le moment, là. On peut faire ça dans une heure ? Au commissariat ?

– Bien sûr. Il y a juste quelques trucs que j'aimerais éclaircir avec toi. »

Malin rempoche son téléphone.

Sigvard Eckeved a commencé à pleurer, tout son corps tremble. Malin aimerait bien l'aider mais elle ne sait pas comment faire et pose une main sur son bras, en silence. Elle ne lui dit pas que tout va s'arranger et que tout ira bien.

Ne pleure pas, papa.

J'ai peur mais je vais bien.

J'ai eu peur quand tout ça est arrivé près de la piscine. C'était horrible, vraiment horrible. Mais maintenant tout rentre dans l'ordre, je le sens.

Même le Mal a un point faible.

Il remonte à la surface et peut être vaincu.

Alors les gens pourront retourner se baigner et profiter de l'été, sans douleur.

Mais d'abord, les choses doivent trouver leur solution. Ce que vous appelez la vérité doit être dévoilé, peu importe à quel point c'est effrayant.

Et toi Malin, tu as une visite à faire.

Tu dois te visiter toi-même. Peut-être que ce retour en arrière te permettra d'aller de l'avant.

Je sais que tu ne m'oublieras jamais, papa.

Tant que tu te souviendras de moi, je serai là aussi.

C'est une consolation, non ?

51

LA MAISON est déserte, mais lorsque Malin regarde par la fenêtre du salon et voit les jouets éparpillés par terre, elle peut imaginer les cris d'enfants, les éclats de rire, les pleurs des disputes, les luttes pour une voiture en plastique, un ours en peluche ou un pinceau.

Dans la maison où elle a grandi habite une famille avec des enfants.

Elle a demandé à Zeke et à Karin de rentrer, prétextant avoir encore envie de se promener dans le quartier. Karin avait répondu que Zeke pouvait faire le trajet avec elle et, au grand étonnement de Malin, Zeke était d'accord.

Elle a sonné bien qu'elle se doute que personne ne soit à la maison et en fait le tour à présent. Le gazon est desséché, sans doute n'a-t-il pas été arrosé de tout l'été et de la peinture s'écaille sur la clôture en planches qui entoure la terrasse. Le bois est sec, il n'a sans doute pas été traité depuis des années.

Derrière la haie vivent désormais d'autres voisins, des jeunes. Malin se souvient d'elle jouant toute seule au foot dans le jardin, de son père qui lui criait de ne pas tirer dans le pommier ou dans les mûres pendant que sa mère sirotait son vin blanc dans sa balancelle et regardait plutôt en l'air que vers elle, comme si elle aurait préféré être ailleurs.

L'hiver. Des bonhommes de neige, les nuits et les jours pleins d'une obscurité qui ne finit jamais, ses joues rouges. Elle se rappelle la fois où elle s'est battue avec Ida, la voisine. Elle l'avait frappée si fort qu'elle en avait saigné du nez, et elle avait amèrement regretté son geste.

Le silence de ses parents. Leur façon de se faufiler autour d'elle comme des serpents et Malin qui sentait ces ténèbres dans son ventre, ce sentiment permanent que quelque chose clochait et devait à tout prix être gardé secret.

Qu'y avait-il que je n'ai pas vu ? Pourquoi papa était-il si distant la dernière fois au téléphone ?

Tout à coup, elle sent qu'ils lui manquent. Elle imagine ses parents à Ténériffe où elle ne leur a jamais rendu visite, sa mère en robe à fleurs et son père en short et polo. Ils prennent le petit déjeuner sur le balcon et parlent des voisins, du paysage ou du temps, mais jamais de Malin ni de Tove.

Pourquoi ne s'intéressent-ils plus à Tove ?

Cet amour réglementaire. Aussi peu de tendresse que possible. Elle est pourtant à vous, veut-elle crier. À vous.

Elle prend une profonde inspiration et sent que les années et tous ces souvenirs inaccessibles ont pris le pouvoir sur elle. Elle s'accroupit.

Qu'est-ce que c'est ? Qu'est-ce que je n'arrive pas à voir ?

La neige se transforme en eau.

Elle monte sur la terrasse, regarde par la fenêtre de la cuisine, et malgré la vitre fermée, elle peut entendre le robinet goutter.

La cuisine a été refaite, un modèle blanc Ikea, Faktum, qui luit dans le demi-jour. Dans la salle à manger à gauche se trouve une table, presque la même que celle qu'ils avaient, du pin blanc et des chaises inconfortables à haut dossier.

Le robinet goutte. L'eau. Toujours l'eau.

Des piscines pleines de chlore, les plans d'eau estivaux. Les efforts vains des filles qui ont un job d'été.

Quelle est la signification de l'eau ? pense Malin. Cela doit avoir quelque chose à voir avec la pureté, n'est-ce pas ?

Malin quitte la propriété, le plus rapidement possible.

« Qu'est-ce que tu as contre moi, Zacharias ? »

Karin Johannison appuie sur l'accélérateur et Zeke voit sa jupe en coton remonter le long de sa cuisse et ses longs cheveux blonds encadrer ses pommettes saillantes.

« Je n'ai rien contre toi, dit Zeke.

– On travaille si souvent ensemble, dit Karin. Ce ne serait pas plus facile si on arrivait à se supporter ? »

Zeke regarde par la fenêtre. Il reste silencieux. Il observe les arbres de l'autre côté de la piste cyclable et se demande ce qu'il a contre Karin, en réalité. Est-ce parce qu'elle est riche ? Parce qu'elle a cette assurance que l'on a quand on est né avec une cuillère en argent dans la bouche ? Ou bien doit-il chercher la raison de sa distance en lui-même ? Une femme. A-t-il un problème avec le fait qu'elle soit une femme qui plus est très attirante et qui ne colle pas du tout à l'image qu'on se fait d'un expert en analyses criminelles ?

Mais ce ne sont que mes préjugés, pense Zeke. Il s'en rend compte tout à coup. En fait, il le sait depuis leur première rencontre. L'attirance inaccessible crée la distance. Si je ne peux pas t'avoir, alors je vais te faire te sentir inférieure, même si je veux le contraire en réalité.

« Je ne sais pas, dit Zeke.

– Qu'est-ce que tu ne sais pas ?

– Pourquoi je suis si imbuvable avec toi. Mais je vais arrêter. »

Karin ne dit rien. Au bout d'un moment elle détourne les yeux de la route et lui offre un regard plein de reconnaissance et de chaleur, peut-être même de désir.

L'agent de police Aronsson pose le dossier sur le bureau de Malin, et les deux coéquipiers écoutent attentivement ce qu'elle a à leur dire.

« J'ai fait un rapport détaillé sur Sture Folkman, comme vous me l'aviez demandé. »

Le visage d'Aronsson est doux, sa mâchoire supérieure un peu trop proéminente la rend moins jolie qu'elle aurait pu l'être.

« Il est venu de Finlande comme orphelin de guerre. Il a apparemment vu toute sa famille brûler sur la presqu'île carélique. Il a atterri chez des paysans dans le nord, près d'Angelholm. Il y a passé son certificat d'études. »

Aronsson prend une profonde respiration avant de continuer :

« Il a divorcé de sa deuxième femme en 1980. Ils ont deux filles. L'une d'elles s'est suicidée en 1985, l'enquête a été bien menée à l'époque, on le voit d'après les rapports. Elle a été retrouvée pendue et apparemment elle avait déjà effectué plusieurs séjours en hôpital psychiatrique. »

Des mains froides et blanches sur une couverture. Arrête, papa, je ne veux pas, je suis ta fille. Tais-toi, tais-toi.

Malin balaye cette image. Certains hommes devraient être castrés ou lynchés en public.

« L'autre fille habite en Australie, c'est ça ? C'est ce que Folkman a dit. »

Aronsson secoue la tête.

« Elle habite ici. Elle a une adresse dans la rue Vasastan depuis plusieurs années.

– Est-ce qu'on en sait plus sur elle ?

– Elle s'appelle Vera. Elle a quarante-deux ans. On n'a pas d'autres infos sur elle. »

Un bref rendez-vous improvisé pour accorder les violons.

Il est près de six heures, tous sont éreintés par la chaleur, par les efforts fournis ces derniers jours. Malin veut rentrer auprès de Tove.

Sven Sjöman se tient devant le bureau de Malin, une activité tranquille règne autour d'elle dans le bureau open space. Karim Akbar est déjà rentré chez lui. A dit avoir la migraine. Ça ne lui était pourtant jamais arrivé, pense Malin.

« Theresa Eckeved a donc été tuée chez elle ? »

La voix de Sven n'a pas l'air aussi fatiguée que lors des réunions précédentes.

« Nous ne le savons pas. Mais elle a en tout cas été agressée là-bas. Elle a pu être transportée ailleurs par la suite, avant d'être enterrée près du plan d'eau, dit Malin. Le meurtrier pourrait donc avoir un lien avec ses parents, mais je n'ai rien pu tirer du père quand je lui ai posé la question. Et l'alibi des parents est en béton.

– Autre chose ?

– Vera Folkman. Son père, Sture Folkman, nous a dit qu'elle vivait en Australie alors qu'elle a une adresse à Linköping. On va aller vérifier demain.

– Bien, les félicite Sven Sjöman. C'est exactement ce genre d'incohérences auxquelles il faut s'intéresser pour avancer dans un cas comme celui-là.

– Vera Folkman n'est qu'une aiguille dans une botte de foin, on en est conscients », tempère Zeke.

Sven dirige son regard sur Waldemar Ekenberg et Per Sundsten, debout de l'autre côté du bureau.

« Et vous ? demande-t-il.

– On en est au dernier délinquant sexuel de la liste, dit Per. Et après on va s'intéresser à l'entourage de Suliman Hajif. On n'arrive pas à avancer avec lui.

– On ne pourrait pas demander au procureur de prolonger sa garde à vue ?

– Je ne crois pas. Je viens de l'avoir au téléphone et il trouve les preuves trop légères pour le garder.

– Mieux vaut le relâcher et le garder à l'œil. Et Louise Svensson. Du nouveau de ce côté-là ?

– On l'a fait surveiller. Mais elle travaille dans sa ferme, c'est tout, dit Malin. Et en ce qui concerne Visnic, par contre, j'ai des doutes.

– On continue demain, dit Sven, mais lorsqu'il voit Malin, il fronce les sourcils.

– Tu as quelque chose à nous dire, Malin ?

– Non, c'est juste une idée.

– Vas-y.

– Ça peut attendre », répond Malin.

Sven n'insiste pas. Il dit :

« Nous ne savons toujours pas qui a passé l'appel concernant Josefin Davidsson. Et nous n'avons toujours pas retrouvé son vélo. »

Tove ne répond pas au téléphone. Ni sur son portable, ni à la maison. Où est-elle ?

Malin s'assied à son bureau, sent l'inquiétude monter en elle. Elle a déjà appelé Markus qui lui a dit qu'elle était partie de chez lui il y a déjà deux heures, qu'ils avaient passé la journée à se baigner au Tinnis.

Je lui ai pourtant dit de faire attention.

Malin se lève et gagne sa voiture.

Elle ouvre la porte d'entrée de l'appartement, monte les escaliers et appelle :

« Tove, Tove, tu es à la maison ? »

Silence. Chambre silencieuse. Personne dans la cuisine. Ni dans le salon. Ni dans la salle de bains.

« Tove ! Tove ! »

Malin ouvre la porte de la chambre à coucher. S'il vous plaît, faites que Tove soit dans mon lit.

Une vague de soulagement l'envahit.

Tove est là en train de dormir, toujours fatiguée du voyage. Malin la réveille pour lui faire un sermon.

« La batterie de mon portable était vide. Je suis juste allée manger une glace avec Julia chez Bosse et après on est allées voir s'il y avait des copains à Stora Torget. Maman, arrête de t'énerver. »

Et elle se rendort. Malin est fatiguée elle aussi. Elle se rend dans la cuisine et descend un demi-verre de tequila. Elle a l'impression qu'ils approchent de la vérité, et que tout sera bientôt fini.

Puis elle retourne auprès de Tove, se déshabille et se glisse en slip sous le drap à côté d'elle. Elle sent la peau chaude de sa fille et les légères vibrations de son cœur qui bat. Une raison suffisante pour continuer à vivre et à se battre.

52

Samedi 24 juillet

IL EST TÔT le matin et Per Sundsten n'arrive pas à ordonner ses pensées tandis que lui et Waldemar Ekenberg suivent un Arto Sovalaski encore endormi dans le couloir de sa maisonnette à la périphérie de Linghem.

« Je sais pourquoi vous êtes là. Et un samedi. Vous n'avez jamais de congés ?

– Non, mais au moins on a évité la réunion ce matin », dit Per. Arto Sovalaski se traîne comme l'homme le plus fatigué du monde. Son visage est marqué par la consommation d'alcool et de tabac, sans l'ombre d'un rêve pour l'avenir.

Une odeur de transpiration imprègne la maison.

« En fait on devrait être en vacances, continue Per, mais Linköping est sérieusement malmené en ce moment. »

Arto Sovalaski, le dernier de la liste des délinquants sexuels recensés dans leur district.

Il porte un tee-shirt jaune taché avec une pelleteuse dessinée au niveau de la poitrine.

« Vous travaillez ? » demande Waldemar lorsqu'ils pénètrent dans le salon et qu'Arto Sovalaski s'affale sur son canapé aux motifs jaune et brun, le seul meuble de la pièce. Le parquet est jonché de bouteilles vides et de cendriers.

« Non, en préretraite. »

C'est sûr, ils ne veulent sûrement pas avoir affaire à toi là-bas, quatre viols en quatre mois, et ce dans différentes villes, Växjö, Karlstad, Örebro et un ici à Linköping. Plus rien depuis.

« Donc vous savez pourquoi on est là ?

– Oui, ce n'est pas la première fois. À chaque fois qu'un crime sexuel est commis en ville, les flics accourent. Mais vous pouvez vous tailler. Je n'étais pas là quand ça s'est passé, j'étais à Öland avec des potes. Vous pouvez les appeler. »

Waldemar s'approche de lui. Ah non, pas encore, pense Per. Mais cette fois, Waldemar se retient.

« Vous avez leurs numéros ?

– Bien sûr. »

Dix minutes plus tard, ils font à nouveau route vers la ville. L'alibi d'Arto Sovalaski a été confirmé par un poivrot finlandais de l'autre côté du Kalmarsund.

« Voilà pour cette piste, dit Waldemar Ekenberg. Maintenant on retourne au commissariat et on cuisine une dernière fois Suliman avant qu'il sorte.

– Ils l'ont relâché hier soir, dit Per.

– Ah bon, marmonne Waldemar. Hm. »

Dormir un peu plus longtemps, c'est ce que se sont autorisé Zeke et Malin, en ce samedi matin. Il est neuf heures quand Malin remonte sa rue pour rejoindre Zeke.

C'est le deuxième samedi au travail depuis le début de l'enquête, mais on aurait dit que cela faisait des années qu'ils avaient à lutter contre cette plaie.

La chaleur est toujours là, peut-être même encore plus intense.

La façade en pierre grise de l'église vibre dans l'air, si bien que Malin n'arrive plus à déchiffrer l'inscription sur le fronton.

Où est Zeke ? Il a pourtant appelé il y a dix minutes, il venait de traverser Berga. Il devrait être là depuis longtemps.

Tove dort encore.

Malin longe la rue, admire les vitrines de la galerie Saint-Lars, les tableaux colorés de Madeleine Pyk et de Lasse Åberg. Elle n'y connaît pas grand-chose à l'art, mais ce qui est accroché dans la galerie Saint-Lars lui donne la nausée.

Vera Folkman. À quel point est-elle détruite ?

Cassée, des produits cassés. Il faut réclamer.

Comme ce couple d'Américains qui avaient adopté une petite Ukrainienne dont il s'est révélé plus tard qu'elle avait un fort retard dans son développement. Il paraît qu'ils ont renvoyé la petite fille dans un carton par FedEx et qu'elle est morte de froid dans la soute de l'avion, à dix mille mètres d'altitude.

On klaxonne. Zeke.

Elle va s'installer dans l'agréable fraîcheur de la voiture climatisée. Elle expire et ne remarque pas le fourgon blanc garé en haut de la rue Ågata.

Tove s'étire dans le lit. C'est toujours aussi bien de dormir dans le lit de maman parfois.

Elle a rendez-vous avec Markus tout à l'heure. Aujourd'hui elle lui dira que c'est fini, qu'elle l'aime bien mais qu'elle n'est plus amoureuse et qu'ils peuvent rester amis.

Il ne le voudra sûrement pas.

Elle se redresse. Rien qu'en voyant la lumière qui filtre à travers le store, elle sait que cette journée sera la plus chaude qu'elle ait connue depuis son retour de Bali.

Ils sonnent à la porte de l'appartement de Vera Folkman dans la Sturegatan.

Elle habite au deuxième étage, mais personne ne répond, de l'extérieur déjà l'appartement donne une étrange impression.

« *Gone, baby, gone*, dit Zeke. Merde, on crève de chaud, j'ai l'impression que le thermomètre grimpe à chaque marche. »

Plus ils s'attardent devant la porte, plus l'odeur pestilentielle s'échappant de l'appartement est perceptible.

« On dirait que ça sent la crotte, dit Zeke.

– Elle a peut-être des chats ?

– En tout cas, ça pue.

– Peut-être qu'elle est vraiment en Australie et qu'elle a laissé le minou à l'intérieur, dit Malin en tournant les talons et descendant les escaliers.

– Il fait sûrement moins chaud à Alice Springs qu'ici, dit Zeke.

– Je croyais que c'était l'endroit le plus chaud du monde.

– Faux. Linköping est l'endroit le plus chaud du monde. »

Tove est sur son vélo. Son chemisier lui colle à la peau.

À travers ses lunettes de soleil, le monde paraît jaune et endormi.

Elle pédale devant le Tinnis puis remonte la colline de Ramshäll, tourne devant l'hôpital et redescend vers l'hôtel Ekoxen. Elle a l'étrange impression que quelqu'un la suit, ou l'observe. Mais elle continue de rouler, le plus vite possible, en pensant que c'est sûrement la nervosité avant sa conversation avec Markus qui la rend paranoïaque.

Elle avait déjà cette impression en allant chercher son vélo à la remise ce matin.

Elle regarde autour d'elle. Rien de suspect, rien de différent à part le fait qu'il y ait moins de monde en été.

Elle dévale la pente vers l'hôtel. Elle se retourne. Ce n'est pas le même camion qu'hier ? Celui qui était près de la maison ? Et le même que celui qui était à côté de chez Markus ?

Elle a vraiment peur maintenant. Elle s'arrête devant l'hôtel. Ouvre le portail du parc municipal.

C'est là qu'ils ont retrouvé une des filles. Mais la voiture ne pourra pas la suivre ici. Une sombre silhouette était au volant. Qui est-ce ?

Elle roule vite, sa fille. Je ne dois pas me trahir, je vais l'attraper comme j'ai attrapé les autres. Elle ne doit pas me voir. Elle s'arrête devant le parc et ouvre le portail. On dirait qu'elle a peur.

Elle a disparu maintenant.

Elle traverse le parc. Elle doit m'avoir aperçue. Je passe, en tirant encore plus mon bonnet sur mon visage. Le moment, mon moment, notre moment, arrivera bientôt. Mes mains s'agrippent au volant.

Quelle heure est-il ? Le Tinnis n'est pas loin. Ça peut marcher.

Est-ce que je dois appeler maman ?

Non.

Le fourgon passe et la personne cagoulée continue tout droit.

Je me fais des idées. Il y a sûrement cent camionnettes blanches à Linköping.

Le parc est désert. Tove rebrousse chemin en direction du portail près de l'hôtel. Pas de fourgon à l'horizon.

Elle file tout droit chez Markus, décidée et résolue. Exactement comme maman, pense-t-elle.

53

ZEKE est assis à l'ombre d'un parasol jaune sur la terrasse du snack du Tinnis. Il vient de retirer le film plastique de son sandwich aux boulettes de viande. Quand Malin avait dit qu'elle voulait profiter de la pause de midi pour aller nager, il avait d'abord protesté. N'avaient-ils pas autre chose à faire que de penser à se baigner ? Mais elle avait insisté en expliquant qu'elle ne supportait pas la chaleur dans la salle de sport du commissariat.

Le soleil a le champ libre dans le ciel clair. Les arbres jettent leurs ombres de l'autre côté du lac artificiel, la piscine couverte est abandonnée, les bassins sont vides pour être nettoyés.

Il ne veut pas se baigner.

Il y a beaucoup trop de monde. Surtout à midi.

Ce genre de piscine n'a jamais l'air propre, peu importe combien de chlore il y a dans l'eau. Lorsqu'ils sont entrés, ils ont croisé une femme habillée tout en blanc, portant un sac à main noir et un récipient plein de tubes à essai. Peut-être qu'elle venait du service d'hygiène.

Peu importe, pense Zeke, en mordant dans son sandwich. Ils auraient beau avoir les meilleurs experts en hygiène, je ne me baignerais jamais ici.

Malin s'en fiche.

Elle est debout sur le bloc de départ, prête à se jeter à l'eau.

L'eau chlorée entoure son corps d'une fraîcheur agréable.

Elle avance à grandes brasses et sent le chlore nettoyer sa peau, elle prend son inspiration et accélère. Les boules rouges des lignes se transforment en un trait continu avec la vitesse.

Son souffle est rapide, ses muscles lui font mal, mais elle continue de se démener pour parcourir les trente mètres qui la séparent du bord le plus rapidement possible.

Arrivée.

Elle se tient près des parois de la piscine, expire, et voit Zeke assis sous son parasol jaune.

Elle se hisse et s'assied sur le rebord, ses pieds encore dans l'eau, elle respire et se sent étrangement propre. Comme si la sueur et la poussière avaient été éliminées à jamais, comme si elle était entrée dans quelque chose de meilleur, de nouveau, comme une renaissance. La surface de l'eau change sans cesse de nuance de bleu, tout cela lui donne de la force et de la lucidité.

La piscine chez les Eckeved.

Le plan d'eau.

Le lac de Glyttinge.

Sofia Fredén, qui avait travaillé au Tinnis l'an dernier.

Josefin Davidsson, qui avait un job d'été au Glyttinge à peu près au moment où il y a eu des problèmes avec l'eau.

Les gouttes sont comme un chemin, la pureté comme un mantra.

La violence comme un chapelet.

Zeke se lève lorsqu'elle s'approche de sa table.

« Je peux emprunter ton portable ? Je dois passer un coup de fil. »

Zeke sort son portable de sa poche, ses mouvements sont lents par cette chaleur.

Au bout de la troisième sonnerie, on décroche enfin :
« Sigvard Eckeved.

– Bonjour, c'est Malin Fors. J'ai oublié une chose. Vous avez mentionné que quelqu'un était venu chez vous au printemps au sujet de la piscine. Qui était-ce ?

– Vous voulez dire la femme qui est venue chez moi ?

– Oui. »

Zeke la fixe d'un regard plein d'attente. Malin passe sa main libre dans ses cheveux mouillés. La réponse se fait attendre.

« Oui, en fait cette femme vient tous les printemps pour régler le système d'assainissement. Votre téléphone venait de sonner quand je vous en ai parlé et après j'ai pensé que ce ne devait pas être si important puisque c'est un homme que vous recherchez, n'est-ce pas ?

– Une femme, vous dites ?

– Oui.

– Comment s'appelle-t-elle ?

– Elle s'appelle Elisabeth.

– Et son nom de famille ?

– Je ne sais pas. Pour être honnête, je l'ai payée au noir. La première fois, j'ai laissé mon numéro à mon voisin et c'est elle qui m'a rappelé. Ça se passe toujours comme ça, elle appelle et demande quand elle doit passer. Je n'ai jamais eu son numéro. C'est comme avec les femmes de ménage polonaises. Mais comme je vous l'ai dit, ce printemps, je m'en suis occupé moi-même.

– D'accord. Merci beaucoup. Pouvez-vous me donner l'adresse et le numéro de téléphone de vos voisins ? »

Silence.

« Désolé. Mais il a succombé à un infarctus il y a un an.

– Et sa femme, pourrait-elle avoir ce numéro ?

– Il vivait seul. Mais il est possible que les voisins aient gardé les mêmes prestataires de services et les numéros. »

Sigvard pose le combiné. Au bout d'une minute, il revient et leur dicte un numéro. Malin mémorise les chiffres.

« Merci beaucoup.

– Qu'est-ce que tout ça veut dire ?

– Je ne sais pas, dit Malin. On verra. »

Après avoir raccroché, elle se tourne vers Zeke.

« Tu te rappelles comment s'appelait la fille de Sture Folkman qui s'est suicidée ?

– Aronsson n'a pas dit son nom, je crois, répond Zeke. Mais il était dans le dossier. Elisabeth. Je l'ai retenu car c'était le prénom de ma première petite copine. »

Malin se retourne, marche rapidement vers les cabines, vérifie si elle a bien retenu le numéro qu'elle vient d'entendre.

Markus était triste. Il n'a pas pleuré mais elle a pu le voir se replier sur lui-même, ses épaules tomber et son regard devenir nerveux. Ils étaient assis à la table de la cuisine, la lumière du soleil réfléchie par le réfrigérateur brillant, si bien qu'elle devait cligner des yeux. Ils avaient mangé du pain et bu du lait en discutant de ce qu'ils avaient prévu de faire le reste des vacances. Markus avait imaginé qu'ils le passeraient ensemble, peut-être dans la maison de vacances de ses parents, mais quand Tove avait pris la parole, sa voix ne paraissait pas en avoir envie.

« J'aimerais qu'on se sépare. »

Comme un coup de fouet. Beaucoup trop vite.

Markus fut choqué par cette vérité si brutalement jetée.

« Quoi ?

– Je veux…

– Mais je croyais…

– Je préfère avoir ma liberté, et je ne ressens plus la même chose, ce n'est plus comme au début… il vaut mieux qu'on reste amis. »

Les mots arrivèrent très vite, comme s'ils brûlaient à l'intérieur d'elle.

« Je veux me concentrer sur l'école. »

Markus ne dit rien. On aurait dit que ces mots devaient d'abord faire leur chemin jusqu'à lui, comme s'il ne saisissait que peu à peu leur signification. Mais que devait-il dire ?

« Tu m'as manqué quand tu étais à Bali, dit-il.

– Pas toi. »

À ces mots sa tristesse se transforma en colère, il se leva d'un bond et cria :

« Tu n'aurais pas pu me le dire avant de partir ? Que tu voulais me plaquer ? Je t'ai attendu tout l'été, je ne suis même pas allé à une seule fête !

– Arrête de crier !

– C'est notre maison ici, je peux crier tant que je veux ! »

Tove en eut assez. Elle se leva et courut dans le couloir, enfila ses claquettes et ouvrit la porte.

« Reviens, je ne voulais pas me mettre en colère », lui avait-il lancé et Tove s'était sentie de vingt ans plus vieille en entendant le désespoir dans sa voix.

Elle claqua malgré tout la porte derrière elle. Elle entendit le clic de la serrure.

Puis son propre souffle. L'adrénaline fusant dans tout son corps à lui en donner le vertige.

Laisse-la partir.

J'ai croisé ta mère au Tinnis.

Tu es pour elle l'éternelle source de son inquiétude.

Viens chez moi. Deviens un ange. L'ange purifié de la renaissance.

Elle est en colère lorsqu'elle sort de la maison. Claque la porte derrière elle. Ne regarde pas dans ma direction, ne voit pas la voiture garée un peu plus loin.

Du calme, tu dois te calmer. Bientôt, tu n'auras plus jamais à te mettre en colère.

La mort est là, dehors.

Fais attention, Tove, fais attention, tu ne dois pas nous rejoindre.

Nous t'appelons en chœur, mais tu ne nous entends pas.

Arrête-toi, arrête-toi.

Écoute ce que nous te disons.

Arrête-toi.

Mais tu es sourde, nos voix ne sont que des vibrations dans ton oreille sifflante.

Tu cours tout droit à la catastrophe.

Directement dans le feu, dans le cercle le plus profond.

Qui peut encore te sauver? Pas nous. Ta mère? Cela dépendra de celui qui aura l'amour le plus fort.

54

« L'EAU, Zeke. Tout tourne autour de l'eau. »

Malin parlait vite en regagnant la voiture sur le parking et expliqua sa théorie : toutes les petites filles se trouvaient près d'un lieu de baignade et le fait qu'elles aient été brossées, même leur odeur collait avec le reste, l'odeur de nettoyant chez Josefin et Theresa était la même qu'à la piscine.

Malin était presque fiévreuse. La réalité, l'air, les voitures, la chaleur, le ciel, tout autour d'elle paraissait voler en éclats, mais elle se ressaisit.

« Tu crois qu'il faut chercher un nettoyeur de piscine ? »

Zeke hoche la tête, sceptique.

« Oui, une nettoyeuse en particulier.

– Une nettoyeuse en particulier ?

– Bientôt Zeke, bientôt. »

Zeke respire une bouffée d'air.

« Par où on commence ? Ici ?

– Pourquoi pas. »

Tandis qu'ils retournaient à la piscine, Malin appela le numéro que Sigvard Eckeved lui avait donné, mais le voisin n'avait engagé personne pour le nettoyage de sa piscine. « Je m'en occupe tout seul. »

Et ils sont maintenant assis dans un bureau exigu carrelé de jaune avec le directeur du Tinnis. Sten Karlsson, une armoire à glace en short de maître nageur et polo en éponge au logo de la piscine : une otarie avec une balle sur le museau. Le bureau devant eux est jonché de papiers.

« La paperasserie n'est pas vraiment mon fort, dit Sten Karlsson d'un air désolé. Que voulez-vous savoir ?

– Nous aimerions savoir qui s'occupe de l'entretien des bassins.

– Nos maîtres nageurs et les techniciens envoyés par l'entreprise. Les maîtres nageurs nettoient à l'épuisette et à l'aspirateur et les techniciens vérifient le reste.

– Est-ce que tous les maîtres nageurs ont un poste fixe ici ? demande Malin en sentant que l'impatience la gagne de ne pas obtenir les réponses attendues.

– Oui.

– Est-ce que l'un d'entre vous est chargé de la désinfection des bassins ?

– Non, nous avons confié cette tâche à une entreprise.

– Est-ce que c'est la femme que j'ai vue tout à l'heure ? demande Zeke.

– Oui, ils nous envoient une femme qui contrôle la bactériologie de l'eau.

– Qui est-ce ? demande Malin brusquement.

– Elle s'appelle Elisabeth. Je ne connais pas son nom de famille. Le nom de son entreprise… euh… un instant. »

Elisabeth. Est-ce qu'Elisabeth est Vera Folkman, qui travaille sous le nom de sa sœur décédée ? Et si elle le fait, qu'est-ce que cela signifie ? S'il s'agit de Vera Folkman, à quel point a-t-elle été marquée par les expériences qu'elle a dû traverser ?

Sten Karlsson fouille dans les papiers éparpillés sur son bureau.

« Ah, voilà ! »

Il tient une facture dans sa main. Linköpings Vattenteknika AB.

« Super, hein ? »

Malin arrache la facture des mains de Sten Karlsson et survole l'adresse et le numéro de téléphone.

« Vous savez où elle avait l'intention de se rendre après ?

– Aucune idée, elle est toujours très réservée. »

Sten Karlsson pointe la facture.

« Elle les délivre sans aucun commentaire et veut toujours être payée en liquide. Mais je peux vous dire une chose : elle connaît son job. Depuis deux ans qu'elle est là, l'eau a toujours été tip top. »

Ils sont debout côte à côte dans le bureau de Sten Karlsson. Malin a dans sa main la feuille sur laquelle elle a recopié le numéro de registre, l'adresse et le numéro de téléphone de l'entreprise.

« Johannelustigen 17, dit Zeke. Jamais entendu. »

Malin lit le numéro de téléphone : 0131 702 66.

Elle le compose. Pas de sonnerie mais une voix :

« Votre correspondant n'est pas joignable pour le moment… »

« Merde, soupire Malin.

– Appelle les renseignements, dit Zeke. Demandeleur. »

« 118 218 ! »

La voix joyeuse décontenance Malin.

« Votre correspondant n'est plus abonné.

– Mais il n'y a même pas de Johannelustigen à Linköping.

– Voulez-vous que je vous relie au service des impôts ? »

Au bout d'un long moment, quelqu'un vient enfin répondre au téléphone, normalement les bureaux sont fermés le samedi au mois de juillet. Et après un moment encore plus long, elle entend à nouveau une voix de femme, formelle et bureaucratique cette fois. Zeke se balance d'un pied sur l'autre à côté d'elle, le front en sueur.

« Vous avez dit Vattenteknika AB, numéro de registre 5-987689 ?

– Oui, exactement.

– Il n'y a pas d'entreprise à ce nom ni à ce numéro. Désolée. »

Le cœur de Malin saute dans sa poitrine, elle se sent oppressée. Pendant combien de temps peut-on faire tourner une entreprise fantôme ? Un an, deux, trois ? Peut-être aussi longtemps que l'on remplit ses devoirs. Mais qui sait depuis quand elle est en ville ? A-t-elle jamais été en Australie comme le prétend son père ?

« On dirait qu'on a pas mal de choses à cacher », dit-elle. Zeke rit. Tout son visage exprime la confiance.

Ils se rendent ensuite vers le Glyttingebad.

Le directeur leur fournit exactement les mêmes réponses qu'au Tinnnis.

« Oui, elle s'appelle Elisabeth. Son nom de famille ? Aucune idée. Si je sais quelque chose sur elle ? Non, rien. Son entreprise s'appelle Vattenteknik in Linköping AB ou quelque chose comme ça… en liquide, toujours en liquide. Cela ne me pose pas de problème, bien sûr pas de numéro de compte sur la facture, mais les comptes d'entreprises coûtent cher… non, je ne l'ai jamais contactée, même quand on a eu des problèmes avec l'eau. C'est elle qui m'a appelé, à peine les agents du contrôle sanitaire avaient les résultats. »

Après encore un essai auprès du service des impôts, sans succès, Malin remet le téléphone dans sa poche et jette à Zeke un regard interrogateur.

« On pourrait refaire un tour chez Vera Folkman.

– Ok. Allons-y, approuve Malin. Si Vera Folkman est bien cette fameuse Elisabeth… »

Zeke et Malin échangent un regard fatigué. Elle ne peut s'empêcher de sentir une appréhension l'envahir. Son estomac se noue. Ce n'est pas de la peur. Mais elle n'arrive pas à s'en convaincre.

Zeke pose une main sur son épaule.

« Ne t'en fais pas, Malin », mais même la voix de Zeke ne pénètre pas assez loin pour calmer son inquiétude.

55

TOVE entre dans la bibliothèque. Elle adore cet endroit. C'est un beau bâtiment tout neuf, construit après l'incendie de l'ancienne bibliothèque au mois de janvier.

Elle aime les arceaux au-dessus des étagères et le vert qui prend possession de la pièce à travers les fenêtres donnant sur le parc du château. Elle aime l'odeur des vieux livres – une certaine odeur de moisi mais pleine d'excitation et de rêves. C'est le parfum des secrets, attirant mais aussi dangereux.

Elle est assise dans l'un des fauteuils noirs avec vue sur le parc, encore une fois plongée dans *Gatsby le magnifique*. Les fêtes et l'amour entre Jay et Daisy, c'est tout à fait autre chose que son amourette avec Markus qui n'avait jamais été un vrai amour finalement. Ou bien est-ce que ça le sera un jour ?

Vais-je le regretter ?

Elle a lu ce livre au moins cinq fois. Précoce, comme l'avait écrit sa prof de littérature à propos du devoir qu'elle avait écrit sur ce livre. Elle pourrait rester ici nuit et jour. Il fait beau dehors, mais cela lui est égal.

Elle veut encore lire un peu avant de rentrer à la maison pour dîner.

Le doigt de Zeke est à nouveau sur la sonnette de l'appartement de Vera Folkman. Il règne une chaleur étouffante dans la cage d'escalier, les vitres des fenêtres paraissent se gondoler vers l'extérieur et Malin a l'impression que des flammes affamées venues du sol tentent de brûler ses jambes.

Personne. C'est une nette odeur de pourriture.

« On entre quand même ? »

Malin prononce ces mots plutôt comme un ordre qu'une réelle question. Elle ne veut laisser place à aucun doute.

« On ne peut pas, Malin. Tu le sais très bien.

– Qu'est-ce qu'on va faire alors ? Putain comment on va faire pour mettre la main sur elle ? Cette nana est aussi insaisissable que le brouillard.

– Calme-toi, Malin.

– Excuse-moi. Mais cette chaleur me rend folle.

– On retourne au commissariat et on verra quoi faire. Il faut en parler aux autres.

– Ok. On fait comme ça. »

Avant de monter dans la Volvo, Malin appelle Tove. Elle veut savoir ce qu'elle fait et si elle va bien.

Tove décroche dès la première sonnerie.

« Je suis à la bibliothèque, maman. Tu as de la chance que j'aie oublié d'éteindre mon portable. On n'a pas le droit de téléphoner ici.

– Tu n'es pas chez Markus ?

– J'ai rompu avec Markus. »

Tu ne m'en as pas parlé, pense Malin, même si je l'ai vu venir, pourquoi ne m'en as-tu pas parlé ? Elle a envie de lui faire des reproches et de le lui demander, mais se retient, de peur d'entendre la réponse.

Malin s'attendait à cette rupture, mais pas à ce qu'elle soit si soudaine. Les ruptures sont la plupart du temps soudaines.

« Maman, tu es encore là ? J'ai dit que j'avais rompu avec Markus.

– Il était triste ?

– Oui.

– C'était dur ?

– Je ne sais pas, mais je me suis sentie bien après.

– On en parlera ce soir quand je rentrerai. D'accord ma chérie ? »

Il y a tant de livres, pense Tove en parcourant les étagères à la recherche de sa prochaine lecture. Mais si peu de temps pour les lire.

Elle sort un volume. *Une équipe hors du commun*, un livre américain qui parle d'un internat pour gosses de riches. Tove a lu une critique dans un magazine. Apparemment, il est bien. Cinq minutes plus tard, Tove quitte la bibliothèque le livre dans la main.

Manger ? Je n'ai pas faim et maman n'est de toute façon pas à la maison. Je n'aime pas manger toute seule.

Je vais me mettre un peu dans le parc pour lire, je n'ai rien d'autre à faire.

Elle s'approche.

Et si j'avais la chance qu'elle s'allonge sous le chêne, à l'ombre, tout près de moi ?

Elle pousse son vélo dans ma direction.

Si elle s'allonge là, à cinq mètres de moi, je pourrai l'emmener sans que personne ne remarque quoi que ce soit.

Tove pose son vélo contre un arbre et regarde vers le parking sans remarquer le fourgon blanc garé derrière un buisson. Elle se réjouit de lire.

Elle sort son drap de bain de son sac, l'étale sur l'herbe et s'allonge dessus. Elle ouvre le livre. Les rumeurs de la ville en bruit de fond. La sirène d'une ambulance, les voitures et le sifflement de centaines de climatiseurs. Des voix humaines qui tombent. Une porte est poussée.

Bientôt les bruits seront couverts par le rythme des mots dans sa tête.

Je m'approche d'elle.

Personne ne me voit, c'est le début de l'après-midi, et pourtant nous sommes seules ici. Je vais t'avoir.

Personne dans le château, que ce soit dans les bureaux ou dans le parc. Le chemin menant à la bibliothèque est également vide, je vais bientôt pouvoir obtenir ta renaissance. Je vais t'emmener chez lui pour l'événement ultime. Ils diront que je suis folle. Peut-être que je suis hors de moi. Mais je dois le faire.

Te remplir de Rien.

Je marche sur cette pelouse, je suis maintenant tout près de toi, nous partageons la même ombre. Je tiens un chiffon imbibé d'éther dans ma main, et mon habit blanc est immaculé. Tu ne m'entends pas, je m'agenouille à côté de ton drap de bain et te presse le chiffon sur le nez.

Qu'est-ce que c'est ?

Une odeur pénétrante, âpre, et quelque chose d'humide et brûlant sur le nez, Tove veut se retourner mais son corps ne lui obéit pas. Pourquoi mon corps ne réagit-il pas ? Du coin de l'oeil elle aperçoit une silhouette blanche, elle sent le poids de bras étrangers et le monde tout à coup s'effiloche.

Je suis fatiguée, si fatiguée. Mais je ne veux pas dormir, pas ici, pas maintenant. Je suis tirée sur l'herbe, puis sur un sol dur, peut-être du macadam et puis je perds connaissance, le monde devient un rêve jusqu'à ce que tout devienne noir et glacial.

Le ciel tremble.

Et comme dans un rêve ensorcelé, rempli de blanc étincelant, elle tend la main vers une peau transparente, sent la peau se mettre à trembler avant de retirer sa main, s'arrêter, et rêver d'un monde qui n'existe que dans ses pires cauchemars.

56

LE FEU est partout. Il saute d'une cime à l'autre et se déchaîne lorsque tout ce qui est sur son passage se transforme en mer de flammes. L'été est chaud. Mais l'enfer des flammes l'est encore plus. L'incendie s'est propagé jusqu'au Hultsjön, et Jan et ses collègues marchent dos au lac, les tuyaux s'entortillent sur la terre jusqu'à l'eau chaude du lac où leurs générateurs font marcher de grosses pompes.

La nuit dernière, il a dormi sur le plancher du camion, dans la surface de chargement vide normalement destinée aux tuyaux, entouré de sifflements, de craquements. Cela empestait la fumée, les animaux et insectes carbonisés, la terre transformée en cendre.

Les flammes sont à cent mètres d'eux, comme un mur impatient. Elles arrivent de plus en plus vite. Homme contre feu, feu contre homme.

Il est trempé de sueur, aimerait pouvoir arracher ses vêtements et se jeter dans le lac pour fuir la chaleur.

Le feu est un monstre.

Ils le combattent en pointant leurs lances d'eau contre son cœur.

Réunion de l'après-midi.

Karim Akbar se racle la gorge, il observe les grains de poussière tournoyer dans la salle, le regard vide.

Malin vient d'exposer sa théorie concernant Vera Folkman et d'évoquer l'entreprise fantôme. Puis elle a ajouté qu'elle était introuvable.

« Il faudrait surveiller son appartement, dit Sven Sjöman. Quelqu'un a une autre idée ?

– On ne sait même pas si cette Elisabeth est bien Vera Folkman, dit Karim.

– Mais on peut le supposer, rétorque Malin.

– On peut lancer un avis de recherche sur un fourgon blanc, dit Zeke. Mais il y en a beaucoup en ville.

– On pourrait aussi vérifier s'il existe des entreprises dont le nom ressemble au sien, propose Malin.

– Encore d'autres idées ? relance Sven. On n'a pas assez d'éléments pour pénétrer comme ça dans son appartement, tu le sais, Malin. »

Mais pourtant tout colle, les voix de l'enquête nous le disent. Et aussi cet autre adage : *C'est l'envie qui tue.*

Waldemar Ekenberg et Per Sundsten se taisent.

Ils se taisent comme seuls des agents de police peuvent le faire quand ils sont en train de flairer la vérité.

« On a interrogé le dernier délinquant sexuel de la liste ce matin. Sans résultat, dit finalement Per.

– Les filatures de Suliman Hajif et Louise Svensson n'ont rien donné non plus. Tout comme celle de Slavenca Visnic. Elle n'a rien fait d'autre que s'occuper de ses kiosques, même si on l'a perdue de vue ce matin.

– Mais elle a aussi une camionnette blanche, dit Per. Théoriquement, Slavenca Visnic pourrait donc aussi être cette Elisabeth.

– On a jeté un œil dans son véhicule quand on l'a rencontrée dans la forêt, dit Malin. Il n'y avait rien en rapport avec le nettoyage de piscine. Et le directeur du plan d'eau de Glyttinge l'aurait reconnue puisqu'elle y a un kiosque.

– On va quand même vérifier. Sundsten, tu t'en occupes », dit Sven.

Puis la voix de Waldemar :

« Vous pensez vraiment qu'une femme pourrait faire ça ? Gode par-ci, gode par-là. N'est-ce pas totalement contraire à la nature féminine ?

– Des préjugés, l'histoire a montré beaucoup d'exemples de criminels sexuels féminins, et la plupart ont été elles-mêmes abusées. Tout comme Vera Folkman.

– Et Slavenca Visnic, ajoute Per.

– Je pense qu'il faudrait cuisiner encore une fois Suliman Hajif », dit Waldemar, mais plus personne n'a envie commenter sa remarque.

Malin cesse de les écouter et pense à toutes ces coïncidences en rapport aux piscines et se demande si ce pourrait tout simplement être un hasard. Vera Folkman n'est peut-être pas la fameuse Elisabeth.

Cette envie de se dissoudre pour renaître comme une autre personne.

Où est-elle en ce moment ? pense Malin.

Où suis-je ?

Pourquoi fait-il si sombre et qu'y a-t-il sur mon oeil ? J'ai mal à la tête, j'ai envie de vomir, mais ce n'est pas le pire, il y a pire encore, mais quoi ? Je respire, pense Tove, tout ça n'est qu'un rêve. Elle se souvient de l'ombre sous l'arbre, les pages du livre sous ses doigts. Mais quel genre de rêve ? Markus, c'est toi ? Elle se sent respirer, perçoit l'odeur de produit ménager et essaie de se lever, mais ses jambes sont paralysées.

Elle essaye d'écarter les bras mais eux non plus ne bougent pas. Maman, maman, où es-tu ? Tout ça ne peut pas être vrai, je ne suis pas morte. Est-ce que c'est ma tombe, maman ? Tove tente de crier mais aucun son ne s'échappe de ses lèvres.

Du tissu dans la bouche. Pourquoi aurais-je un chiffon dans la bouche si j'étais morte ?

Malin promène son regard sur le grand bureau.

Il est plus de six heures. Où est passé l'après-midi ?

Elle a passé son temps à écrire des rapports.

Toutes les vérifications ont été faites. Rien.

Ils attendent un appel leur signalant un véhicule. Rien.

La surveillance de l'appartement de Vera Folkman n'a donné aucun résultat. Pas de trace de Slavenca Visnic non plus, ni à ses kiosques ni dans la forêt. Elle semble s'être volatilisée.

Une seule nouveauté : Andersson, de la technique, a appelé. Facebook a donné de ses nouvelles. Ils ont pu confirmer que c'est bien Louise Svensson qui se cache sous le pseudonyme de Lovelygirl. Ils avaient réussi à retrouver son adresse IP.

Malin a eu une conversation téléphonique avec Jan.

Il a appelé et lui a dit qu'ils avaient dû se replier derrière le Hultsjön, que l'un de leurs générateurs avait été détruit dans les flammes ainsi qu'une cabane de chasseurs dans laquelle se trouvaient quelques dingues qui ont failli être encerclés par le feu.

La cabane des frères Murvall. L'affaire Bengt Andersson.

« Je suis si fatigué.

– Alors rentre chez toi te reposer.

– Je ne peux pas.

– Pourquoi pas ?

– On a besoin de moi ici. Et puis je ne sais pas, je suis anxieux, je ne tiens pas en place.

– Pareil pour moi. »

Hultsjön. Elle y a déjà été cet hiver. C'est là que le Mal est venu chercher Maria Murvall.

Si on retrouve Vera Folkman, il faudra prélever son ADN pour le comparer à celui de l'affaire Maria Murvall. Et Slavenca Visnic ? Malin a déjà demandé à Karin de s'en occuper.

Sur son ordinateur, elle voit qu'il est déjà 18 h 52.

Elle appelle à la maison, espérant que Tove décroche.

Rien. Le portable. Cinq sonneries puis la messagerie.

Elle commence à s'inquiéter. Pas étonnant, pense Malin qui éteint rapidement l'ordinateur avant de quitter le commissariat.

57

Vera Folkman, Motala,
Klockrike 1977-1985

QUAND il fait trop froid dans la chambre et que j'entends craquer les lattes du parquet, j'essaie de penser à l'été plutôt qu'au monstre.

À l'été et à Elisabeth et moi en train de faire du vélo le long du canal, les cheveux au vent. Je vois sa robe blanche s'enrouler autour de son corps et caresser sa peau. C'est ma grande sœur, j'essaie de la rattraper mais pour elle il n'y a pas de compétition. Elle s'arrête pour m'attendre. La lumière tombe à travers le feuillage des vieux chênes le long des berges du canal, et elle me sourit, tenant son vélo rouge à côté d'elle.

Ai-je roulé trop vite ? Je ne voulais pas. Roule en premier. Je suis derrière toi, je fais attention à ce qu'il ne t'arrive rien.

J'ai douze ans, elle quatorze.

Une fois arrivées au Vättern, nous nous baignons nues sans la moindre pudeur, sur des plages où nous ne sommes que toutes les deux. L'été rince la douleur de nos corps.

Là où il ne peut pas nous atteindre.

Nous partageons le secret des ténèbres, elle et moi. Il vient aussi souvent chez elle que chez moi, et j'aimerais crier, et elle aimerait crier, mais il pose ses longs doigts blancs sur nos lèvres, fouille entre nos cuisses et on le laisse faire, nous ne savons pas où aller de toute façon.

Nous sommes dans sa maison, dépendantes de lui.

Cela fait si mal, j'aimerais crier mais au lieu de cela je pleure et je l'entends pleurer, elle, durant les nuits où la lumière se rallume, où les murs roses de nos chambres reprennent forme et que la douleur envahit nos corps.

Une araignée tisse sa toile devant la fenêtre dans la lueur de la lune, ses pattes sont blanches et dehors dans le jardin, les lapins grattent à leur cage.

Nous n'arrivons pas à arrêter de nous laver.

Le savon ne suffit pas. Nous allons chercher du produit abrasif dans le placard sous l'évier. Dans le garage nous trouvons des bouteilles contenant un liquide laiteux. Il nous brûle, nous blesse mais ça fait du bien, c'est ce qu'il veut de nous. Comme si elles n'avaient jamais assez mal, et il est si fort, si dur et ses doigts si froids, que tout son être est résolu.

Notre mère décide de ne rien remarquer. Pourquoi ne veut-elle rien voir ? Elle s'en rend compte pourtant.

C'est notre père. Nous sommes ses enfants. Et il vient la nuit, il n'y a aucun moyen de lui échapper.

Mais l'été est merveilleux.

Les cheveux au vent le long du canal. Nous faisons comme si cela ne nous faisait pas mal d'être assises sur la selle. Nous sommes solidaires et peut-être que notre amour pourra l'empêcher de nous toucher, le vaincre.

Et maman ouvre enfin les yeux.

Elle nous emmène chez grand-mère, dans son deux-pièces à Borenberg, elles se disputent, crient et j'ai peur qu'il nous retrouve. Mais il ne vient pas et cela dure une éternité jusqu'à ce que je comprenne qu'il sera toujours en nous.

Nous nous serrons dans un deux-pièces à Klockrike. J'ai treize ans lorsque nous allons chez le médecin, un rendez-vous silencieux durant lequel personne ne demande d'explications. J'ai un instrument en métal froid en moi et je vois leur distance et leur pitié, mais aussi la peur et le mépris dans leurs regards.

La réincarnation du monstre doit être évacuée.

Je suis la preuve vivante de la douleur de vivre, une douleur que peu de gens acceptent de regarder en face.

Elle s'est tue, ma sœur.

Elle fête ses quinze ans et ses seize ans sans gâteau et nous restons cachées derrière les arbres comme si tout le monde était au courant, comme s'il n'y avait pas de consolation, et les été sont incolores, sans vent, et nous passons les journées les plus chaudes allongées pas terre. Elle ne dit rien, ne répond rien quand je lui propose de faire un tour à vélo.

L'hôpital. Elle est assise sur son lit dans un coin. Elle vient souvent ici.

Je l'appelle. Elle est rentrée à la maison avant moi, et lorsque j'y suis arrivée, je l'appelle.

Elisabeth, crié-je dans le couloir, mais elle ne répond pas.

Le salon est vide. Je veux m'échapper, sentir le vent dans mon dos, pédaler vers un autre monde, hors de cet appartement pourri où nous ne faisons que survivre.

Mais pas elle. La salle de bains sent le moisi, les carreaux blancs se détachent de leurs joints. Mais le crochet pour les cordes à linge au-dessus de la baignoire est assez solide pour soutenir son poids.

La corde blanche fait deux fois le tour de son cou, son visage est bleu comme l'hiver, plein de frayeur, et ses yeux bleus, mes yeux bleus veulent sortir de leurs orbites. Ses longs cheveux blonds tombent sur son corps incroyablement propre, ses pieds en l'air, en silence.

De petites blessures sur ses poignets et ses tibias, comme si elle l'avait regretté et avait essayé de se libérer.

De l'urine jaune sur le sol de la salle de bains, pas d'eau dans la douche. Autrefois, l'eau me manquait, je voulais qu'elle gicle de vie.

Je m'approchai d'elle et la pris dans mes bras, ma chère sœur. Mais elle était silencieuse et froide, et je me mis à gémir.

Je la serrai contre moi et sentis notre amour perdu.

Tu n'as plus peur, hein soeurette ? demandai-je.

Mais elle ne répondit pas.

Il n'y avait plus d'innocence à ce moment-là.

Et je lui promis, me promis de demander justice pour tout cela un jour.

Pour que le monde et notre amour puissent renaître.

58

Louise « Lollo » Svensson,
ferme de Skogalund, juin 2007

PAPA l'a laissé entrer.

S'il ne nous avait pas abandonnées, moi et maman, l'autre n'aurait jamais franchi le seuil de la porte et ne serait jamais entré dans ma vie, dans mes draps, dans mon corps.

Il voulait que je l'appelle papa, cet horrible Folkman.

Il venait la nuit. Les lattes du plancher craquaient sous ses pas.

Et il disait : Louise, je veux seulement te toucher un peu là en bas, touche-moi toi aussi, regarde comment ça fait et il venait alors, ses mains étaient froides, tout son être était froid, dur et puait la vodka bon marché.

Parfois, les nuits où le plancher ne craquait pas, je pensais à papa, à la façon dont il était parti, nous avait échangées, cette femme dont maman nous avait parlé et qui avait deux enfants qu'il avait adoptés.

Oublie-le, disait maman. Nous n'existons plus pour lui.

Et toutes les nuits où il venait, je haïssais mon père.

Et toutes les autres nuits aussi. Je le hais encore aujourd'hui.

Et pourtant, je ne rêvais que d'une chose: qu'une voiture argentée étincelante s'arrête devant la maison et qu'il en descende et me prenne dans ses bras en disant: je t'emmène avec moi, tout va s'arranger maintenant, tu es ma fille et je t'aimerai comme un père doit le faire.

Il n'est jamais venu.

Quand j'ai été plus âgée, je me suis rendue à Nässjö en voiture, là où ils habitaient, je suis restée garée devant sa maison et ai observé ses allées et venues, j'ai même parfois aperçu les filles de sa nouvelle femme qui étaient devenues adultes, tout comme moi. Lorsque je les ai vus tous ensemble, j'ai su à quel point il les aimait, un amour qui aurait dû m'appartenir.

Mon amour.

Il n'a jamais remarqué ma voiture. Ni que je le suivais.

Mais il a dû deviner que j'étais l'auteur des appels anonymes, que c'était moi qui n'osais rien dire à l'autre bout du fil.

Qu'aurais-je dû dire ?

Même si je le voyais, il n'était qu'un parfum, une image, et une voix appartenant à mon enfance.

Ce jour-là, comme souvent, il était allé à la pêche.

Il avait vieilli.

Je me garai sur un chemin à quelques encablures du ponton isolé et allai vers lui.

J'étais une enfant, une jeune fille et une femme à la fois.

C'était un matin d'automne, frais et ensoleillé. En me voyant approcher de l'embarcadère, il me reconnut immédiatement et se mit à me hurler dessus :

« Barre-toi, je ne veux rien savoir de toi, barre-toi, je veux pêcher tranquille ! »

Si quelqu'un peut mourir de plusieurs morts en même temps, c'est ce qui m'est arrivé ce jour-là près du ponton.

« Je ne veux pas te voir. Casse-toi ! »

L'une des rames, dure et froide aux bords renforcés de métal, était encore sur le ponton.

Tu sais à qui tu as ouvert la voie ? voulais-je lui demander. Je suis venue pour chercher ton amour, voulais-je lui dire.

« Casse-toi ! » cria-t-il.

La rame.

Lors de la lecture du testament, il s'est révélé qu'il laissait tout à sa nouvelle femme et ses filles adoptives.

J'ai seulement eu droit à cinq mille trois cent vingt couronnes.

59

« TOVE ? Tove. TOVE ! TOVE ! Tove ? Tove. »

Malin traverse l'appartement. Elle marche, court, inspecte chaque pièce l'une après l'autre mais Tove n'est pas là, ni dans son lit sur la mezzanine ni dans celui de Malin, ni dans le dressing ni dans le buffet de la cuisine, pourquoi rentrerait-elle dans le buffet de la cuisine ?

Mon Dieu, quelle chaleur.

« Tove ! »

Pas de panique, pas de panique.

Malin s'assied sur une chaise dans la cuisine, sent la sueur se former sous ses cheveux.

Penser, penser, penser.

Elle n'est pas chez Markus. Appelle-le quand même.

Elle va chercher son portable, compose le numéro. C'est Hans qui décroche.

Apparemment, il n'est pas encore au courant que Tove a rompu.

« Non, Malin. Tove n'est pas là. Elle est partie ? »

Pas le temps de faire la conversation.

« Hans, mon autre téléphone sonne, je dois te laisser. »

Ses amis. Qui est en ville en ce moment ? Avec qui est-elle allée manger une glace hier ? Julia. Je dois appeler Julia.

Malin va dans le salon, allume l'ordinateur et cherche le numéro de Julia Markander sur www.hitta.se.

« Salut Julia, c'est la maman de Tove, est-ce que Tove est chez toi ? Non ? Tu ne sais pas où elle pourrait être ? »

Filippa et Elisa.

Elles sont parties en vacances.

L'ordinateur indique 19 h 37. Elle devrait être rentrée depuis longtemps. Ou au moins avoir donné de ses nouvelles. Merde. Pas de panique.

Soudain, Malin a conscience de l'état de délabrement de sa chambre. Les papiers peints ont jauni ces six derniers mois, les rideaux ont l'air kitsch avec leurs motifs jaune et violet, les murs nus et les rebords des fenêtres vides rendent la pièce complètement stérile.

Certaines chambres d'hôpital ont plus de charme.

Elle doit se concentrer. Est-ce que Tove a pu aller chez Jan ? Mais il est dans la forêt.

Peut-être qu'elle sera là dans un instant, elle est peut-être allée au cinéma.

Mais elle aurait prévenu, Tove est assez responsable et sait que sa mère se fait beaucoup de souci vu ce qui se passe en ville.

Elle est très inquiète. Le pire peut se passer.

On ne devrait jamais montrer son visage lors d'une conférence de presse. Qui sait ce que cela provoque dans la tête des dingues.

Elle appelle Jan.

« Oui, Malin ?

– C'est Tove. Je crois qu'elle a disparu. »

Au ton de sa voix, il comprend que c'est sérieux.

« J'arrive, dit Jan. Le feu se débrouillera sans moi un moment. »

Malin se laisse retomber sur le canapé, se frotte les yeux et pense : comment ça a pu arriver ?

Combien pèse mon ange d'été ?

Quarante-cinq kilos ? Pas plus.

Je ne suis pas pressée. Elle dort sur un plateau en bois, mais il est toujours difficile de savoir combien d'éther sera nécessaire. Avec la petite Josefin, j'ai utilisé un autre produit impossible à détecter et je l'ai aussi amenée ici, dans ma pièce, et lorsqu'elle a été allongée sur le plateau, je l'ai frottée au nettoyant, mais pas trop fort, j'ai fait attention à ce qu'elle ne soit pas blessée.

Je l'ai attrapée dans le Rydskogen alors qu'elle rentrait chez elle à vélo. Ils n'ont jamais retrouvé le vélo.

Je lui ai fait signe et elle s'est arrêtée. Lorsqu'elle a vu le masque sur ma figure, elle a eu peur. Elle s'est débattue, mais je l'ai vite endormie.

Ces marques sur les avant-bras, je les lui ai faites avec les ciseaux que j'ai reçus pour mon dixième anniversaire puis je l'ai lavée, nettoyée, et frottée. Elle embaumait le nettoyant et j'aurais sûrement pu la rendre encore plus propre avec mes produits pour piscine, mais ceux-là sont facilement détectables. Puis je me suis déshabillée. Je me suis mis ce Chose bleu autour de la taille, j'ai fait danser les pattes de lapin, ai transformé mes main en pattes d'araignée blanches et elle s'est réveillée. Elle m'a vue avec mon masque et elle s'est mise à crier, mais elle était attachée.

Exactement comme mon ange d'été à présent.

Et ensuite j'ai utilisé le Chose bleu. Dedans-dehors, et elle a eu l'air de disparaître. Je lui ai hurlé de rester : pour que tu puisses venir, ma sœur adorée, mais j'ai vu que cela ne servait à rien. Elle ne deviendra jamais toi. Cette petite pute ne pourra jamais être habitée par toi, et peut-être aussi que c'était la mauvaise salle ?

Je lui ai donné du produit et l'ai transportée ailleurs.

Elle saignait à cause du Chose. Je l'ai emmenée au Tinnerbäcken. C'est de là qu'elle a dû courir vers le parc. Elle ne m'avait pas vue et a pu vivre parce qu'elle n'a jamais pu être toi.

Mais celle qui est allongée sur le plateau entre les cages à lapin et les cartons remplis de pattes d'araignée, elle peut devenir toi, elle porte en elle la possibilité de l'amour recréé.

Je sais maintenant comment tout doit se dérouler.

Et nous ?

Pourquoi nous as-tu tuées ?

Ne le fais pas. Laisse-la vivre. Fais preuve de miséricorde, laisse se tarir les vagues de violence et montre-toi. Montre ton visage et les gens comprendront ce que le manque d'amour a fait de toi. Celui qui rencontre un monstre au lieu de l'amour ne peut pas devenir humain.

Jan se tient dans le couloir, en sueur, le visage couvert de suie. Il porte un pantalon en coton fin et un tee-shirt jaune avec l'inscription « KutaBeach » dessus.

Ils se sont pris dans les bras et ont tenté de chasser ensemble leur inquiétude.

Il a demandé : « Tu as appelé la police ? »

Et ils ont ri. Puis ils se sont tus. La peur et l'inquiétude étaient étouffantes.

« Appelle et fais lancer un avis de recherche. »

Malin s'exécute immédiatement.

Zeke. Je devrais l'appeler. Il décroche, souffle fort dans le combiné et elle sait qu'il a deviné. Pourvu qu'il ne soit pas trop tard.

« J'arrive, Malin. J'appelle les autres.

– Qui ?

– Sundsten et Ekenberg. Sjöman. Karim.

– Mais où allez-vous chercher ?

– Partout, Malin. Partout. Je vais commencer pas l'appartement de Folkman.

– C'est elle.

– Oui, sûrement. Je vais faire en sorte que tout le monde soit armé. »

Ils raccrochent.

« Viens, dit Malin à Jan après avoir sorti le pistolet de son râtelier d'armes.

– Quelle heure est-il ?

– Neuf heures et quart.

– Elle devrait être rentrée depuis longtemps si elle était à la séance de sept heures.

– L'un de nous ne devrait pas rester ici pour l'attendre ?

– On reste ensemble, dit Malin. C'est notre fille. »

Malin écrit un mot qu'elle dépose par terre dans le couloir.

TOVE, APPELLE-NOUS !
Maman et papa.

60

ON S'APPROCHE de moi. Ma tête est sur le point d'exploser. Je suis réveillée, je crois. Où suis-je ?

Je n'arrive pas à bouger, qu'est-ce que c'est que ce grattement, cette odeur ? Ça pue ici, je ne suis pas à la maison. Où est mon livre, me suis-je endormie sous l'arbre ?

Tove veut lever les bras, mais n'y parvient pas.

Un visage sans visage s'approche d'elle. Elle crie mais elle a un chiffon dans la bouche, elle le sent.

Plus près.

Elle tire et se contorsionne.

Maman. Papa.

Puis elle sent quelque chose de froid sur son nez, et le sommeil revient, ce sommeil miraculeux.

Je veux partir d'ici.

Jan et Malin passent devant la bibliothèque. Le bâtiment ressemble à un fantôme sombre dans le parc du château.

Elle était là la dernière fois que je lui ai parlé, pense Malin et dit :

« Elle vient souvent ici. »

Jan ne répond pas, balaye le parc du regard sans voir le vélo de Tove à l'ombre des arbres.

« Allons à Skäggetorp », dit Malin.

L'appartement de Slavenca Visnic est vide.

Jan demande :

« Qui habite là ?

– Une femme impliquée dans l'affaire. »

En route, elle lui a parlé de Vera Folkman et de son intuition que le pire est arrivé ou pourrait arriver.

Panique dans le regard de Jan.

Cette fois, c'est lui-même qu'il doit sauver, et personne d'autre. Il a l'air fatigué sous la lumière de ce lampadaire à Skäggetorp. Ses joues sont toujours couvertes de suie, tout son être est accablé par le manque de sommeil.

« Tu as besoin de dormir, dit Malin.

– Comment pourrais-je dormir maintenant ?

– Je peux te ramener à la maison.

– Non, Malin, on continue. »

Quelqu'un s'est arrêté devant la porte de Vera Folkman. Il respire péniblement, essaie de reprendre son souffle.

Zeke tient le pistolet armé dans sa main, descend les marches. La personne en bas respire si fort qu'il n'entend pas le bruit de ses pas.

Attendre ? Intervenir ?

La cage d'escalier est plongée dans la pénombre.

Un bruit de clés ?

Zeke descend les deux dernières marches, appuie sur le bouton rouge lumineux de l'interrupteur, et le couloir devant l'appartement de Vera Folkman est subitement éclairé.

Zeke tient l'arme pointée en avant.

« Police ! Pas un geste. À genoux. »

L'homme sur le palier a l'air effrayé, à côté de lui se trouve un carton portant le logo de Sony et la photo d'une télévision à écran plat.

Bordel de merde, pense Zeke en abaissant son arme.

Le parc du centre-ville est désert.

Ils viennent d'appeler chez Malin. Pas de réponse.

Ils descendent la rue Hamngatan, passent devant le McDonald et Malin demande à Jan s'il a faim. « Je serais incapable d'avaler la moindre bouchée. » Ses paupières sont mi-closes, combien de temps a-t-il dormi au juste ? Deux heures par nuit ? Trois ?

« Tu as dit qu'elle travaillait dans l'hygiène des piscines ?

– Oui, enfin, c'est ce qu'on pense.

– Alors elle doit avoir acheté les produits quelque part, non ?

– Oui, et alors ?

– On achète ce genre de choses dans les magasins de peinture. Peut-être qu'un magasin de peinture les lui a livrés ? À une adresse que vous ne connaissez pas ? À son entreprise ? »

Ils passent devant l'église Saint-Lars. Malin lève les yeux vers son appartement. Aucune lumière aux fenêtres.

Zeke a aidé l'homme avec sa télévision. Il habite au quatrième étage. La sueur coule dans les yeux de Zeke.

L'homme, un retraité du nom de Lennart Thörkqvist, n'a jamais vu sa voisine. Il commente l'odeur :

« Ça sent le cadavre. »

Zeke est à nouveau seul devant la porte de l'appartement de Vera Folkman. Il jette un coup d'oeil à sa montre : il est bientôt minuit.

Il prend son élan et se jette contre la porte de toutes ses forces, mais celle-ci ne bouge pas d'un millimètre.

Il sort son pistolet et tire sur la serrure, dans un écho assourdissant.

Les oreilles sifflantes, Zeke appuie sur la poignée et est soudain frappé par une odeur insupportable.

Un interrupteur. Il allume la lumière.

Le couloir est vide. Des grattements émanent de la cuisine et de la seule pièce de l'appartement.

Il se dirige vers la cuisine en brandissant son arme et y découvre trois cages à lapins l'une sur l'autre.

Dans la pièce. Sur les murs. Une vision que Zacharias Martinsson n'oubliera jamais.

61

Dimanche 25 juillet

JE VAIS la tuer. Tu dois renaître. Je m'équipe, le Chose bleu, les masques, les pattes de lapin, mes pattes d'araignée blanches, tout ce qui me constitue.

De la fumée et des fleurs dessinées. Un sacrifice dans mon temple.

Comment cela a-t-il commencé ? Ça a toujours été comme ça, le sens et le but de ma vie. Je me suis d'abord enfuie à l'autre bout du monde, dans la terre brûlée d'Australie, sur les plages de Bali. J'ai entretenu les piscines des riches.

Mais on ne peut pas fuir le manque d'amour.

Un jour, alors que je roulais dans la rue Hamngatan au volant de ma camionnette blanche, j'ai croisé un taxi. C'était il y a quelques semaines, pour être précise. Et il était assis sur le siège passager. Vieux, mais derrière la vitre, ses yeux et ses mains étaient toujours les mêmes, il était sûrement en train de se rendre à l'hôpital pour un examen de routine.

Et quand je l'ai vu, j'ai su.

J'ai trouvé le chemin après plusieurs essais.

J'ai cherché la lumière dans l'obscurité.

Et ma sœur est pendue dans la salle de bains.

C'est moi qui l'ai trouvée, qui l'ai secouée, qui ai pleuré.

Je vais tout remettre en ordre.

Et puis nous ferons du vélo et nous nous baignerons nues dans un lac que personne ne connaîtra.

Des lièvres éventrés accrochés au mur, les pattes arrachées. Le sang ruisselant le long des pattes, certains d'entre eux encore vivants, leurs petits poumons se gonflant et se dégonflant fiévreusement, tremblants. À côté d'eux des animaux accrochés depuis plus longtemps, dont les corps pourris se délitaient sur le plancher en pin.

Dans un coin il y a un lit. Des gants de chirurgien usagés et au milieu de la pièce un plateau et une série de récipients remplis de produits chimiques, des boîtes de peinture sûrement utilisées pour peindre les fleurs au mur. Des éclaboussures de sang sur le sol, des scalpels ensanglantés et une odeur pestilentielle qui donne le vertige et la nausée. Zeke baisse son arme et ouvre grand la fenêtre. Il respire à fond.

Il se tourne à nouveau vers la pièce.

Merde.

On dirait un tableau de Francis Bacon.

Mais pas de Vera Folkman. Ni de Tove.

Jan s'est endormi pendant qu'elle était au téléphone avec Zeke. Malin l'a vu lutter de toutes ses forces entre l'Abiskorondellen jusqu'à la rue Sturegatan, mais le manque de sommeil l'a terrassé.

Il dort dans la voiture à présent. La tête appuyée contre la vitre.

De quoi rêves-tu, Jan ? D'autrefois, quand nous étions jeunes ? Quand on a eu Tove ? Nous sommes une famille.

Ils sont debout dans l'escalier devant l'appartement en train de boire du café que Per Sundsten a acheté à la station-service de Stångebro. Karin Johannison est déjà à l'intérieur en train de relever les indices.

Sven Sjöman a le souffle court, ses traits sont tirés. Per et Waldemar Ekenberg attendent en silence, eux aussi sont fatigués. Karim Akbar reste en retrait, se gratte la joue.

Il est trois heures maintenant. L'aube va bientôt caresser les toits et chuchoter : un nouveau jour se lève, réveillez-vous et allez dehors dans la chaleur.

Zeke est épuisé, mais tout de même attentif. Il raconte pour la troisième fois :

« Je suis entré. Ça puait tellement que j'ai su qu'il y a avait quelque chose de pas net à l'intérieur.

– Pas de problème, Zeke, répond Sven encore une fois.

– Il ne reste plus qu'à trouver Vera Folkman », dit Per sans qu'aucun des policiers réunis ne commente le sous-entendu : On doit trouver Vera Folkman, alors on trouvera Tove, Tove, l'unique fille de notre collègue.

« Des idées ? »

Malin secoue la tête pour chasser la fatigue. Elle regarde chacun de ses collègues. Ses yeux aimeraient se reposer. Aucun d'entre eux n'arrive plus à penser clairement, ils risquent de passer à côté de l'essentiel, peut-être même que c'est déjà trop tard.

« Ceux qui le veulent peuvent aller s'allonger un moment, dit Sven. Nous ne sommes pas très efficaces pour l'instant. »

Pas de réponse. Ils boivent leur café lentement et sentent le temps filer entre leurs doigts.

« Bon sang, dit Malin tandis que Sven passe un bras autour de ses épaules.

– On y arrivera Malin, on y arrivera. »

À ce moment-là, Karin passe sa tête à travers la porte. Elle tient dans sa main une bouteille de produit chimique et en pointe l'étiquette.

« Celui-ci et la plupart des autres récipients proviennent de chez Torssons Färg près de la rue Tanneforsvägen. On pourrait aller leur parler ? Ils savent sûrement quelque chose. »

Je rêve maintenant.

Des processions d'hommes en habits multicolores avec des offrandes dans les mains qui avancent vers le temple pour honorer les morts. L'air est enfumé et ils chantent, et leur chant est plein de lumière.

Je rêve de toi, maman, tu es là quand je me réveille. Vous êtes là tous les deux, toi et papa.

Je marche dans un champ, puis dans la forêt et il y a quelque chose que tu ne me dis pas, maman, quelque chose que tu dois me dire.

Je vois aussi la pièce dans laquelle j'étais la dernière fois que j'étais réveillée… Ce n'est pas une belle pièce. Un store, des cages, les murs en béton recouverts de fleurs et de peur. Je cours à travers une forêt, une forêt en feu et les fleurs sont à mes trousses. Ils veulent me déchirer en morceaux, maman. Je veux me réveiller, mais quelque chose me maintient dans mon rêve.

Le numéro privé du propriétaire de Torssons Färg est répertorié dans l'annuaire.

On a de la chance parfois, pense Malin. Les collègues regardent Malin, tous se concentrent sur elle et ce coup de téléphone.

Une voix ensommeillée et voilée répond.

« Oui, Palle Torsson ?

– Ici Malin Fors de la police de Linköping.

– Heu… encore ? »

Malin répète son nom.

« Est-ce que mon magasin a été cambriolé ?

– Non mais c'est urgent, nous avons absolument besoin d'informations sur l'une de vos clientes. Linköpings Vattenteknika. Vous lui avez livré du matériel dans la Sturegatan. »

Le sommeil a disparu de la voix de Palle Torsson quand il répond :

« La nana des piscines. Elle ne parle pas beaucoup. Mais elle paie toujours cash.

– Vous savez quelque chose sur elle ? Lui avez-vous livré du matériel à une adresse ?

– Pas que je sache. Mais je peux vérifier ça demain matin sur l'ordinateur du magasin.

– Non, maintenant, rétorque Malin. On se retrouve devant le magasin, il faut vérifier ça tout de suite. »

Jan se réveille lorsqu'ils s'arrêtent devant le magasin.

L'horloge sur le tableau de bord indique 3 h 20, les premières lueurs de l'aube commencent à percer et le rafraîchissement à peine perceptible de la nuit a déjà disparu. Il fait sûrement déjà trente degrés hors de la voiture.

« Où sommes-nous ? demande Jan.

– Attends ici, dit Malin.

– Je n'attends nulle part. »

Le magasin de peinture se trouve dans un bâtiment d'un étage avec une rampe de chargement à côté de l'entrée. La plupart des clients sont sûrement des entreprises, pense Malin.

Aucune trace de Palle Torsson.

« On affronte ça ensemble », dit Jan. Malin le regarde. Puis elle lui explique où ils sont et ce qu'ils ont trouvé dans l'appartement de Vera Folkman.

« Il arrive », dit Jan, et Malin voit s'engager une Toyota SUV noire dans la cour. Un petit homme un peu enveloppé en short et tee-shirt bleu clair en descend d'un bond.

Malin et Jan sortent également de leur véhicule, accompagnés de Zeke qui vient de les rejoindre, et s'approchent de celui qui doit être Palle Torsson. Malin lui tend la main. Il la serre mais a l'air visiblement excédé.

« Je peux vous demander ce qui se passe ? »

Ses joues rondes tremblent de colère.

« Vous le pouvez, dit Zeke, nous recherchons un meurtrier. Vous en avez sûrement entendu parler dans le journal. Une piste nous a menés jusqu'ici.

– Comment ça ?

– Votre ordinateur, intervient Malin, nous devons le vérifier. »

Je l'ai allongée sur le plateau et cela fait déjà un certain temps qu'elle est là. Mon fourgon blanc est garé dehors, nous allons maintenant rejoindre le paradis sur terre.

Croit-elle au PÈRE ?

Ou bien y a-t-il un seul père pour chaque être humain ?

Peut-on avoir confiance en le PÈRE ?

Elle est pure maintenant. Je l'ai frottée et elle est pure, absolument pure.

Le Chose bleu.

Es-tu plus lourde à présent ?

Je vais bientôt le savoir. Je vais bientôt te porter.

L'écran d'ordinateur vacille devant les yeux de Malin.

Ils sont tous trois penchés par-dessus l'épaule de Palle Torsson qui clique servilement dans son programme de gestion.

« Alors, voyons, dit Palle Torsson. Vera Folkman Linköpings Vattenteknika, Sturegatan 17. D'après ce que je vois, il n'y a pas d'autre adresse de livraison.

– Un numéro ? demande Zeke.

– Non, désolé.

– Essayez sous Elisabeth Folkman », dit Malin.

Palle Torsson pianote sur le clavier.

« Rien.

– Essayez juste avec Elisabeth.

– Bingo, dit Palle Torsson à voix basse. Une certaine Elisabeth Folkedotter a commandé une livraison pour Linköpings Poolrengöring. L'adresse est à Tornby, Fabriksvägen 11. C'est plein d'entrepôts là-bas. »

Avant même que Palle Torsson ait fini sa phrase, Malin, Jan et Zeke se précipitent vers la porte.

Linköpings Poolrengöring.

Il n'y a pas d'entreprise à ce nom.

Des secondes. Des minutes. Des heures.

Combien de temps leur reste-t-il ? Ou bien est-ce déjà trop tard ?

Tove. Je ne veux pas devenir une mort-vivante, pense Malin en courant vers la voiture.

62

ELLE est allongée devant moi.

La fin approche. Elle bouge encore un peu, mais cela ne va plus durer longtemps.

Theresa.

Je l'ai vue près de la piscine dans le jardin, elle te ressemblait soeurette et j'ai senti que cela pourrait marcher.

Je l'ai suivie. J'ai sonné à la porte en disant que je voulais vérifier l'eau de la piscine. Tout est arrivé comme prévu, mais elle a réussi à m'échapper. Je l'ai poursuivie et elle a crié, mais personne ne l'a entendue. Je l'ai assommée avec une valise en métal, et elle s'est calmée.

Ensuite, je l'ai emmenée à l'entrepôt. Je l'ai soigneusement coupée au scalpel puis j'ai soigné ses blessures, avec précaution, et puis je l'ai frottée au nettoyant et elle s'est alors réveillée. Je n'avais pas mis le masque, Theresa m'a fixée droit dans les yeux alors qu'elle n'aurait pas dû me voir.

Je lui ai quand même introduit le Chose bleu et me suis aidée de mes pattes d'araignée blanches et froides, et j'ai pensé : je vais te serrer dans mes bras, et je lui ai mis les mains autour du cou, mais la transformation n'a pas fonctionné. Elle n'est pas devenue toi.

Ensuite, je l'ai emballée dans du plastique et l'ai enterrée sur un coin de plage isolé.

Mais ce crétin de chien l'a retrouvée avant qu'elle ait pu devenir toi.

Mon dieu, comme tu me manques. Je vais te rejoindre maintenant. Tu vas me rejoindre. Elle va mourir. Tu vas renaître.

Toutes les voitures disponibles sont en route vers Tornby.

Jan est assis à côté de Malin, c'est une intervention de police mais elle ne peut pas l'obliger à descendre.

Jan, pense Malin, après tout ce que nous avons traversé, nous devons partager ça.

Ils descendent la colline. Cent trente, cent quarante à l'heure.

Zeke et derrière eux, Malin ne voit pas d'autres voitures.

Nous sommes les premiers. Jan est essoufflé mais ne dit rien, l'adrénaline doit le secouer autant que moi, mais il en a l'habitude. Qui sait combien de fois il a dû affronter la mort lors de ses missions à l'étranger ? Peut-être aussi là-haut dans la forêt de Hultsjön ?

Ils tournent dans la zone commerciale de Tornby. Passent devant les enseignes aguicheuses d'Ikea, Ikano, ASKO, Willy's et des jardineries, puis continuent en direction de la zone industrielle.

Fabriksvägen 11 est un entrepôt d'un étage en briques rouges, qui fait peut-être trente mètres de long avec quatre entrées et une rampe de chargement fissurée en béton.

De quelle entrée s'agit-il ?

Ils courent de porte en porte, écoutent, cherchent des panneaux d'entreprises, mais n'en trouvent sur aucune des portes.

Du bruit dans une des salles. Un grattement, quelque chose qui goutte.

Les sirènes s'approchent.

Un rideau de fer baissé, fermé à clé. Malin s'accroupit devant le cadenas du rideau, essaie de l'ouvrir mais ses mains tremblent.

« Attends ! crie Zeke qui se précipite vers elle son arme à la main. Écarte-toi ! » et Zeke presse l'arme contre le cadenas et appuie sur la gâchette.

Un coup de feu, c'était un coup de feu, pense Tove, et un grondement sourd. Où suis-je ?

Suis-je paralysée ?

Elle ne peut pas bouger.

Maman, tu es enfin là ? Papa ?

Quelqu'un vient. Un rayon de lumière. Est-ce une porte qui s'ouvre ?

Malin, Jan et Zeke ont saisi le bas du rideau et le tirent vers le haut. Les sirènes sont maintenant tout près et se taisent soudain. Malin entend les policiers se crier quelque chose. Les voix d'Ekenberg et Sjöman ? Ou bien Karim ?

Ils ont enfin soulevé le rideau, Jan le maintient ouvert et Malin pénètre à l'intérieur en brandissant son arme. Elle voit le plateau, les cartons, le tee-shirt rose de Tove par terre, déchiré, et les cages à lapins, les boîtes de peinture, un tiroir, partout s'entassent des produits chimiques, des bouteilles de Cif vides, des scalpels, un robinet qui goutte.

Le sol en béton est couvert de taches de sang desséchées. Toute la pièce dégage une odeur infâme de torture et de mort.

Merde, pense Malin. Putain de merde.

Elle était là.

À côté d'elle, Jan s'effondre à genoux et ramasse les lambeaux de tissu qui formaient un jour le tee-shirt de Tove et le lui tend.

« C'est moi qui le lui ai acheté.

– Merde ! » crie Malin et puis elle s'écroule et commence à pleurer de fatigue et de désespoir et Jan se glisse vers elle et l'embrasse. Ils ne disent rien.

Autour d'eux fourmillent les autres.

Malin se relève. Jan est derrière elle.

Les autres portes de l'entrepôt sont ouvertes et il ne semble rien y avoir derrière elle qui soit en rapport avec les crimes.

« Qu'est-ce qu'on fait maintenant, bon sang ? » crie Sven Sjöman.

Le coup de feu. Sûrement un braconnier.

Mais il pourrait aussi te concerner, mon ange d'été.

Elle s'est réveillée.

Nous avons laissé l'incendie derrière nous et je l'ai rendormie.

Maintenant elle dort en sécurité à l'arrière du fourgon jusqu'à ce que nous ayons atteint la dernière salle.

Ce n'est plus très loin, je te le promets.

Elle n'a pas à avoir peur.

Elle va mourir, mais seulement pour un court moment, et puis elle va devenir la meilleure de tous les êtres humains.

Malin ! Réfléchis !

Réfléchis !

N'écoute pas les autres. Il est encore temps de la sauver, d'empêcher qu'elle devienne l'une des nôtres.

Réfléchis pour que nous puissions enfin trouver la paix.

Tu sais où Tove est en train d'aller, où Vera Folkman est en train d'aller.

Elles sont en route vers la dernière salle, et elles sont bientôt arrivées, le fourgon blanc s'approche de plus en plus.

63

ELLE devrait être réveillée maintenant.

Je vais la ligoter et elle devra regarder ce que je fais, parce que si elle le voit, alors toi, ma chère sœur, tu pourras oser revenir et la peur n'existera plus.

Ma sœur chérie.

Je gare ma camionnette devant la maison du monstre.

Il est sûrement en train de dormir.

Ça sent l'été là-dehors, le matin d'été, et c'est aujourd'hui qu'un rêve doit trouver son commencement, mon petit ange d'été.

J'ouvre les portes arrière.

Elle gémit. Elle peut à présent voir mon visage, quelle importance maintenant ? Bientôt tu n'existeras plus.

Tove cligne des yeux.

La lumière est revenue. Est-ce que je vis encore ?

Je crois que oui, car j'ai mal dans tout le corps. Et quelqu'un me tire mais ça ne fait pas mal, je sens juste de la chaleur, une très grande chaleur quand le soleil m'atteint.

Il y a des maisons tout autour. Des maisons en béton grises, des plantes jaunies, des maisons des années cinquante que Tove ne connaît pas.

Elle devrait s'enfuir. Partir d'ici. Mais elle a beau essayer, son corps ne lui obéit pas.

Maman.

Le visage est de nouveau là, mais il a maintenant des contours, les formes rondes d'une femme,

Puis tout se brouille de nouveau et Tove retombe dans le noir.

Je sonne. Encore une fois. Et encore une fois.

J'attends, j'attends longtemps puis il ouvre, me voit et essaie de refermer la porte. Mais je suis plus forte que lui, plus forte et je coince mon pied dans l'ouverture et il crie quand je le pousse à l'intérieur de l'appartement, le jette sur le canapé et attache ses pattes d'araignée froides. Je jette une couverture sur lui. Il a vieilli mais la méchanceté dans ses yeux ne disparaîtra jamais.

Je vais la chercher maintenant.

Elle doit le regarder mourir.

Ses yeux sont écarquillés de terreur, et on dirait qu'il n'arrive plus à cligner des yeux. Tout l'appartement pue le schnaps, la pisse et le vieil homme sale, mais moi je m'y connais en nettoyage.

Elle est lourde, quand je la mets sur mon épaule et je dois lui mettre un chiffon dans la bouche pour qu'elle n'alerte pas tout le quartier avec ses cris.

Personne ne me voit.

Je ferme la porte.

Combien de temps suis-je restée assise là ? se demande Malin. Beaucoup trop longtemps.

Son corps n'est qu'une accumulation de tous les sentiments les plus divers : angoisse, colère, fatigue, résignation, désespoir et chaleur. Un cerveau surchauffé n'est pas vraiment le meilleur instrument pour réfléchir en cas d'urgence.

L'asphalte sur lequel elle est assise est chaud. Elle n'était plus capable de se retirer à l'ombre et le soleil est déjà impitoyable à près de quatre heures et demie.

Jan et Zeke sont assis à l'ombre, ils se sont adossés aux murs, et Malin les observe reprendre des forces et se préparer au dernier acte.

Le dernier acte ?

Sven Sjöman s'accroupit près d'elle.

« Malin, tu as une idée ? »

Son haleine sent le café.

Les voix, écoute les voix. C'est le désir qui tue.

Et Malin se redresse, soudain traversée par une révélation. Elle bondit et crie à Jan et Zeke :

« Venez, je sais où elle est ! »

Sven s'écarte pour laisser passer Malin qui court vers la voiture.

« Allez, dépêchez-vous putain ! » hurle-t-elle.

Autour d'elle tous les policiers sont pétrifiés comme si sa voix désespérée avait gelé le temps pour leur offrir un instant d'éternité.

64

[Dans la dernière salle]

MOI, Sture Folkman, j'avais dix-sept ans quand j'ai succombé pour la première fois à mes envies. À Ängelholm, il y a avait un kiosque près de l'usine où elle allait toujours chercher des cigarettes pour sa mère. Elle avait onze ans.

Il faisait chaud ce jour-là et sa robe blanche lui arrivait à peine jusqu'aux cuisses.

Elle remontait le sentier le long du kiosque derrière l'usine, là où fleurissaient les azalées, les plus belles que j'aie jamais vues.

Je l'ai attrapée et plaquée par terre.

Elle n'avait pas encore de poils, et je savais que cette fois serait la première d'une longue série. Personne ne pourrait m'arrêter. J'ai vu dans ses yeux effrayés qu'au fond ça lui plaisait, qu'elle m'aimait tout comme toutes les autres filles plus tard m'ont aimé. Je les attirais en leur montrant des lapins. Les petites filles aiment les lapins.

Sa robe blanche a eu des taches rouges. Je lui chuchotai dans l'oreille pendant que j'avais mes mains autour de son cou.

Pas un mot, ma petite, sinon le diable viendra te chercher.

La honte vient avant l'amour. Au cours des années, la honte des autres fut mon meilleur allié. Le mieux c'était quand les filles étaient dans la maison, Dieu sait comme j'étais excité avant même d'arriver dans leur chambre.

Et elles étaient toujours en train d'attendre. Couchées, les yeux ouverts en train de m'attendre, moi et mes longs doigts agiles.

J'ai toujours fait attention. J'ai soulevé le drap et caressé leur peau blanche, presque transparente.

Que ce soit mon propre sang n'a jamais eu d'importance. J'ai offert mon amour à toutes les filles qui croisaient mon chemin.

Elle s'est réveillée maintenant ma petite fille, mon bel ange d'été.

Nous sommes arrivées dans la dernière salle et elle doit me regarder.

J'ai planté quatre gros clous dans le plancher et l'y ai attachée. Elle doit regarder dans ma direction maintenant.

Je m'assieds à côté de lui sur son canapé.

J'ai mis le masque et enfilé les pattes d'araignée blanches, tient la chaîne de pattes de lapin près de sa joue et le griffe, je le griffe et il crie, le vieux, mais il n'a plus beaucoup de vie en lui.

Elle regarde ailleurs.

REGARDE, PUTAIN.

Et elle regarde.

La femme est nue et elle a remis son masque.

Malgré ses maux de tête, Tove peut voir clairement la scène et comprend qu'elle est Dieu sait où dans un appartement pourri et qu'une femme est assise à côté d'un homme qu'elle a l'intention de torturer.

Pourquoi ? Je ne veux pas le voir.

Elle se lève. Ses gants chirurgicaux blancs luisent dans la faible lumière.

Tove ne peut pas se lever. Ça sent le Cif, maman s'en servait toujours pour enlever les taches sur les baskets.

Maman, papa, où êtes-vous ?

Elle est allée à côté. Ouvre des tiroirs, cherche quelque chose.

L'homme essaie de crier mais elle lui a fourré un chiffon dans la bouche, exactement comme à moi.

Aucun de nous deux ne peut se lever.

Aucun de nous ne peut s'échapper.

Le vieux couteau de cuisine. Elisabeth et moi nous sommes souvent imaginé comment nous le lui planterions dans le ventre. Il l'a toujours, le vieux et lourd couteau à manche en bakélite.

Je le sors du présentoir à côté de l'évier et le prend dans la main.

Dommage, ce qui s'est passé avec Sofia Fredén. Je l'avais repérée l'année dernière quand elle travaillait au café du Tinnis. Elle bougeait exactement comme toi, Elisabeth, et je pensais que si je faisais tout rapidement et sur place, le choc me permettrait d'atteindre mon but, comme une explosion ou une réaction chimique foudroyante. Je l'ai griffée avec les pattes et déchirée, c'était la première à qui j'ai fait ça, mais cela n'a servi à rien. Les lapins ne sont que des animaux, leur amour ne signifie rien.

Je l'ai frottée sur place, dans le parc. J'ai travaillé vite.

Mais lorsque je lui ai pressé mes mains autour du cou, sa tête est tout simplement tombée.

Elle est morte sans que tu sois revenue.

Mais je n'ai jamais douté. Et aujourd'hui, je sais comment faire.

Elle a un couteau dans la main.

Tove voit la lame étincelante et la femme crie REGARDE PAR ICI en se rasseyant à côté de l'homme.

Elle soulève le couteau. Crie.

CE N'EST RIEN.

Puis elle enfonce le couteau dans le ventre et la poitrine de l'homme, encore et encore et ses yeux deviennent blancs et son corps tremble, et elle lui plante ce couteau encore et encore et le sang coule dans l'interstice entre sa chemise brune et son pantalon gris.

Tout est silencieux à présent.

Tove est tétanisée.

La femme prend une des mains de l'homme, tire et coupe, les doigts tombent par terre, l'un après l'autre.

Maman, tant de sang.

Elle se tourne vers moi, maman.

Je tire, me débats, crie, pleure.

Mais rien ne se passe.

Où es-tu, maman ?

65

FINSPÅNG. Il est déjà 6 h 15 et les rues de la cité minière sont encore vides. Zeke tourne autour d'un rond-point et manque d'écraser un porteur de journaux à moitié endormi.

« Tourne là ! » crie Malin dont le portable se met à sonner. Elle sait que c'est Sven Sjöman, c'est au moins la dixième fois qu'il essaie de la joindre sur son portable et par radio. Mais ils vont faire ça tout seuls.

Zeke enfonce la pédale de frein, ils ouvrent les portières et se précipitent hors de la voiture. Malin court vers l'immeuble de Sture Folkman tout en sortant son arme de service de son holster. Zeke lui emboîte le pas et lui aussi brandit son arme tandis que Jan s'accroupit comme s'il attendait que des flammes ennemies crachent leur fumée par les fenêtres de l'immeuble blanc.

Ils se faufilent dans l'escalier, rasent les murs.

Malin presse son oreille contre la porte, pose un doigt sur ses lèvres et écoute.

Un gémissement.

Une voix de femme qui veut rassurer.

Que se passe-t-il ?

Elle s'est mise un truc bleu autour de la taille et a déchiré le pantalon et le slip de Tove avec un couteau. Elle est nue à présent.

Ce n'est pas vrai. Dites-moi que ce n'est pas vrai.

Tove essaie de fermer les yeux et de pleurer mais la femme maintient ses paupières ouvertes, comme si elle tenait à ce que Tove voie tout. Sa peau brûle comme si elle l'avait frottée avec du feu.

Elle agite une chaîne de pattes de lapin.

« Tu vois les doigts ? »

Le sang de l'homme sur le canapé coule lentement vers elle, il va bientôt l'atteindre. Ça pue les entrailles et le fer. Enlevez ce sang.

Elle parle, réfléchit.

« Quelle est la meilleure solution ? dit-elle d'une voix curieuse et réjouie. Le Chose ou les pattes d'araignée ? »

Elle regarde le plafond comme si elle y cherchait la réponse.

C'est le moment.

Je vais la tuer et tu vas renaître.

Les doigts ont disparu à présent.

Je vais tout organiser.

Chut, du calme, n'aie pas peur.

Je vais presser la vie hors d'elle et la remplir avec le Chose et puis tu devras le regarder une dernière fois, lui, toi-même, le monde qui s'ouvre à nous.

Nous allons parcourir la campagne ensemble comme deux anges d'été qui s'aiment.

Malin ! N'hésite plus !

Entre !

Il n'est pas encore trop tard pour Tove, pas comme pour nous.

La vérité est derrière cette porte.

Ce qui se passe derrière est horrible. Mais tu vas réussir, car votre vie en dépend.

Fais en sorte que tout cela prenne fin.

Donne à nos parents le soulagement de pouvoir mettre un nom et un visage sur le Mal.

Ouvre la porte, Malin. Vite.

Mes mains autour de son cou.

Arrête de te débattre.

Sa peau et chaude, presque brûlante et j'appuie encore plus fort.

Allez, abandonne, doucement, tout doucement.

Ils hésitent. Ils chuchotent :

« Comment on fait ?

– On entre.

– Mais… »

Pas de mais, pas d'alternative et Malin recule d'un pas, défonce la porte d'un coup de pied et elle voit à quatre mètres d'elle un animal humain ensanglanté qui se penche sur un corps tout blanc allongé par terre, des doigts humains partout, les mains de l'animal autour du cou du corps. C'est Tove par terre.

Malin hurle :

« ARRÊTE, LÂCHE-LA ! »

Elle braque le pistolet sur l'animal qui se met à bouger, la regarde droit dans les yeux et se retourne vers Tove.

C'est bien Tove qui est là ?

Elle me regarde dans les yeux et je disparais. Tout devient blanc. Maman, tu es là ?

Les yeux disparaissent et il naît quelque chose de nouveau.

Ce sont tes yeux, sœurette. Tu es revenue, je te vois dans ces yeux et sens ton amour sans bornes.

Le Chose n'est même pas nécessaire.

Je t'embrasse puis explose dans un coup de feu.

Malin appuie sur la gâchette.

Plus de temps pour se battre et risquer de perdre.

Elle tire, encore et encore.

Zeke aussi.

L'odeur du sang se mêle à celui de la poudre et Jan crie « Tove, Tove, arrêtez de tirer !» et il se précipite dans le salon, glisse presque sur le sang, se redresse, dégage le corps sans vie recouvrant celui de Tove, presse deux doigts sur le cou de Tove et crie « Non ! », puis il presse sa bouche contre la sienne pour insuffler de l'air dans ses poumons.

Malin et Zeke à côté de lui.

Le cadavre déchiqueté gît sur le canapé, ses mains ne sont plus que des moignons ensanglantés, son visage est livide, vidé de tout sang, le cadavre nu à côté de Tove est troué de balles. Jan ordonne :

« Ne restez pas plantés là, détachez-la ! »

Et sans réfléchir, Malin prend un grand couteau à manche noir et libère Tove de ses liens, tandis que Zeke se retire.

« Je n'ai jamais rien vu de pire », dit Jan avant de pomper de l'air dans la cage thoracique, il compte, s'arrête puis repompe, et Malin s'agenouille à côté de lui tout en caressant le front de Tove.

« Je vous en supplie, pas ça », répète-t-elle inlassablement, en vain.

Tove. Où es-tu ?

« Reviens, Tove », lui chuchote Malin à l'oreille.

Je suis là, maman, je te vois mais je ne sais pas comment me réveiller.

Deux filles planent autour de mon corps, leurs lèvres prononcent des mots que je ne peux pas entendre, mais je sais qu'elles veulent que je revienne.

Où dois-je revenir ?

Suis les voix, disent-elles.

Malin et Jan sont assis à côté de Tove.

Elle respire et les regarde d'un air entendu.

Ils se prennent dans les bras tous les trois comme s'ils se promettaient que cette étreinte ne prendrait jamais fin.

Zeke a remonté les stores.

La dernière salle est baignée de lumière.

Et celui qui prête l'oreille peut entendre le chant des anges d'été ; une chanson sans paroles, un chant que les hommes ont oublié depuis longtemps et ne s'attendent pas à entendre à nouveau.

Mais cette chanson résonne à présent entre eux trois.

Ils s'embrassent.

ÉPILOGUE

Aux abords de Linköping,
lundi 16 août

NOUS *sommes ensemble. C'est bien comme ça. Nous sommes les jeunes filles éternelles, les anges d'été de Linköping et nous avons oublié la peur.*

Nos parents sont toujours tristes mais ils savent maintenant ce qui s'est passé. Et il n'y a personne à blâmer.

Les choses sont ce qu'elles sont. Nous, nous sommes ensemble. Nous partageons tout. Exactement comme prévu.

Nous sommes ensemble à présent, Elisabeth.

Et nous pouvons le voir souffrir, souffrir continuellement, là où il est. Pouvons-nous l'aider ? Non. Nous planons le long des berges du canal, laissons le vent jouer avec nos cheveux et faisons comme si nous nous baignions et jouions, comme des sœurs, toi et moi.

Pour toujours.

Malin est assise sur la balancelle derrière la maison de Jan et le regarde en train de ratisser les feuilles avec Tove.

C'est une journée agréable, peut-être vingt degrés à l'ombre, une douce lumière. Les feux de forêt sont enfin maîtrisés.

Karin Johannison a comparé toutes les traces ADN avec ceux de l'affaire Maria Murvall, sans obtenir de correspondance.

Le même Mal, avec plusieurs incarnations.

Pourquoi est-ce précisément arrivé maintenant ? Pourquoi Vera Folkman a-t-elle franchi les limites dans cet été caniculaire ?

Malin n'a pas la réponse.

Elle a appelé Josefin Davidsson. Josefin lui a dit que l'hypnose lui avait fait du bien, qu'elle se sentait plus sereine. Ils ne savent toujours pas qui a passé l'appel la concernant, car personne ne s'est manifesté.

Malin a rencontré Slavenca Visnic en ville. Celle-ci lui a raconté qu'elle avait vendu ses kiosques et désirait retournait vivre à Sarajevo.

« Le temps est venu », a-t-elle dit.

L'appartement de Malin a été loué pour l'automne et l'hiver à un étudiant. Les affaires de Tove et Malin sont dans les tiroirs du salon de Jan.

Tove et Jan marchent dans le jardin. Une forte averse a fait renaître la pelouse.

Des fleurs multicolores ont réapparu, maintenant que la canicule est passée. Les pétales vibrent dans la brise, comme pour confirmer que tout a retrouvé sa place.

Tove et Jan. Vous êtes à moi, pense Malin. Nous nous appartenons les uns aux autres. Nous devons être ensemble.

Nous devons apprendre à vivre avec ce cadeau.

Mise en pages par
Sud Compo
Canet-en-Roussillon

Cet ouvrage a été achevé d'imprimer
par CPI Firmin Didot
à Mesnil-sur-l'Estrée pour le compte
des Éditions du Rocher
en mai 2010.

Éditions du Rocher
28, rue Comte-Félix-Gastaldi
98000 Monaco

Imprimé en France

Dépôt légal : mai 2010